TRIPLE CONDAMNATION A MORT

LE CRIME DE COURBEVOIE

Par **TONY BARDIN**, auteur de l'*AFFAIRE BORRAS*

BERLAND — LA FEMME BERLAND — DORÉ

10 cent. la Livraison. — A FAYARD, éditeur, 78, boulevard Saint-Michel, PARIS. — **50** cent. la Série.

TRIPLE CONDAMNATION A MORT

LE CRIME DE COURBEVOIE

Par **TONY BARDIN**, auteur de l'*AFFAIRE BORRAS*

BERLAND — LA FEMME BERLAND — DORÉ

10 cent. la Livraison. — A FAYARD, éditeur, 78, boulevard Saint-Michel, PARIS. — **50** cent. la Série.

LE
CRIME DE COURBEVOIE

PREMIÈRE PARTIE

LA BANDE BERLAND

I

LE CHOIX D'UNE VICTIME

Le crime de Courbevoie a reculé les bornes de l'horreur.

Les annales de la cour d'assises se sont cependant enrichies, depuis quelques années, de bien des causes célèbres retentissantes, mais jamais affaire criminelle n'avait, comme celle-ci, fait passer dans la foule un tel frisson d'épouvante.

Car ici, dans ce drame sanglant auquel rien ne pourrait être comparé, les jeunes bandits qui tuent ne sont pas seulement des assassins, mais encore de véritables monstres dont la cruauté et la férocité déconcertent et saisissent d'effroi.

Ils peuvent avoir les mains rouges de sang ; ils peuvent entendre les râles d'agonie de leur victime, rien ne les touche, rien ne les émeut et ils « rigolent » encore, comme ils disent, tandis que la vieille femme qu'ils viennent d'égorger se débat sous leurs yeux dans les dernières convulsions de la mort !

Ils ont tué pour vingt francs, mais ils auraient tué pour vingt sous. Ils étaient la terreur de la banlieue de Paris que chaque jour ils pillaient avec une audace et un sang-froid qui ont fait l'étonnement des plus vieux policiers. Et malheur aussi au « pante » qui serait rentré trop tard par un chemin désert!... Il aurait trouvé dans l'ombre les bandits qui le guettaient et l'épiaient, une trique ou un couteau dans la main, prêts à tout.

Aussi, quand les gens de Courbevoie, d'Asnières et de Colombes, qui les connaissaient bien, voyaient passer ces jeunes voyous au teint blême et aux allures louches, se jetaient-ils de porte en porte : « Voilà la bande à la Berland qui passe! »

« La Berland », ou plutôt la mère Berland, c'était le chef, la forte tête de cette redoutable association de malfaiteurs, dont la moitié devait finir au bagne et l'autre moitié sur l'échafaud. C'était en effet pour elle que ses « gosses travaillaient », pour elle qu'ils volaient en attendant qu'ils tuent.

Mais que pourrions-nous ajouter de plus?

Il faut, tout en suivant la bande dans les bas-fonds de la banlieue de Paris, voir à l'œuvre cette hideuse et sinistre mégère que jamais aucun romancier n'aurait pu inventer.

Il faut la voir ivrogne, rouler dans tous les ruisseaux; prostituée, rouler dans tous les bouges; mère immonde, se livrer à la débauche avec son fils!

Il faut enfin la voir pleine de ruse, pleine d'habileté, pleine d'audace, commander à sa bande comme un véritable chef de voleurs.

Alors ce ne sera pas seulement le crime de Courbevoie que nous raconterons dans ses détails les plus ignorés, mais encore toute une vie étrange et monstrueuse, où parfois le rire se mêle à l'indignation et le grotesque aux événements les plus tragiques.

Ce jour-là, — le lundi 12 janvier 1891, — on avait fait ripaille dans le taudis de la mère Berland, avec du vin et des gâteaux volés.

Sur la table poisseuse, et parmi les litres vides et les verres encore pleins, un jeu de cartes crasseux s'étalait.

Vautrée sur une paillasse, qui occupait presque tout un côté de l'ignoble logis, la mère Berland très rouge, les bras croisés, les yeux clos et ses jupons relevés laissant voir jusqu'au genou ses jambes nues et salés, achevait de cuver le liquide dont elle s'était d'autant plus largement arrosée qu'il lui avait moins coûté.

« Son chéri », c'est-à-dire son fils, Adolphe Berland, en manches de chemise, la visière de sa casquette tournée dans le dos et les deux coudes appuyés sur la table, roulait une cigarette entre ses doigts jaunis par le tabac.

Il avait à côté de lui Doré, son meilleur copain de la bande, et en face de lui, Deville et Chotin, ses deux autres camaraux.

Gustave Doré, dit *Titi*, qui s'amusait en ce moment à jeter des bouchons au nez de la vieille, n'avait pas encore dix-neuf ans, étant né à Belfort le 2 mai 1872.

Placé à douze ans comme garçon boucher dans un étal de la Villette, puis ensuite rue Cardinet, aux Batignolles, chez M. Dessaigne qui, d'ailleurs, n'avait aucun lien de parenté avec la malheureuse octogénaire qui allait dans quelques heures tomber sous ses coups, il avait commencé par se faire la main en volant ce dernier patron.

Petit de taille, comme, du reste, tous ses complices, imberbe comme Deville et Chotin, les traits assez fins, l'œil très vif, Doré était l'âme de la bande, l'homme des coups d'audace et d'énergie.

Il était, ce jour-là, vêtu d'un veston de couleur sombre, d'un pantalon gris, et chaussé de lourdes galoches.

Louis Deville, dit la *Boule*, avait à peu près un an de moins que Doré. Il était né le 1er juin 1873. Fils d'un brave cantonnier d'Asnières que son crime désespère, il avait été domestique chez une vieille demoiselle qu'on va la voir désigner pour l'assassinat, puis figurant dans les théâtres de la banlieue.

Fainéant et brutal, il était moins féroce que Doré, mais il était plus lâche aussi.

Son costume se composait d'un vieux paletot qui n'avait plus de nuance, d'un pantalon qui montrait la corde et de gros souliers éculés.

Joseph Chotin, dit *Cri-cri*, qui chantonnait en se balançant sur sa chaise, était le cadet de la bande et l'ami d'enfance d'Adolphe Berland. Il était né à Asnières et n'avait pas encore dix-sept ans. Effronté comme un page et adroit comme un singe, il n'y avait pas sur le pavé de Paris de filou plus habile que lui. D'ailleurs, jamais chien avec les camarades, c'était lui qui leur garnissait la poche avec l'argent qu'il allait rafler dans

les comptoirs des petits commerçants de Courbevoie. Mais si on l'estimait
à cause de ses services, on s'en méfiait aussi un peu à cause de son caractère trembleur et poltron qui pouvait très bien, un jour ou l'autre, lui
faire manger le morceau.

Chotin, qui était l'homme chic, le gentleman de la bande, portait un
complet de velours avec un pantalon à pieds d'éléphant. Un foulard rouge
était serré autour de son cou et il étrennait, ce lundi-là, un pardessus
presque neuf, qu'il s'était procuré à la foire d'empoigne.

Enfin, le plus âgé de tous, Adolphe Berland, dit la *Redingue*, venait
d'avoir dix-neuf ans. C'était un gros garçon aux traits assez réguliers,
mais ses gros yeux cyniques, son nez court, ses lèvres épaisses ombragées
d'une moustache naissante, ses mâchoires fortes, accusaient un ensemble
bestial.

C'était en effet une brute, dans toute l'acception du mot. Il se disait
matelassier, mais on n'avait jamais su pourquoi. L'été, il lavait ou ton-
dait les chiens des bourgeois; l'hiver il les volait et allait les vendre à
Paris.

Cependant la vieille mégère venait de se soulever lourdement sur sa
paillasse, puis ayant jeté un coup d'œil sur la table :

— Tas de salauds, cria-t-elle d'une voix pâteuse, plus de vin !... vous
avez tout liché!

— Ferme ta boîte, la vieille, riposta sévèrement Adolphe. Tu as eu
ton taf.

Mais la vieille, que son fils faisait d'habitude taire d'un mot, continuait à grommeler. Les affaires n'allaient pas... Le lendemain il n'y aurait
plus rien à boulotter dans la cambuse... Enfin, puisqu'on vivait ensemble,
il ne s'agissait pas de se laisser crever de faim.

— Il n'y a pas, il faut faire quelque chose, acheva-t-elle, il faut faire
un coup... Moi, j'en reviens toujours à ma vieille du passage des Larris...

— A la veuve Boyer? fit Deville.

— Oui, à la veuve Boyer... Soixante-quinze ans, sourde comme un
pot et toute seule dans une maison isolée. Il me semble que c'est
chouette!

— C'est dangereux! dit vivement Chotin. La vieille a des chiens...
Elle est bien gardée.

— Alors, pourquoi ne prenez-vous pas la Leroudeau, ma charbonnière du quai de Seine? dit Adolphe. Celle-là a de la galette dans son panier, j'en réponds. Et s'il faut jouer du *scion*, on en jouera, ajouta-t-il en plantant son couteau dans la table.

— Moi, j'ai autre chose, reprit à son tour Doré. Je vous propose toujours mon vieux birbe du Bourget.

— Le curé?

— Oui, le curé qui m'a baptisé... Là, l'affaire est commode et je me charge de tout. Est-ce dit?

Mais la mère Berland hochait la tête. Le Bourget était trop loin et l'on n'avait pas d'argent pour le voyage. On était donc forcé de rester à Courbevoie.

— Dans ce cas, dit Deville, vous avez mon ancienne patronne, la Villeroux.

— Ou bien mon ancienne pratique..., la petite rentière de la rue du Cayla dont je vous ai déjà parlé, ajouta Doré.

L'horrible mégère avait tressailli.

— Mme Dessaigne? fit-elle lentement. Oui, c'est à elle que je pensais... A-t-elle de la monnaie?

— Je parie qu'on trouvera toujours chez elle de deux à trois mille balles.

Les autres bandits se regardèrent, la face pâle, les yeux allumés de convoitise.

— Et tu dis, reprit la Berland, qu'elle est très vieille?

— Quatre-vingts ans.

— Et qu'elle habite aussi toute seule?

— Oui, toute seule... C'est au fond d'un jardin... Je lui ai si souvent porté de la viande quand j'étais garçon boucher à Courbevoie que j'irais les yeux fermés.

— Connais-tu ses habitudes, son caractère?... Est-elle méfiante?

— Je sais qu'elle passe toutes ses journées dans le salon qui est au rez-de-chaussée... Quant à son caractère, je crois qu'elle n'a pas de malice pour deux sous.

La mère Berland réfléchissait encore, et son visage de vieille sorcière prenait une effrayante expression de cupidité. Puis, tout à coup :

— Quelle heure est-il? demanda-t-elle.

— Quatre heures et demie... près de cinq heures, répondit Cholin.

— Eh bien! pourquoi ne feriez-vous pas le coup ce soir?

— Moi, je veux bien, dit tranquillement Doré.

Et se tournant vers Adolphe :

— Est-ce dit, la Redingue?

— C'est dit!

— Et vous autres?

— C'est dit! répondirent à leur tour Deville et Chotin.

— Mais un instant! s'écria la mère Berland. Il ne s'agit pas non plus de s'emballer. Comment allez-vous vous y prendre?... As-tu une idée, toi, Doré?

— Ma foi! non.

— Eh bien! moi, j'en ai une.

— Pourquoi faire? ricana Titi. Je lui serre la vis et il faudra bien qu'elle aboule!

— Pardi! c'est bien sûr qu'elle ne peut pas vous déranger pour rien, fit l'ignoble femme. Mais il faut aussi y voir plus loin que son nez et penser au lendemain... Le lendemain, c'est la *rousse* qui vous pince, c'est le *bloc*... Et moi, je sors d'en prendre!

Adolphe Berland venait d'éclater de rire.

— Oui, c'est vrai, ma pauvre vieille!... c'est l'année de l'Exposition que tu as eu cette veine-là!... Plusieurs mois de clou pour un vol de quatre sous!... C'est raide!

— Par conséquent, il s'agit donc de travailler proprement, c'est-à-dire de faire en sorte que la vieille n'ait pas le temps de se reconnaître... Car au moindre cri, non seulement l'affaire peut rater, mais encore on peut vous surprendre, et vous savez le reste.

— Oh! si elle veut crier, je lui arrache la langue! dit encore Adolphe.

— Ton idée ne serait déjà pas si mauvaise! ricana à son tour la mégère. Maintenant voyons, décidons. Toi, Doré, tu ne peux pas entrer le premier. La vieille doit savoir que tu ne travailles plus à Courbevoie, elle sait aussi que tu ne peux rien avoir à lui dire, et alors elle se tiendrait sur ses gardes et il serait plus difficile de la surprendre. C'est donc toi, mon chéri, ajouta-t-elle en se tournant vers son fils, qui te présenteras d'abord chez elle.

— Entendu!

— Mais attends un peu... Il te faut un prétexte. Que penserais-tu d'une lettre que tu serais chargé de lui remettre?

— D'une lettre?

— Naturellement, il faudra bien qu'elle l'ouvre... Alors, chéri, tu lui envoies un de tes fameux coups de tête et tu la fais rouler les quatre fers en l'air.

Tous les bandits s'étaient mis à rire.

— Et c'est alors que Doré entre à son tour.

— Parfait !... J'entre et je l'arrange.

— Et moi? dit vivement Chotin.

— Toi, tu entres aussi et tu fouilles partout... tu cherches la galette.

— Et moi? dit Deville.

— Toi, tu fais le guet et tu tâches d'ouvrir l'œil! dit la mère Berland. Mais ce n'est pas tout, mes enfants. Une alerte peut se produire, vous pouvez être obligés de décamper, et dans ce cas il s'agit de ne pas être reconnus. Par conséquent, je crois que tu feras bien, toi, Chotin, de laisser ici ton pardessus qui pourrait t'empêcher de courir... De plus, fais-moi le plaisir de changer de coiffure avec Deville...

— Et moi, la vieille, comment vais-je me déguiser? demanda Adolphe en riant de son rire cynique.

— Toi, tu vas me quitter cette casquette à carreaux et mettre ta casquette de velours. Toi, Doré, ôte-moi ton veston et endosse ce gilet à manches que va te prêter Berland. Ote aussi tes galoches et mets-moi ces bottines... Voyez-vous, comme ça, ça vaudra beaucoup mieux.

Puis l'infâme mégère se mit à tourner lentement sur elle-même, songeant et réfléchissant encore.

Tout à coup elle avisa sur la cheminée une énorme tenaille à côté d'un alésoir.

Elle donna la tenaille à son fils.

— Prends ça!... Je crois que chez la mère Dessaigne la porte du jardin est fermée par un cadenas... Ça pourra peut-être te servir...

Elle donna l'alésoir à Doré, c'est-à-dire un instrument qui, dans les mains d'un bandit aussi déterminé, pouvait devenir une arme redoutable.

Lire la suite dans la 2ᵉ LIVRAISON à 10 CENTIMES, en vente aujourd'hui.

La porte céda sous le coup d'épaule de Titi.

LIV. 2. A. FAYARD, éditeur.

—Et toi, mets ça dans ta poche... On ne sait pas ce qui peut arriver...
Puis elle ajouta :

— Il est nuit, il fait un froid de loup et la neige tombe... Il est donc
probable qu'il ne doit pas y avoir un chat dans la rue du Cayla... Mais
c'est égal, méfiez-vous tout de même... Méfiez-vous des voisins, des
passants, de votre ombre !... Et ne flanchez pas !... Si ce soir il n'y a pas
de galette, demain on ne boulottera pas.

« D'un autre côté, ajouta-t-elle plus vivement et en baissant la voix,
ce jour ne pouvait pas être mieux choisi... C'est lundi... Ce soir, il y a
représentation au théâtre d'Asnières... On donne même un chouette
spectacle : le *Naufrage de la Méduse*... Nous irons voir ça en chœur...
En cas d'accident, ça nous créerait un alibi... Vous comprenez?

— Oui, oui, la vieille, t'as de bonnes idées ! s'écria Adolphe.

— Ainsi donc, à 8 heures, je vous attendrai vers la gare... Comme
lorsqu'on travaille on peut friper sa toilette, vous m'y trouverez avec
des frusques. Est-ce bien dit? bien convenu?

— C'est convenu ! Et soyez tranquille, dit Doré d'un air sinistre, on a
du sang dans les boyaux et l'on ne flanchera pas !

— Et je crois que l'on boulottera demain ! ajouta la Redingue avec
son ricanement effrayant.

Mais soudain les quatre bandits et la vieille mégère se turent, tout
saisis.

On eût dit, à les voir si pâles, que Mme Dessaigne gisait déjà là-bas
dans une mare de sang et qu'ils voyaient déjà la police venir les chercher
pour l'échafaud.

Qu'était-ce donc et pourquoi la mère Berland et sa bande restaient-ils
ainsi tout à coup pétrifiés?

Quelle était donc l'apparition qu'ils venaient d'avoir? quel danger
pouvaient-ils redouter? que venait-il donc enfin d'arriver qui fût une
menace pour eux?

Oh ! rien... mais le bruit d'un pas qu'ils n'avaient pas d'abord reconnu
avait soudain retenti dans l'escalier, et comme les jeunes bandits et la vieille
mégère se sentaient la conscience lourde de méfaits, comme ils pouvaient
à chaque instant appréhender d'être découverts et d'aller coucher au
Dépôt, il n'en avait pas fallu davantage pour qu'une peur atroce leur glaçât
tout le sang dans les veines.

Et la mère Berland, tout à l'heure si crâne, n'avait pas été la dernière à flancher.

Toute tremblante, toute frissonnante dans sa peau, elle avait eu pendant quelques secondes comme la terrible vision de ce qui devait lui arriver plus tard, dans quelques jours à peine.

Il lui avait semblé qu'obéissant fidèlement à ses ordres, sa bande avait déjà exécuté l'horrible crime prémédité.

Dans la petite maisonnette isolée, la victime venait d'être découverte le crâne ouvert, et toute couverte, toute criblée d'épouvantables blessures...

Et ce pas qu'elle entendait retentir dans l'escalier qui conduisait à son taudis, devenait pour elle un bruit énorme, le bruit de vingt pas, et la vieille misérable ne pouvait se défendre contre cette sorte de fièvre, ou plutôt de folie que les criminels les plus résolus et les plus endurcis éprouvent dans l'appréhension du châtiment.

Et brusquement, soudainement la porte s'ouvrit.

Mais ce n'était pas encore la police, mais ce n'était pas encore M. Goron qui venait d'entrer, flanqué de ses plus fins limiers.

C'était une jeune fille, ou pour mieux dire une gamine de quinze ans et demi à peine, toute maigrichonne, avec le teint pâle et des cheveux blonds ébouriffés.

— Ah! c'est toi, Juliette! fit la mère Berland, toute livide encore.

Puis, tandis que la jeune fille, un peu étonnée de leur voir à tous cet air étrange, les dévisageait les uns après les autres, d'un coup d'œil rapide la mégère imposa silence à sa bande.

Juliette ne savait rien du coup qui se préparait, et si elle venait quelquefois dans le taudis des Berland, ce n'était que pour y rencontrer Chotin, dont elle était amoureuse.

Il fallait donc garder sa langue et ne pas débiner le truc devant elle.

— Suffit! fit à voix basse Doré.

Et sur un nouveau coup d'œil de la mère Berland, toute la bande fila.

— Eh bien! dit vivement Juliette, Chotin s'en va donc?

— Oui, petite, nos hommes vont à leurs affaires, répondit la vieille gueuse. Mais nous les retrouverons tout à l'heure, et, ce soir, c'est moi qui te paye le théâtre!

II

LE CRIME

Mme Dessaigne, la pauvre femme qui dans quelques instants allait mourir si horriblement assassinée, habitait à Courbevoie une petite maison, ou plutôt un petit pavillon dont le jardin aboutissait par une allée à la rue Saint-Denis et par une autre à la rue du Cayla.

Veuve d'un notaire qui ne lui avait laissé qu'un nom honorable, la vieille dame vivait d'une modeste pension qu'elle touchait en qualité de veuve d'une victime du Deux-Décembre et à laquelle s'ajoutaient quelques envois d'argent que lui faisaient ses deux filles.

Comme on le voit, Doré était donc bien loin de compte quand il parlait avec tant d'assurance à ses complices des deux ou trois mille francs qu'on trouverait chez elle.

Mais la malheureuse femme l'avait toujours gratifié de généreux pourboires; mais elle lui avait de temps à autre payé avec une pièce d'or la viande qu'il lui apportait, et le misérable devait en conclure plus tard qu'il y aurait certainement chez elle un riche coup à faire.

Chose étrange! Mme Dessaigne avait déjà eu sa mère et une de ses sœurs assassinées!

Mais ce souvenir tragique ne l'avait pas rendue plus peureuse.

D'ailleurs très bonne, très bienveillante pour tous et d'une très modeste aisance, qu'aurait-elle pu avoir à craindre?

Son caractère ne lui avait point fait d'ennemis et sa fortune ne pouvait pas exciter la convoitise.

Aussi, malgré les supplications de ses enfants, qui par une sorte de pressentiment avaient très souvent tremblé pour elle, avait-elle persisté à ne pas quitter le quartier désert où elle avait ses habitudes et où sa vieillesse se plaisait.

Ce soir-là, Mme Dessaigne était donc, comme à l'ordinaire, parfaitement tranquille et sans aucune appréhension.

Au dehors la nuit était très noire, la rue toute déserte, la solitude de plus en plus menaçante, mais elle n'y songeait même pas.

Quelquefois aussi la bise qui soufflait faisait battre contre la fenêtre ses volets qui étaient restés entr'ouverts, mais elle ne se retournait même pas, et profondément absorbée, continuait de lire, assise devant le feu, un roman qui l'intéressait.

Et cependant, que peu d'instants lui restaient à vivre !

Et cependant, comme le crime à grands pas se rapprochait d'elle !

A peine hors du taudis de la mère Berland, Doré s'était arrêté net au milieu de la rue.

— Ce n'est pas tout ça ! s'écria-t-il. Qui est-ce qui aboule pour acheter la lettre ? Moi, d'abord, je n'ai pas le rond...

— Ni moi non plus, dit Deville.

Quant à Adolphe Berland, il s'était contenté de frapper sur ses goussets vides.

— Et toi, l'Anguille ? reprit Doré en s'adressant à Chotin qui avait presque autant de sobriquets qu'un grand d'Espagne a de prénoms.

— Moi, j'ai huit sous.

— Il n'en faut qu'un... Hardi, casque !

Et le sou dans la main, Doré s'esquiva. Quand il revint, il tenait à la main la lettre déjà fermée, mais qui restait encore sans adresse. Ce ne fut qu'au moment d'arriver dans la rue du Cayla que Titi, à la clarté indécise d'un réverbère et pendant que les autres guettaient si on ne pouvait pas les surprendre, écrivit le nom en s'appuyant contre un mur.

— Voilà ton passeport, dit-il à Adolphe en lui remettant la lettre. Avec ça, nous tenons la vieille... Et filons !... Leste !

En ce moment six heures sonnaient.

Tout à coup les bandits eurent comme un léger tressaillement...

Cette masse noire qui venait de se dresser devant eux, c'était là !

— Nous y sommes ! fit Doré, la voix sourde, la main tendue du côté du pavillon.

Il se retourna, prêta l'oreille pendant quelques secondes, puis ajouta vivement :

— Personne !... Un désert !... A nous la galette !...

Mais, depuis un moment, Chotin grelottait et claquait des dents.

Et comme Adolphe le poussait pour le faire avancer :

— Non, non, je ne peux pas ! s'écria-t-il tout blême et avec un accent plein d'épouvante ; non, décidément je ne peux pas !... Je reste là...

Un éclair de fureur brilla dans l'œil de Doré.

— Espèce de fausse-couche, tu marcheras ! cria-t-il avec un geste menaçant.

— Non, non, laisse-le ! fit Berland. Il fera le guet, et c'est la Boule qui entrera...

Puis comme Deville essayait de protester, comme il voulait rappeler les conventions qu'ils avaient faites dans le taudis, il ne le laissa pas achever, et furieux à son tour, les poings fermés, il lui cria en pleine figure :

— Tu entreras, ou je t'étripe !

Et, sans en entendre davantage, il se préparait déjà à trouver le moyen d'escalader le mur pour aller ouvrir le cadenas qui fermait la porte de l'allée, quand brusquement Doré le retint.

— Pas la peine ! dit-il. Tiens, regarde donc !

La porte était légère et sous le coup d'épaule de Titi elle céda.

— Suivez-moi ! dit Adolphe.

Il avait remis sa tenaille à Deville et tenait la lettre à la main.

Derrière lui, et déjà armé de son alésoir, marchait Doré.

La Boule suivait.

Tous les trois retenaient leur haleine.

Comme ils avaient déjà fait quelques pas dans le jardin, brusquement Adolphe Berland se retourna.

Il montra aux autres le mince filet de lumière qui s'échappait à travers les volets mal clos de Mme Dessaigne.

— Oh ! la vieille n'y coupera pas ! ricana-t-il. Attention !...

Et ils continuèrent d'avancer, le visage fouetté par la neige qui tombait.

Quelques minutes s'écoulèrent.

Toujours très tranquille, toujours très confiante, Mme Dessaigne restait plongée dans sa lecture.

Mais si par hasard elle se fût retournée et que ses yeux se fussent portés vers la fenêtre, de quel effroi, de quelle épouvante n'eût-elle pas été saisie !

Elle eût pu voir alors, derrière ses rideaux, deux yeux étincelants qui restaient fixés sur elle.

C'était Adolphe Berland qui reconnaissait les lieux.

— La vois-tu? souffla Doré.

— Oui.

— Que fait-elle?

— Je crois qu'elle pionce.

Titi regarda à son tour.

— Non, elle lit.

Puis comme la Redingue ne bougeait plus, il reprit brusquement et un peu nerveux :

— Eh bien! entres-tu, ou j'entre seul!

Il était encore temps pour Adolphe Berland de s'arrêter.

Il était encore temps pour lui de ne pas faire le pas décisif qui allait le conduire à l'échafaud.

Mais il n'hésita pas.

— Allons-y! dit-il.

Doré s'était rejeté en arrière.

Il dit à Deville :

— Eh bien! ma vieille branche, tu ne vas pas avoir la frousse, je pense!... C'est le moment!...

Et ils écoutèrent.

Adolphe venait d'entrer chez Mme Dessaigne, et très calme, la voix très ferme :

— Une lettre pour vous, dit-il.

Certes, la visite de cet inconnu à l'air plus que louche et dans un endroit aussi désert, n'était pas des plus rassurantes à cette heure.

Mais Mme Dessaigne, qui, probablement, n'avait pas bien regardé la figure de Berland, ne sembla pas avoir la moindre méfiance, le moindre soupçon.

Elle se leva lentement et s'approcha de lui.

Les dents serrées et préparant son fameux coup de tête, le |misérable la guettait déjà.

— Donnez, dit la vieille femme, mais ça ne doit pas être pour moi.

Et elle tendit la main.

Mais, au même instant, les deux complices de la Redingue tressaillirent.

Un cri terrible, mais un seul cri, venait de retentir.

— Je crois que ça y est! dit Doré.

— Oui, la vieille a dû faire la culbute, répondit Deville.

En effet, la pauvre vieille râlait maintenant sous le genou d'Adolphe. Et folle, éperdue, elle trouvait encore la force de résister, de défendre sa vie... Parfois, elle avait encore un cri que le misérable étouffait.

— Quand j'ai dit que je t'arracherais la langue! s'écria-t-il.

Et, furieux, il lui plongea son poing dans la bouche. Mais il eut un cri de douleur.

— Ah! gueuse, tu me mords! s'écria-t-il avec un redoublement de rage. Si tu avais encore des dents, il ne me serait pas même resté le pouce... Mais attends!... tu ne crieras plus!... tu ne mordras plus!...

Et prenant dans ses deux mains, comme dans un étau, le cou de la pauvre vieille, le bandit cherchait maintenant à l'étrangler.

Doré venait à son tour d'entrer en scène.

— Je crois qu'elle regimbe! s'écria-t-il. Mais ne te donne donc pas tant de mal! Tu vas voir!

Et s'appuyant de la main gauche sur l'épaule de son complice, de la main droite il leva l'alésoir... Deux fois l'arme s'abattit sur le crâne de la vieille femme... deux flots de sang jaillirent...

— C'est entré comme dans du beurre! ricana le monstre.

Mme Dessaigne avait à présent le crâne perforé, un œil hors de l'orbite, les oreilles et la bouche déchirées, et cependant la pauvre martyre râlait, gémissait encore!

— Oh! je l'achèverai bien tout seul, dit Adolphe. Appelle Deville!... Dépêchons!

Mais on n'avait pas eu besoin d'appeler Deville.

Il venait d'accourir, et, aidé de Doré, il fouillait partout, dans tous les meubles, dans tous les coins.

Et rien!... Pas un sou!

— Ce sera là-haut, dans sa chambre! s'écria Titi.

Puis, toujours suivi de Deville, il s'élança au premier étage.

Mais là encore on avait beau crever les matelas, tout casser, tout briser, ne rien laisser debout, on restait encore les mains vides : pas le moindre argent!

Pendant ce temps, Adolphe Berland s'entêtait à faire taire Mme Dessaigne. Il avait les habits et les mains rouges de sang, et c'était

— Tiens ! regarde là ! dit Adolphe.

à coups de pied maintenant qu'il lui broyait le front, qu'il lui défonçait la poitrine, et la malheureuse femme s'entêtait aussi à vivre!... et ses lèvres n'exhalaient pas encore leur dernier souffle!

— Ah! zut! finit par dire le bourreau. Elle me lasse!...

Et il laissa là l'agonisante pour aller là-haut donner un coup de main à Deville et à Doré.

C'était maintenant dans la chambre de Mme Dessaigne un véritable massacre. Tout gisait pêle-mêle. Et toujours rien... toujours cette fameuse galette qui restait introuvable! toujours cette prétendue fortune sur laquelle il était impossible de mettre la main!

Et tandis que les bandits continuaient à s'acharner après les meubles, parfois d'en bas, de la pièce où le crime s'était commis, de longs gémissements, de longues plaintes montaient...

Alors, avec un cri de rage, Adolphe redescendait.

— Ah! je vais bien la faire taire! s'écriait-il.

Puis de nouveau son talon s'abattait avec furie sur sa victime pante-ante. Mme Dessaigne se taisait. Elle n'avait plus un tressaillement, plus un soupir. Oui, cette fois, elle était bien morte.

Mais à peine quelques minutes s'étaient-elles écoulées, que, là-haut, les trois bandits tressaillaient.

De nouvelles plaintes, de nouveaux gémissements arrivaient jusqu'à eux.

Et alors ils se regardaient tout pâles, presque saisis par un effroi superstitieux.

Ils s'étaient mis à deux pour tuer cette vieille femme de quatre-vingts ans, et elle ne voulait pas mourir.

Qu'est-ce que cela voulait dire?

— Décidément, elle a l'âme chevillée dans le corps! dit Doré.

— Bah! puisque je n'ai pas pu en venir à bout, je ne m'en mêle plus, dit Adolphe. Laissons-la geindre...

— Et cherchons!... cherchons encore! ajouta vivement Deville. Mais où chercher?

Il n'y avait plus un coin maintenant où l'on n'eût fouillé au moins dix fois, vingt fois...

C'était donc un coup manqué et il n'y avait plus à présent qu'à se rattraper sur la veuve Boyer, sur la charbonnière du quai de Seine ou sur le curé du Bourget.

— Il y a Chotin, dit Doré, qui m'avait aussi parlé de sa marraine qui habite Chatou... On pourrait peut-être voir ça...

Mais Adolphe n'avait pas répondu.

Il restait rêveur.

Il se disait que ce n'était pas une raison parce qu'on n'avait pas trouvé la galette pour revenir les mains complètement vides.

— Si elle avait eu seulement des bijoux... ou de l'argenterie, finit-il par dire. Avec ça, on peut encore faire de l'os.

Et de ses mains humides et rouges, de ses mains qui laissaient des empreintes sanglantes sur tous les meubles et sur tous les objets qu'il touchait, il se remit à fouiller dans tous les tiroirs.

Soudain il eut un cri. Sous sa main un écrin venait de tomber, dans lequel des bijoux étincelaient. Doré ramassait au même moment une paire de boucles d'oreilles en corail, deux bagues en cheveux et une vieille bague en or, qu'il mit de côté pour en faire cadeau à la mère Berland.

Quant à de l'argenterie, s'il y en avait, Titi pensait que c'était dans la pièce du rez-de-chaussée qu'on la trouverait.

— Sont-ils entêtés ! s'écria-t-il en s'apercevant que Deville aussi persistait à chercher encore. Quand je vous dis qu'il n'y a rien à frire ici... C'est peut-être dans la salle à manger qu'on trouvera encore quelque chose... On n'a pas bien vu... Hardi, zou, décampons !

Et il se mit à dégringoler l'escalier en entraînant derrière lui ses deux complices.

Quand ils revinrent dans la chambre du meurtre, toujours le râle lugubre, toujours la longue plainte d'agonie de Mme Dessaigne se faisait entendre.

— Elle baisse tout de même, dit Adolphe après lui avoir jeté un coup d'œil. Mais attends, ma vieille, je vais te donner le coup de grâce.

Et, s'emparant d'un énorme coquillage à pointes très aiguës qui se trouvait sur la cheminée, il se mit à frapper à coups redoublés, à coups terribles le crâne de la victime.

— Ne t'éreinte donc pas ! dit tranquillement Doré. Tiens, empoigne-moi ça !

Et il passait à Adolphe quatre couverts en ruolz qu'il venait de découvrir dans le buffet.

Pendant ce temps, Chotin, seul au milieu de la rue déserte, continuait à faire le guet.

Plein d'épouvante et plein d'effroi, il avait eu un moment la pensée de s'enfuir quand le cri terrible de Mme Dessaigne était parvenu jusqu'à lui, mais la peur que lui inspiraient ses complices l'avait retenu, et il avait fini par rester là, l'œil toujours fixé dans l'obscurité, l'oreille toujours ouverte au moindre bruit.

Mais le temps passait, s'écoulait... Il y avait maintenant plus d'une heure que la vieille avait été saignée... La lumière qui avait brillé au premier étage, depuis quelques instants s'était éteinte. On avait eu certainement plus de temps qu'il n'en fallait pour s'emparer de la galette. — Le coup était fait. — Pourquoi les autres ne revenaient-ils donc pas ?

Et, de plus en plus, Chotin tremblait, frissonnait, mais ce n'était pas se froid.

Brusquement, une peur plus grande, une impatience plus vive le gagna.

Alors, après avoir jeté un coup d'œil autour de lui, après s'être assuré une fois de plus que la rue du Cayla était toujours déserte, il entra dans l'allée et se mit à appeler ses complices.

Mais personne ne lui répondit. On ne l'entendait pas.

Chotin appela encore plusieurs fois ; puis, comme c'était toujours le même silence, il prit le parti de se diriger vers la maison.

Quand il y arriva et dès qu'il eut collé son visage contre la vitre, il ne put retenir un cri de stupeur.

Mme Dessaigne, avec son masque rouge et ses cheveux blancs épars dans une mare de sang, se trouvait devant lui.

Mais ce n'était pas ce spectacle-là, ce spectacle pourtant si horrible et si hideux, qui faisait éprouver à Chotin un si profond saisissement...

Non, c'était le sang-froid ou plutôt le cynisme des deux assassins, de Berland et de Doré, qui le rendait pâle de stupeur.

Attablés près du cadavre, pendant que Deville restait à l'écart dans un coin, les deux bandits mangeaient !... les deux bandits trinquaient !...

Ils avaient devant eux des œufs, des sardines, des fruits confits, une bouteille de vin, une bouteille de rhum, et c'était une fête, et c'était une bombance !...

Mais soudain ils tressaillirent, puis se levèrent d'un bond.

Ils venaient d'apercevoir une ombre qui les regardait, une ombre qui les épiait et qu'ils ne reconnaissaient pas.

Alors Chotin cria :

— C'est moi !... Mais dépêchez-vous ! Venez donc !...

Puis il disparut.

Deville, à son tour, commençait à prendre peur et suppliait ses deux complices de fuir.

— Oui, allons-nous-en !... Partons vite ! dit-il.

Mais Doré, la bouche pleine, hochait la tête.

— Nous avons le temps... Moi, je boulotte, répondit-il. A la tienne, la Redingue !

— A la tienne, mon vieux !...

Et plus d'un quart d'heure encore s'écoula.

Chotin, qui de nouveau errait dans la rue, n'était plus seulement pâle de peur, mais encore pâle de colère, pâle de rage.

— Ça c'est bête !... c'est idiot ! grommelait-il. Ils finiront par nous faire pincer !...

Enfin, à moitié ivres, les deux bandits s'étaient levés de table, et déjà Deville se dirigeait d'un pas rapide du côté de la porte, quand brusquement Adolphe le retint par le bras.

— Un instant ! fit-il. Nous avons bien encore une minute, que diable !

Il venait de prendre la bougie sur la table, puis il ajouta :

— Je crois que tu n'as pas vu la vieille, je veux te la faire voir... Tiens ! regarde-la !...

Deville laissa tomber son regard sur Mme Dessaigne, puis, très pâle, détourna la tête.

— Il me semble qu'elle bouge encore ! reprit Berland.

— L'as-tu fouillée ? demanda vivement Doré. Elle a peut-être la galette ?

— Tiens, c'est vrai !

Et maintenant Adolphe plongeait les mains dans les poches de sa victime.

Il en retira d'abord un trousseau de clés, puis un mouchoir, puis enfin un porte-monnaie.

— Il n'a pas l'air d'être lourd ! ricana Doré. Ouvre-le vite !... Combien ?

— Vingt francs, répondit Deville, qui regardait par-dessus l'épaule de Berland.

— Non, non, il ne faut pas se filouter, répliqua vivement celui-ci. Vingt-trois francs et trois sous...

— C'est toujours ça, fit Titi. Détalons!

Ils avaient soufflé la bougie, et tandis qu'ils s'éloignaient à grands pas, Mme Dessaigne, en effet, bougeait, remuait encore, ses yeux vitreux et fixes largement ouverts dans les ténèbres.

III

L'ALIBI

Les trois criminels venaient de traverser le jardin. Mais, avant de franchir la porte d'allée et de s'engager dans la rue, il était peut-être prudent de se rendre compte de ce qui pouvait s'y passer.

— Attention, vous autres! dit vivement Doré en retenant ses deux complices derrière lui. C'est le moment maintenant d'ouvrir l'œil!...

Alors, avançant la tête, il regarda, écouta...

Mais il ne vit dans la rue que Chotin qui continuait à battre la semelle.

— Nous pouvons y aller! fit tout bas Titi.

Et ils filèrent rapidement le long des murs.

Quand on fut au bout de la rue du Cayla, Adolphe Berland se rapprocha de Chotin.

Il s'agissait de savoir si, pendant qu'on *arrangeait* la vieille, celui-ci n'avait rien vu de suspect autour de la maison.

Alors Chotin fit son rapport.

Pendant tout le temps qu'il avait fait le guet, c'est-à-dire pendant plus d'une heure et demie, il n'était passé en tout que trois personnes devant le pavillon de Mme Dessaigne.

— Quelles personnes? demanda la Redingue.

— Des gens que je ne connais pas... Deux hommes d'abord qui causaient très vivement ensemble... Puis ensuite une femme...

— T'ont-ils aperçu?

— Les deux hommes, oui, car il fallait bien que je sache à qui j'avais affaire pour ne pas vous donner une fausse alerte... Alors, dès que j'ai entendu le bruit de leurs pas, je me suis porté à leur rencontre... D'ailleurs, ils n'ont pas même regardé la maison...

— Et la femme?

— Quand la femme a passé vous étiez au premier étage et elle a regardé la lumière... C'est tout.

— C'est bien, dit Adolphe.

Et comme Deville venait de se rapprocher, il les planta là tous les deux et pressa le pas pour aller rejoindre Doré qui marchait un peu en avant.

Alors, lui posant la main sur l'épaule et se penchant à son oreille :

— Dis donc, Titi, j'ai une idée! fit-il.

— Quelle idée? dit Doré. Est-ce qu'il s'agit de ta charbonnière?... Tu sais que j'en suis! On peut toujours compter sur moi...

— Oh! ma charbonnière, j'y tiens! répondit vivement Adolphe. Je suis convaincu que l'on trouvera chez elle plus de galette que l'on n'en a trouvé chez ta vieille...

— Ne me blague pas!...

— Mais ce n'est pas de ma charbonnière qu'il s'agit pour le moment.

— Alors de quoi s'agit-il?

— De Chotin.

— De *Cri-Cri?*

— Oui. Tu sais d'ailleurs ce que je t'en ai dit et ce que j'en pense...

— Tu t'en méfies?

— De plus en plus.

— Est-ce que réellement tu le crois capable de manger le morceau?

— Pourquoi pas? Du reste, tu sais ce qui s'est passé, tout à l'heure, au moment d'entrer chez la vieille? Il a pris la frousse et s'est mis à trembler.

— Oui, je m'en souviens, dit Doré, avec un accent de colère. Si tu ne m'avais pas retenu je lui tapais sur la peau...

— Ce mec-là devient donc d'autant plus dangereux que, dès demain, on va tout découvrir.

— Oui, demain, ce sera un joli branle-bas dans Courbevoie !

— Dans Courbevoie, dans Asnières... et partout !

— Je voudrais être là quand la *rousse* va s'amener... ça sera rigolo !

— Oui, mais ce qui ne serait pas rigolo, c'est qu'elle nous pince !

— Elle peut se fouiller ! dit Doré, qui se mit à rire. Mais cependant si Chotin te gêne...

— Je t'ai dit pourquoi.

— Eh bien ! supprimons-le... Mais comment ?

— Il ne sait pas nager. Pourquoi ne le balancerions-nous pas du haut du pont d'Asnières ?

— Comme le petit pâtissier que nous avons, un soir, soulagé de sa marchandise, ricana de nouveau Doré. Mais, avec celui-là, nous avions manqué notre coup, car au lieu de tomber dans l'eau il était tombé sur le pavé, et si nous n'avions pas eu de veine, nous pouvions déjà nous mettre sur les bras une très mauvaise affaire...

— Avec Chotin, nous tâcherons d'être moins maladroits, dit doucement Adolphe avec son sourire sinistre. Est-ce entendu ?

— C'est entendu... Mais pas ce soir... Ce soir, ta vieille nous attend.

— Alors, demain ?

— Oui, demain ça peut se faire, répondit Doré.

Puis s'arrêtant tout à coup :

— Mais attention ! ajouta-t-il vivement. Voici une fontaine... Je crois que c'est le moment de se laver les pattes...

Les bandits étaient arrivés dans la rue de Bretagne, une rue aussi solitaire que la rue du Cayla, et lentement, sans se presser, ils se lavèrent les mains et nettoyèrent leurs habits.

Presque au même instant, exacte au rendez-vous, la mère Berland arrivait vers la gare d'Asnières.

La jeune maîtresse de Chotin lui parlait, mais elle ne lui répondait pas, elle semblait même ne pas l'entendre.

Et elle était ainsi toute pensive et toute pâle depuis que la bande avait quitté son taudis...

A quoi donc songeait la vieille mégère ? Quelles réflexions pouvait-elle faire ?

Était-ce le remords qui la troublait ? Était-ce la crainte du châtiment qui de nouveau s'emparait d'elle ?

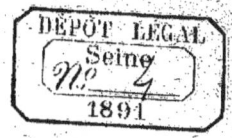

— C'est bien travaillé! mes enfants, s'écria la mère Berland!

Non, sa crainte avait depuis longtemps disparu et son âme ne connaissait pas plus le remords qu'elle ne connaissait la pitié !

Mais si elle était pâle et si parfois elle avait de légers frissons, c'était de joie...

Il lui semblait qu'elle tenait déjà dans ses mains l'argent du crime, ces deux ou trois mille francs dont lui avait parlé Doré, et qui étaient pour elle une si grosse somme, une fortune !

Et déjà elle bâtissait un nouveau plan, déjà elle préméditait de nouveaux crimes.

Alors son esprit se reportait sur le vieux curé du Bourget, sur ce brave homme qui avait été le parrain et le bienfaiteur de Doré.

Après Mme Dessaigne, c'était lui le premier qui y passerait, c'était par lui le premier qu'on continuerait la série de meurtres et de crimes qu'elle rêvait.

L'argent du prêtre venant grossir dans la poche des assassins, ou plutôt dans sa poche à elle, l'argent de la petite rentière, on pourrait alors changer d'air et quitter Asnières.

Car ici, où elle habitait depuis une dizaine d'années, elle était trop connue, ou pour mieux dire trop méprisée.

— A Asnières, pensait-elle, on me sait capable de tout... On se méfie de moi et je suis suspecte à tout le monde. Or, que nous fassions encore un coup comme celui que nous venons de faire aujourd'hui, et qu'on découvre encore un crime comme celui que l'on va découvrir demain, et j'entends déjà cent voix, mille voix s'écrier : « Arrêtez la Berland !... C'est elle et sa bande qui sont les meurtriers ! »

Elle hocha vivement la tête, puis la bouche crispée par un mauvais sourire :

— Non, non, je ne suis pas si bête ! ajouta-t-elle en se parlant toujours à elle-même. Je n'irai pas me jeter moi-même dans la gueule du loup et me faire pincer... Non ! non !... La vieille de la rue du Cayla doit avoir son compte... Il ne restera plus qu'à *scionner* le vieux calottin... Une fois ce nouveau coup fait proprement, gentiment, et cette nouvelle galette dans ma *profonde*, je lève le pied !

Et la misérable femme riait maintenant d'un rire sourd, tandis qu'un éclair de joie sinistre faisait étinceler son regard.

— Pourquoi riez-vous donc ? demanda vivement Juliette.

Mais, cette fois encore, l'horrible mégère ne lui répondit pas.

Elle suivait sa pensée.

Oui, c'était dit, elle déguerpirait afin de pouvoir agir avec plus de sécurité. Deville et Doré la suivraient, elle n'en doutait pas. Avec son fils, ils faisaient un trio de gredins sur lequel elle pourrait compter. A eux quatre, ils seraient assez. Quant à Chotin, comme elle n'avait pas non plus en lui une confiance illimitée, elle ne le jugeait pas digne de faire partie de la bande...

— Oui, nous sèmerons Chotin, se dit-elle ; ce sera plus prudent.

Et alors, poursuivant toujours son rêve sinistre, elle se voyait déjà, elle autrefois si misérable, elle autrefois si gueuse, devenir presque riche !...

Elle n'habiterait donc plus son infect taudis du boulevard Voltaire !...

Elle ne serait donc plus obligée d'aller le soir, pendant que son fils attendait les pantes pour les dévaliser, traîner ses savates autour des fortifications afin de ramener chez elle quelque amant de rencontre, quelque pâle rôdeur qui ne payait parfois ses infâmes caresses qu'avec des coups !...

Elle pourrait donc faire la noce et se payer des petits verres tout son soûl !

Oui, la vie serait belle ainsi. Quant à la cour d'assises, quant au bagne ou à l'échafaud, elle n'y pensait même pas...

Et comme elle demeurait toujours absorbée, toujours silencieuse, tout à coup elle tressaillit...

A quelques pas d'elle, des voix bruyantes s'élevaient... des voix qu'elle connaissait bien...

Enfin, c'étaient eux !... c'était sa bande !

D'un bond elle se trouva en face des assassins, et jetant à Chotin son pardessus qu'elle portait sur son bras :

— Toi, file ! dit-elle rapidement et à voix basse. Juliette est là... Dépêche-toi de l'emmener. Il est inutile de jaspiner devant elle...

— Où nous retrouverons-nous ?

— Au théâtre !

Chotin était déjà loin.

Alors toujours très vivement :

— Vous autres, voici vos frusques, reprit la vieille mégère en ouvrant un énorme paquet. Mettez-les d'abord, nous causerons après...

L'endroit était très sombre, très désert, et l'on ne risquait pas d'être vu...

Pourtant, la mère Berland regardait à droite et à gauche, guettant dans l'ombre.

— Est-ce fait ? dit-elle brusquement.

C'était fait.

D'ailleurs, les trois bandits n'avaient eu qu'à endosser, sur leurs vêtements ensanglantés, d'autres vêtements usés et rapiécés.

— Pas de sang?... Pas de traces ?... demanda la voix sourde de la mégère.

— Non, non, nous avions déjà fait un bout de toilette, répondit Doré.

Et, sans laisser le temps à la mère Berland de l'interroger, il ajouta aussitôt :

— Et vous savez, la vieille a son compte... Quand nous sommes partis elle gigottait bien encore un peu, mais à présent ça doit être fini.

— Et le pognon? dit la mère Berland, en tendant fiévreusement la main.

— C'est un four, répondit Adolphe. Mais il y a des bijoux...

— Donne toujours !

— En fait de pognon, elle n'avait que vingt-trois francs... Les voilà !...

Et la Redingue mettait dans la main de sa mère le porte-monnaie de Mᵐᵉ Dessaigne.

— Et voici encore autre chose, reprit-il, quatre couverts...

— En argent?

— Je crois que oui.

— Et voici aussi quelques petits souvenirs... des boucles d'oreilles en corail, une bague en or, dit ironiquement Doré. Il y en a bien encore deux autres, deux bagues en cheveux, mais j'en garde une pour moi et l'autre est pour la Redingue.

A son tour, Deville venait de se fouiller.

— Moi, je n'ai pas grand'chose, dit-il : un dé d'argent, cette petite tirelire en métal et un peloton de laine. Mais j'ai toujours pris ça pour ne pas revenir les mains vides.

Mais il avait beau tâter toutes ses poches, il ne retrouvait plus le peloton de laine.

— Il paraît que je l'ai perdu, finit-il par dire. C'est dommage, car vous auriez pu vous faire des bas bien chauds...

Les dents serrées, l'œil noir, très pâle, la mère Berland, malgré les bijoux, était d'abord restée suffoquée de colère.

Ainsi c'était là tout le butin qu'ils rapportaient de cette expédition !

Ainsi ces deux ou trois mille balles sur lesquelles elle comptait, cette grosse galette dont Doré lui avait si souvent parlé, n'existait pas, ou si elle existait, ils n'avaient pas su la trouver !

— Nous avons pourtant bien cherché, dit Titi, comme s'il comprenait la pensée de la mégère. Mais il paraît que la vieille avait déjà tout claqué...

Mais la mère Berland commençait pourtant par se remettre.

S'ils n'ont rien trouvé, se disait-elle, c'est que probablement il n'y avait rien.

Alors à quoi bon les décourager ?

— Je ne me plains pas. Ça, c'est bien travaillé, mes enfants, s'écriat-elle. Mais, si nous voulons aller au théâtre, je crois qu'il serait peut-être temps de nous y prendre... Filons !

— Oui, filons ! dit Doré en emboîtant le pas à côté d'elle. Mais, dites donc, la vieille, quand va-t-on se partager la *braise ?*

— As-tu de la monnaie ? fit ironiquement la mère Berland.

— C'était histoire de se rafraîchir...

— On se rafraîchira tout à l'heure en cassant la pièce chez le troquet... Et tu peux être tranquille, chacun aura sa petite part... Filons ! filons !

Quelques minutes après, ils arrivaient devant la porte du théâtre où Juliette et Chotin les attendaient.

La vieille mégère fit alors signe aux trois assassins de se rapprocher.

— Vous savez le mot d'ordre ? dit-elle. Il s'agit de faire du boucan... beaucoup de boucan !... Il faut que tout le monde sache demain que ce soir nous étions ici...

— Compris ! fit Doré.

— Le boucan, je m'en charge ! ajouta la Redingue. Allons, la vieille, prends les billets...

Le rideau était levé, la salle comble, mais à peine la bande était-elle installée qu'une longue clameur s'éleva :

— A la porte !... Enlevez-le !...

C'était Doré que le public furieux apostrophait ainsi.

Mais lui, sans se démonter et debout à sa place, continuait de rire ou de parler tout haut, criant, gesticulant et ne cessant de s'adresser aux gens qui se trouvaient autour de lui que pour interpeller grossièrement les acteurs.

Et la Redingue, et Deville, et Chotin lui-même s'en mêlèrent.

Le scandale avait pris de telles proportions que la directrice du théâtre avait pris le parti de monter pour essayer de les faire taire.

Mais alors ce fut la vieille mégère qui se chargea de la recevoir.

Est-ce que, par hasard, ils n'avaient pas payé leurs places comme tout le monde?... Est-ce que ces jeunes gens n'étaient pas libres de s'amuser?... Que voulait-elle donc, cette bégueule?

Et, jusqu'à la fin du deuxième acte, les vociférations et les cris de la bande continuèrent.

Puis, comme le rideau tombait :

— J'ai le gosier rudement sec, la vieille! dit Doré. Est-ce qu'on ne s'arrose pas?

Et là-dessus toute la bande descendit, laissant là la maîtresse de Chotin encore toute grise et toute étourdie de cet épouvantable vacarme.

On s'aligna devant le zinc, et jetant fièrement sur le comptoir la pièce de vingt francs trouvée dans le porte-monnaie de Mme Dessaigne :

— Cinq canons! dit la mère Berland.

Cette pièce changée en tout autre endroit que là n'eût pas manqué d'éveiller les soupçons. Mais ici la vieille mégère et sa bande n'étaient pas connus. Elle siffla son verre, empocha sa monnaie, puis cligna de l'œil en montrant la rue.

Il s'agissait maintenant de se partager la galette. On s'éloigna du théâtre et on chercha un coin où l'on serait à l'abri des regards indiscrets.

— Voyons, dit alors la mère Berland, nous avons dit vingt-trois francs... Je commence d'abord par garder les trois francs, car c'est moi qui ai payé les billets et je viens de faire des dépenses... Il reste donc, en chiffres ronds, vingt balles...

— Si vous voulez, dit Doré.

— Par conséquent, voyons, comment allons-nous arranger ça?... Je vais te donner six francs... Ça va-t-il?

— Ça va! dit Titi.

— Et à toi, Deville, aussi six francs...

— Aboulez!

— Quant à Chotin...

— Oh! lui, c'est une rosse, une vache, rien du tout! cria avec emportement Doré. Il nous a lâchés...

— Il n'a pas voulu entrer chez la vieille! ajouta la Redingue.

— J'ai fait le guet! dit timidement Chotin.

La vieille mégère avait froncé les sourcils. Décidément, ce garçon n'était pas sûr et il allait falloir ouvrir l'œil avec lui.

Mais, comme ce n'était pas le moment de se brouiller avec Cri-cri, elle voulut se montrer bonne femme.

— Enfin, il a toujours *travaillé*, dit-elle. Donc il doit avoir sa part aussi comme les autres. Malheureusement, je n'ai plus de monnaie.

— Donne-lui vingt sous, dit la Redingue.

— Je n'en ai que quinze... Tiens, prends-les toujours, tu n'auras pas tout perdu...

Chotin, qui n'osait rien dire, se contenta de quinze sous.

— Maintenant, mes enfants, reprit la mère Berland, la voix très doucereuse, je crois que vous devriez aussi vous montrer un peu raisonnables... vous savez que c'est moi qui paye la turne où vous venez quelquefois pioncer... J'ai aussi d'autres frais...

— Enfin, bref, où voulez-vous en venir? dit brusquement Doré.

— Je voudrais que la Boule et toi vous me remettiez chacun quarante sous pour mon loyer. Ce n'est pas trop, n'est-ce pas? et vous serez bien gentils...

Doré se grattait la tête.

— C'est qu'il ne nous restera plus que quatre francs, dit-il.

— Eh bien! oui... mais on se rattrapera peut-être bientôt sur une meilleure affaire...

— Enfin, voilà les quarante sous...

— Et toi, Deville?

Puis, serrant dans sa main les quatre francs que les deux bandits venaient de lui rendre, et se montrant de plus en plus bonne femme :

— D'ailleurs, vous savez bien que je ne suis pas *regardante*, reprit-elle. Ce soir, je veux vous payer à dîner. Vous viendrez donc tous les deux à la fin du spectacle...

Et s'adressant à Chotin :

— Toi, Cri-cri, ajouta-t-elle, je pense bien que tu ne m'en voudras pas si je ne t'invite pas aussi. Mais tu comprends bien que ce n'est pas possible à cause de Juliette... Allons, remontez là-haut, amusez-vous bien, et à tout à l'heure !...

Et brusquement elle disparut.

Rentrée chez elle, elle retomba dans ses méditations et dans ses rêves, et longtemps elle resta assise, les bras croisés, le front sombre et le regard fixé devant elle...

Minuit sonna.

Soudain elle tressaillit.

Elle venait d'entendre sur le boulevard Voltaire les trois assassins qui revenaient en chantant.

Cinq minutes après, ils entraient dans le taudis en se poussant et se bousculant.

— Vous avez fait du potin, leur dit-elle, vous avez bien fait... Mais je crève de faim !... Boulottons !...

Il va sans dire que la vieille mégère n'avait pas fait de folies pour recevoir ses convives.

Quelques sous de saucisson, un peu de fromage et deux litres à douze pour faire descendre les morceaux, tel était le menu qu'elle s'était fait un plaisir de leur offrir.

— Une autre fois, nous mangerons du poulet, dit-elle en ayant l'air de s'excuser.

— Nous en avons déjà mangé, et pas cher ! ricana la Redingue.

— Parbleu ! il n'y a qu'à leur tordre le coup, ajouta Deville en riant à son tour.

Mais la mère Berland expliqua que ce n'était pas ce qu'elle avait voulu dire.

— Je pensais à ton vieux birbe, dit-elle à Titi.

— A mon curé ?

— Et je me disais que c'est lui qui doit maintenant payer pour la mère Dessaigne...

— Mais quand vous voudrez, dit vivement Doré, dès demain..

LE CRIME DE COURBEVOIE

La mère Berland contemplait, éblouie, les bijoux de l'assassinée.

— Non, non, demain ce serait trop tôt.. Il faut attendre encore un peu.. attendre encore quelques jours... attendre que tout le vacarne qui va se faire autour de l'affaire de ce soir se soit calmé...

— Oh! moi, je suis bien tranquille, dit Titi. Personne n'a rien vu, personne n'a rien entendu... Et quant à la vieille, ce n'est pas elle qui nous trahira...

— Pour sûr ! dit la Redingue.

— Tant mieux ! reprit la vieille mégère. Mais n'avez-vous rien laissé là-bas? rien oublié ?

— Moi j'y ai laissé la tenaille qu'on trouvera dans le jardin, dit Deville, mais ce n'est pas elle qui nous dénoncera...

— Et l'alésoir?

— L'alésoir? Il est peut-être encore dans le crâne de la mère Dessaigne, dit Doré. Est-ce lui qui parlera?

— Bon ! bon !... Car, voyez-vous, mes enfants, il faut être prudent !...

— Nous ne sommes pas des novices, n'est-ce pas? dit avec impatience la Redingue.

— Non, non... ne te fâche pas, mon chéri !...

Et l'honnête garçon avait raison. A dix-huit ans, il avait déjà sur la conscience, ainsi que son digne copain Doré, dix vols avec effraction, sans compter deux attaques nocturnes à main armée.

— Mais tu pourrais tout de même donner un coup d'œil à mes souliers... Il me semble qu'ils sont pleins de sang...

— Nous allons voir ça, dit la vieille mégère.

Et Deville parti, la Redingue et Titi couchés côte à côte sur le grabat comme deux frères, elle examina très longuement, très attentivement les vêtements des deux assassins.

— Il y aura du travail ! murmura-t-elle.

Et toute cette nuit-là, il y eut de la lumière dans le taudis de la mère Berland.

Quand le jour parut, elle lavait, savonnait encore, pâle de fatigue, les bras tout rouges.

Elle bourra son poêle de charbon, attisa énergiquement le feu et fit sécher les vêtements.

Une odeur de meurtre, une odeur de massacre emplissait maintenant l'horrible taudis ; mais la vieille mégère ne s'en apercevait même pas.

Et sans rêves, très calmes, la Redingue et Titi continuaient de dormir.

IV

LES PREMIÈRES RECHERCHES

Son horrible besogne achevée, c'est-à-dire les vêtements et les souliers de son fils, de son « chérubin », lavés, nettoyés, un sourire de satisfaction avait, pendant une seconde, illuminé la face hideuse de la mégère.

Il lui semblait que les traces du crime ayant disparu, le crime lui-même n'existait plus.

D'ailleurs, plus elle y pensait, plus elle trouvait maintenant de bonnes raisons pour se rassurer et se tranquilliser.

La police, la justice ?... Oh! c'était elle qui s'en battait l'œil!...

Est-ce qu'avant eux, d'autres meurtriers, d'autres assassins n'étaient pas restés impunis?

Est-ce qu'on ne voyait pas tous les jours des affaires comme celle-là définitivement classées, c'est-à-dire définitivement enterrées?...

Est-ce que, le plus souvent, ce n'était pas l'imbécillité ou l'imprudence des criminels qui faisait toute l'intelligence et toute l'habileté de la police?

Or, comme la vieille mégère avait la prétention de ne pas être une bête; comme son coup avait été très bien calculé et très bien combiné; comme, dans l'exécution de l'assassinat, aucune faute, aucune « gaffe » n'avait été commise, pourquoi aurait-elle pu trembler en pensant à la découverte que l'on allait faire?

Il y avait bien, il est vrai, la tenaille qui avait été oubliée par Deville, et l'alésoir qui avait été oublié par Doré.

Il y avait bien aussi la lettre dont Adolphe s'était servi en se présentant chez Mme Dessaigne et qui serait sans doute retrouvée près du cadavre de la victime...

Mais qui donc pourrait reconnaître, sur l'enveloppe de cette lettre, l'écriture de l'ancien garçon boucher?... Mais qui donc saurait que les deux instruments emportés par les deux bandits sortaient du taudis de la mère Berland?

— Allons, tout ira bien, n'y pensons plus, se dit-elle.

Et, comme pour se donner du cœur au ventre, elle avala d'une lampée une large rasade de rhum, puis, prenant l'écrin que son fils lui avait remis la veille en même temps que les couverts de ruolz, elle se laissa tomber lourdement sur une chaise qui se trouvait devant la table.

L'écrin ouvert, il y eut dans le taudis un long silence, coupé seulement par la respiration bruyante de la Redingue et de Titi, toujours profondément endormis.

Et toute pâle, les lèvres un peu tremblantes, la mère Berland contemplait, éblouie, les bijoux de l'assassinée.

Voici, d'après un inventaire qui fut dressé plus tard par le commissaire de police de Courbevoie, quels étaient ces bijoux :

1° Un bracelet en or, dit collier de chien, de forme plate, sans chaînette, de huit à dix millimètres de hauteur sur quatre millimètres d'épaisseur.

Ce bracelet, creux à l'intérieur, portait une petite coche résultant du choc du bijou sur un corps dur.

2° Une bague en or, dont le chaton avait la forme d'une navette ou d'un petit bateau.

(Intérieurement se trouvait un rang de perles fines circulaire. Trois barres ou traverses étaient serties de petits rubis, un sur chaque traverse.)

3° Une paire de boucles d'oreilles en or et en perles, dont chaque boucle était constituée par une perle retenue par des griffes.

(C'étaient les boucles d'oreilles que la victime portait ordinairement.)

4° Une paire de boucles d'oreilles en or rouge, dit de Russie, en forme de disque cintré.

Dans la concavité du disque ou bouclier renversé se trouvait une grappe de raisins avec feuilles de vigne.

Ces ornements étaient également en or.

5° Une paire de boucles d'oreilles constituées chacune par une sorte de pendeloque, soit trois améthystes montées sur or et suspendues les unes au-dessous des autres.

La pierre supérieure et la pierre inférieure étaient rondes ; la pierre du milieu était ovale, en forme de poire.

6° Une paire de boucles d'oreilles en or mat ; chaque boucle était composée d'une ou deux boules en or sur lesquelles brillaient des étoiles bariolées.

7° Une petite chaîne en or très fine, avec croix d'or ornée d'améthystes.

Et longtemps encore, immobile et les coudes repliés sur la table, la vieille mégère restait l'œil fixé sur l'écrin.

Mais tout à coup elle le referma brusquement, les sourcils froncés et balbutiant des mots de colère.

Car, en effet, c'était là, pour elle, de l'argent qui dormait, de l'argent inutile. Impossible d'aller vendre ces bijoux sans se compromettre ; impossible aussi de les engager sans se faire pincer quelques jours après.

La plus élémentaire prudence commandait donc de les garder en attendant l'occasion de pouvoir les *laver* sans courir aucun risque.

— Plus tard, quand l'affaire sera oubliée, nous verrons, pensa-t-elle. Mais que vais-je en faire ? Où vais-je les cacher ?

Et debout, l'écrin dans la main, elle cherchait autour d'elle.

Un moment, l'idée lui était bien venue de le confier à Juliette, mais n'était-ce pas une idée folle, une idée stupide ?

— Non, non, derrière cette glace, se dit-elle. Dans quelques jours, je tâcherai bien de leur trouver un coin plus sûr...

Et, les bijoux cachés derrière la petite glace qui surmontait la cheminée, la mère Berland pensa aux couverts...

Ils n'avaient pas de chiffre... leur valeur était minime... On pouvait donc les mettre *au clou* sans aucun danger.

Elle remit du charbon dans son poêle, retourna une fois de plus les vêtements d'Adolphe qui commençaient à sécher, puis lestement elle s'habilla.

Comme elle allait passer la porte, Doré entr'ouvrit les yeux.

— Vous sortez, la vieille ?

— Oui, je vais chez ma *tante*..., je vais porter ça, répondit-elle. En attendant, je crois que vous ferez bien de ne pas bouger... Je vous dirai tout à l'heure si j'ai appris quelque chose de nouveau.

Puis elle s'esquiva.

Jamais elle n'avait traversé les rues d'Asnières la tête plus basse, le pas plus rapide.

Personne ne s'inquiétait d'elle et cependant il lui semblait que, sur son passage, tout le monde se retournait, chuchotait...

Quand enfin elle arriva au mont-de-piété et qu'elle se trouva en face de l'employé à qui elle avait tendu les couverts, tout son sang-froid l'abandonna et elle se sentit devenir toute livide, toute frissonnante.

Il lui semblait que cet homme la regardait d'un air soupçonneux, d'un air étrange.

Il lui semblait qu'il allait lui crier : « Ces couverts ont été volés ! — Ces couverts appartenaient à Mᵐᵉ Dessaigne qui a été assassinée ! »

Et elle ne se remit un peu que lorsque l'employé eut jeté devant elle une pièce de cinq francs.

Alors elle respira longuement, bruyamment. Mais elle avait eu tout de même une fière peur, une fière émotion, et jamais elle ne se serait crue si lâche...

— Oh ! ce n'est que le premier moment, je m'y ferai, se dit-elle.

Et maintenant, de plus en plus, une idée fixe s'emparait d'elle, l'obsédait.

Elle voulait savoir ce qui se passait là-bas, à Courbevoie, là-bas, vers la maison du crime...

— Si l'affaire est déjà connue, pensait-elle, il y aura certainement des groupes de curieux dans la rue Saint-Denis et dans la rue du Cayla... Et tout ce monde-là parlera, jasera... Rien ne me sera donc plus facile que de savoir ce que l'on dit...

Au lieu de rentrer chez elle, elle se dirigea donc très résolument vers la demeure de Mᵐᵉ Dessaigne.

Mais, comme elle arrivait à l'angle de la rue du Cayla, elle s'arrêta brusquement, toute saisie.

Là-bas, devant le petit pavillon, une foule énorme et dont elle pouvait déjà entendre les rumeurs, était rassemblée.

Le crime était découvert !

Lentement, l'air très calme en apparence, la vieille mégère se rapprocha...

Perdue au milieu des groupes, elle se trouvait juste en face de la petite porte que, la veille, Doré avait enfoncée d'un coup d'épaule.

Devant cette porte, un homme, qui devait être un agent de police, restait debout, les bras croisés.

Et l'oreille tendue, la mère Berland écoutait, ne perdait pas un mot, pas une syllabe.

Tout près d'elle, une jeune femme très pâle et qui paraissait très émue, parlait avec beaucoup d'animation au milieu de cinq ou six autres, qui toutes la questionnaient, l'interrogeaient.

— Ainsi, c'est donc bien vrai, dit une boutiquière qui venait seulement d'arriver, cette pauvre Mme Dessaigne a donc été assassinée ?

— Oui, c'est vrai, répondit la jeune femme ; oui, c'est Mme Koppler qui a découvert le crime ce matin.

— Mme Koppler ?

— La propriétaire de Mme Dessaigne.

— Ah ! c'est juste.

— Il était environ neuf heures et je me rendais précisément chez elle, chez Mme Koppler... Tout à coup, et comme je traversais le jardin, je la vois sortir épouvantée du pavillon de sa locataire, en criant : « Ah ! mon Dieu !... Ah ! mon Dieu ! » Il lui était impossible de dire autre chose...

« Cependant, j'aurais voulu savoir et je lui criai : « Madame Koppler, « qu'est-ce donc ?... que se passe-t-il donc ?... »

« Mais elle était déjà loin et moi j'étais restée là, ne sachant plus que faire, n'osant plus bouger...

— Et alors ?

— Et alors, au bout d'un moment, Mme Koppler reparut. Elle était allée chercher son gendre.

— M. Sutter ?

— Oui, M. Sutter, le marchand de vin.

— Je le connais.

— Ils arrivaient tous les deux en courant, et M. Sutter, tout pâle, tout défait aussi, me cria : « C'est affreux !... On a assassiné notre voisine..., on a assassiné Mme Dessaigne !... »

« A peine avait-il achevé que je vis arriver M. Buisson.

— M. Buisson, l'horticulteur ?

— Oui, M. Buisson, l'ami de Mme Dessaigne. Il venait comme d'habitude prendre de ses nouvelles et lui souhaiter le bonjour... Ce fut moi qui lui fis part de la nouvelle...

— Ce dut être un rude coup ?

— Ah ! je vous en réponds !... Le pauvre homme était comme un fou... A son tour, il s'élança dans la maison et je le suivis... Mais comment vous dire ce que j'ai vu !... C'est horrible !

Il y eut un silence et toutes les femmes se regardèrent.

La mère Berland, qui se dissimulait au dernier rang, baissa la tête.

La jeune femme reprit :

— Oui, c'est horrible !... Mme Dessaigne était étendue entre la cheminée et le canapé, la figure écrasée, méconnaissable...

« Ainsi, rien que sur le devant de la tête, savez-vous combien on a relevé de blessures ?

— Combien ?

— Oh ! vous ne le croiriez jamais !... — Onze blessures !

— Onze blessures !

— Oui, onze blessures !... et faites avec une telle violence que les os sont broyés...

Un cri d'horreur courut parmi le groupe.

Mais la tête toujours baissée, la mère Berland ricanait sournoisement.

— Tant pis pour la vieille ! se disait-elle. Pourquoi était-elle si dure ?... Pourquoi ne voulait-elle pas mourir ?

— Et ce n'est pas tout ! continua vivement la jeune femme. Les monstres qui ont assassiné Mme Dessaigne lui ont encore déchiré les lèvres, les gencives et la langue avec leurs ongles !... Ils lui ont aussi, en la frappant à coups de pied, arraché des touffes de cheveux que l'on voit mêlées à des flaques de sang !...

— Et la maison ? dit la boutiquière.

— Tout a dû être mis au pillage ? dit une autre femme.

— Oui, tout a été cassé, brisé, éventré !.. Et il n'y a plus de meubles ! Et M. Bernard, qui est arrivé tout de suite...

— Le commissaire de police de Courbevoie ?

— Oui. M. Bernard n'a plus retrouvé qu'un des deux porte-monnaie

Dans le jardin, un agent venait de trouver les tenailles.

Liv. 6. A. FAYARD, éditeur.

que Mme Dessaigne portait toujours sur elle... qu'un porte-monnaie où elle conservait comme des fétiches treize sous percés, et que les assassins ont oublié ou dédaigné...

— Et se doute-t-on, des coupables?... A-t-on déjà quelques indices, quelques soupçons?

La vieille mégère, plus attentive que jamais, avait vivement relevé la tête.

— Malheureusement non, répondit la jeune femme. Mais, du reste, le commissaire de police ne s'est livré jusqu'à présent qu'aux premières constatations... Il faudra voir ça tout à l'heure quand le juge d'instruction et le chef de la Sûreté, qui ont été prévenus et qui doivent arriver d'un moment à l'autre, auront commencé leur enquête... Mais ce qu'il y a de certain, ajouta-t-elle, et ce que l'on peut affirmer à coup sûr, c'est que les misérables qui ont commis le crime ne sont pas de Courbevoie.

— Oh! ça, c'est bien sûr, dit vivement la boutiquière. A Courbevoie, la pauvre Mme Dessaigne n'avait pas d'ennemis.

— Au contraire! dit la jeune femme. Ici, tout le monde l'aimait, tout le monde avait une grande vénération pour elle.

— Elle était si bonne, si charitable!...

— Et cependant elle n'était pas riche... mais ce ne sont pas les plus riches qui ont toujours le meilleur cœur...

Mais la mère Berland n'écoutait plus.

Deux voitures, qui venaient de s'engager dans la rue du Cayla, s'avançaient rapidement, et dans la foule, un peu saisie, un long murmure s'élevait :

— Le juge d'instruction!

— M. Goron!

— La justice!

C'étaient, en effet, le juge d'instruction et le chef de la Sûreté qui accouraient sur le théâtre du crime, accompagnés du médecin légiste et de trois ou quatre agents.

Quelques minutes après les voitures s'arrêtaient et les deux magistrats mettaient rapidement pied à terre devant la petite allée qui conduisait au jardin.

Et soudain la vieille mégère devint toute livide, toute blême.

Par une coïncidence étrange, par un hasard singulier, le chef de la Sûreté, en laissant tomber son regard sur la foule, venait de rencontrer le sien.

Et c'était sous ce regard perçant, et qui semblait fouiller jusqu'au fond de l'âme, que la « mère aux assassins » avait tressailli.

Pourquoi donc cet homme, dont elle croyait déjà sentir la main s'abattre sur son épaule, l'avait-il regardée ainsi?

Est-ce que, par hasard, il l'avait déjà devinée?... Est-ce que, par hasard, il avait déjà soupçonné en elle l'instigatrice de ce crime horrible, de ce crime qui causait, dans toute cette foule accourue, dans tout ce public ameuté là, une telle épouvante et un tel effroi?...

Et, pendant quelques secondes, malgré tout son sang-froid et toute son audace, elle ne put s'empêcher de grelotter, en proie à une peur folle, à une terreur plus forte que sa volonté.

Une de ses voisines, en la voyant si pâle, ne put s'empêcher d'avoir un mouvement de pitié; puis, se penchant vers elle :

— Vous semblez toute gelée de froid, ma pauvre femme, lui dit-elle. Vous feriez peut-être bien de rentrer chez vous...

Mais la vieille mégère hocha brusquement la tête.

Non, non, ce n'était pas le froid qui la saisissait... Mais c'était tout ce qu'elle entendait dire, tout ce qu'elle entendait raconter qui ne lui laissait plus une goutte de sang dans les veines...

— Mon Dieu! s'écria-t-elle, est-il possible qu'il y ait sur la terre de pareils misérables, de pareils scélérats !... Oh! je ne suis pas méchante, mais je trouve que pour eux la guillotine serait trop douce!

Et, pour ne pas être obligée de lier conversation, elle s'éloigna, allant maintenant de groupe en groupe, toujours le cou tendu, toujours l'oreille ouverte, et tremblant à chaque seconde d'entendre dire par quelqu'un :

— Les assassins sont connus !... C'est cette gueuse de Berland et sa bande !...

V

LE JUGE D'INSTRUCTION

Mme Dessaigne restait encore étendue à la même place où elle était tombée sous les coups de ses meurtriers.

Les poings crispés comme si elle cherchait à se défendre encore, la bouche tordue comme si elle jetait un appel désespéré, les yeux remplis d'un immense effroi restés tout grands ouverts, dans son masque sanglant, dans son masque tout rouge, elle était bien la plus saisissante, la plus terrifiante apparition qu'on pût imaginer.

Agenouillée à ses pieds, une femme, vêtue d'habits de deuil, pleurait et sanglotait, le front tombé dans ses mains.

C'était Mme Marie Dessaigne, une de ses filles.

Un peu plus loin, deux hommes demeuraient debout, côte à côte, les bras croisés, très pâles.

L'un était le fils de la victime, l'autre son gendre.

Enfin, tout près de la porte, immobiles et silencieux aussi, une dizaine de personnes attendaient l'arrivée de la justice. C'étaient, pour la plupart, des amis ou des voisins de la pauvre octogénaire qui allaient renouveler devant le juge d'instruction les déclarations qu'ils avaient déjà faites, un moment auparavant, devant le commissaire de police de Courbevoie.

Tout à coup, dans la chambre du crime où régnait un silence si profond, si lugubre, un frémissement courut.

On venait d'entendre s'arrêter devant la maison les voitures qui amenaient les magistrats.

Le commissaire de police, ceint de son écharpe, venait déjà de s'élancer dans le jardin.

Deux ou trois minutes s'écoulèrent, puis le juge d'instruction, le chef de la Sûreté et le médecin parurent.

Sans dire un mot, le commissaire leur montra le cadavre.

Certes, les deux magistrats n'étaient pas des hommes facilement impressionnables.

N'étaient-ils pas, par leurs fonctions, appelés chaque jour à constater quelque nouveau crime, quelque nouveau drame sanglant?...

Ne se trouvaient-ils pas chaque jour en face de quelque nouvelle victime dont la vue inspirait la pitié et l'effroi?...

Mais, cette fois, il ne s'agissait pas d'un de ces assassinats vulgaires, d'un de ces meurtres ordinaires auxquels ils étaient depuis si longtemps habitués.

Cette fois, ce qu'ils avaient sous les yeux était véritablement atroce, véritablement épouvantable et hideux.

Aussi, plus émus qu'ils n'auraient voulu le paraître, ne purent-ils s'empêcher d'échanger un rapide coup d'œil où se lisait toute leur stupéfaction, toute leur surprise.

Enfin, le juge d'instruction étant allé s'asseoir à la table, le commissaire s'approcha de lui et lui remit le procès-verbal dans lequel il avait consigné les résultats de l'enquête sommaire à laquelle il s'était livré.

Le magistrat lut très attentivement ce procès-verbal, pendant que le médecin légiste, qui s'était accroupi devant le cadavre de Mᵐᵉ Dessaigne, l'examinait longuement et minutieusement.

Enfin, relevant brusquement la tête, le juge d'instruction promena son regard autour de lui, comme s'il y cherchait quelqu'un, puis, de sa voix un peu brève :

— Madame Richard! appela-t-il.

Alors, du petit groupe qui s'était formé près de la porte, une femme sortit, une femme aux allures très simples, au visage très honnête, et dont les yeux très rouges prouvaient qu'elle avait beaucoup pleuré.

— Avancez!... Approchez-vous! dit doucement le juge.

Puis, quand Mᵐᵉ Richard fut en face de lui :

— Vous étiez au service de Mᵐᵉ Dessaigne? reprit-il.

— Oui, monsieur.

— Vous étiez sa femme de ménage?

— Oui, monsieur.

— Vous veniez ici le matin et vous vous en retourniez le soir?

— Oui, monsieur.

— Mᵐᵉ Dessaigne a été victime d'un crime affreux, abominable... Pouvez-vous me fournir quelques renseignements, quelques éclaircissements qui aideraient la justice dans la recherche des coupables?...

Mais Mme Richard venait de hocher lentement et tristement la tête.

— Non, monsieur, non, répondit-elle, je ne sais rien, absolument rien... Je suis partie hier soir à mon heure habituelle après avoir préparé le lit et souhaité le bonsoir à Mme Dessaigne.

— Que faisait-elle à ce moment-là?

— Elle lisait, assise sur ce canapé...

— Dans quelle position?... le visage tourné du côté de la fenêtre?

— Non, monsieur, le visage tourné du côté de la cheminée.

Il y eut un silence.

Le juge d'instruction réfléchissait.

Puis il reprit :

— Une certaine intimité avait dû précédemment naître entre vous et Mme Dessaigne.

— En effet, monsieur.

— Elle devait donc, par conséquent, vous faire ses confidences et vous traiter en amie?...

— Elle était très bonne pour moi, comme elle l'était pour tout le monde...

— Eh bien! n'a-t-elle pas quelquefois manifesté certaines craintes, certaines appréhensions, dont il serait très utile que vous puissiez vous ressouvenir en ce moment?...

— Non, monsieur.

Mais, d'un geste, le juge d'instruction venait de faire taire Mme Richard.

— Ne vous pressez pas tant de me répondre, dit-il. Réfléchissez... Tâchez de vous rappeler...

La femme de ménage fit une pause de quelques secondes, puis de nouveau secouant la tête :

— Non, monsieur, non, répondit-elle, jamais devant moi Mme Dessaigne n'a manifesté les craintes ou les appréhensions dont vous me parlez...

« Du reste, monsieur, pour appréhender ou craindre quelque chose, il faut avoir des ennemis... Or, comment Mme Dessaigne aurait-elle pu en avoir, elle qui n'avait jamais fait de mal à personne et qui était, comme je viens de vous le dire, la bonté, la charité même?...

« Au contraire, monsieur, je connais ici, à Courbevoie, bien des pauvres gens qui l'adoraient et la bénissaient...

Les dernières paroles de Mme Richard venaient de soulever autour du cadavre de Mme Dessaigne un long murmure d'approbation.

Le juge n'insista pas, car il était lui-même profondément convaincu que l'horrible crime de Courbevoie n'avait pas eu d'autre mobile que le vol. Mais, avec sa grande expérience des affaires criminelles, il avait cru cependant très important et très utile de poser cette dernière question à Mme Richard, comme il allait du reste la poser à toutes les personnes qui allaient comparaître devant lui.

En effet, la maison de la pauvre octogénaire avait bien été mise littéralement au pillage ; en effet, les assassins, ainsi que le constatait le procès-verbal du commissaire de police, avaient bien fait main basse sur tout ce qu'ils avaient rencontré ; mais n'était-ce pas peut-être une ruse employée par les malfaiteurs pour dérouter les soupçons et dépister les recherches de la justice?

Mais le magistrat dont, nous le répétons, la conviction était faite, ne s'arrêta à cette supposition que le temps qu'il devait s'y arrêter.

Et revenant à Mme Richard, il lui demanda si, lorsqu'elle était sortie de la maison, elle n'avait rien aperçu de suspect.

Mais la femme de ménage ne put que répondre négativement.

La rue était très déserte, très sombre et autour du pavillon elle n'avait vu personne.

— C'est bien, dit le juge d'instruction.

Et il fit signe à Mme Richard qu'elle pouvait se retirer.

Celle-ci s'éloigna et resta près de la porte.

Pendant tout le temps qu'avait duré cette déposition, un agent installé en face du magistrat avait pris des notes.

Le juge appela Mme Koppler, puis après avoir jeté un nouveau coup d'œil sur le procès-verbal :

— Vous étiez, madame, reprit-il, la propriétaire de Mme Dessaigne?

— Oui, monsieur, répondit Mme Koppler.

— C'est vous qui êtes entrée la première dans la maison et qui avez découvert le crime?

— Oui, monsieur... J'étais très étonnée de ne pas avoir encore aperçu Mme Dessaigne et très étonnée aussi de voir ses volets rester clos... J'ai pensé qu'elle pouvait être malade et alors je suis descendue...

Mais à peine avais-je mis le pied dans cette chambre que je me suis sauvée comme une folle...

— Il existait entre la victime et vous, dit le juge, une certaine intimité?

— Oui, monsieur, c'est vrai... Je m'honorais d'être un peu l'amie de cette excellente femme. Chaque soir je venais chez elle et nous passions de longues heures tantôt à faire une partie de cartes, tantôt à jouer aux dominos...

— Dans les conversations que vous avez eues avec Mme Dessaigne, celle-ci a-t-elle exprimé quelquefois quelques craintes, quelques appréhensions, quelques pressentiments?...

— Non, monsieur, Mme Dessaigne avait toujours l'esprit très calme, très tranquille. Du reste, tous ceux qui la connaissaient se montraient surpris de voir une femme de son âge si peu peureuse...

— Depuis combien de temps cette dame habitait-elle Courbevoie?

— Depuis deux ans.

— Fréquentait-elle ses voisins?... Recevait-elle des visites?

— Non, monsieur, Mme Dessaigne ne fréquentait personne et ne sortait que très rarement. Quant aux visites qu'elle pouvait recevoir, elles se bornaient, je crois, à celles de ses enfants et de M. Buisson, un de ses plus anciens amis...

— Le soir du crime, c'est-à-dire hier, vous n'êtes pas venue chez Mme Dessaigne comme vous en aviez l'habitude. Pourquoi?

— Parce que mon gendre était venu me voir, ainsi que plusieurs autres personnes, et que j'ai passé la soirée en famille...

— Et vous n'avez rien entendu? Pas un cri? Pas un bruit?

— Non, monsieur... D'ailleurs, la maison que j'habite est éloignée de plus de vingt-cinq mètres du pavillon de Mme Dessaigne...

Et Mme Koppler ajouta vivement:

— Si nous avions entendu du bruit, nous n'aurions pas été assez lâches pour ne pas venir à son secours...

— Est-ce tout ce que vous avez à dire?

— Oui, monsieur.

— C'est bien. Retirez-vous.

Puis le défilé des voisins continua devant le juge d'instruction.

Une femme déclara que la veille, vers sept heures du soir, elle avait vu de la lumière à la fenêtre du premier étage.

LE CRIME DE COURBEVOIE

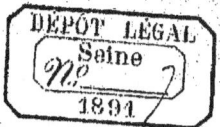
Les gendarmes fouillaient déjà la banlieue.

— Mais je n'ai attaché à ce fait aucune espèce d'importance, ajouta-t-elle. J'ai cru que Mme Dessaigne se couchait... Au surplus, je n'ai entendu aucun cri, aucun bruit... La pauvre femme devait être déjà assassinée...

Puis deux jeunes filles comparurent à leur tour.

Elles déclarèrent demeurer à Courbevoie et travailler comme ouvrières chez Mme Rambouillet, blanchisseuse.

La veille, leur patronne les avait envoyées livrer du linge à des pratiques, et elles avaient passé dans la rue du Cayla entre sept heures et demie et huit heures du soir.

Comme elles n'étaient plus qu'à quelques pas de la maison de Mme Dessaigne, elles avaient tout à coup tressailli en apercevant deux hommes immobiles devant la petite porte du jardin...

A ces mots, le juge d'instruction avait vivement relevé la tête.

Allait-il enfin recevoir une déposition plus importante?

Allait-il enfin tenir une piste?

Mais, malheureusement, il était impossible aux deux petites ouvrières de fournir le moindre renseignement sur ces deux individus.

Tout ce qu'elles pouvaient dire, c'est que l'un d'eux, celui qui avait surtout attiré leur attention, était un homme de petite taille, mais gros et trapu...

Enfin elles ajoutaient qu'un quart d'heure plus tard, lorsqu'elles avaient repassé dans la rue du Cayla, les deux inconnus qui avaient des allures étranges et suspectes avaient disparu.

Et maintenant le juge d'instruction réfléchissait.

Ces jeunes filles avaient-elles réellement vu les coupables?

Ces deux hommes, immobiles devant la porte du jardin, étaient-ils réellement les assassins de Mme Dessaigne, les misérables que la justice recherchait?

Certes, leur présence à cette heure devant la maison où le crime s'était accompli pouvait le faire croire; mais, dans ce cas-là, comment les retrouver, quand on avait sur eux si peu de renseignements, si peu d'indices?

Et, de plus en plus absorbé, le juge se demandait comment il pourrait se guider dans ces ténèbres, quand un des sergents de ville attachés au service du commissaire de police de Courbevoie vint parler bas au chef de la Sûreté.

Cet agent, en fouillant dans le jardin, venait d'y retrouver le peloton de laine perdu par Deville et la tenaille que le bandit avait oubliée.

Mais le magistrat venait brusquement de s'arracher à ses réflexions, et c'était maintenant M. Buisson qu'il interrogeait.

Mais le brave homme aussi ne savait rien, ne pouvait rien dire.

— Comme on vous le disait tout à l'heure, déclara-t-il d'une voix très émue, j'étais le plus ancien, le plus vieil ami de la pauvre Mᵐᵉ Dessaigne, et c'était pour se rapprocher de ma femme et de moi qu'elle était venue se fixer à Courbevoie.

« Tout ce que je puis ajouter, c'est que la mort de cette femme qui fut si bonne me cause un véritable chagrin et une profonde douleur.

M. Sagnol venait à son tour de s'avancer.

— Vous étiez le gendre de la victime? dit le magistrat.

— Oui, monsieur.

— Quelle était la position de fortune de votre belle-mère?

— Oh! bien modeste, monsieur... Mon beau-père, M. Dessaigne, qui était notaire, avait vu, au moment du coup d'État, sa situation très compromise à cause de ses opinions politiques. Sa veuve recevait donc, comme victime du Deux-Décembre, une rente annuelle de quatre cents francs... Mais comme, avec cette petite somme, la pauvre femme n'aurait pas pu aller bien loin, ma belle-sœur, mon beau-frère et moi nous lui faisions de temps à autre quelques envois d'argent...

— Pourtant, si j'en juge par le sang-froid et par le sans-gêne avec lesquels le crime a été accompli, les misérables qui l'ont assassinée devaient la connaître pour être au courant de ses habitudes, dit le juge.

— Je le crois aussi.

— Eh bien! puisqu'elle n'avait pas une position plus aisée, comment vous expliquez-vous qu'elle ait pu exciter leur cupidité?

— Ils ont dû la croire beaucoup plus riche, répondit M. Sagnol. Et puis, pour secourir une infortune, une misère, ma belle-mère aurait donné jusqu'à son dernier sou...En la voyant si généreuse, peut-être s'est-on figuré qu'on trouverait chez elle une grosse somme d'argent... Mais, je vous le répète, elle n'avait rien, ne possédait rien, pas même les plus petites économies... Elle avait reçu, à la fin de décembre, cent trente francs, mais comme sur cette somme elle avait dû payer son loyer, je suis bien sûr que c'était bien tout s'il pouvait encore lui rester deux louis...

Enfin, les bijoux que les assassins ont emportés et dont j'ai donné tout à l'heure la liste à M. le commissaire de police, ne lui appartenaient même pas: c'étaient les bijoux de sa fille, les bijoux de ma femme...

Et comme M. Sagnol venait de se taire, le juge d'instruction se tourna vers Mᵐᵉ Marie Dessaigne.

La pauvre femme, qui n'avait pas quitté un seul instant des yeux le cadavre de sa mère, pleurait, sanglotait toujours.

Alors, avec une extrême douceur, le magistrat la pria de s'approcher.

— Vous venez d'entendre, madame, la déposition de votre beau-frère? Avez-vous quelque chose à y ajouter? demanda-t-il.

— Non, monsieur, répondit-elle, la voix très faible et toute tremblante de l'immense émotion à laquelle elle était en proie; non, je ne pourrais rien ajouter à ce que l'on vient de vous dire, ou plutôt je ne pourrais y ajouter qu'un mot : c'est que je vois bien que toutes mes craintes, que tous·mes pressentiments se sont réalisés...

Elle avait à peine achevé que déjà le juge d'instruction s'était redressé.

De quelles craintes, de quels pressentiments Mᵐᵉ Marie Dessaigne entendait-elle donc parler?

— Auriez-vous des soupçons sur quelqu'un? demanda-t-il vivement.

Mais la fille de la victime le regardait comme si elle ne l'avait pas compris.

Des soupçons sur quelqu'un? Non, ce n'était pas ce qu'elle avait voulu dire... Mais combien de fois n'avait-elle pas prié, supplié sa mère de quitter cet endroit si désert, cette maison si isolée...

— Je lui disais : « Viens avec moi. Ne reste pas seule ici... Tu me fais peur et je ne vis plus que dans des transes continuelles... »

« Oui, voilà ce que je disais à ma mère, acheva Mᵐᵉ Marie Dessaigne; oui, voilà le conseil que je lui donnais toutes les fois que je venais ici, toutes les fois que je la voyais...

« Mais jamais elle ne voulait rien entendre... Mais toujours elle souriait de mes frayeurs... Et voilà pourquoi, messieurs, je viens de vous dire que mes craintes et mes pressentiments s'étaient réalisés.

Enfin M. Dessaigne fils fut entendu à son tour, mais sa déposition ne fit pas jaillir une lueur de plus dans cette très mystérieuse et très ténébreuse affaire.

Et tandis que les scènes que nous venons de raconter se passaient dans la maison du crime; tandis que le juge d'instruction et le chef de la Sûreté quittaient le petit salon du rez-de-chaussée pour aller continuer leur enquête dans la chambre du premier étage, les groupes qui stationnaient au dehors devenaient de plus en plus nombreux, de plus en plus bruyants.

Après avoir rôdé longtemps dans la rue du Cayla, la mère Berland venait d'avoir la pensée d'aller voir aussi ce qui se passait de l'autre côté de la maison, c'est-à-dire dans la rue Saint-Denis.

Là, moins prudente, elle ne se contenta plus d'épier, d'écouter, mais elle voulut à son tour interroger les gens.

La police avait-elle appris quelque chose?

Avait-elle enfin un indice qui lui permettrait de pincer les gredins qui avaient fait le coup?

Mais toutes les réponses qu'elle recevait faisaient briller dans ses yeux un éclair de joie.

Non, non, on ne savait rien... On n'avait rien découvert... La police cherchait, pataugeait encore...

Et la mère Berland, qui reprenait de plus en plus son aplomb, continuait de se glisser, de se faufiler à travers tous les groupes pour y recueillir d'autres bruits, d'autres nouvelles...

Ici on racontait qu'à presque chaque marche de l'escalier qui conduisait au premier étage, les assassins avaient laissé des traces de sang.

Plus loin on parlait des pièces à conviction, c'est-à-dire de la tenaille toute neuve qu'on avait ramassée dans le jardin, de la lettre que l'on avait trouvée près du cadavre de Mᵐᵉ Dessaigne, de l'alésoir ensanglanté, et du coquillage que les bandits avaient jeté dans le feu et que l'on avait découvert à demi calciné dans les cendres.

Mais cette affaire paraissait si embrouillée, si obscure et si ténébreuse que bien des gens pensaient que les recherches de la police n'aboutiraient pas et que la mort de Mᵐᵉ Dessaigne ne serait pas vengée.

— Bon... Tout va bien! se dit tout à coup la vieille mégère. Allons vite rassurer mes gosses!

Et d'un pas rapide elle reprit le chemin d'Asnières.

VI

UNE PISTE

Cependant, c'était avec impatience que la Redingue et Titi attendaient le retour de la mère Berland.

Doré, pour tuer le temps, avait bien d'abord, en galant homme, offert avec l'argent de la morte, avec l'argent du crime, un kilo de vin blanc qu'il était allé chercher chez le mastroquet d'en face, mais les heures succédant aux heures et la vieille ne revenant pas, l'impatience des deux bandits avait fini par se changer en inquiétude.

— Ah ! si j'étais derrière elle, je la ferais bien avancer ! s'écriait Adolphe furieux, les dents serrées.

De temps à autre aussi ils couraient ouvrir la fenêtre et plongeaient leur regards dans la rue...

Mais la mère Berland restait toujours invisible.

Qu'est-ce que cela voulait dire ?

Pourquoi cette absence se prolongeait-elle ainsi ?

— Elle est allée au *clou* pour faire du pognon avec les couverts, dit tout à coup Doré. Pourvu qu'on ne lui ait pas mis le grappin dessus !... C'est nous qui serions chouettes !...

— Comment ça ?

— Dame, si la vieille était au *bloc*, c'est qu'il y aurait du nouveau, c'est qu'on aurait déjà découvert le pot aux roses... Et alors ?...

— Ne dis donc pas des bêtises !...

— Et alors, vois-tu la *rousse* venir nous cueillir ici !... nous vois-tu tous les deux en route pour monter à la butte !...

— Oh ! je n'ai pas peur de ça ! dit vivement la Redingue qui cependant avait pâli. Mais veux-tu que je te dise ?

— Quoi ?

— Eh bien ! il vient de me venir une idée...

— Quelle idée ?

— En sortant du *clou*, la vieille aura eu peut-être la fantaisie d'aller faire un tour là-bas...

— Où ça ?

— A Courbevoie.

— A Courbevoie !... Pourquoi faire ?

— Mais pour voir ce qui se passe... pour se rendre compte de ce que l'on dit... Oui, plus j'y pense, plus je suis sûr que ça doit être ça...

Mais Doré venait d'avoir tout à coup un mouvement de surprise.

— Chut ! fit-il.

Et l'oreille collée contre la porte, il écouta.

— Est-ce que l'on monte ?

— Oui... Je crois que c'est elle...

En effet, c'était bien la mère Berland.

Une minute après elle entrait, ou plutôt se précipitait dans le taudis.

— La *rousse !* cria-t-elle. Décampez !...

Et pâles, frémissants, les poings serrés, les deux bandits allaient s'élancer au dehors, lorsque, brusquement, elle se jeta devant eux en éclatant de rire.

— Non, non, ce n'est pas vrai !... Êtes-vous bêtes ! s'écria-t-elle.

Mais son fils venait de se dresser en face d'elle, furieux, la main levée :

— Ah ! tu sais, la vieille, s'écria-t-il, il ne faut plus de ces blagues-là... ou des claques !

— Le Redingue a raison, ce ne sont pas des plaisanteries à faire, ajouta Doré qui tremblait encore.

— Est-ce qu'on ne peut plus rire ? dit la vieille mégère. Voyons, soyez gentils... Je viens de là-bas.

— De Courbevoie ?

— Quand je te l'avais dit ! fit la Redingue en se tournant vers Titi. Eh bien ?

— Eh bien ! la police, la justice, toute la sainte séquelle est venue... Mais on ne sait rien... on ne se doute de rien... Nous pouvons donc dormir tranquilles...

— Par qui a-t-on connu la chose ? demanda Doré. Par la femme de ménage ?

— Non, par la Koppler.

— La propriétaire de la vieille?

— Oui.

— Elle a dû faire une drôle de grimace lorsqu'elle a vu la bobine de sa locataire ! ricana la Redingue.

— Oui, c'est ce que j'ai entendu dire... Il paraît que tu l'avais joliment arrangée...

— Elle m'énervait... Je tapais dessus... Voilà tout.

— Enfin, mes enfants, voilà où nous en sommes, tout va bien. Maintenant, mon chéri, ajouta la vieille mégère, tes frusques sont-elles sèches ?

— Je n'en sais rien... Je ne m'en suis pas occupé...

La mère Berland s'approcha du poêle et tâta longuement les vêtements de son fils.

— Oui, ça commence, dit-elle. Mais j'ai eu un mal de chien, avec tes godillots surtout... Je ne pouvais pas arriver à enlever les cheveux de la vieille qui s'étaient collés après les semelles...

Et tout en ôtant son bonnet, la vieille mégère ajouta :

— Deville n'est pas venu ?

— Non, répondit Doré.

— Ni Chotin ?

— Ni Chotin non plus, répondit Adolphe. Mais nous avons précisément à te parler de lui...

— Alors, ça tombe bien, car je voulais vous en parler aussi, dit l'horrible femme avec un étrange accent.

— Que voulais-tu nous dire?

— Je voulais vous dire que c'est un trembleur, un lâcheur, et que si nous ne voulons pas nous faire coffrer un jour ou l'autre, il y aurait peut-être quelques précautions à prendre envers lui...

Puis s'accoudant en face d'eux :

— N'est-ce pas ce que vous vouliez me dire aussi? ajouta-t-elle.

— Oui, la vieille, répondit la Redingue.

— Eh bien ! ces précautions, on les prendra, dit Doré la voix brève. Savez-vous s'il viendra ce soir ?

— C'est probable... D'ailleurs, quand ce ne serait que pour se tenir au courant aussi et pour savoir s'il n'y a rien de neuf, il viendra...

Ils avaient bu dans un bar de Grenelle avec un garçon boucher.

— Allons, c'est bon... Ce soir, je lui règle son compte !

— Je te donnerai un coup de main, dit vivement Adolphe. Et tu connais mon plan, n'est-ce pas ?

— Quel plan ? demanda vivement la mère Berland. Est-il bon ?

— Excellent, dit Doré, et surtout très commode. Il s'agit tout simplement de traverser avec lui le pont d'Asnières et de lui faire piquer une tête dans la Seine...

Mais la vieille avait bronché.

Elle venait de se rappeler l'histoire du jeune garçon pâtissier que les deux bandits avaient voulu jeter à l'eau et qu'ils n'avaient réussi qu'à faire tomber sur le chemin de halage.

— Oui, le plan n'est pas mauvais, finit-elle par dire, mais il s'agirait cette fois de ne pas manquer la manœuvre.

— Ne vous inquiétez donc pas de ça! fit Doré avec l'accent d'un homme qui est sûr de lui. Que ce mufle-là vienne ce soir, et je vous réponds bien que demain il n'aura plus la frousse...

— Oui, mes enfants, dit la vieille mégère qui semblait plus soucieuse. Mais une chose à laquelle vous n'avez pas songé, c'est que demain... ou dans quelques jours... on repêchera sa charogne...

— Eh bien? fit la Redingue.

— Eh bien ! mon chéri, voilà le cheveu... voilà ce qui, maintenant que j'y pense mieux, me donne à réfléchir...

Et comme les deux bandits la regardaient l'air très surpris, elle ajouta :

— Mais je vois bien que vous ne me comprenez pas et qu'il faut que je vous explique ça... D'abord je n'ai pas besoin de vous dire que je ne veux pas défendre la peau de Chotin... Non, non, Chotin me gène autant qu'il peut vous gêner, et c'est entendu, c'est convenu, il fera le plongeon !

— Eh bien, alors? fit Doré.

— Mais ce soir ce serait peut-être trop tôt...

— Trop tôt! s'écria la Redingue.

— Oui! oui!... Et si vous voulez vous en rapporter à moi, je crois que vous ferez bien d'attendre encore un peu, d'attendre encore quelques jours...

— D'attendre quoi? s'écria Doré avec colère.

— D'attendre qu'il ait mangé le morceau ! s'écria de son côté la Redingue qui se mit à rire d'un rire ironique.

Mais la mère Berland haussait les épaules.

— Ne vous emportez donc pas!... ne vous emballez donc pas! dit-elle. Si je vous dis d'attendre quelques jours, encore une fois, ce n'est pas dans l'intérêt de Chotin, mais c'est dans le vôtre, mais c'est dans le mien.

— Comment ça? dit Doré.

— Comment ça?... C'est pourtant bien simple, bien facile à comprendre... Aujourd'hui que se passe-t-il?... Aujourd'hui on ne parle plus partout que de l'affaire de cette nuit; aujourd'hui toute la rousse est sur pied pour tâcher d'arriver à découvrir les coupables...

« Or, figurez-vous que pendant que tout le monde s'occupe encore de cette affaire-là, on repêche un beau matin le cadavre de Chotin sur le bord de la Seine...

« Immédiatement on se souvient de toi, Doré, on se souvient de toi, mon chéri, ou, pour mieux dire, on se souvient de nous.

« Tous les gens d'Asnières, qui nous regardent déjà de travers, se rappellent aussitôt que Chotin était votre camarade et qu'il faisait partie de ma bande, comme on dit...

« La mort de ce garçon, survenant le lendemain même de l'assassinat de la vieille, paraît d'autant plus étrange et fixe alors tous les soupçons sur nous...

« Puis le cadavre de la mère Dessaigne est là, encore tout tiède, tout chaud...

« On est frappé de la coïncidence qui existe entre l'assassinat de cette femme et la mort si brusque, si inattendue de Chotin...

« Enfin on finit par réfléchir, on se rappelle que nous n'étions pas ici, à Asnières, tout à fait en odeur de sainteté, et l'on en arrive à se dire que nous seuls pourrions peut-être avoir intérêt à nous débarasser de lui...

« Et alors, mes enfants, qu'ajouterai-je encore? que vous dirai-je de plus?

« Je crois que je me suis, cette fois, expliquée assez clairement et que vous avez dû me comprendre. Ces bruits qui nous accusent grossissent, grandissent, se répandent. La police dresse l'oreille, puis un beau jour et au moment où nous nous y attendons le moins, elle nous coffre!... Voilà!

Doré venait d'échanger un coup d'œil avec Adolphe.

— Je n'avais pas pensé à tout ça, dit-il, mais je crois que vous avez raison...

— Oui, oui, fiez-vous-en à mon expérience, dit vivement la vieille mégère, et vous verrez que vous vous en trouverez bien.

« Oh ! si j'apprenais tout à l'heure que la *rousse* a l'œil ouvert sur nous ; si je savais qu'elle ait le moindre soupçon et qu'elle puisse d'un moment à l'autre faire irruption dans notre taudis, il est bien certain que je ne vous parlerais pas comme je vous parle...

« Dans ce moment, je serais la première à vous dire : « Il n'est que « temps !... Vite, Chotin à l'eau ! »

« Mais nous n'en sommes pas là... Tout va bien... Or, puisqu'il n'a pas à avoir peur des gendarmes, pourquoi Chotin irait-il se compromettre bêtement en mangeant le morceau ?... Non, non, faisons-lui grâce, encore pour quelque temps, grâce dans notre propre intérêt, grâce jusqu'au moment où nous pourrons sans danger lui trouver un bon lit au fond de la Seine...

Mais brusquement la mère Berland s'interrompit.

La Redingue et Titi venaient de se lever d'un bond et de courir à la fenêtre.

— Qu'est-ce donc ? demanda-t-elle la voix un peu sourde.

— Des gendarmes ! répondit tout bas Adolphe.

En effet, déjà des gendarmes fouillaient la banlieue, et c'étaient quatre à cinq d'entre eux qui venaient de passer devant la maison des bandits.

Un peu pâle, la vieille mégère dressa l'oreille, écouta.

Mais le bruit décroissait, s'éloignait... La mère Berland aurait dû se rassurer, se tranquilliser, mais cependant elle écoutait encore, toujours...

Et comme son regard venait de se fixer par hasard du côté de la porte, elle eut tout à coup un cri de surprise qui fit retourner vivement la Redingue et Titi.

Quelqu'un venait d'entrer.

C'était celui dont on venait de comploter la perte, c'était le complice qui les gênait, en un mot, c'était Chotin.

Et tout pâle aussi, tout ému, il s'écria :

— Vous savez la nouvelle ?

Les trois autres avaient eu un mouvement d'effroi, mais cependant la vieille mégère se remit assez vite.

— Ah çà ! pourquoi trembles-tu ? s'écria-t-elle la voix très dure. De quelle nouvelle veux-tu parler ?... Moi j'ai été là-bas tout à l'heure...

— Là-bas?

— Oui, à Courbevoie!... oui, là-bas, devant la maison de la vieille!... Et l'on ne savait rien, j'en suis sûre...

— Tout à l'heure, c'est possible, répondit vivement Chotin ; mais moi aussi je viens de là-bas, mais moi aussi je viens de Courbevoie, et ce que je puis dire, c'est qu'à présent la police a des soupçons... la police suit une piste...

— Quelle piste?... La nôtre?...

— Peut-être!... je n'en sais rien... Je n'ai pas d'autres détails, pas d'autres renseignements... Mais cependant j'ai cru que je ferais bien de venir vous avertir...

La mère Berland était déjà debout.

Oui, il fallait en savoir plus long et c'était une affaire qu'il fallait absolument tirer au clair.

— Je vais retourner là-bas, dit-elle.

Mais elle n'avait pas encore achevé que déjà la Redingue et Titi lui avaient barré le passage.

— Ne bougez pas, la vieille, dit brusquement Doré, ceci nous regarde!...

— Oui, ceci nous regarde, ne bouge pas! avait ajouté Adolphe.

Et sans laisser à la mère Berland le temps de leur répondre, ils dégringolèrent l'escalier.

Mais ce n'était pas seulement dans le but d'aller contrôler la nouvelle de Chotin que les deux assassins de Mme Dessaigne s'éloignaient si promptement, si rapidement du taudis.

Mais ils avaient encore l'un et l'autre une arrière-pensée qu'ils se cachaient, l'arrière-pensée de détaler le plus vite possible et de laisser la vieille mégère se débrouiller comme elle le pourrait, dans le cas où réellement la police aurait l'œil sur eux et se douterait de quelque chose...

De son côté, Chotin s'était empressé de déguerpir du taudis et la mère Berland était restée toute seule...

D'abord elle avait essayé de faire la crâne et de se donner le change sur la peur terrible qu'elle éprouvait...

— La police a des soupçons... La police suit une piste, c'est possible, se disait-elle ; mais comment pourrait-elle penser à nous?... Mais comment diable pourrait-elle deviner que c'est nous qui avons fait le coup?

Et elle cherchait à se rassurer en se répétant que rien ne pouvait les dénoncer, que rien ne pouvait les trahir.

Il y avait bien la pièce de vingt francs trouvée dans le porte-monnaie de Mme Dessaigne et avec laquelle elle avait payé les consommations qu'elle avait offertes à la bande...

Mais le mastroquet chez lequel elle l'avait fait changer ne la connaissait pas et par conséquent n'avait pas pu s'étonner de voir entre ses mains ce louis qui était pour elle, toujours si misérable, toujours si gueuse, une si grosse somme...

D'un autre côté, ce mastroquet, elle en était sûre, ne connaissait ni la Redingue, ni Titi, ni la Boule, ni Cri-Cri...

Il n'y avait donc pas à craindre qu'en apprenant à son tour le crime de Courbevoie, cet homme ait pu fixer l'attention de la police sur eux...

Maintenant elle était bien allée, le matin, rôder dans la rue du Cayla et dans la rue Saint-Denis...

Mais en faisant comme tout le monde, c'est-à-dire en s'apitoyant elle aussi sur le sort de l'infortunée Mme Dessaigne, avait-elle fait une faute, avait-elle commis une imprudence?...

Évidemment non, car même en admettant que, dans cette foule, quelqu'un l'eût reconnue, elle avait bien elle aussi, le droit d'être curieuse, elle avait bien, elle aussi, le droit d'être sensible...

— Non, non, plus j'y pense, moins je vois ce qui pourrait nous perdre, se dit-elle. Et si la police cherche quelqu'un, assurément ce n'est pas nous... Restons donc parfaitement calmes... parfaitement tranquilles...

Mais calme, mais tranquille, la vieille mégère avait beau faire, elle ne pouvait pas l'être...

Au moindre bruit qu'elle entendait ou qu'elle croyait entendre dans son escalier, elle se dressait toute blême, toute frissonnante.

A la moindre rumeur qui lui arrivait de la rue, elle s'élançait à la fenêtre, épiait les passants et cherchait à se rendre compte si quelque groupe menaçant ne se dirigeait pas du côté de sa demeure.

Et maintenant la nuit tombait, le boulevard Voltaire était devenu tout noir...

Elle resta assez longtemps sans lumière, comme si elle se sentait ainsi mieux cachée, plus à l'abri du châtiment qu'elle avait mérité.

Mais soudain elle tressaillit, et saisie d'une peur plus atroce, plus terrible encore, elle se retourna, fouillant d'un œil hagard les épaisses ténèbres qui l'environnaient.

Qu'était-ce donc?

Est-ce que cette fois elle était bien perdue?

Est-ce que cette fois la main de la police allait s'abattre sur elle?

Non, non, ce n'était pas cette appréhension-là qui remplissait maintenant d'épouvante la vieille misérable... Mais si elle sentait tout son sang se figer dans ses veines, mais si une sueur froide inondait son front, mais si ses dents s'entre-choquaient comme si elle avait eu la fièvre, c'est que dans une horrible et sinistre vision le spectre sanglant de Mme Dessaigne venait tout à coup de se dresser devant elle!...

Oui, avec ses yeux vitreux, ses cheveux blancs épars, son masque rouge, sa victime était là, là en face d'elle, là sous ses yeux!...

Et la gorge sèche, le cerveau plein de folie, non seulement elle la voyait, mais encore elle croyait entendre ses plaintes, ses gémissements, ses râles!...

Cette effrayante hallucination ne dura qu'une minute, mais quelle minute!

Quand la mère Berland eut enfin allumé sa lampe et qu'elle se regarda dans la glace derrière laquelle elle avait caché les bijoux volés chez l'assassinée, elle était si livide et si défaite qu'elle se fit peur à elle-même...

Et les heures passaient, s'écoulaient, et elle continuait à rester seule dans son taudis.

Pourquoi, s'il n'y avait rien à craindre, Adolphe et Doré ne rentraient-ils pas pour la rassurer?

Pourquoi, si au contraire ils étaient menacés d'être arrêtés, n'accouraient-ils pas pour la prévenir?

Et comme, pour la centième fois au moins, elle venait encore de prêter l'oreille pour épier le retour des deux assassins, elle eut tout à coup un cri de joie...

Dans l'escalier, des voix très bruyantes, très gaies, venaient de s'élever... C'étaient la voix d'Adolphe, la voix de Doré, la voix de Deville... Et deux secondes après, ils faisaient irruption dans le taudis, et Titi jetait au pied de la mère Berland un grand sac plein de poules qu'ils venaient de voler...

— Vous vouliez nous faire manger du poulet, la vieille, cria le garçon boucher. Eh bien, en voilà !

Quant à Adolphe, il rassurait déjà la vieille mégère.

Chotin n'avait pas menti, la rousse était bien sur une piste, mais ce n'était pas sur la leur.

— Non, non, ne vous faites pas de mauvais sang, la vieille, ajouta vivement Doré, car ce n'est pas encore demain que nous monterons à la butte...

Cependant la mère Berland, en femme prudente, voulut avoir d'autres explications.

Comment avaient-ils appris le renseignement qu'ils lui rapportaient ?

Comment pouvaient-ils lui certifier que ce n'était pas à eux que la police pensait ?

En un mot, qu'avaient-ils fait depuis leur départ du taudis ?

Alors Titi reprit la parole.

— Parbleu ! ce n'est pas bien malin, dit-il, nous avons fait comme vous, nous avons été flâner là-bas autour de la maison... Mais je vous avoue qu'à mesure que j'en approchais, je n'en menais pas large, et la Redingue non plus...

— Oui, je comprénds... Vous aviez peur d'être reconnus et par conséquent d'éveiller les soupçons...

— Oh ! ce n'est pas ça, dit vivement Doré. Mais dans la rue du Cayla et dans la rue Saint-Denis de nouveaux groupes de curieux s'étaient reformés... Et comme je voyais tous ces gens-là pérorer, gesticuler, je me disais : Pour sûr, ce n'est pas seulement de la mère Dessaigne, ce n'est pas seulement du crime que tous ces gens-là doivent parler, et depuis ce matin, depuis que la mère Berland est venue par ici, il a dû certainement se passer quelque chose de nouveau, quelque chose d'extraordinaire...

— Oui, tu pensais que ça y était ?... que nous étions découverts ?

— Comme vous dites, la vieille... Je m'attendais à entendre dire : « C'est Doré, c'est Deville, c'est la mère Berland et la bande d'Asnières que l'on va arrêter... » Et l'on a beau ne pas avoir la *frousse* aussi facilement que Chotin, je ne m'en sentais pas moins un petit frisson dans le dos...

« Pourtant, il ne s'agissait pas de reculer, n'est-ce pas ?... Il fallait bien savoir à quoi s'en tenir ?

A chaque refrain, toute la bande faisait chorus.

« Alors, ma casquette enfoncée sur les yeux, je me glissai doucement vers le groupe le plus rapproché de moi, et j'écoutai...

« La Redingue, qui s'était collé derrière moi, les deux mains dans ses poches, ne perdait pas non plus un seul mot, une seule syllabe...

— Et de quoi parlait-on ? interrompit vivement la vieille mégère.

— Ne soyez donc pas si pressée !... Attendez donc !... C'était toujours la même chanson, parbleu !... On vantait les vertus de la mère Dessaigne... On jetait des cris d'horreur en parlant du crime... On se racontait ce qui s'était passé dans la maison quand la justice était venue faire son enquête... enfin on se demandait si la police ne tenait pas les assassins...

— Et il fallait voir si j'ouvrais l'oreille ! dit Adolphe.

— Alors tout à coup, continua Doré, deux ou trois curieux parlèrent de la piste, de la fameuse piste... A ce moment-là, je détournai la tête, car je sentais bien que je devais avoir une drôle de figure... Puis, brusquement, on me parla dans l'oreille...

— Qui ça ? s'écria la mère Berland.

— La Redingue.

— Toi ?

— Oui, oui, fit Adolphe en criant. Je lui disais : « Chouette, mon vieux, il ne s'agit pas de nous !... »

— Et en effet, reprit Doré, il ne s'agissait pas de nous, mais de deux individus que la *rousse* a dû aller cueillir à la Garenne-Bezons...

— Et vous vous en êtes tenus là ? dit la mère Berland dont le front s'était assombri. Vous n'avez pas eu l'idée de vous faufiler dans d'autres groupes pour entendre ce que pouvaient dire d'autres bavards ?...

— Mais si, la vieille, mais si ! répondit Adolphe. Mais partout on disait la même chose... Mais partout c'étaient ces deux individus qu'on accusait... Alors, comme nous n'avions plus rien à apprendre et que nous étions parfaitement tranquilles sur notre sort, nous avons levé le pied...

— Et c'est alors que nous nous sommes rencontrés, ajouta Deville.

— Et ces petites provisions-là ? demanda la mère Berland en montrant le sac.

— Ces petites provisions-là, la vieille, répondit Doré, c'est moi qui ai voulu les rapporter à votre intention... Et regardez-moi ça !... De belles pièces, où je ne m'y connais pas... Mais devinez d'où ça vient...

— D'où?

Titi se mit à rire.

— De chez le père Dorn!

— De chez ton ancien patron!

— Oui, de chez mon ancien patron... Oui, c'est son poulailler que nous avons vidé... oui, cette fois, c'est lui qui va nous régaler!... Eh bien! êtes-vous contente?... avons-nous bien travaillé?

— Oui, oui, vous êtes de bons enfants, dit la vieille mégère avec un affreux sourire. Mais voyons, causons un peu, car je pensais déjà à autre chose...

Doré, Adolphe et Deville venaient de s'asseoir autour de la mère Berland.

Puis la Redingue dit :

— Eh bien, narre!... Nous t'écoutons!

Alors, baissant la voix comme si elle avait peur d'être entendue par d'autres que par les assassins :

— Oui, c'est toujours cette expédition d'hier... c'est toujours cette affaire de la vieille mère Dessaigne qui malgré moi me poursuit, fit-elle.

« Car il n'y a pas à dire, mes enfants, c'est un coup manqué, raté... c'est un coup qui ne nous a pas rapporté en raison de la peine qu'il nous a donnée...

— Vous ne me faites pas de reproches, je pense? dit vivement Doré. Si la vieille n'avait pas autant d'argent que je le croyais, ce n'est pas de ma faute... Tout le monde peut se tromper, n'est-il pas vrai?

— Mais oui, mon garçon... je ne te fais pas de reproches...

— C'est que je le croyais...

— Tu es fou!... je sais bien que tu n'avais que de bonnes intentions... Seulement, tu en conviendras toi-même, c'est rudement vexant de risquer de se faire couper le cou pour quatre écus de cent sous...

— Mais vous avez aussi les couverts? dit Deville.

La mère Berland haussa vivement les épaules.

— Les couverts! s'écria-t-elle. Ne me fais donc pas rire... Ce matin j'ai été les porter au *clou*, et sais-tu combien ces filous du mont-de-piété m'ont prêté dessus?...

— Pas grand'chose?...

— Oh! non, pas grand'chose! ricana la vieille mégère. Une roue de derrière!... Oui, ils se sont fendus de tout ça!...

— De cent sous!... c'est maigre!...

— Mais vous avez aussi l'écrin... les bijoux! dit vivement Doré. En lavant ça, vous ferez de la monnaie...

— Ah! tu crois ça, toi!

— Dame!

— Mais, grand serin que tu es, s'écria la mère Berland, si je voulais me faire coffrer et vous faire tous coffrer avec moi, je n'aurais précisément qu'à laver ces bijoux!...

— Qui sait?

— Comment! qui sait?... Mais c'est clair, je suppose... Comment veux-tu qu'une femme comme moi, qui ne va qu'en guenilles, puisse faire croire qu'elle possède des bijoux comme ceux-là?... Comment veux-tu qu'une gueuse qui n'a pas seulement des savates à se mettre aux pieds puisse, sans éveiller les soupçons, essayer de se défaire de ces bagues, de ce bracelet, de cette croix?... Non, non, ce n'est pas possible... ce serait une folie...

— Je ne vous parle pas de les engager, dit plus timidement Doré, mais vous pourriez peut-être essayer de les vendre?

— A qui?... Dès demain tous les bijoutiers de Paris auront la liste des bijoux volés chez Mme Dessaigne... Et si tu veux te faire pincer, tu n'as qu'à aller t'y frotter, mon garçon...

La mère Berland s'interrompit pendant quelques secondes, puis, le ton plus doux :

— Ne perdons donc pas notre temps à dire des bêtises et tâchons de parler plus sérieusement, reprit-elle. La police étant jetée maintenant sur une fausse piste, je crois que nous pouvons dès à présent nous occuper d'une autre affaire... Revenons donc à ton curé du Bourget...

— Cette fois, est-ce convenu? dit vivement Doré.

— C'est convenu si tu es sûr de ne pas te tromper... si tu es sûr que le vieux birbe a quelques sous...

— Oui, j'en réponds!... Oui, le vieux a de l'argent!...

— Comment le sais-tu?

— Je le sais... Laissez-moi faire... Je vous jure qu'après ce petit voyage-là nous ne reviendrons pas les mains vides...

— Pourvu que ce ne soit pas encore comme avec la mère Dessaigne !... Réfléchis bien !... Ne t'emballe pas !...

— Je ne m'emballe pas... C'est tout réfléchi... Marchez toujours...

— Bon ! dit la mère Berland. Mais très certainement le vieux n'est pas seul... Il a sa servante... Par conséquent, double risque, double danger... As-tu songé à cela ?

— J'ai songé à tout... Quand fait-on le coup ?

— Le plus tôt possible.

— Demain ?

— Peut-être... Mais comme il ne faut pas que l'affaire de là-bas ressemble à l'affaire d'ici ; comme il ne faut pas, si l'on veut dérouter les soupçons, procéder au Bourget de la même façon que l'on a procédé à Courbevoie, j'ai donc besoin de ruminer, de réfléchir encore...

Et tandis que les bandits continuaient à rester groupés autour d'elle, les deux coudes repliés sur la table et la tête tombée dans ses mains, l'horrible mégère cherchait le moyen le plus sûr et le plus prompt d'assassiner le curé du Bourget.

VII

L'ARRESTATION

Le lendemain, et tandis que les meurtriers de Mme Dessaigne, qui avaient veillé assez tard pour combiner le nouveau crime qu'ils préméditaient, ronflaient encore à poings fermés dans le taudis, le juge d'instruction et le chef de la Sûreté accouraient de nouveau à Courbevoie...

Cette fois, les deux magistrats qui, la veille, étaient retournés à Paris le front assez sombre, rayonnaient, semblaient contents...

C'est qu'en effet, on venait de les prévenir d'une importante capture... Il s'agissait de deux rôdeurs que l'on avait aperçus quelque temps auparavant à Courbevoie et sur lesquels pesaient les plus graves soupçons.

Arrêtés dans la chambre commune qu'ils habitaient à la Garenne-Bezons, 18, rue de Châteaudun, une perquisition opérée à leur domicile avait fait découvrir non seulement l'outillage ordinaire des cambrioleurs de profession, mais encore, — ce qui semblait contre eux une preuve écrasante, — des vêtements de femme et des serviettes marquées de l'initiale D...

De plus, on avait appris que ces deux individus qui, avant de venir habiter la Garenne-Bezons avaient demeuré à Grenelle, n'étaient venus se réfugier dans la banlieue qu'avec l'arrière-pensée d'échapper aux recherches de la police.

Enfin on ajoutait qu'ils faisaient partie d'une bande qui dévalisait les villas et les propriétés particulières des environs de Paris.

Solidement liés, solidement garrottés, ils venaient d'être amenés dans la maison du crime, quand le juge d'instruction et le chef de la Sûreté y entrèrent à leur tour.

Tout pâles, tout tremblants, ces deux hommes regardaient avec effarement autour d'eux et semblaient ne rien comprendre à l'aventure qui leur arrivait.

Le juge entendit d'abord le rapport des agents, puis toisa pendant un instant les deux suspects.

Enfin, l'un des deux accusés ayant été amené dans le jardin par les agents, aussitôt l'interrogatoire de l'autre commença.

— Votre nom? demanda le magistrat.

— Jules Bagré.

— Votre âge?

— Vingt ans.

— Votre profession?

— Luthier.

— Où demeuriez-vous au moment de votre arrestation?

— A la Garenne-Bezons, rue de Châteaudun, n° 18.

— Mais vous n'y demeuriez que depuis peu de temps. Avant de venir chercher un domicile à la Garenne-Bezons vous en aviez occupé un autre à Paris, dans le quartier de Grenelle...

— Oui, monsieur.

— Pourquoi l'avez-vous quitté?... Dans quel but êtes-vous venu vous loger dans les environs de Paris?

L'autre, immobile, restait muet, la tête baissée.

Pendant ce temps, le juge d'instruction tapotait durement sur la table devant laquelle il s'était mis, et fixant sur lui son regard froid :

— Je dois vous prévenir, reprit-il, que le mutisme serait de votre part un très détestable système de défense. Voyons, répondez-moi donc et répondez-moi franchement... Pourquoi habitez-vous maintenant la Garenne-Bezons ?...

— C'est une idée, balbutia l'inculpé.

— Soit ! fit ironiquement le magistrat. Et puisque vous ne voulez pas répondre à mes questions, c'est moi tout à l'heure qui y répondrai pour vous.

Jules Bagré n'avait pu retenir un mouvement.

— Vous avez une profession, dit le juge. Vous venez de me dire que vous êtes luthier. Chez quel patron, dans quelle maison travaillez-vous ?

— Je ne travaille pas en ce moment.

— En ce moment vous chômez ?...

— Oui, monsieur... malheureusement...

Mais le juge d'instruction venait de l'interrompre par un brusque mouvement d'épaules.

— Vous mentez !... vous mentez ! s'écria-t-il. Oui, vous chômez en ce moment, parce que vous chômez toujours, parce que ce n'est pas dans le travail que vous avez l'habitude de trouver vos moyens d'existence...

— Monsieur...

— Oh ! vous le savez bien, vous savez bien que ce que je vous dis est la vérité... Et si vous ne vouliez pas en convenir, je pourrais vous le prouver...

Et tout en parlant, le juge d'instruction venait de tirer d'une serviette en cuir qu'il avait posée sur la table en arrivant une feuille de papier.

C'était le casier judiciaire de Jules Bagré dont il avait eu soin de se munir avant de venir à Courbevoie.

— Voici votre casier judiciaire, reprit le juge. Il en résulte que vous êtes un malfaiteur de la plus dangereuse espèce. Vous avez déjà subi six condamnations pour vol... Et voilà pourquoi vous ne travaillez pas !... Et voilà pourquoi vous chômez toujours !... Le vol vous suffit... et quand le vol ne vous suffit pas, vous n'hésitez pas à aller plus loin, et vous tuez, vous assassinez,.. comme vous avez assassiné la malheureuse femme qui habitait ici, comme vous avez assassiné Mme Dessaigne.

Pour le coup, l'homme qu'on accusait de ce meurtre s'indigna, protesta.

Jusqu'à présent, il n'avait pas compris le moindre mot à ce qu'on lui voulait.

Jusqu'à présent, il en avait été à se demander pourquoi les agents de la Sûreté avaient envahi son domicile et s'étaient jetés sur lui et sur son compagnon comme sur des bêtes fauves.

On les avait enchaînés, liés, garrottés, pourquoi?

On les avait traînés à Courbevoie et amenés dans cette maison qu'ils n'avaient jamais vue, dans cette maison qu'ils ne connaissaient pas, pourquoi?

Mais maintenant, hors de lui, il comprenait.

On les accusait de meurtre!

On voulait les compromettre dans cet assassinat.

C'étaient leurs têtes qu'on voulait leur prendre!... c'étaient leurs têtes qu'on voulait jeter au bourreau!...

Et alors ce chef de la Sûreté qui l'avait troublé, ce juge d'instruction qui l'avait intimidé ne lui firent plus peur.

Et il s'écria :

— De quelle femme me parlez-vous?... Qu'est-ce que c'est que cette Mme Dessaigne dont vous venez de prononcer le nom?... — Non, monsieur, non, si ce crime a été commis ici, je n'en suis pas responsable... J'ai bien eu des comptes à régler avec la justice... j'ai bien été, en effet, condamné plusieurs fois comme voleur..., mais si l'on veut me faire payer le sang qui a été versé ici, je vous jure que l'on s'égare... je vous jure que l'on se trompe!...

— Vous êtes innocent?

— Oui, monsieur.

— Ce n'est pas vous qui avez assassiné cette vieille femme?

— Non, monsieur, non, ce n'est pas moi!... Encore une fois, je vous le jure!...

— Des gens prétendent pourtant vous avoir vu, ainsi que votre camarade, ainsi que votre complice, rôder dans les rues de Courbevoie...

— C'est possible, monsieur, mais nous rôdions à Courbevoie comme il nous arrive de rôder ailleurs...

Les assassins de Courbevoie se mettaient en route pour le Dépôt.

— Ainsi vous maintenez vos dénégations?

— Oui, monsieur, et je les maintiens très énergiquement...

— Dans ce cas, riposta vivement le juge d'instruction, que faisiez-vous lundi, c'est-à-dire avant-hier, entre six et huit heures du soir...?

— Avant-hier?

— Oui, avant-hier... oui, lundi... Où vous trouviez-vous au moment où le crime dont on vous accuse a été commis?...

L'inculpé semblait se recueillir.

Le juge attendait.

Il reprit ironiquement :

— Je n'ai pas besoin de vous faire remarquer combien il est important pour vous que votre mémoire soit fidèle... Je n'ai pas besoin de vous rappeler non plus que vous auriez tort de mentir et que vos dires seront soigneusement contrôlés.

— Non, monsieur.

— Eh bien! voyons, que faisiez-vous avant-hier, 12 janvier, entre six et huit heures du soir?...

Jules Bagré venait enfin de relever la tête.

Puis, regardant très franchement le magistrat :

— Ce que je faisais? dit-il. Je vais vous le dire.

— Je vous écoute, dit doucement le juge d'instruction qui avait toujours sur les lèvres son sourire ironique.

— Avant-hier, à six heures du soir, j'étais à Grenelle, en compagnie de mon camarade...

— A Grenelle?

— Oui, monsieur.

— Où ça?

— Dans un bar...

— Qui est dans quelle rue?

— Rue Saint-Charles, n° 1... J'ai même bu là avec un garçon boucher du voisinage qui pourrait au besoin en témoigner...

— Comment appelez-vous ce garçon boucher?

— Je ne sais pas son nom, je ne le connais que de vue...

Et il y avait dans les réponses que venait de faire l'inculpé un tel aplomb et une telle assurance que le juge d'instruction se sentit démonté.

Est-ce que, par hasard, il avait à tort soupçonné ces deux indi-
vidus-là?

Est-ce que, par hasard, il avait eu tort de se réjouir quand il avait
pensé tenir déjà les coupables?

Et il réfléchissait encore, quand Jules Bagré reprit :

— Maintenant, monsieur, veuillez encore me questionner, m'interroger. Je puis, sans me compromettre, vous faire connaître tout l'emploi
de mon temps pendant cette soirée-là...

« Ainsi, je viens de vous dire qu'à six heures du soir j'étais dans un
bar de la rue Saint-Charles, à Grenelle...

« Un peu plus tard, c'est-à-dire vers sept heures, des témoins pourront
attester qu'ils nous ont vus dans un restaurant de la rue Sainte-Lucie...

« Enfin, plus tard encore, c'est-à-dire sur le coup de dix heures, je
me suis rendu, rue Juge, n° 2, chez le père de mon ami...

Le juge d'instruction et le chef de la Sûreté venaient d'échanger un
rapide coup d'œil.

Il était déjà certain pour eux que l'on s'était trompé quand on avait
opéré cette double arrestation...

Il était déjà certain que l'on n'avait pas encore eu la chance de mettre
a main sur les véritables assassins de Mme Dessaigne.

Le magistrat fit un signe et Jules Bagré fut à son tour conduit dans le
jardin, tandis que l'on introduisait dans la chambre du crime son prétendu
complice.

Et le même interrogatoire recommença.

— Votre nom?

— Émile Lemoine.

— Votre âge?

— Dix-neuf ans?

— Votre profession?

— Manœuvre.

— Vous avez déjà subi deux condamnations pour vol. Est-ce exact?

— C'est exact, répondit tranquillement Lemoine.

— De plus, au moment de votre arrestation, vous étiez encore
recherché pour un autre vol avec effraction... Qu'avez-vous à dire?

— Rien.

— Et maintenant si vous êtes ici, c'est qu'on vous accuse d'assassinat.

Mais non seulement Lemoine n'avait pas bronché, mais encore il avait eu un sourire.

— D'assassinat? fit-il. A quel moment, à quelle époque aurais-je commis ce crime ?...

— Il y a deux jours... le 12 janvier...

— Eh bien! monsieur, le 12 janvier, je n'ai pas mis les pieds à Courbevoie et j'ai passé toute ma journée à Grenelle...

Et très calme, comme un homme qui n'a pas peur de se compromettre et qui sait que rien ne peut le perdre, Émile Lemoine fournit au juge d'instruction le même alibi que Jules Bagré.

Lui aussi prétendait s'être trouvé à six heures du soir dans le bar de la rue Saint-Charles.

Lui aussi affirmait s'être rendu plus tard dans un restaurant de la rue Sainte-Lucie, puis enfin, à dix heures, dans la rue Juge, chez son père.

Il ne restait donc plus à présent qu'à contrôler la sincérité des réponses des inculpés.

Sur l'ordre de M. Garon, deux agents de la Sûreté se rendirent immédiatement à Grenelle, et quand ils revinrent à Courbevoie, deux ou trois heures après, la preuve était faite que ces deux hommes n'avaient point menti.

En effet, il était à présent bien établi que le lundi 12 janvier, et vers les six heures du soir, ils avaient bu dans un bar de Grenelle avec un garçon boucher ; bien établi aussi qu'ils avaient mangé dans le restaurant de la rue Sainte-Lucie dont ils avaient parlé ; bien établi, enfin, qu'ils avaient achevé la journée chez le père de Lemoine, dans la rue Juge.

La ténébreuse affaire de Courbevoie n'avait donc pas fait un pas et les assassins de Mme Dessaigne restaient donc toujours à découvrir...

Les gendarmes et les agents envoyés dans la banlieue pour y faire la chasse aux rôdeurs et aux vagabonds avaient bien réussi à mettre la main sur quelques individus qui, à première vue, avaient pu paraître suspects, mais après un interrogatoire que leur avait fait subir le commissaire de police de Courbevoie, on n'avait pas tardé à acquérir la certitude qu'ainsi que Lemoine et Bagré, ils étaient innocents du crime de la rue du Cayla.

Et cependant le chef de la Sûreté ne pouvait pas se résigner à considérer cette affaire comme définitivement enterrée, comme définitivement classée.

Il s'était promis, au contraire, de livrer les coupables à la justice, et il entendait bien se tenir parole.

Mais sa tâche était difficile. Dans les pièces à conviction ramassées soit dans la chambre du crime, soit dans le jardin, il n'y en avait aucune qui pût servir à éclairer les soupçons... D'un autre côté, dans toutes les dépositions recueillies la veille par le juge d'instruction, il n'y en avait aucune à laquelle on pût s'arrêter, aucune qui pût fournir le moindre indice...

Et comme le chef de la Sûreté réfléchissait, ruminait encore, il eut tout à coup un tressaillement.

Une idée venait de lui venir... une idée qui était la bonne... une idée qui devait lui permettre de s'emparer enfin des assassins!

N'avait-il pas entendu dire la veille, par tous les voisins de Mme Dessaigne, que la vieille dame ne mettait jamais les pieds hors de chez elle?...

N'avait-on pas ajouté qu'elle avait toujours eu l'habitude de se faire apporter par son épicier, son boulanger, son boucher, par tous ses fournisseurs, enfin, les petites provisions dont elle pouvait avoir besoin?...

Or, pourquoi ne dirigerait-il pas ses recherches de ce côté-là!... Pourquoi ne ferait-il pas porter son enquête et ne prendrait-il pas, à tout hasard, des informations sur le personnel que pouvaient employer ses divers fournisseurs.

—Qui sait? se disait-il. Peut-être enfin pourrai-je recueillir un indice qui me mettra sur la trace des assassins?... Peut-être pourra-t-on me donner quelques renseignements qui permettront à la justice de ne pas laisser impuni un crime aussi horrible!...

Et sur-le-champ il se mit en campagne, emmenant avec lui le brigadier Bleuze, l'un des plus habiles et des plus intelligents agents de son service.

Mais l'épicier, mais le boulanger de Mme Dessaigne ne savaient rien, ne pouvaient rien dire. D'ailleurs, ils avaient depuis longtemps le même personnel, et aucun de leurs employés, aucun de leurs ouvriers n'aurait pu être suspecté.

Le chef de la Sûreté hocha la tête.

Décidément, l'affaire de plus en plus s'embrouillait, se compliquait.

Mais, il restait encore un espoir, une chance. Il restait encore à interroger le boucher, M. Dorn, dont la boutique était située place Hérold.

A peine les deux agents lui eurent-ils fait connaître le but de leur démarche que M. Dorn eut comme un éclair.

— Oui, oui, attendez donc ! fit-il vivement. J'ai eu en effet pendant quelque temps à mon service un jeune garçon qui ne valait pas cher et que j'ai dû congédier à cause de son inconduite et de son indélicatesse...

— Comment l'appelez-vous ?

— Gustave Doré.

— Quel âge a-t-il ?

— C'est un gamin... Tout au plus dix-huit ans...

Les deux agents avaient écouté très attentivement M. Dorn.

— Et qu'est-il devenu ? reprit plus vivement le chef de la Sûreté.

— Oh ! ça, je n'en sais rien, répondit le boucher, car vous pensez bien que j'avais autre chose à faire que de m'occuper de ce chenapan... Mais cependant, ajouta-t-il, je crois bien qu'il ne doit pas être loin d'ici, car hier soir on a dévalisé un poulailler, et ce ne peut être que lui, que ce mauvais garnement qui a fait le coup.

— Le croyez-vous capable d'avoir trempé dans l'assassinat de Mme Dessaigne ?

— Doré !... Oh ! parfaitement capable ! répondit sans hésiter M. Dorn. Je vous répète que c'est un gredin... Oui, oui, cherchez-le !... Si vous ne le trouvez pas à Courbevoie, peut-être le trouverez-vous à Asnières... Mais plus j'y pense, plus je suis convaincu que vous ne tarderez pas à lui mettre la main dessus...

La police tenait donc une nouvelle piste.

Mais était-ce la bonne ?

Le chef de la Sûreté, frappé de l'air de profonde conviction de M. Dorn, en avait le pressentiment.

Aussi, sans perdre une minute, sans perdre une seconde, lança-t-il immédiatement le brigadier Bleuze à la recherche du garçon boucher.

— Allons, Bleuze, du flair, du coup d'œil !... Il me faut ce vaurien ! dit M. Goron.

— Oh! soyez tranquille, répondit le brigadier, on a fait des découvertes plus difficiles...

Mais dénicher Doré, qui n'avait jamais eu de gîte sûr, de logement régulier, n'était pas une chose aussi commode qu'on aurait pu le croire...

A peine avait-on retrouvé sa trace, qu'aussitôt cette trace était reperdue et que tout était à recommencer.

Mais, dans les nombreuses chasses qu'il avait faites aux malfaiteurs, le brigadier Bleuze avait acquis l'habitude de la patience. Aussi, loin de se rebuter quand il rentrait le soir éreinté et bredouille, repartait-il le lendemain plus actif et plus infatigable que jamais...

Quelques jours se passèrent.

On avait fouillé Courbevoie, maintenant on fouillait Asnières.

Et toujours pas de Doré!

Mais cependant, à mesure qu'il poursuivait ses recherches, de plus en plus l'agent arrivait à se convaincre que M. Goron ne s'était point trompé : c'est-à-dire que le jeune bandit ne devait pas être très loin et qu'il avait dû certainement jouer un rôle important dans l'assassinat de la pauvre Mme Dessaigne.

Or, pendant que la police brûlait, c'est-à-dire se rapprochait d'eux, que se passait-il là-bas, boulevard Voltaire, dans l'infect taudis de la mère Berland et de sa bande?

Comme ils avaient appris par les journaux que l'innocence de Jules Bagré et d'Émile Lemoine avait été reconnue, ils avaient cru d'abord plus prudent d'ajourner encore une fois leur expédition du Bourget...

— Le temps se couvre... Il faut attendre une éclaircie, avait dit la vieille mégère.

Et très calmes, très tranquilles, comme s'ils n'avaient pas à redouter le plus terrible châtiment, les assassins attendaient cette éclaircie en faisant presque chaque jour, grâce aux basses-cours pillées et aux poulaillers dévalisés, les plus joyeuses et les plus bruyantes ripailles.

Cependant, de plus en plus, le cercle de la police se resserrait, se rétrécissait autour des misérables, et le moment n'était pas éloigné où la pauvre octogénaire allait enfin être vengée...

Ce soir-là, — c'était le 23 janvier, onze jours après le crime, — jamais on n'avait encore entendu un pareil vacarme, un pareil tapage dans le taudis de la mère Berland.

Toute la bande était là, au grand complet, groupée autour de son chef, groupée autour de la vieille mégère.

Au dehors, les voisins écoutaient, les passants s'arrêtaient, tout surpris, tout étonnés.

Aux éclats de voix de la Redingue et de la Boule, des bruits de chansons se mêlaient. Debout, son verre à la main, très rouge, c'était maintenant Doré qui charmait la société. Puis cette première chanson finie, il en entonna immédiatement une autre.

— Attention ! cria-t-il. Je vais vous dégoiser les *Deux Orphelines !*

Et, à chaque refrain, beuglant, hurlant, toute la bande faisait chorus.

Mais pendant que l'on se divertissait ainsi dans le taudis, pendant que la mère Berland elle-même riait et chantait, il se passait tout près de là, à quelques pas seulement des assassins, quelque chose d'assez singulier et d'assez étrange.

Lestement et glissant pour ainsi dire comme des fantômes, cinq ou six hommes étaient venus se planter en face de la maison.

Et là, leurs regards ne quittant plus la fenêtre de la mère Berland, ils demeuraient immobiles dans la neige, sans un mot, sans une parole, ne se retournant de temps à autre que pour jeter un coup d'œil au loin, comme des gens qui attendent quelque chose.

Et tout à coup, là-bas, encore dans l'éloignement, un bruit rapide et sourd se fit entendre.

Puis à travers les brouillards, qui étaient assez épais ce soir-là, des points lumineux brillèrent.

C'étaient plusieurs voitures qui se rapprochaient.

Cependant, dans le taudis, un brusque silence venait de se faire... Les bandits venaient d'entendre ce bruit de voitures, et, soudain, ils avaient eu la même pensée, le même pressentiment.

— Entendez-vous ? dit tout à coup la Redingue. A cette heure-là, ce n'est pas une noce, pour sûr... C'est peut-être la *rousse* qui vient nous cueillir pour nous mener à la butte...

Puis, s'étant levé, il ajouta :

— Allons, les voyageurs pour la place de la Roquette, en voiture !...

Il voulut rire, mais son rire aussitôt s'éteignit dans sa gorge, tandis que toute la bande, maintenant debout aussi, reculait avec un cri d'épouvante.

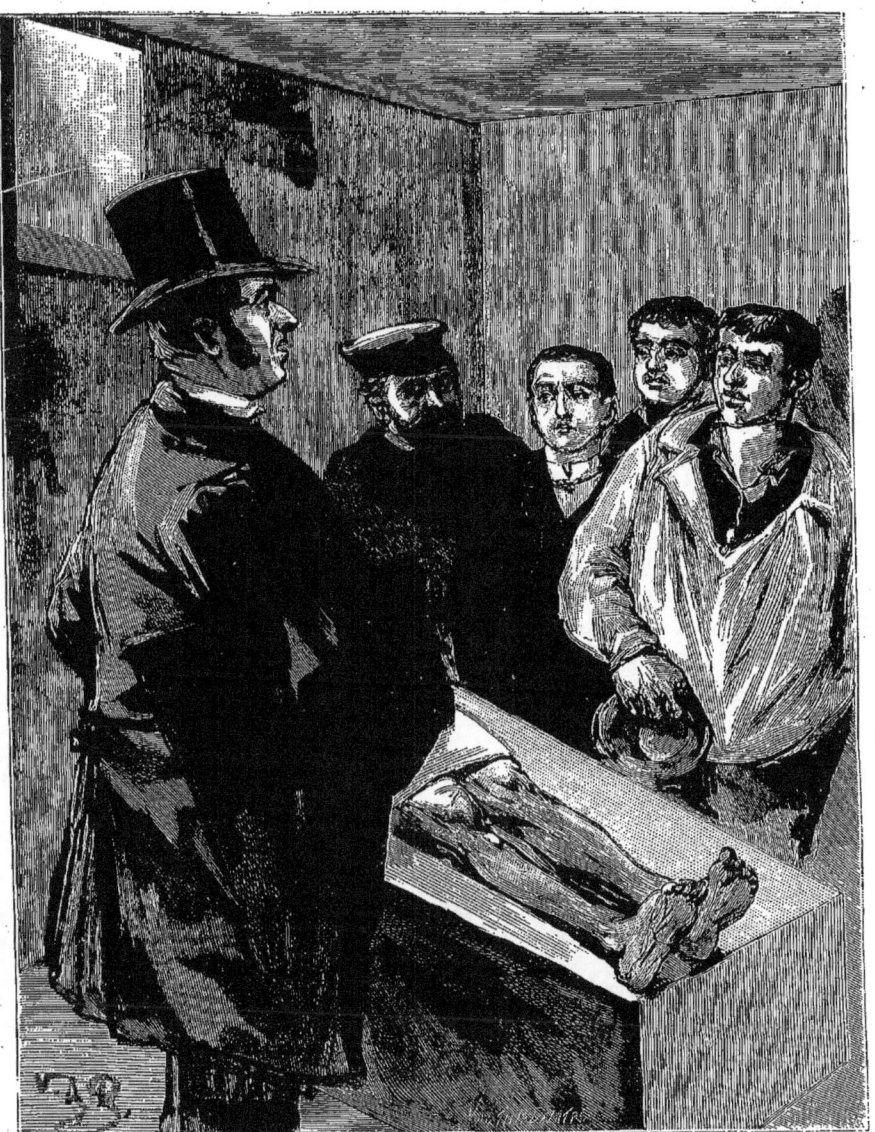

Le juge d'instruction leur montra le cadavre.

De la fenêtre, où il venait de se pencher, Chotin avait jeté ce cri terrifiant :

— La *rousse!*... Nous sommes flambés!...

Il essaya pourtant de fuir, mais il n'en eut pas le temps : le brigadier Bleuze venait de faire irruption dans le taudis, accompagné de six agents.

— Le premier qui fait un pas... le premier qui bouge, dit le brigadier, je lui brûle la gueule!...

D'ailleurs, quelle résistance les bandits auraient-ils pu faire?... D'un bond, les agents s'étaient élancés sur eux et ils étaient déjà liés, garrottés, dans l'impossiblité de se défendre...

Pourtant la vieille mégère pleurait, sanglotait :

— On se trompe! cria-t-elle. Mes bons messieurs; je vous jure que l'on se trompe!... nous n'avons rien fait!...

Mais le brigadier Bleuze venait de découvrir derrière la glace les bijoux volés chez Mme Dessaigne.

Sans dire un mot, il les mit sous le nez de la mère Berland, qui, plus pâle, plus livide encore, baissa la tête.

Et moins de cinq minutes après, entassés dans les trois voitures qui les attendaient, les assassins de Courbevoie se mettaient en route pour le Dépôt, c'est-à-dire pour l'échafaud!

VIII

LA CONFRONTATION

Le bruit de l'arrestation des meurtriers de Mme Dessaigne n'avait pas tardé à se répandre.

Aussi, le lendemain, une foule considérable avait-elle envahi les abords de la Morgue, où l'on savait que, d'un moment à l'autre, les assassins devaient être amenés pour être confrontés avec leur victime.

Nous assisterons nous-mêmes, tout à l'heure, à cette dramatique et saisissante confrontation; mais il nous semble utile, avant d'aller plus loin, de donner sur la Morgue, sur ce funèbre établissement où viennent échouer la plupart des misères, des vices et des crimes de Paris, quelques renseignements et quelques détails qui, très certainement, seront du plus vif intérêt pour nos lecteurs.

Voici donc ce qu'au moment même de l'arrestation de la bande Berland un de nos confrères écrivait à ce lugubre sujet :

« Vingt fois, pour le moins, nous avons déploré qu'on envoyât à la Morgue les corps destinés à l'autopsie légale. »

La *Revue des Deux-Mondes*, à son tour, fait entendre sa voix sévère :

« J'ai assisté, dit l'auteur de l'article, M. Cherbuliez, dans l'ignoble hangar de la Morgue, à une scène lugubre.

« Un cadavre était là dans son cercueil encore ouvert; autour de lui, un commissaire de police et tout le personnel de la Morgue attendaient en faisant les cent pas.

« Il s'agissait d'un parfait honnête homme dont le seul tort avait été de s'interposer entre un assassin et sa victime qui vidaient ensemble une querelle assez sale.

« Sa générosité lui coûta la vie.

« Après une opération chirurgicale tentée *in extremis* dans un grand hôpital de Paris, après une longue agonie, malgré les supplications d'une jeune femme et de toute une famille, malgré l'intervention du directeur de l'hôpital, qui offrait son cabinet pour faire l'autopsie, le cadavre fut transporté par ordre à la Morgue.

« La famille venait le reconnaître.

« On avait donné un coup de balai sur les dalles ! rien de suspect n'y traînait ; mais à quelques pas du cercueil s'en trouvaient d'autres, et à travers les joints des couvercles improvisés, les parents de la victime en voyaient assez pour deviner le reste. »

Et notre confrère continue :

« Il est absolument nécessaire de laisser à la Morgue une seule destination : celle d'établissement réservé à l'exposition des cadavres inconnus. C'est un véritable scandale que d'y transporter, aux fins d'autopsie, les corps des assassinés, victimes même après leur mort !

« Et puisqu'on visite la Morgue, il ne faut pas la quitter sans remarquer, avec M. Cherbuliez, que la vieille croyance aux « figurants » existe toujours.

« Des lettres arrivent souvent au greffe.

« On les ouvre : après un préambule sur la misère de ce bas monde, l'auteur demande comme une faveur à figurer sur les dalles de la Morgue ou à remplir un rôle quelconque dans le spectacle du jour.

« La requête se termine par des protestations de bons services et par une vague allusion à un salaire qu'on est décidé à accepter, si minime qu'il soit : « Vous me donnerez ce que vous voudrez », et même on se contenterait de figurer « au pair », c'est-à-dire logé et nourri.

« L'auteur est mandé à la Morgue ; on voit alors arriver un pauvre loqueteux qui répète verbalement ses offres de service et appuie sa demande de tout ce qu'il croit de nature à la faire mieux valoir.

« Ce n'est pas une fois par hasard que pareille chose est arrivée : c'est trois ou quatre fois par an que cette scène se répète régulièrement.

« On a toute les peines du monde à convaincre ces pauvres diables de l'absurdité de leur demande.

« Tout dernièrement l'un d'eux insistait tellement que le greffier, ne sachant comment s'en débarrasser, lui déclara gravement qu'il fallait figurer immobile sur la dalle de huit heures du matin à la nuit tombante à trois degrés au-dessous de 0.

« Le postulant réfléchit quelques minutes, trouva que, décidément, c'était trop dur, et se retira.

« Le nombre de « reconnaissances » faites à la Morgue, poursuit notre confrère, est très considérable : en 1888, sur 660 adultes, 560 ont été reconnus ; pour 100 cadavres, par conséquent, l'identité n'a pas pu être établie.

« C'est à peu près exactement la proportion des trois années précédentes, qui, pour un total de 2,073 adultes, donnent 314 individus restés inconnus.

« Cette proportion paraît encore plus forte lorsqu'on défalque du nombre des individus « reconnus » tous ceux dont l'identité était établie avant leur entrée à la Morgue.

« En 1888, sur 560 reconnus, 215 étaient connus dès l'entrée ; il ne reste donc que 345 cadavres dont l'identité a été réellement constatée à la Morgue.

« Parmi ces 345 reconnaissances, 254 ont été obtenues par recherches et investigations, 7 par l'examen des vêtements, 8 au moyen de la photographie et 76 par l'exposition publique.

« Quel était l'état social de ces malheureux?

« En tête de la liste viennent 26 employés, 10 journaliers, 10 cordonniers; dans la longue série qui suit, on trouve 4 rentiers, 2 banquiers, 2 chiffonniers, 1 caricaturiste, 1 percepteur, 1 avocat, 1 ingénieur, 1 concierge, 1 photographe, 1 sculpteur, 1 fumiste et 1 conducteur d'omnibus.

« Dans la liste des femmes, ce sont les domestiques et cuisinières qui tiennent la tête avec 11 suicides sur 51 ; 1 concierge, 1 balayeuse, 1 rentière et 1 fille soumise ferment la liste.

« La femme qui se suicide préfère l'eau, et l'homme la corde.

« Sur 1,000 suicides de femmes, d'après Brouardel, il y a 426 submersions contre 320 pendaisons ; sur autant de suicides d'hommes, il y a, au contraire, 473 pendaisons pour 244 submersions seulement.

« M. Cherbuliez compare ces chiffres à ceux que fournissent les statistiques de la Morgue.

« En 1888 , sur 51 suicidées amenées au greffe, il y avait 48 noyées et pas un seul cas de pendaison.

« Les années précédentes, pour un nombre de submersions variant de 38 à 51, il n'y a eu qu'un cas de pendaison par an.

« Si nous consultons la liste des hommes, nous trouvons, pour 1888, 122 noyés contre 25 pendus; pour les années précédentes, un nombre variant de 97 à 139 submersions contre 33 à 37 pendaisons.

« Qui a raison de la femme ou de l'homme? Ni l'un ni l'autre. Entre la pendaison ou la noyade, ne choisissons rien. Le meilleur moyen de se consoler des malheurs de la vie, c'est encore de vivre. »

Cependant la foule qui s'entassait devant la Morgue pour entrevoir au passage les assassins de Courbevoie, devenait de plus en plus nombreuse, de plus en plus considérable.

Les gardiens de la paix chargés de maintenir l'ordre avaient toutes les peines du monde à ne pas être débordés.

Dans les groupes, où l'on causait très vivement et très bruyamment, on se rappelait avec horreur les moindres détails, les moindres circonstances du meurtre de Mme Dessaigne, et ce qui ajoutait encore à la violente indignation qui éclatait de toutes parts, c'était l'âge des assassins : des jeunes gens, presque des enfants, des vauriens qui n'avaient pas encore vingt ans !...

Puis on s'entretenait aussi du très mince produit du crime, de cette unique pièce de vingt francs, trouvée dans l'un des porte-monnaie de la pauvre octogénaire, et que la bande Berland s'était partagée, et des gens faisaient remarquer avec raison combien généralement messieurs les assassins sont peu payés de leurs *peines*.

En effet, si l'on veut connaître ce que l'on pourrait appeler le « salaire moyen du crime », on n'a qu'à jeter un coup sur ces quelques lignes que nous empruntons à un écrivain autorisé :

« Le métier d'assassin, dit ce publiciste, n'a jamais fait vivre que le bourreau.

« Le génie, — il s'en dépense quelquefois dans le crime, — n'est pas rétribué à sa valeur.

« Récemment, un personnage ingénieux s'était mis dans l'idée de voler l'argent de la succursale d'une société financière. Le coup n'était pas mal combiné. Il avait loué une pièce au-dessus du bureau dans lequel se trouvait le coffre-fort. Un samedi soir , il fit un trou dans le plafond , descendit dans le bureau, descella le coffre, le coucha sur des matelas, l'ouvrit à grand'peine et en enleva le contenu : une dizaine de louis ; à coup sûr pas de quoi rentrer dans ses débours matériels : achat des matelas, prix du loyer payé d'avance, outils et les aides. Il avait travaillé deux jours, et plus de huit heures par jour. Il est certain qu'il a fait l'opération la plus sotte qu'il soit jamais possible d'imaginer.

« J'entends bien : si le coup avait réussi, il aurait eu la forte somme. Sans doute, mais le coup ne réussit jamais. »

— Il n'y a de bonne affaire que dans la banque, dit le brigadier Jeaume. Plus j'étudie ces opérations-là, plus j'arrive à me persuader que pour un filou, hors la basse finance, il n'y a point de salut... Mais la pince-monseigneur, sale affaire !

Je me suis appliqué, pour l'édification des débutants dans le crime, à relever les bénéfices réalisés par les assassins arrêtés, condamnés à mort ou au bagne...

Eyraud, exécuté, a gagné 150 francs environ, dont moitié représente la part de Gabrielle, condamnée au bagne. Les frais pour l'accomplissement de ce crime (voyages, hôtels, locations de voitures, achats d'effets) ont été de 4 à 5,000 francs. Il ne fut jamais très heureux en affaires, l'assassin de Gouffé, cependant l'on peut hardiment écrire, que de toutes les affaires qu'il entreprit, — même échafaud mis à part, — la dernière fut la plus désastreuse.

Les assassins suivants, la plupart graciés et envoyés au bagne, ont retiré un salaire dont le montant nous a été communiqué par la Sûreté :

Séjournet, 1 crime. — 60 francs.

Bistor, 1 crime. — 20 à 30 francs.

Maisonneuve, 1 crime. — De 3 à 4,000 francs (dont il ne profita point).

Campi, 1 crime. — Rien.

Bossel, 1 crime. — 40 francs.

Ducret, 1 crime. — 200 francs de bijoux.

Meyer, 1 crime. — De 3 à 400 francs.

Marquelet et Cornet, 1 crime. — 90 francs.

Mécrant, 1 crime. — Se fait environ 5 francs.

Cathelin, 1 crime. — Se fait environ 5 francs.

Blum, 1 crime. — 125 francs.

Thomas, 1 crime. — 125 francs.

Weinhoor, 1 crime. — 900 francs.

Gilles, Abadie, Knoblock, 3 crimes. — Par crime et par criminel, environ 48 francs.

Georges, Voly, Franck, 1 crime. — A eux trois, 2 francs, soit chacun 13 sous.

Coche et Pouly, 1 crime. — Chacun 20 sous.

Fouloy, 1 crime. — 180 francs.

Ollivier, 1 crime. — Une montre.

Midi, Baillon, Soullet, 1 crime. — Rien.

Bernard et Servant, 1 crime. — Rien.

Passons aux *exécutés :*

Troppmann, 8 crimes. — Rien.

Marchandon, 1 crime. — Bijoux pour 500 francs.

Coutier, 1 crime. — 200 francs.

Albert, 1 crime. — Une montre et une bague.

Schumacher, 1 crime. — 15 francs.

Gaspard, 1 crime. — 350 francs.

Dougars, 4 crimes avoués. — Par crime, environ 150 francs.

Ribot et Gentroux, 1 crime. — Chacun 125 francs.

Allorto et Sellier, 1 crime. — Chacun environ 6 francs.

Géomay, 1 crime. — 27 francs.

Frey et Rivière, 1 crime. — Rien.

Kaps, 1 crime. — 5 francs.

Gamahut, 1 crime. — 7 fr. 25.

Prévost, 2 crimes. — 3,000 francs.

Prado, 1 crime. — Quelques bijoux.

Pranzini, 3 crimes. — Quelques bijoux.

Kœnig, 1 crime. — 3 sous.

Le crime, — celui qui entraîne, outre une prodigieuse dépense d'activité et d'audace, la perte de la vie, — d'après cette table aussi exacte que possible, rapporterait en moyenne 28 à 30 francs. C'est la semaine d'un ouvrier modeste qui ne se foulerait rien.

« Quelques criminels, ajoute M. Georges Montorgueil, l'écrivain que nous citons, ont fait des recettes meilleures : Martin qui tue un garçon de banque porteur de 18,000 francs ; Beghein qui dérobe pour 45,000 francs de bijoux ; Lapommeraie qui réalise la prime d'une importante assurance sur la vie ; mais si l'on considère que trois d'entre eux furent exécutés avant d'avoir pu jouir du produit de leur « travail », on cherche leur bénéfice. L'assassin de Barrême et Walder seuls profitent de sommes peut-être importantes.

« Ce n'étaient pas des sots non plus, Barré et Lebiez, esprits cultivés, capables de gagner largement leur vie. Ils tuèrent avec une peine inouïe une vieille femme qui possédait, croyaient-ils, 14,000 francs de valeurs. L'aubaine, au bout du compte, leur parut si mince que Lebiez songea aux économies qu'on aurait pu faire sur la main-d'œuvre. « Si la tête n'avait pas été endommagée, dit-il, on en aurait peut-être retiré 25 francs... »

« Gueux! vous en êtes du vôtre, tous ; on ne vous le criera jamais assez haut. Le magot, quand il y en a un, échappe à vos investigations ; plus souvent il n'y en a pas. Vous ramassez de la menue monnaie, de quoi, avec peine, payer, en sortant, le litre de bleu, et changer d'effets. Quand vous trouvez des bijoux, une canaille de brocanteur les paie si mal que vous en arrivez, comme Pranzini, à préférer en faire cadeau à des filles pour une caresse.

L'histoire de ses racolages à travers les rues d'Asnières excitait surtout l'indignation.

« Des crimes pour vingt francs, pour cent sous, pour trois sous, pour un café, pour rien : quelle profession lucrative !

« Comprend-on la vieille Berland qui a mis son fils dans l'assassinat, quand on demande des apprentis partout, gagnant de suite. Sale partie de triste rapport ! Oh ! non ! vraiment, ce n'est pas un métier à faire apprendre à un enfant. »

Et tout à coup, dans la foule devenue plus bruyante et plus houleuse, il y eut une longue clameur, une immense bousculade.

Plusieurs voitures arrivaient au grand galop et, cette fois, tout le monde l'avait déjà deviné, c'étaient bien les assassins de Courbevoie qui allaient apparaître...

Les gardiens de la paix s'étaient déjà élancés sur les curieux et les forçaient à reculer...

Deux minutes après, au milieu du plus profond silence, les voitures qui avaient été signalées et qui, en effet, amenaient les meurtriers de Mme Dessaigne, s'arrêtaient devant la porte de la Morgue.

Soudain, il y eut dans la foule un frémissement de colère, de sourds cris d'indignation.

Serrés de près par des agents de la Sûreté, les bandits venaient de mettre pied à terre.

Ni les uns, ni les autres ne semblaient d'ailleurs éprouver la moindre émotion, le plus léger remords.

Très calme, l'air impassible, Aldophe Berland avait toujours sur les lèvres un sourire gouailleur et cynique. Doré, la tête haute, le regard provocant, cherchait à se donner l'attitude d'un fanfaron du crime. Deville, très tranquille aussi, promenait, sans aucune espèce d'embarras, sans aucune espèce de honte, son regard sur la foule. Seul, Chotin détournait la tête comme s'il eût voulu échapper à la curiosité du public. Du reste, les assassins n'étaient restés là que quelques secondes à peine...

Brusquement entraînés, on leur avait fait rapidement franchir le seuil de la Morgue tandis que, derrière eux, retentissaient de nouveaux cris d'indignation, de grandes huées menaçantes...

Mais ni ces huées, ni ces cris, les jeunes bandits ne les avaient entendus.

Toujours pressés, toujours entraînés par les agents, ils traversaient en ce moment la salle publique et toute leur attention s'était portée sur les dalles horribles, sur les dalles sinistres où, la face grimaçante, les membres rigides, la chair déjà à demi décomposée, des morts inconnus, des morts anonymes étaient étendus.

Mais ce ne fut là, pour les assassins de Mme Dessaigne, qu'une vision d'un instant.

Soudain une porte s'ouvrit et ils se trouvèrent dans une autre pièce où un spectacle plus saisissant et plus terrifiant encore les attendait.

C'était là la salle des confrontations... C'était là qu'ils allaient voir surgir tout à coup devant eux le cadavre de leur victime...

Certes, c'est là pour les assassins un moment terrible, une minute pleine d'appréhension. Mais les gosses de la mère Berland continuaient à garder tout leur sang-froid. Une seule chose les intéressait : une sorte de grand rideau de lustrine verte qui coupait dans toute sa largeur le fond de la pièce.

Et Doré blagua, ricana.

— Attention, vieux ! cria-t-il à la Redingue... On va frapper les trois coups... Le rideau va se lever !...

Et brusquement, en effet, le rideau se leva ou plutôt s'écarta, et très vivement éclairé par la grande clarté qui tombait des fenêtres, le cadavre mutilé, le cadavre sanglant de Mme Dessaigne apparut.

Autour de la table sur laquelle était étendue la morte, des hommes au visage pâle, au regard sévère, se tenaient immobiles et debout.

Les assassins avaient déjà reconnu parmi eux le juge d'instruction et le chef de la Sûreté.

Et il y eut alors un très long silence profond et solennel...

D'habitude, les plus cyniques ne peuvent être mis ainsi brusquement en face de leurs victimes sans laisser échapper un cri de terreur, un mouvement d'effroi...

Le plus souvent ils reculent pâles, livides, tout le corps secoué d'un tremblement nerveux. D'autres fois, dès le premier coup d'œil, ils détournent la tête et demeurent écrasés, anéantis, presque défaillants. D'autres fois encore, fous d'épouvante, ils implorent la pitié des magistrats et demandent en grâce qu'on leur épargne ce supplice...

Mais les jeunes bandits restaient aussi calmes ici que là-bas, dans leur infâme taudis d'Asnières.

A la vue de Mme Dessaigne, pas un n'avait pâli, pas un n'avait sourcillé.

Et comme le silence durait toujours, tout à coup Adolphe Berland éclata de rire.

— Oh! là! là! s'écria-t-il. Pigez-moi c'te binette!...

Et Doré, éclatant de rire à son tour, ajouta :

— Elle est rien décatie, la vieille !

Puis, très tranquillement toujours, ils renouvelèrent les aveux qu'ils avaient faits quelques heures auparavant dans le cabinet du juge d'instruction.

D'ailleurs, ils ne se chargeaient pas et chacun reconnaissait très carrément la part qu'il avait prise dans le crime.

— Ainsi, dit le juge à Doré, vous reconnaissez encore que c'est vous qui avez désigné le coup à faire?... — Vous reconnaissez encore que c'est vous qui avez eu l'idée d'assassiner cette pauvre femme pour la voler?

— Oui, mais c'est elle surtout qui nous a volés, répondit cyniquement Doré. Il n'y avait pas de galette chez elle...

— N'avez-vous pas fait part plusieurs fois de votre intention à la femme Berland?

—- Oui, plusieurs fois... Il faisait un froid de chien dans la turne et l'on n'avait plus rien à boulotter... Il fallait bien faire quelque chose...

— Il fallait travailler.

— Ah! mince!... Travailler!... Avec ça que ça rapporte!

— Le crime que vous avez commis et dont vous allez avoir à rendre compte vous a moins rapporté encore, dit vivement et sévèrement le juge d'instruction.

— Ce n'est pas ma faute, répliqua négligemment Doré... Je me suis trompé... Je croyais que la vieille était plus riche...

— Comment avez-vous connu la femme Berland?

— Par son fils... par la Redingue...

— Vous étiez, depuis quelque temps, hébergé chez elle en compagnie de Chotin et de Deville?...

— Hébergé?

— Je veux dire qu'elle vous nourrissait... que vous y preniez vos repas?

Mais Doré s'était mis à ricaner, puis secouant vivement la tête :

—- Elle me nourrissait!... Il faut s'entendre... C'est-à-dire qu'elle partageait avec moi ce que je lui rapportais...

— Le produit de vos vols?

— Si vous voulez.

— Et le produit aussi des vols de vos complices... de Cholin surtout?...

— Oh! Cholin... une moule!... Mais s'il voulait boulotter, il fallait bien qu'il turbine aussi, puisque nous étions associés...

Les magistrats se regardèrent.

Jamais ils n'avaient encore vu une telle indifférence, une telle tranquillité d'esprit chez un misérable dont la tête était promise au bourreau.

Puis, brusquement, le juge d'instruction reprit :

— Qu'avez-vous fait pendant la journée du 12 janvier?

— Pendant la journée du 12 janvier?

— Oui, pendant la journée du crime?

— Je l'ai déjà dit.

— Répétez-le.

— Eh bien! cette journée-là, je l'ai passeé, comme les autres, chez la mère Berland...

— Où vous aviez déjà passé la nuit?

— J'y couchais depuis quinze jours.

— Après?

— Comme on avait la flême, on a fait la grasse matinée... Vers le tantôt, la Boule et Cri-cri sont venus... On a fait quelques parties de cartes... On a but quelques kilos... Puis la vieille a pioncé...

— Ensuite?

— Ensuite?... Ensuite la vieille s'est réveillée... Elle était d'une humeur massacrante... Elle nous a fait une scène...

— Pourquoi?

— Parce que, disait-elle, les affaires allaient mal et qu'il fallait absolument faire un coup si l'on voulait se relever...

— Et c'est alors qu'après avoir discuté assez longuement pour savoir quelle serait la victime que vous choisiriez, vous avez fini par jeter votre dévolu sur Mme Dessaigne?

— Parfaitement, répondit Doré, toujours sans la moindre émotion.

Le juge d'instruction et le chef de la Sûreté venaient d'échanger un nouveau regard.

Un si grand aplomb, une absence si complète de sens moral chez de si jeunes criminels déroutaient toute leur vieille expérience.

Le juge continua :

— Quand la mort de cette pauvre femme a été décidée, il a fallu se distribuer les rôles... N'est-ce pas encore la femme Berland, n'est-ce pas encore cette femme qui a été votre mauvais génie qui s'est chargée de ce soin?...

— La vieille nous a, en effet, donné quelques conseils...

— N'est-ce pas elle qui a eu l'idée de vous faire changer de vêtements?

— Oui, c'est elle.

— N'est-ce pas elle qui a donné à son fils la tenaille qu'on a retrouvée dans le jardin?

— Oui, c'est elle... Mais la tenaille était inutile... d'un coup d'épaule j'ai fait sauter la porte...

— N'est-ce pas elle aussi qui vous a armé de l'alésoir avec lequel vous avez eu le triste courage de frapper trois fois votre victime?

— Oui, c'est elle... Mais je n'aurais pas frappé si la vieille n'avait pas tant crié...

— Enfin n'avait-elle pas tout calculé, tout combiné, tout prévu?... C'est sur son conseil que vous écriviez cette lettre qu'on a retrouvée près du cadavre... C'est sur son conseil qu'Adolphe Berland entre le premier dans la maison afin de mieux surprendre votre victime... C'est sur son conseil enfin que Deville doit faire le guet tandis qu'à un moment donné Chotin ira vous rejoindre dans le pavillon et fera main basse sur tout l'argent, sur toutes les valeurs qu'il pourra découvrir...

Et le magistrat, la voix plus lente, reprit :

— Voilà les déclarations que vous avez faites ce matin à l'instruction... qu'avez-vous à y ajouter?

— Rien, répondit Doré.

— Et vous, Berland ?

— Rien.

— Et vous, Deville?

— Rien.

— Et vous, Chotin?

— Rien, fit celui-ci d'une voix à peine intelligible.

Comme la justice avait obtenu les aveux les plus complets et comme, d'un autre côté, il était bien certain que les assassins n'avaient pas d'autres complices, il était donc inutile de prolonger la confrontation.

Le juge d'instruction fit un signe et les jeunes bandits furent emmenés.

Au dehors, c'était toujours la même foule indignée, la même foule furieuse.

Quand les quatre assassins apparurent les menottes aux poignets, une clameur terrible s'éleva :

— A mort !... A l'eau !... s'écrièrent mille voix.

Mais si Chotin avait encore baissé la tête, si Deville était devenu un peu plus pâle, ni la Redingue ni Titi n'avaient tremblé.

Celui-ci, au contraire, haussant les épaules, semblait prendre à tâche de défier la foule.

Il se tourna vivement vers Adolphe, puis lui cria de façon à être entendu de tout le monde :

— Va, mon vieux, t'épate pas du populo !... Il y en aura bien davantage quand nous monterons à la butte !...

Et la voiture dans laquelle on venait de le pousser roulait déjà, qu'on entendait encore ses éclats de rire se mêler aux éclats de rire de la Redingue.

IX

LA POLICE DANS LES BOUGES.

Les meurtriers confrontés avec leur victime, il restait encore à la justice une importante formalité à remplir.

Il allait s'agir maintenant, après les avoir conduits dans leur taudis d'Asnières, où une perquisition devait être opérée en leur présence, de les amener dans le petit pavillon de Mme Dessaigne et de reconstituer dans tous ses détails l'horrible scène du crime.

Aussi, le lendemain de la confrontation, une foule immense accourue non seulement de tous les coins de Courbevoie, mais encore d'Asnières, mais encore de Puteaux, mais encore de Colombes, assiégeait-elle une fois de plus les abords de la maison de la malheureuse octogénaire.

La formalité dont nous venons de parler devait avoir lieu, disait-on, entre deux et trois heures de l'après-midi ; mais bien avant ce moment-là la rue du Cayla et la rue Saint-Denis étaient déjà toutes noires de monde.

Et, sur toutes les lèvres, c'était toujours le même nom qui revenait, toujours le nom de la mère aux assassins, toujours le nom de la mère Berland.

On parlait bien aussi de son fils, on parlait bien aussi de la Rédingue, mais, tout en l'accablant de malédictions pour l'abominable crime qu'il avait commis, il y avait cependant un moment où l'on se laissait entraîner jusqu'à plaider pour lui les circonstances atténuantes.

On se rappelait l'abject milieu dans lequel il avait grandi, dans lequel il avait toujours vécu.

On se rappelait quelle hideuse mère il avait eue et quels atroces conseils il avait dû recevoir.

On se rappelait enfin les tristes exemples qu'il avait toujours eu sous les yeux : une mère paresseuse, ivrogne et ne vivant que des plus louches expédients.

Élevé pour le vol, pour le crime, il devait donc, un jour ou l'autre, finir comme il finissait : par le bagne ou par l'échafaud.

Mais, la grande coupable, celle pour laquelle on n'avait aucune indulgence, aucune pitié, c'était elle... Elle n'avait pas seulement perdu son fils, mais combien encore elle en avait perdu d'autres !... Et, alors, on mettait à nu tout ce que l'on savait de sa vie, tout ce que l'on connaissait de son passé...

L'histoire de ses racolages à travers les rues d'Asnières, alors qu'elle se mettait à la recherche des petits vauriens pour les dresser au vol, excitait surtout l'indignation.

C'était ainsi que Doré, que Deville, que Cholin, pour ne parler que de ceux-là, avaient été attirés chez elle « où l'on mangeait du poulet ».

Puis l'ambition lui était venue. Elle ne s'était plus contentée des petites filouteries de sa bande. Elle ne s'était plus contentée de trouver sa table garnie sans rien faire. Il lui avait fallu aussi de l'argent, la forte somme, et c'est alors que du vol elle avait glissé dans l'assassinat.

Et l'on était toujours sur le chapitre de la vieille mégère quand quelques-uns s'aperçurent que le temps passait et que la Justice ne venait pas.

La maison du crime.

En effet, il était à présent plus de trois heures et demie et les voitures qui devaient amener les assassins restaient toujours invisibles.

Qu'est-ce que cela voulait dire?

Est-ce que, par hasard, la reconstitution du crime n'allait pas avoir lieu ce jour-là?

Et déjà l'impatience, l'inquiétude gagnaient tout le monde, quand enfin, grâce à des gens qui arrivaient d'Asnières, une bonne nouvelle courut dans les groupes.

La perquisition pratiquée chez la mère Berland venait de finir...

Dans quelques minutes, on allait voir les assassins débarquer devant la maison du crime...

Et l'un de ceux qui avaient apporté cette nouvelle, ajouta :

— Les gredins ont avoué leur crime, mais ils auraient voulu nier que ce serait absolument la même chose, car on vient de trouver encore contre eux, je veux dire contre Adolphe Berland, d'autres preuves, et des preuves tellement accablantes, tellement écrasantes, qu'elles suffiraient à elles seules pour l'envoyer à l'échafaud.

— Quelles preuves? demandèrent vivement quelques curieux.

— D'abord une chemise ensanglantée, puis ensuite, dans un coin, les souliers que le misérable portait le jour de l'assassinat... Naturellement la vieille gueuse avait bien passé l'inspection des vêtements de son galopin, et elle n'avait pas oublié non plus de laver et de nettoyer ses souliers... Mais elle a eu beau faire, des taches rouges s'y voient encore, et l'on y voit encore aussi, collés à la semelle, des cheveux blancs, des cheveux que ce gueux de Berland a arrachés à la pauvre vieille, à la pauvre Mme Dessaigne, quand il cherchait à l'achever en piétinant sur elle...

— Et quelle figure font-ils maintenant? demanda quelqu'un. Les avez-vous vus?

— Les assassins?... Parbleu, si je les ai vus!... J'étais même au premier rang quand on les a amenés dans leur taudis.

— Dites dans leur repaire!

— Oui, dans leur repaire!... Eh bien! je ne parle pas de Deville et de Chotin... ces deux-là avaient presque l'air honteux devant la foule... Mais croiriez-vous que Berland affectait parfois d'éclater de rire et que Doré avait le toupet de chanter!...

Il y eut dans le groupe un mouvement d'indignation.

— Oh! les gredins ont du cynisme! reprit celui qui donnait ces détails. Mais il faudra voir plus tard... il faudra voir s'ils riront et s'ils chanteront encore le jour où on les raccourcira...

— Et ils ne l'auront pas volé! s'écria une vieille femme. Malheureusement, celle qui a été la cause de tout... celle qui a été certainement la cause de la mort de Mme Dessaigne, la mère Berland s'en tirera...

Et comme de violentes protestations venaient de l'interrompre :

— Permettez! reprit vivement la vieille femme, je ne veux pas dire que la coquine sera acquittée...

— Il ne manquerait plus que ça!...

— Mais, au lieu de lui couper le cou, on se contentera de l'envoyer dans une maison centrale...

— Allons donc! s'écria l'homme qui le premier avait pris la parole... Si elle est condamnée à mort, comme je l'espère bien, elle y passera comme les autres, c'est moi qui vous le dis!...

— Ce n'est pas sûr...

— Comment! ce n'est pas sûr!

— On ne voudra pas la faire monter sur l'échafaud en même temps que son fils...

Mais l'homme venait de se mettre à rire d'un rire ironique :

— Et pourquoi donc pas, la petite mère? dit-il. Avec ça que ce serait la première fois que l'on aurait l'occasion d'assister à ce spectacle-là!...

— Moi, je ne l'ai jamais vu... Ni vous non plus, n'est-ce pas ?

— C'est possible; mais d'autres l'ont vu, vous pouvez le croire...

Et pour convaincre son incrédule interlocutrice, l'homme se mit alors à raconter les deux faits suivants :

En 1825, avait eu lieu, à Paris, en place de Grève, l'exécution d'un nommé Lecouffe et de sa mère, condamnés pour l'assassinat d'une pauvre vieille mendiante, leur voisine, connue dans le faubourg du Roule sous le nom de la « mère Jérôme ».

« Jusqu'à l'échaufaud, le fils et la mère s'étaient accablés de reproches et d'injures, et c'était le type de l'affreuse mégère Lecouffe qui, paraît-il, avait inspiré à Eugène Süe la création légendaire de la « veuve du supplicié », dans son roman des *Mystères de Paris*.

Puis, en 1840, à Albi (Tarn), il avait été procédé à la double exécution de la femme Dozat et de son fils, pour homicide volontaire sur la personne du sieur Dozat, leur époux et père.

Dozat fils avait subi la peine des parricides : il avait marché à l'échafaud pieds nus et tête voilée. Sa mère l'avait suivi et était morte avec beaucoup de courage.

— Vous voyez donc bien, la mère, ajouta l'homme qui était si bien renseigné, que cette gueuse de Berland a bien des chances d'éternuer à son tour dans le panier.

Puis, tandis que cette conversation continuait, dans les autres groupes qui s'étaient formés devant le petit pavillon de Mᵐᵉ Dessaigne, c'étaient aussi des discussions non moins bruyantes et non moins animées.

Mais ce que l'on oubliait de dire, et ce que l'on ne savait pas, c'est qu'après le crime de Courbevoie, comme, du reste, après tous les crimes qui ont un certain retentissement, la Sûreté avait fait une descente dans tous les bouges et tous les repaires de Paris.

Certes, la police savait bien maintenant à quoi s'en tenir sur le meurtre de Mᵐᵉ Dessaigne. Elle savait bien que la bande Berland n'avait pas eu d'autres complices et que tous les assassins étaient tombés dans ses mains. Mais sa pensée venait tout à coup de se reporter sur d'autres criminels qui, jusqu'à ce jour, avaient réussi à lui échapper, sur d'autres malfaiteurs dont les affaires étaient sur le point d'être classées, c'est-à-dire abandonnées, et elle s'était, une fois de plus, remise en campagne.

Comme rien n'est plus intéressant que ces battues générales organisées dans les grandes circonstances par les agents de la Sûreté, nous en dirons donc quelques mots en laissant de nouveau la parole à l'un de nos confrères :

« Nous avons annoncé que M. Goron, chef de la Sûreté, devait passer la nuit, avec un grand nombre de ses agents, à battre tous les hôtels louches de Paris, pour tâcher d'y surprendre, dans leur sommeil, quelques bandits qui, jusqu'à présent, ont pu se soustraire à toutes les recherches.

« Cette battue, à laquelle nous avons eu la bonne fortune d'assister, a été opérée depuis minuit jusqu'au matin sans produire de résultat...

« C'est dans ces recherches que le policier doit savoir le mieux se diriger.

« Sans perdre de temps, il doit explorer en quelques heures les nombreux endroits louches où vont se réfugier de préférence, malgré le danger qu'il y a pour eux de s'y trouver, les gaillards qui ont un mauvais coup sur la conscience.

« Les hôtels suspects sont presque tous connus de l'inspecteur Gaillarde.

« Il sait qu'à tel endroit va se réfugier de préférence telle spécialité de bandits, qu'à tel autre un malfaiteur d'une autre sorte trouvera le meilleur asile.

« Ceci constitue sa besogne courante ; mais, dans le cas où il a affaire, comme cette nuit, à des individus qui iront coucher n'importe où, il faut que tous les garnis louches de Paris reçoivent sa visite.

« Hier donc, M. Goron tenant à diriger la mobilisation de ses hommes, divisait à minuit sa brigade des garnis en escouades qui se séparaient pour aller aux quatre coins de Paris opérer leurs perquisitions.

« Nous suivons celle qui ira depuis le quai des Orfèvres jusqu'aux environs de la Roquette.

« Elle fait sa première station rue Galande, où dans deux bouges immondes, dont le plus fameux est le *Château-Rouge*, où jadis on arrêta Gamahut, les vagabonds et les voleurs trouvent un refuge.

« Moyennant deux sous, le patron de l'endroit laisse ses pensionnaires s'affaler depuis la nuit tombante jusqu'à deux heures du matin, sur des tables poisseuses qui garnissent le rez-de-chaussée.

« Un monde bizarre, la tête dans les coudes, dormant malgré le bruit que font ceux qui ne dorment pas, attend là, dans un sommeil inquiet, que le patron, l'heure de la fermeture arrivée, le chasse dans Paris à la recherche d'un mauvais coup à commettre.

« Au premier étage, une salle dite *Salle des Morts* reçoit les plus fortunés ; ceux qui peuvent payer vingt centimes ont le droit de s'étendre sur le plancher, tandis que tout du long de l'escalier, assis sur les marches, d'autres dormeurs, des clients à trois sous, dorment dans des poses rendues extraordinaires par la forme même de la singulière couche qui les reçoit.

« Tout cela dégage une odeur repoussante ; il y a dans ce monde des mendiants, des souteneurs, beaucoup de repris de justice, de rares ouvriers sans travail, vagabonds par hasard, et aussi quelques femmes.

« Nous voyons plusieurs individus qui s'occupent avec soin à bander, au moyen de chiffons vingt fois employés et jamais lavés, d'horribles plaies qui leur couvrent les jambes et que la vermine ronge.

« C'est hideux !

« L'arrivée de la police émeut fort peu les clients de la maison.

« Ceux qui sont éveillés soutiennent sans broncher le court examen qu'on fait de leur personne. Aucun n'est interrogé, et celui-là seul qui ressemblera à l'un des assassins que l'on recherche sera inquiété plus longtemps.

« Les agents passent rapidement, saluant au passage d'un bonjour familier une vieille connaissance; leur présence dans ce monde d'escarpes passés, d'escarpes présents et d'escarpes à venir, y jette un grand silence.

« Les loustics cessent leurs plaisanteries, les chanteurs interrompent leur refrain; quant aux dormeurs, sitôt que la main de l'inspecteur de la Sûreté se pose sur leur épaule, leur mouvement est le même : ils relèvent légèrement la tête, grognant furieusement, croyant qu'un voisin se permet de les déranger, puis quand ils voient, quand ils sentent plutôt à qui ils ont affaire, ils se redressent brusquement d'une pièce, très réveillés alors et attendent.

« — Quoi ? disent-ils.

« Mais en voyant l'agent rire de leur effroi ou passer sans répondre, ils se rassurent: ce n'est pas à eux qu'on en voulait.

« Mais, tout de même, l'émotion qu'ils ont ressentie est si forte, que leur sommeil est coupé net et qu'on voit qu'ils ne pourront plus dormir.

« En un quart d'heure, la visite est terminée.

« Le patron, interrogé, n'a rien vu qui ressemble aux malfaiteurs que l'on recherche, et l'escouade d'agents s'en va, tandis que sur ses pas les chants et les conversations reprennent plus fort, tout le monde maintenant y prenant part.

« Nous visitons ainsi deux, trois bouges de même allure, rue des Anglais.

« Là aussi, on entre dans un hôtel sans le visiter, le patron ayant déclaré n'avoir reçu aucun « voyageur » ressemblant à ceux qu'on lui désigne.

« Montagne-Sainte-Geneviève, les agents s'arrêtent devant un autre hôtel; le logeur, à moitié réveillé, écoute la description de l'un des assassins recherchés; il réfléchit un moment, puis reprend :

« — Peut-être bien; voyez au 12, c'est peut-être ça !

« Du 1 au 11, dans des chambres étonnantes de saleté, on réveille des gens bizarres ; l'un dort nu comme un ver, et comme nous lui demandons la raison de sa modestie dans le vêtement, il nous dit d'un air furieux :

« — Donnez-moi une chemise, si vous trouvez ça si drôle !

« N'en ayant qu'une seule sur nous, il nous est impossible de déférer à ce désir, et nous quittons ce *couche-tout-nu* pour aller au fameux 12, où « c'est peut-être ça ».

« *Ça*, réveillé, reçoit fort mal la visite de la police.

« — Votre nom ? d'où venez-vous ? que faites-vous ? avez-vous des papiers ?

« Et l'individu, qui ressemble en effet à l'un des assassins, sans répondre, hausse les épaules, tire des paperasses de ses poches et les montre à l'agent qui l'interroge.

« Il faut croire qu'il est en règle, car, après une examen cependant minutieux des papiers qu'il exhibe, on le laisse se recoucher, toujours furieux.

« Dans le reste de l'hôtel, deux bonnes à la recherche d'une place, et... dans le même lit, deux jeunes gens, deux blondins efféminés, qui semblent très gênés d'être surpris.

« Nous partons pour le quartier Sainte-Marguerite, où il y a toute une collection d'hôtels où vont se loger de préférence les mendiants de profession.

« Moyennant cinquante centimes, on leur donne toute une chambre, avec un matelas sur lequel ils s'étendent.

« Ces hôtels, qui n'ont de l'hôtel que le nom, se composent tous d'une série interminable de couloirs pavés et de chambres dallées, au rez-de-chaussée comme à l'étage ; ces chambres sont des espèces de cellules fermées par des portes faites de simples planches non rabotées.

« L'un de ces hôtels, aménagé dans une très vieille maison, contient près de cinquante chambres, et le patron nous y montre de solides cages qui servaient jadis aux montreurs d'ours qui opéraient en plein vent.

« Ces cages, aujourd'hui, reçoivent des dormeurs; l'un d'eux, très ennuyé d'être dérangé, pousse de tels grognements que nous nous figurons un moment qu'un ours oublié par son montreur est resté le pensionnaire de la maison.

« On nous dit là que les mendiants, les mendigots comme on les appelle, sont d'excellents locataires, pas turbulents du tout, faisant eux-mêmes la police de la maison et évitant que les gens qui ne sont pas de leur métier y prennent place, pour se mettre probablement à l'abri des voleurs qui viendraient leur enlever pendant qu'ils dorment l'argent qu'ils ont recueilli dans la journée.

« Ils font les plus grandes difficultés pour ouvrir aux agents.

« Ceux-ci, d'ailleurs, plutôt que de se faire connaître pour obtenir l'entrée des chambres, frappent d'une certaine manière, en traînant le pouce le long de la porte.

« C'est la façon dont les mendiants s'appellent l'un l'autre ; rarement un appel ainsi fait reste sans résultat; le dormeur, se croyant réveillé par un confrère, lui ouvre obligeamment sa porte.

« Mais, quand l'agent appelle le dormeur au lieu d'user de la ruse que nous venons d'indiquer, il est plus difficilement reçu : il faut qu'il parle de la loi, de l'inflexible loi, pour obtenir à qui parler, et encore plusieurs fois lui crie-t-on de la chambre d'aller se faire pendre ailleurs.

« Dans le quartier Sainte-Marguerite notre escouade fait buisson creux, et, comme le jour approche, nous rentrons au quartier général, où les assassins n'ont pas été par les autres agents envoyés à leur recherche. »

Mais, subitement, devant la petite porte que Doré, le soir du meurtre, avait enfoncée d'un coup d'épaule pour arriver jusqu'à la maison de la victime, jusqu'à la maison de Mme Dessaigne, une immense bousculade se produisit.

C'étaient les gens rassemblées dans la rue Saint-Denis qui, prévenus que les assassins étaient signalés dans la rue du Cayla, venaient, à leur tour, de se jeter dans cette rue.

Mais presque au même moment des voix brèves et impérieuses

La maison de la Borland.

retentirent. C'étaient des agents de la Sûreté et des gardiens de la paix qui, sous les ordres de M. Bernard, le commissaire de police de Courbevoie, venaient tout à coup de surgir et de déblayer les abords de la maison du crime.

Le sinistre cortège, cette fois encore, se composait de trois voitures.

Dans la première avaient pris place le juge d'instruction et le chef de la Sûreté; dans la seconde se trouvaient la Redingue et Titi, étroitement surveillés par deux agents; enfin, dans la troisième, venaient les deux autres complices du crime, Deville et Chotin, également sous bonne escorte.

Comme la veille devant la Morgue, de nouveaux cris de mort s'élevèrent, mais les voitures ne s'étaient pas plutôt arrêtées que déjà les quatre bandits étaient entraînés dans le petit pavillon.

X

LA RECONSTITUTION DU CRIME.

La chambre où Mme Dessaigne avait succombé était restée dans le même désordre que le jour du meurtre.

Comme le jour allait bientôt tomber, deux lampes venaient d'être éclairées.

Le juge d'instruction alla s'asseoir à la table, puis jeta un coup d'œil sur les assassins.

Ceux-ci, toujours très étroitement gardés à vue par les agents, ne paraissaient nullement émus, nullement troublés par le souvenir de la pauvre vieille femme qu'ils avaient égorgée.

Enfin, au bout d'un moment de silence, le magistrat fit un signe et Doré s'avança, très calme, un sourire narquois sur les lèvres.

— Vous, Doré, dit-il, je dois d'abord vous rappeler une fois de plus votre passé. Je dois vous rappeler une fois de plus que vous ne pourriez invoquer aucune excuse pour le crime horrible, pour le crime atroce dont vous avez donné l'idée à vos complices et dont vous avez été l'un des principaux auteurs.

« En effet, ce ne sont point les mauvais exemples que vous avez eus sous les yeux qui vous ont perdu, car votre père est un très honnête homme, un homme qui a toujours été très pénétré de ses devoirs, et l'on n'a pu recueillir sur lui que les renseignements les plus favorables...

« Vous avez été à l'école primaire jusqu'à l'âge de seize ans... répondez !

— Eh bien ! je ne dis pas le contraire, fit vivement et ironiquement Doré.

— A cette époque, comme vous aviez perdu votre mère et que l'on pouvait déjà deviner en vous les plus mauvais instincts, M. le curé du Bourget, qui pensait vous ramener au bien, vous a pendant quelque temps recueilli chez lui.

— Après?

— Et c'est lui... c'est cet excellent homme, cet excellent prêtre qui vous a baptisé?...

— Paraît que oui, répondit Titi avec son accent cynique. Le vieux birbe m'a collé du sel sur la langue et fichu un peu d'eau sur la bobine. Il m'a ensuite aboulé vingt francs dans la main. Et ça y était !... J'étais bien avec le bon Dieu !...

Et le bandit, regardant ses autres complices, se mit à ricaner.

— Mais votre parrain, reprit le juge, ne pouvait vous garder au presbytère. Il vous plaça alors dans un orphelinat d'où vous vous êtes évadé...

— Exact !

— Pourquoi vous êtes-vous sauvé de cette maison?

— Parce que je m'y embêtais.

— Vous aviez alors douze ans... Vous revenez chez votre père et vous êtes placé comme garçon boucher dans un étal de la Villette...

— Parfait!

— Mais comme vous ne vous trouvez bien nulle part, vous ne tardez pas à quitter cette place pour entrer dans une autre, rue Cardinet, aux Batignolles... Au bout de peu de temps, vous volez votre patron et vous êtes enfermé dans une maison de correction...

Doré ne répondit que par un sourire.

— Quelques mois se passent... Vous êtes rendu à la liberté... Alors
comme votre père, par économie, était allé habiter la banlieue de Paris,
vous travaillez, — mais par intermittences seulement, mais très irrégu-
lièrement, — dans plusieurs boucheries de Courbevoie, de Colombes et
d'Asnières... Puis, quand vous êtes sans place, ce qui était de plus en
plus fréquent, vous pénétrez la nuit dans les basses-cours des maisons et
vous vivez de votre métier de voleur...

— Dame ! il faut bien vivre de quelque chose ! dit effrontément Doré.

— Mais bientôt le mince produit de ces vols ne vous suffit plus, et
dans l'espoir « d'estourbir un pante qui aura de la galette », pour parler
votre odieux langage, vous allez le soir, en compagnie de Berland et
tous deux armés d'échalas, attendre les voyageurs à la sortie de la gare
d'Asnières...

— Oui, une fois... une seule fois ! fit vivement Titi.

— Mais personne ne passe, il vous est impossible de commettre ce
premier crime que vous préméditiez, et alors, furieux, vous vous écriez :
« Nous n'avons pas vu un chat, sans ça le premier qu'on rencontrait
était bien sûr de son affaire ! »

Puis comme l'ancien garçon boucher ne répondait pas et se contentait de hausser les épaules, le juge d'instruction reprit plus vivement :

— Mais ce n'est pas le seul fait de ce genre que l'on relève à votre
charge. Une autre fois, toujours de complicité avec Berland et de concert
avec sa mère, vous choisissez deux victimes auxquelles vous tendez un
piège. Il est convenu entre vous que la femme Berland ira, sous un faux
nom et en donnant une fausse adresse, commander un pâté et des
gâteaux chez un pâtissier d'Asnières, puis faire une autre commande
chez un rôtisseur de Courbevoie.

« A l'heure indiquée, vous vous embusquez sur le chemin que doit
suivre le garçon pâtissier, et au moment où il passe, vous vous élancez
d'un bond sur lui, vous le saisissez à la gorge avant qu'il ait eu le temps
de jeter un cri, vous lui prenez tout l'argent qu'il possède, c'est-à-dire
une somme d'environ quarante-sept francs, puis vous le faites sauter par-
dessus le pont en croyant le jeter dans la Seine.

« Ce coup fait, vous vous empressez de courir à la rencontre du second
fournisseur. Mais heureusement pour lui que cet homme, qui n'avait
trouvé personne à l'adresse qu'on lui avait donnée, avait eu le pressen-

timent du danger auquel il était exposé, et qu'il s'était empressé de regagner sa maison.

« Eh bien! qu'avez-vous à répondre? qu'avez-vous à dire à cela?

Alors ouvrant une bouche énorme dans un bâillement prolongé :

— Rien! répondit Doré.

Le juge avait fait une pose.

Il reprit :

— Je viens de vous parler de Berland... je viens de vous parler de votre complice... Comment l'avez-vous connu?

— La Redingue?... Oh! c'est bien simple, répondit Titi en jetant un coup d'œil sur Adolphe. Je l'ai connu un jour que j'étais en train de flâner le long de la Seine... Nous avons causé, et comme il avait l'air d'un zig qui me convenait, nous nous sommes liés tout de suite...

— Et c'est le même jour que vous l'avez accompagné chez lui, boulevard Voltaire?... C'est le même jour qu'il vous a mené chez sa mère?

— Oui, c'est ce même jour-là que j'ai fait la connaissance de la vieille...

— Et que vous a dit cette femme?... Qu'a-t-il été convenu immédiatement entre vous?... Ne vous a-t-elle pas proposé de voler pour son compte?... Ne vous a-t-elle pas offert en échange du butin que vous lui rapporteriez, de vous donner le gîte et le couvert?...

— Oui, c'est vrai... Mais elle ne pouvait pas en être de rien, dit Titi.

— Evidemment, répliqua froidement le magistrat.

Puis brusquement et changeant de ton, il ajouta :

— Mais passons!... Arrivons maintenant à la journée du 12 janvier, à la scène du crime, au drame sanglant qui s'est déroulé ici.

« Ce jour-là, après un grand conseil présidé par la femme Berland, le meurtre est décidé et la victime est choisie...

« C'est la pauvre octogénaire qui habitait ici et que vous croyiez riche parce qu'elle ne mangeait que du filet et qu'elle vous donnait un pourboire, que l'on assassinera.

« On discute alors le meilleur moyen de s'y prendre et ce sinistre conciliabule dure jusqu'à cinq heures...

« Enfin, quand tout est bien réglé, bien arrêté, vous vous mettez en route.

« Berland emporte cette tenaille qui doit lui servir à ouvrir la porte du jardin, et vous emportez, vous, cet alésoir avec lequel, quelques instants plus tard, vous frapperez trois fois Mme Dessaigne.

« Quand vous arrivez devant le pavillon, il est exactement six heures.

« La neige tombe, la rue du Cayla est toute noire, toute déserte, et jamais vous ne pourriez trouver un moment plus favorable pour le crime que vous préméditiez.

« D'après vos conventions, Chotin devait pénétrer avec vous dans la maison et, pendant que vous assassineriez Mme Dessaigne, faire main basse sur tout l'argent, sur tous les bijoux qu'elle pouvait posséder.

« Mais au dernier moment, Chotin prend peur, et c'est Deville qui le remplace.

« Armé de sa tenaille, Berland parle de franchir le mur et d'aller faire sauter le cadenas qui ferme la porte du jardin.

« Mais vous ne lui en laissez pas le temps.

« D'un coup d'épaule, vous avez déjà enfoncé cette porte...

« Et vous entrez.

« Le jardin est recouvert d'un épais tapis de neige et le bruit de vos pas ne pourrait être entendu... Lentement, vous vous glissez jusqu'au pavillon... Les persiennes sont mal closes et vous pouvez très nettement distinguer ce qui se passe à l'intérieur...

« A l'intérieur, la malheureuse femme que vous guettez et qui dans quelques minutes va être votre proie, se trouve seule, toute seule...

« Le dos tourné à la fenêtre, elle est très profondément absorbée par la lecture d'un livre qui l'intéresse.

« Vous examinez soigneusement la disposition des lieux, et vous contemplez, pour ainsi dire, votre victime sans trembler, car vous n'avez pas tremblé.

— Je ne savais pas ce que je faisais, répondit Doré, qui, cette fois, semblait avoir un peu moins d'aplomb, un peu moins d'assurance.

Mais le juge d'instruction venait de le faire taire d'un geste indigné.

— Allons donc! s'écria-t-il. C'est vous qui dites à Berland : « Entrestu, ou j'entre seul ! » Alors, votre complice, qui avait semblé hésiter pendant quelques secondes, n'hésite plus... Brusquement, il disparaît et vous vous rejetez loin de la fenêtre, vous allez rejoindre Deville...

« Un moment s'écoule...

« Vous écoutez, vous épiez.

« Tout à coup, un cri retentit, un cri terrible qui, malgré vous, vous fait tressaillir.

« Le crime vient de recevoir un commencement d'exécution, et vous comprenez que le moment est venu où vous devez à votre tour entrer en scène.

« D'un bond vous quittez Deville et vous entrez dans la maison.

« Alors que s'est-il passé?... que faisait à ce moment-là Berland?

— Berland?

— Oui, répondez!

— Berland venait de culbuter la vieille et il la tenait sous son genou... Et comme elle se débattait comme une possédée et qu'elle criait toujours, il cherchait à la faire taire...

— Comment?

— En cognant, parbleu!

— Oui, en cherchant à lui arracher la langue... Et vous, qu'avez-vous fait?

— Elle *gueulait* trop, j'ai cogné aussi.

— C'est-à-dire que vous lui avez ouvert le crâne à coups d'alésoir...

— Oh! je ne lui ai donné que deux ou trois petits coups, dit Titi avec un cynisme épouvantable.

— Vous êtes un misérable! s'écria le juge d'une voix vibrante.

Et tandis que tous les bandits ricanaient, les agents de la Sûreté qui les gardaient venaient d'échanger un regard, tous pâles aussi de colère, tous pâles aussi d'indignation.

Sur un geste brusque du magistrat, Doré venait de se retirer, et ce fut la Redingue, ce fut Adolphe Berland qui s'approcha.

Il y eut alors une minute de silence.

Le juge d'instruction consultait son dossier.

Enfin, revenant à l'assassin, il reprit :

— Les renseignements qui ont été recueillis sur votre compte à Asnières sont également déplorables... Partout vous jouissiez de la plus triste réputation... Partout on vous a représenté comme un vaurien de la plus dangereuse espèce...

— Des mauvaises langues! ricana Adolphe.

— C'est ainsi que personne n'aurait pu dire de quoi vous viviez... c'est ainsi que personne n'a jamais connu vos moyens d'existence...

— Parce qu'on n'a pas voulu les connaître.

— Alors, de quoi viviez-vous?

— D'abord j'étais matelassier... J'ai même travaillé pour notre propriétaire... pour le propriétaire de notre cambuse du boulevard Voltaire, qui certainement ne pourra pas me démentir...

« Ensuite, quand les matelas n'allaient pas et qu'il fallait chômer, car on chôme dans tous les métiers, j'avais encore une autre corde à mon violon...

— Que faisiez-vous?

— Eh bien! je tondais les chiens des bourgeois, ou j'allais les baigner, les laver dans la Seine... Je m'étais même déjà fait à Asnières et à Courbevoie une assez jolie petite clientèle... Mais il ne faut pas venir dire que je n'avais pas de moyens d'existence, car ce n'est pas vrai.

— Alors vous n'avez jamais volé?... Vous n'avez jamais fait avec Doré les attaques nocturnes dont je parlais tout à l'heure? fit doucement et ironiquement le juge d'instruction.

Puis comme Adolphe gardait le silence :

— Mais restons-en là pour le moment, ajouta-t-il, et revenons au crime... C'est vous qui le premier avez pénétré ici?

— Oui, puisque c'était convenu.

— Racontez-moi ce qui s'est passé quand vous vous êtes trouvé en face de votre victime, en face de Mme Dessaigne...

— Mais il ne s'est pas passé autre chose que ce que j'ai déjà dit, fit vivement la Redingue de son air insolent et gouailleur.

— C'est possible, mais redites-le tout de même, riposta le juge sur un ton plein d'autorité.

— Eh bien! quoi, dit le bandit, j'ai d'abord frappé... Il fallait bien être poli, n'est-il pas vrai?... Alors, j'ai entendu que la vieille remuait et qu'elle me criait d'entrer... Et je suis entré... Comme elle ne me connaissait pas et qu'il était déjà tard pour le quartier, je m'attendais à la voir se tenir sur ses gardes, à avoir au moins un mouvement de surprise. Mais pas du tout. Elle n'avait pas l'air d'avoir peur.

« Puis, comme elle venait de se lever, je lui ai montré la lettre que Doré avait écrite...

— Où vous trouviez-vous en ce moment?

— Ici, tout près de la porte.

— Et voilà!... La vieille avait les quatre fers en l'air! dit Adolphe en riant.

— Continuez.

— La vieille alors a pris la lettre en me disant : « Vous devez vous tromper... ç'a ne doit pas être pour moi. »

— Et c'est alors que vous vous êtes jeté sur elle et que vous l'avez renversée d'un coup de tête dans la poitrine?

— Oh! ça n'a pas été long... Je n'ai eu à faire que ça, tenez !... Et voilà !... La vieille avait les quatre fers en l'air, dit Adolphe en riant.

— Oui, dit vivement le magistrat, mais la malheureuse femme luttait, résistait encore... Ses cris pouvaient être entendus... Alors vous cherchez à l'étrangler et vous lui mettez la main dans la bouche en tâchant de lui arracher la langue...

« C'est à ce moment que Doré entre en scène à son tour. Comme il voit que la lutte entre votre victime et vous dure trop longtemps, comme malgré tout vous avez peur d'être surpris et qu'il faut absolument en finir, il se souvient de l'alésoir que, sur le conseil de votre mère, il a emporté de votre taudis. Et alors il frappe !... il frappe !... Le sang a jailli... Mme Dessaigne a le crâne ouvert et son visage n'est plus qu'un masque rouge...

« Et cependant elle vit encore!... elle respire encore !...

« Doré se lasse de frapper... Il appelle Deville et le pillage de la maison commence... Mais vous, vous êtes infatigable ; mais vous, vous ne vous lassez pas !... C'est à coups de talons de bottes maintenant que vous cherchez à faire taire votre victime... Vous lui broyez le front, vous lui écrasez le visage... Et rien ne vous touche, rien ne vous émeut, rien ne vous arrête...

« Enfin, comme ce carnage ne finit pas, la patience vous manque, et les mains dégouttantes de sang, vous montez au premier étage rejoindre vos deux complices... Et de temps à autre, pendant que Doré et Deville continuent à briser les malles et s'acharnent à vouloir découvrir cet argent qui a été le mobile du crime, cet argent qui reste introuvable et qui n'existe pas, vous redescendez en courant, vous redescendez furieux vers la pauvre femme qui râle... Et vous frappez encore... vous frappez toujours !...

Le regard indigné du juge d'instruction venait de se fixer sur Adolphe Berland, mais le misérable ne baissa pas les yeux.

Le magistrat reprit :

— Puis après cette scène de meurtre, une autre scène commence, une scène d'un cynisme qui épouvante... En compagnie de Doré, vous osez vous attabler en face de ce cadavre qui tressaille encore, qui palpite encore !...

« Enfin vous avez fouillé votre victime et vous avez pu mettre aussi la main sur des bijoux, sur des couverts...

« Chotin, qui prend peur, Chotin, qui trouve que le crime dure trop longtemps, ne cesse de vous appeler, de vous dire de fuir.

« Alors vous vous décidez à partir, mais avant de quitter la maison, vous vous penchez encore sur votre victime...

« Celle-ci agonise et râle encore.

« Ce spectacle vous fait rire et vous vous écriez :

« — Regardez donc comme je l'ai arrangée !... Croyez-vous que je lui en ai fait une tête !...

« Puis, en disant ces mots, vous lui sautez à pieds joints sur la poitrine.

Et de nouveau le juge d'instruction regarde le jeune bandit. Mais, celui-ci, toujours très calme, n'avait pas même sourcillé. Il se contente de répondre en ricanant :

— Qu'est-ce vous voulez que je vous dise ?

En face d'un tel monstre, le magistrat restait effrayé, épouvanté.

Ce meurtrier n'avait pas vingt ans, c'était presque un enfant, et cependant non seulement il avait montré une férocité et une cruauté dont il n'y avait peut-être pas d'exemple, mais encore il faisait preuve d'un cynisme que l'on ne trouvait pas toujours chez les plus grands criminels.

En effet, de même que Doré, Adolphe Berland n'avait pas eu, depuis son arrestation, un seul instant de remords, une seule seconde de regret ou de repentir. Loin de là, il s'était même toujours montré insolent et gouailleur avec la justice, comme s'il n'avait pas eu les comptes les plus terribles à lui rendre.

Mais avec Deville, que le juge d'instruction venait d'appeler à son tour, la scène changea.

On put voir le gredin qui tâchait de tourner sa tête en faisant l'hypocrite.

— C'est vous, dit le magistrat, qui êtes entré dans la maison de M\u1d50\u1d49 Dessaigne avec Adolphe Berland et Gustave Doré ?

— Oui, monsieur, répondit vivement Deville, mais je ne voulais pas y entrer... C'est la Redingue qui m'a crié : Si tu n'entres pas, je t'étripe !

— Nous examinerons cela tout à l'heure, dit froidement le juge. Pour le moment, bornez-vous à répondre à mes questions. De quoi viviez-vous avant le crime ?

— Je vivais en travaillant.

— Que faisiez-vous ?

— Je figurais dans les théâtres de la banlieue... J'étais artiste...

Le magistrat ne put s'empêcher de sourire.

— N'avez-vous pas aussi travaillé à Paris ? reprit-il.

— Oui, monsieur. J'ai travaillé à l'atelier de reliure de l'imprimerie Paul Dupont...

— Et pourquoi avez-vous quitté cette maison ?

— Parce qu'il n'y avait plus assez d'ouvrage...

— Vous mentez, dit vivement le juge. J'ai là, dans le dossier, une enquête qui a été faite par M. Labussière, commissaire de police de Clichy, sur vos antécédents. Le commissaire de police s'est transporté à l'imprimerie dont vous parlez, et il a acquis la preuve que vous n'en étiez pas parti de votre plein gré, mais que l'on vous avait chassé...

— Chassé !...

— Oui, chassé, parce que vous étiez un paresseux et un querelleur, un vaurien fieffé... Tous les contremaîtres et tous les ouvriers qui ont été interrogés sur votre compte ont été unanimes à le déclarer...

— Si l'on peut dire ! s'écria Deville. Je n'ai jamais cherché querelle à personne... non, jamais, je le jure !...

— De plus, il résulte encore de cette enquête que vous étiez le désespoir et la terreur de vos parents... Vous battiez votre mère !...

— Ce n'est pas vrai !... On n'a pas pu dire ça ! s'écria le misérable avec un geste d'indignation.

Mais le magistrat venait déjà de lui imposer silence.

— On a mieux fait que de le dire, répondit-il, on l'a prouvé... Mais passons, ajouta-t-il. N'avez-vous pas aussi été placé pendant quelque temps chez une demoiselle Villeroux ?...

— Oui.

— Vous étiez entré chez elle comme domestique ?

— Oui.

— Pourquoi n'êtes-vous pas resté dans cette place?... Pourquoi Mlle Villeroux vous a-t-elle renvoyé?

— Je ne sais pas, balbutia Deville.

— Ah! vous ne savez pas! fit vivement le juge d'instruction. Eh bien! moi, je le sais, et je vais vous le dire... Mlle Villeroux vous a renvoyé parce qu'elle avait peur de vous, peur des gens que vous fréquentiez; elle vous a renvoyé parce qu'elle avait comme un pressentiment de ce que vous deviez devenir un jour...

— Je ne fréquentais personne, dit faiblement l'assassin.

— Vous fréquentiez déjà Berland!... Vous connaissiez déjà sa mère!... C'est même cette femme qui vous a perdu, comme elle a perdu son fils, comme elle a perdu Doré, comme elle a perdu Chotin... Est-ce vrai?

Mais, cette fois, Deville ne répondit pas. Il s'était contenté de baisser la tête pour fuir le regard du juge.

Celui-ci reprit :

— Oui, c'est cette femme qui vous a perdu!... Comme vous aviez été chassé de l'imprimerie Paul Dupont et que votre prétendu métier de figurant ne pouvait pas vous nourrir; comme aussi vous aviez le plus profond dégoût pour tout travail et pour toute existence régulière, elle a su mettre habilement à profit vos mauvais instincts... Vous êtes devenu un des affiliés de sa bande... Vous avez volé pour son compte, comme tous les autres, comme tant d'autres... Enfin, sur un mot d'elle, vous n'avez pas même reculé devant un assassinat!...

Tout pâle, tout blême, Deville gardait toujours le silence.

Le juge d'instruction continua :

— Arrivons au crime. Vous disiez tout à l'heure que vous n'étiez entré dans la maison de M   Dessaigne que parce que vous aviez été menacé par Adolphe Berland...

— C'est la vérité... Je ne devais faire que le guet...

— Et vous avez déclaré aussi dans un précédent interrogatoire que si vous aviez su qu'il s'agissait d'assassiner cette pauvre femme, vous n'auriez pas suivi vos complices.

— C'est encore la vérité....

— Et cependant vous étiez là à deux pas dans le jardin... là à deux pas de la maison, et vous avez tout vu, tout entendu...

— Non, monsieur, non, s'écria vivement Deville, je n'avais rien vu, rien entendu !...

— Comment ! s'écria à son tour le magistrat, vous n'avez pas entendu le cri déchirant, le cri terrible de Mme Dessaigne !...

— J'ai cru que la Redingue allait se contenter de la renverser... de la bâillonner...

— Mais Doré vous a appelé !... Mais vous êtes entré à votre tour dans la chambre !... Et quand le sang inondait les carreaux, quand Berland continuait de frapper, vous viendrez me soutenir que vous n'avez rien vu, rien compris !... vous viendrez me dire que votre première pensée n'aurait pas dû être de fuir !...

— Fuir ?... Mais je ne le pouvais pas... mais je ne le pouvais plus !... répondit Deville, la voix sourde.

Le juge d'instruction venait de sourire ironiquement.

— En effet, dit-il lentement après un silence de quelques secondes. Vous aviez assisté au long conciliabule tenu une heure auparavant chez la femme Berland... Vous aviez vu Doré emporter l'alésoir, ce qui avait dû vous prouver surabondamment qu'il ne s'agissait pas seulement de bâillonner Mme Dessaigne... Vous étiez donc tenu d'aller jusqu'au bout de votre complicité; vous étiez donc forcé de commettre jusqu'au bout le crime horrible dont vous chercheriez en vain à vous défendre aujourd'hui...

« Est-ce que je me trompe?... Est-ce que vous avez autre chose à ajouter à ce que je viens de vous dire?

— Je ne croyais pas que l'on tuerait Mme Dessaigne, répéta encore une fois le gredin...

Mais il y avait dans son accent si peu de sincérité, si peu de conviction, que le magistrat haussa les épaules.

Puis, se tournant vers le groupe que les assassins formaient près de la porte :

— Chotin, approchez ! dit-il.

Et Chotin vint prendre devant le juge la place de *La Boule*.

Son interrogatoire fut d'ailleurs très court.

— Comme Deville, dit le magistrat, vous êtes né à Asnières ?...

— Oui, monsieur.

— Votre mère est veuve et c'est une brave femme à qui l'on ne peut reprocher que sa trop grande faiblesse et sa trop grande bonté pour vous... Quand elle voulait vous faire quelques remontrances ou vous donner quelques sages conseils, vous ne lui répondiez que par les plus grossières injures, et il vous est même arrivé plus d'une fois de lever la main sur elle et de la battre...

« Au surplus, elle ne vous voyait que très rarement, car vous ne quittiez guère le taudis de la femme Berland dont le fils était votre ami d'enfance... Vous étiez le plus ancien affilié de la bande et vous ne viviez que de maraudages, de rapines et de vols... Nous aurons, du reste, à revenir plus tard sur ce sujet et vous entendrez Mme Gosset, Mme Presson, Mme Dhiers, d'autres témoins encore... Enfin, vous avez également joué votre rôle dans l'assassinat de Mme Dessaigne, et c'était vous qui faisiez le guet dans la rue du Cayla pendant que vos complices se ruaient sur cette pauvre femme... Eh bien! qu'avez-vous à répondre?... Qu'avez-vous à ajouter à vos précédentes déclarations?

Mais, qu'est-ce que Cholin aurait pu dire ?

Il se borna donc à répliquer comme toujours :

— Je ne voulais pas en être... Sans Doré, je serais parti...

Et il faisait semblant de pleurnicher, quand sur un signe du juge d'instruction, les agents de la Sûreté l'entraînèrent ainsi que ses complices.

Ce long interrogatoire terminé, il ne restait plus en effet qu'à quitter la maison du crime et à reprendre le chemin du Dépôt...

Quelques minutes après, les voitures emmenaient les assassins, traversaient les rues désertes de Courbevoie et se dirigeaient au galop du côté de Paris.

XI

LA MÈRE BERLAND

Mais revenons à la mère aux assassins, à la mère Berland.

En se voyant dans les mains de la justice, la vieille mégère avait d'abord éprouvé une terreur folle, une épouvante qui ne lui avait plus laissé une seule goutte de sang dans les veines.

Prostrée, exaltée, anéantie, elle n'avait plus eu devant les yeux que la sinistre vision de l'échafaud.

Dans son étroite et sombre cellule du Dépôt, elle restait, pendant des journées entières, immobile, le front tombé dans ses mains.

La nuit, plus pâle encore, elle demeurait l'œil fixe, l'œil plein de fièvre, à épier, à écouter, comme si elle eût pu craindre déjà que le bourreau ne vînt la chercher...

Mais cependant, il faut bien le dire, l'horrible femme n'avait pas tardé à trouver de bonnes raisons pour recouvrer tout son calme, toute sa tranquillité et tout son sang-froid.

La première de ces raisons, c'est que la mère Berland se disait que si elle avait été l'inspiratrice, l'instigatrice du crime, elle n'avait pas du moins trempé ses mains dans le sang de la pauvre octogénaire.

Elle n'avait pas mis les pieds dans la rue du Cayla. Elle n'avait point frappé... Et dans ces conditions-là, il lui semblait qu'elle n'avait encouru qu'une responsabilité morale, pour laquelle le jury ne pouvait pas lui refuser les circonstances atténuante.

— Je m'en tirerai avec quelques années de prison, disait-elle.

Puis, si elle poussait les choses au pire et si parfois l'idée lui venait que le jury pourrait bien se montrer pour elle plus sévère et plus impitoyable qu'elle ne le croyait, elle avait encore une bonne raison pour se rassurer et se consoler.

Elle se répétait alors ce que tant de fois elle avait entendu dire :

On ne guillotinait plus les femmes.

Mais sur ces deux points, la vieille misérable, comme nous allons le voir, se faisait d'étranges illusions.

En effet, — nous l'avons déjà dit, mais il faut le répéter encore, — c'était elle surtout que l'opinion publique condamnait, c'était elle surtout qu'on accusait avec le plus de véhémence de ce crime horrible, c'était sur elle surtout que retombaient tous les anathèmes et toutes les malédictions.

A ce propos, un de nos confrères s'écria :

« Je puis bien dire que ce monde de jeunes surineurs n'est pas sympathique. On a révélé un détail qui leur a aliéné aussitôt l'opinion publique. Je ne parle pas de l'affaire du curé du Bourget, qui était marqué comme bon coup ». Ça ne concernait, en somme, que le curé du Bourget.

Elle y arriva en tenant son mouchoir sur ses yeux.

« Mais ce qui a fait courir un frisson dans Paris et dans la banlieue, c'est qu'un soir la bande à Berland est allée attendre à la gare d'Asnières le train des théâtres avec le dessein de démolir à tout hasard le premier voyageur qui leur tomberait sous la main.

« Par bonheur, la population d'Asnières n'avait ce soir-là aucun représentant dans le train...

« Quand cette révélation fut faite, tout le monde fit la même réflexion : j'aurais pu être ce voyageur de rencontre, ce voyageur attendu par le train des théâtres, par celui du crime...

« Mais le rôle que la vieille Berland a joué dans le crime suggère quelques réflexions...

« Pour le public, il n'y a pas de doute : si le couperet doit s'abattre sur une tête, c'est sur celle-là, car c'est à elle que revient la plus grande part du crime...

« Tout le monde a eu cette sensation que l'assassinat de la veuve Dessaigne avait été commis autant par la vieille Berland, qui se trouvait à deux kilomètres du théâtre du crime, que par les quatre jeunes assassins qui avaient pris la peine de se déplacer et de se transporter à domicile.

« C'est peut-être la première fois que l'opinion publique voit clairement que le véritable meurtrier n'est pas toujours celui qui donne le coup de couteau. Si j'écrivais pour les mélodrames, je dirais que le sang de la veuve Dessaigne a visiblement fait le trajet de Courbevoie à Asnières et qu'il est allé se plaquer sur le visage et sur les mains de l'horrible vieille qui vaquait à ses petites affaires de ménage en son taudis.

« Quel argument pour ceux qui demandaient la suppression de la peine de mort, au temps où l'on pouvait faire ces sortes de demandes sans être trop ridicule et sans passer pour un raseur !

« Est-ce que dans tous les crimes, derrière tous les crimes, il n'y a pas une vieille Berland qui arme le bras des assassins et qui les pousse ?

« Malheureusement cette éternelle vieille n'est pas toujours une femme en chair et en os, dont la police connaît l'adresse, dont on peut s'emparer, qu'on peut mettre en cellule et envoyer à l'échafaud pour la supprimer... »

Quant à cet espoir dont se berçait la mère Berland qu'on ne guillotine pas les femmes, il aurait suffi, pour la détromper, de lui mettre sous les yeux la petite statistique suivante.

En effet, indépendamment de la femme Lecouffe et de la femme Doyat dont nous avons déjà parlé, en moins de cent ans, on a exécuté en France quarante-trois femmes.

Il y en eut trois seulement à Paris.

La première exécutée fut une femme Perchette, dont la tête tomba le 22 juin 1813. Son crime était une tentative d'empoisonnement.

Ensuite vint, en 1817, une femme Vuillaume, pour une tentative d'assassinat.

Enfin, en 1852, Marie-Madeleine Pichon, une blanchisseuse qui martyrisait sa fille, eut la tête tranchée. Elle subit sa peine avec courage.

Voici maintenant la liste pour la province :

1819. — Exécution en Seine-et-Oise d'une femme qui jeta une rivale dans un puits.

1830. — A Rouen, Marie Lenourrichel, raccommodeuse de parapluies, pour infacticide.

1832. — A Bourges, Marie-Rose Fortin, pour avoir tué son mari de concert avec son amant.

1834. — A Saint-Flour, femme Bournazel, pour assassinat. Elle fut condamnée en même temps que son mari et son gendre. Elle demanda à mourir la dernière.

1835. — A Chartres, femme Henry, pour assassinat, de complicité avec son mari.

1836. — A Troyes, femme Juneau, parricide, fut conduite à l'échafaud pieds nus et la tête couverte d'un voile.

1839. — A Tours, femme Ribot, avait empoisonné son mari. Il fallut la porter sur l'échafaud. — Femme Quenardel, infanticide.

1846. — A Argueil (Seine-Inférieure), femme Marie Foucau, pour assassinat de son mari. — Au Mans, femme Julie Fortier, également pour assassinat de son mari. — A Dinan, femme Marie Molic, pour assassinat de sa petite fille. — A Périgueux, femme Jeanne Périeux, pour assassinat de son mari.

1847. — Femme Meunier et son beau-fils, parricide. — A Alençon, époux Guillin, assassinat d'un beau-frère. — A Saint-Pol, femme Hennebois, assassinat de son mari. — Femme Leblanc, assassinat de son mari.

1848. — A Nîmes, femme Rose Theyre.

1850. — A Melun, femme Jeanne Pachot, assassinat de son mari.— A Nancy, femme Segard.

1851. — Femmes Ridot et Guillaume, assassinat de leurs maris.

1852. — Femme Hélène Jegado, empoisonneuse.

1853. — Femmes Tardif et Marie Guillot, assassinat de leurs maris.

1854. — A Troyes, Marie Frette, parricide. — A Barr, Véronique Frantz, quadruple empoisonnement. — Marie Gagey, empoisonnement. — A Chaumont, Jeanne Gauthier, assassinat de son mari.

1855. — A Nevers, femme Gallais et son mari, parricide.

1856. — Exécution de deux empoisonneuses de la Somme.

1858. — Au Puy, Marie Héritier. — A Lons-le-Saulnier, Hermine Julliard. — A Montbrison, femme Philippon. — A Valence, Marie Guillery. — A Bordeaux, Jeanne Cotentin.

1859. — A Nantes, femme Françoise Perraud. Pour avoir noyé un de ses enfants.

1860. — A Strasbourg, femme Hainnesser. Pour avoir fait cuire un de ses enfants.

1876. — A Bourg (Lot), femme Bouyou. Avait tué ses sept enfants en leur faisant avaler des épingles et des aiguilles.

1887. — A Romorantin, exécution des époux Thomas. Parricide.

Comme on le voit, cette liste funèbre n'avait guère été faite pour rassurer l'infâme mégère.

D'ailleurs, avec le sang-froid, tout son aplomb lui était revenu, et elle avait cru se tirer d'affaire en niant tout, en niant même les faits les mieux prouvés et les plus évidents.

Déjà appelée plusieurs fois à comparaître devant le juge d'instruction, elle fut de nouveau amenée dans le cabinet de ce magistrat le lendemain du jour où ses complices avaient été conduits à Courbevoie pour la reconstitution du crime.

Comme toujours, elle y arriva en tenant son mouchoir sur ses yeux et en poussant les plus profonds, les plus douloureux gémissements.

Mais le juge, la voix rude et le geste violent, lui ordonna de se taire.

— Retirez votre mouchoir, dit-il, et répondez-moi... surtout plus

sincèrement et plus franchement que vous ne l'avez fait jusqu'aujourd'hui.

« D'ailleurs, ajouta-t-il, je dois vous prévenir que chaque jour
l'instruction accumule de nouvelles preuves, de nouvelles charges contre
vous, et que le système de dénégations absolues dans lequel vous vous
êtes renfermée jusqu'à présent, loin de vous servir, ne peut que vous
perdre...

Puis, après un silence, le magistrat reprit :

— Vous avez été mariée deux fois et vous avez eu deux enfants :
votre fils Adolphe et une fille que vous avez abandonnée à l'âge de deux
ans et qui a été recueillie par des personnes charitables...

— C'est la misère, mon bon monsieur ! gémit la vieille mégère en
levant les yeux au ciel.

— Mais, si vous n'aviez aucune tendresse, aucune affection pour
votre fille, en revanche vous aimiez votre fils, mais vous l'aimiez d'une
bien étrange et d'une bien singulière façon.

« L'enquête a établi que vous lui enseigniez le vice et que vous vous
livriez au premier venu devant lui...

— Quelle infamie ! s'écria hypocritement la mère Berland.

— Oui, c'est en effet une infamie, répliqua vivement et sévèrement
le juge d'instruction, et cette infamie est prouvée !... Il est également
prouvé qu'il n'y avait qu'un lit dans la chambre que vous occupiez avec
votre fils, et que ce lit vous le partagiez avec lui...

— Non, ce n'est pas vrai !... non, c'est faux ! protesta avec violence la
vieille mégère. Adolphe couchait sur une paillasse...

— Ne mentez pas !... Je vous répète qu'il n'y avait qu'un lit et que
lorsque votre fils recevait sa maîtresse, il y couchait avec elle et avec
vous...

Mais la mère aux assassins, peut-être pour cacher sa honte, venait de
porter brusquement son mouchoir à ses yeux, puis essayant de sangloter :

— Est-ce possible ! murmura-t-elle avec un accent de désespoir.
Est-ce possible qu'on puisse dire de moi des choses pareilles !...

— Au surplus, continua le magistrat, vous n'étiez pas seulement une
prostituée, mais encore une voleuse... Vous avez été condamnée...

Il y eut un silence. Ceci, la mère Berland ne pouvait le nier. Aussi
se contenta-t-elle de courber la tête.

— Et vous attiriez chez vous des camarades de votre fils pour leur faire commettre des vols...

— Non, mon bon monsieur, je vous jure que non !... Ces jeunes gens venaient chez nous sans que je les appelle...

— Alors pourquoi y venaient-ils ?

— Je ne sais pas, dit la mère Berland assez embarrassée.

Puis se ravisant tout à coup :

— Ils y venaient pour voir Adolphe, ajouta-t-elle vivement, pour jouer aux cartes avec lui...

— Non !... Ils y venaient pour parler de vols... Ils y venaient pour se concerter avec vous sur les mauvais coups à faire...

— Avec moi !

— Oui, avec vous !... Je vous confronterai avec eux et vous les entendrez... Ils vous le répéteront et ils vous parleront aussi du conciliabule qui s'est tenu chez vous le 12 janvier, c'est-à-dire le jour du crime, c'est-à-dire le jour de l'assassinat de Mme Dessaigne...

— Je ne sais pas ce que vous voulez me dire, répondit effrontément la vieille mégère.

— Oui, c'est votre système... Vous n'avez jamais rien su... Vous avez toujours tout ignoré...

— Je n'écoutais pas ce qui se disait chez moi...

Mais le juge d'instruction venait d'avoir un brusque mouvement d'indignation.

— Ne mentez donc pas toujours ! s'écria-t-il la voix brève, les sourcils froncés. Ne mentez donc pas quand les preuves sont là évidentes, certaines, irréfutables !... Vous saviez si bien ce qui se faisait chez vous, que c'est sur votre propre initiative qu'a eu lieu le conciliabule dont je viens de vous parler... conciliabule qui avait pour but de choisir la victime qu'on allait égorger...

— Première nouvelle ! fit tranquillement la vieille coquine.

— C'est vous qui vous êtes montrée la plus résolue... la plus pressée de commettre un crime... C'est vous encore qui commencez par désigner à votre fils et à ses camarades une dame Boyer... une vieille femme dont le meurtre vous semblait d'autant plus facile qu'elle vivait toute seule et qu'elle était, disiez-vous, sourde comme un pot... Mais vous ne savez pas plus cela que le reste ?

— Je ne connais pas cette dame dont vous me parlez, dit avec aplomb la mère Berland.

— Et vous ne savez pas non plus que si on ne s'est pas rendu chez elle, c'est que Chotin a fait remarquer qu'elle avait des chiens ?...

— Non, mon bon monsieur, je ne sais pas non plus cela.

— Soit ! Encore une fois, vous entendrez vos complices. Mais passons.

« Doré alors vous reparle d'une vieille dame qui était la cliente de M. Dorn, son ancien patron, et qu'il avait connue en lui portant de la viande...

« Cette dame, au dire de Doré, devait être riche, car elle ne mangeait jamais que du filet et elle lui donnait toujours un bon pourboire...

« Elle avait plus de quatre-vingts ans, elle vivait toute seule ainsi dans un quartier désert, et le coup était des plus faciles, des plus commodes.

« Enfin, ajoutait encore Doré, on devait certainement trouver chez elle un gros magot, une grosse somme d'au moins deux ou trois mille francs.

« Immédiatement cette idée vous enchante, vous enthousiasme, et vous décidez que le coup se fera sur-le-champ, le soir même...

Puis, baissant la voix :

— Et après, ajouta doucement le juge d'instruction, que s'est-il passé ?

Mais la mère Berland avait vu le piège.

Très calme elle répondit :

— Mais je ne puis pas vous le dire, mon bon monsieur... Puisque je vous affirme que l'on m'accuse à tort... puisque je vous affirme que je ne sais rien...

Le magistrat se pinça les lèvres, resta quelques secondes silencieux, puis reprit :

— Après, c'est vous encore qui dressez le plan du crime, le plan du meurtre... C'est sur votre conseil qu'il est entendu que votre fils entrera le premier chez Mme Dessaigne et lui remettra une lettre afin de dérouter ses soupçons... C'est sur vos conseils que les futurs assassins changent de vêtements afin de ne pas être reconnus en cas d'alerte...

C'est sur votre conseil qu'Adolphe Berland emporte cette énorme tenaille qu'un agent a ramassée le lendemain dans le jardin et que Doré s'arme de cet alésoir qu'on a retrouvé dans la chambre encore tout humide du sang de la victime.

« Mais vous ne vous en tenez pas là et tout est bien prévu, tout est bien combiné par vous...

« Vous pensez au lendemain, vous pensez à la découverte du crime et aux recherches que la police ne manquera pas de faire.

« Alors vous songez à vous créer un alibi et la pensée vous vient de vous rendre au théâtre d'Asnières qui joue précisément ce soir-là...

« Rendez-vous est donc pris pour huit heures vers les environs de la gare, où vous devez apporter à votre fils et à ses camarades des vêtements de rechange...

« A huit heures, le crime commis, ceux-ci vous rejoignent. A peine vous a-t-il aperçue que votre fils vous crie : « J'ai les chaussures pleines « de sang, la femme n'en reviendra pas. » Et vous ajoutez : « Est-elle bien « morte, au moins ? »

— J'ai dit cela ?

— Oui, vous avez dit cela !

— Non, c'est encore un mensonge !... Je ne sais pas pourquoi on veut me perdre, s'écria la vieille mégère en jouant de plus en plus l'indignation.

Mais le juge d'instruction, toujours impassible, poursuivit :

— Là-dessus, votre fils et ses complices vont dans une rue écartée et endossent, par-dessus leurs habits ensanglantés, les vêtements de rechange que vous aviez eu la précaution de leur apporter. Puis les assassins se débarrassent dans vos mains de tout ce qu'ils ont pu voler chez Mᵐᵉ Dessingue : des couverts en ruolz, un porte-monnaie qui contient vingt-trois francs et quelques sous, et un écrin dans lequel sont renfermés des bijoux...

— A moi ?... à moi ?

— Oui, à vous ! Oui, c'est à vous que les meurtriers ont remis le produit de leur crime... On a d'ailleurs, ajouta le magistrat, retrouvé ces bijoux, le jour de votre arrestation, derrière la glace qui surmonte votre cheminée.

Cette fois, la mère Berland n'avait pu s'empêcher de pâlir. Mais cependant elle se remit assez vite, puis niant de plus belle :

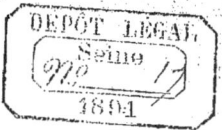

Toute la journée, Berland jouait et fumait.

— Oui, c'est vrai, répondit-elle avec force, le jour de mon arrestation on a, en effet, découvert chez moi des bijoux... Mais ces bijoux, ce n'était pas moi qui les avais cachés, car je vous répète que je ne les avais jamais vus et que je ne savais rien...

— Ne mentez donc pas toujours, dit tranquillement le juge d'instruction, et dans votre intérêt, entrez donc dans la voie des aveux...

Puis plus vivement il ajouta :

— Vous ne saviez rien, seulement, pendant la nuit qui a suivi le crime, vous avez lavez avec soin les souliers de votre fils, ses vêtements et les vêtements de Doré...

La vieille mégère venait de se mettre à rire d'un rire ironique, puis, tout à coup, prenant un air plein de colère et de révolte :

— Écoutez! voulez-vous que je vous dise? s'écria-t-elle. Eh bien! tout ça, c'est des bêtises!... Si la justice veut absolument me faire couper le cou, que l'on me le coupe tout de suite et que ça finisse...

Mais elle n'avait pas encore achevé que le magistrat avait fait signe à un garde de s'approcher.

— Faites venir Doré! dit-il.

Et deux minutes après, Titi apparaissait.

Le regard plein d'effronterie, un sourire gouailleur sur les lèvres, le chenapan s'avança en se dandinant.

En apercevant la mère Berland, il se mit à rire :

— Tiens, la vieille! s'écria-t-il. Ça va bien?

Mais le juge venait déjà de le faire taire, puis, après un court silence :

— Doré, fit-il, la voix grave, il s'agit de répéter devant cette femme vos précédentes déclarations... Il s'agit de répéter devant elle les aveux que vous avez déjà faits à l'instruction...

Très étonné, Doré regardait tour à tour le magistrat et la vieille coquine.

— Commencez donc par me redire, reprit le juge, où, vos complices et vous, vous avez comploté le meurtre de Mme Dessaigne.

— Mais la vieille le sait bien, répondit vivement Doré qui semblait de plus en plus surpris. C'est dans sa turne, parbleu!

— C'est chez elle?

— Mais oui!... Est-ce qu'elle ne s'en rappelle plus?

La vieille mégère avait fait un mouvement pour protester, mais d'un geste le magistrat lui imposa silence.

— La femme Berland, continua-t-il, assistait-elle à votre entretien?

— Si elle y assistait! s'écria Titi. Je vous crois!... C'était elle qui tenait tout le temps le crachoir...

— N'est-ce pas elle qui vous a dit qu'il fallait absolument faire un coup?

— Oui, c'est elle. Comme on avait pas mal lampé ce jour-là, elle était si paf qu'elle ne pouvait plus faire un pas sans nous tomber dessus... Alors la Redingue s'est fâché... D'un coup de poing il l'a envoyée rouler sur le pieu, et quand elle a eu pioncé pendant au moins deux heures, elle s'est réveillée furieuse et s'est mise à nous faire une scène...

— Pourquoi?

— D'abord parce qu'il ne restait plus rien à boire... mais surtout parce qu'elle était dans la dèche...

— Et c'est alors qu'elle vous a donné l'idée du crime?

— Oui, c'est à ce moment-là.

La vieille mégère avait encore ouvert la bouche pour parler, mais de nouveau le juge d'instruction lui imposa silence.

— Votre choix, reprit-il, s'est-il fixé immédiatement sur Mme Dessaigne?

— Mais non, répliqua vivement Titi. J'ai bien déjà dit que l'on s'était consulté... Ainsi la Redingue parlait d'une charbonnière et Deville de son ancienne patronne, de la vieille Villeroux...

— Et la femme Berland, que disait-elle?... N'a-t-elle pas aussi proposé quelqu'un?

— Oui, c'est elle qui a proposé la mère Boyer... Mais c'était une mauvaise affaire... Il y avait là-bas des chiens qui auraient pu donner l'éveil.

Et tandis que l'ancien garçon boucher continuait de répondre toujours avec le même calme et le même sang-froid, la mère aux assassins, devenue plus pâle, plus livide, ne cessait de ricaner, le regard furieux et menaçant.

Le magistrat venait de lui jeter un rapide coup d'œil de triomphe, puis il poursuivit :

— Quand vous êtes parti du boulevard Voltaire pour vous rendre rue

du Cayla, vous avez emporté un alésoir... l'alésoir avec lequel vous avez
frappé votre victime.

— Oui.

— Qui vous l'avait remis ?

— Mais puisque je l'ai déjà dit ! s'écria Doré avec un rire ironique.

— Répétez-le ! fit sévèrement le magistrat.

— Eh bien ! c'est elle, pardi !... c'est la mère Berland...

— Et n'est-ce pas elle aussi qui avait donné à son fils la tenaille qui
a été retrouvée sur le théâtre du crime ?

— Oui. Cette tenaille devait servir à faire sauter le cadenas qui fermait la porte du jardin.

Un nouveau regard triomphant du juge fit tressaillir la vieille gueuse.
Puis revenant à Doré :

— Persistez-vous aussi à dire que c'est elle qui vous a donné le conseil
de modifier vos costumes ?

— Mais certainement.

— Ne vous avait-elle pas donné un rendez-vous où vous deviez venir
la retrouver une fois le crime accompli ?

— Oui. On devait aller au théâtre d'Asnières se payer le *Naufrage
de la Méduse*.

— Quand vous êtes venu la rejoindre, son fils ne lui a-t-il pas dit :
« J'ai les chaussures pleines de sang, la femme n'en reviendra pas ? »

— Oui, c'est la Redingue qui a dit ça.

— Et la femme Berland, qu'a-t-elle répondu ?

— Elle a répondu : « La femme est-elle bien morte ? »

A ces mots, tout le visage de la mère Berland s'était horriblement
contracté, et pendant quelques secondes cette créature si hideuse et si
repoussante parut plus repoussante et plus hideuse encore.

Mais comme son regard venait de rencontrer encore une fois celui du
juge d'instruction, brusquement elle baissa la tête, tandis que ses lèvres
décolorées se crispaient d'un mauvais sourire.

Puis le magistrat reprit :

— Quand vous lui avez remis les objets volés, n'a-t-elle pas paru
contente?... N'a-t-elle pas dit : « Ça, mes enfants, c'est bien travaillé... »?

— Oui, répondit en ricanant Doré, mais elle n'était pas si contente
que ça... Elle aurait bien mieux aimé qu'on lui rapporte de la galette...

— Et que s'est-il passé ensuite ?

— Ensuite on est allé au théâtre où l'on a fait du chabanais...

— C'était le mot d'ordre ?

— Oui, la vieille avait dit qu'il fallait se créer un alibi.

— Après ?

— Après on est allé prendre une tournée chez le mastroquet...

— Et c'est la femme Berland qui a payé ?

— Dame ! puisque c'était elle qui tenait la caisse !...

— Elle a payé avec les vingt francs trouvés dans le porte-monnaie de Mme Dessaigne ?...

— Oui, c'était pour casser la pièce afin qu'on pût partager... Puis, le partage fini, elle nous a lâchés pour retourner dans sa cambuse...

— Où vous êtes revenu pour souper ?

— Et pour pioncer. C'est exact.

— La femme Berland s'est-elle couchée en même temps que vous ?

— La vieille ?... Elle n'en avait pas le temps... Il fallait bien que quelqu'un lave nos frusques et nettoie les souliers de la Redingue...

— En effet ! fit doucement et ironiquement le juge.

Puis, apostrophant brusquement la vieille mégère qui demeurait toujours immobile et les yeux baissés :

— Eh bien ! maintenant vous pouvez vous défendre, dit-il ; maintenant vous pouvez vous disculper... Vous venez d'entendre l'un de vos complices... vous venez d'entendre Doré... Qu'avez-vous à dire ?

— Rien ! fit-elle d'un air farouche.

— Parbleu ! dit Titi toujours sur son ton tranquille, la mère Berland sait bien que ça s'est passé comme ça... la mère Berland sait bien que je ne mens pas...

Mais la mère aux assassins venait de se redresser tout d'une pièce, et les traits décomposés, la voix sifflante, l'œil chargé d'éclairs :

— Si, tu mens !... tu mens, misérable ! hurla-t-elle... Tu sais bien que vous ne m'avez jamais rien dit !... Tu sais bien que je n'ai jamais rien su !... Oui, tu mens !...

— Tiens ! tiens ! fit tout bas et lentement l'ancien garçon boucher en la regardant pendant un moment avec un ahurissement profond.

Puis, soudain, éclatant de rire :

— Mais vous aviez donc fermé votre boîte, la vieille ! s'écria-t-il.

Ah! ma foi, moi, j'ai mangé le morceau!... Tant pis pour vous!... nous aurons peut-être le plaisir de monter à la butte ensemble!...

Et l'assassin riait encore, quand, sur un signe du juge, le garde l'entraîna.

Puis après Doré, ce fut le tour de Deville, puis le tour de Chotin. Elle ne pouvait plus nier et cependant elle s'entêtait follement, stupidement à nier encore.

— Ils mentent!... Ils mentent! répétait-elle toujours.

— Mais votre fils ment donc aussi! lui cria le juge. Pourtant votre fils reconnaît que vous assistiez au conciliabule... Votre fils déclare que vous saviez tout!...

Cette fois, la vieille mégère ne trouva plus un mot à dire, plus un mot à répliquer, et toute tremblante, toute frissonnante, elle regagna sa cellule où, pendant tout le reste de là journée, elle demeura silencieuse et le front tombé dans ses mains...

C'est que toutes ses angoisses de la première heure venaient de nouveau de la reprendre!... C'est qu'elle venait de voir se dresser encore devant ses yeux non pas seulement l'horrible vision du bagne, mais encore la terrifiante apparition de l'échafaud!

XII

EN PRISON.

Peu de jours après, l'instruction était close et la mère Berland était transférée de sa cellule du Dépôt à la prison Saint-Lazare.

Quant à Adolphe Berland et à ses autres complices, c'était à Mazas qu'ils allaient attendre le moment de comparaître devant la cour d'assises.

A la vérité, à l'exception du plus jeune d'entre eux, c'est-à-dire à l'exception de Chotin, sur lequel nous aurons à revenir tout à l'heure, ni la Redingue, ni Titi, ni la Boule ne semblaient trop appréhender le terrible châtiment qu'ils avaient mérité.

Toute la journée, Adolphe Berland jouait et fumait, aussi insouciant et aussi calme que si chaque jour qui s'écoulait ne le rapprochait pas de la guillotine.

Mais peut-être le scélérat se faisait-il encore des illusions et ne pensait-il pas être condamné à mort, car lorsqu'il ne jouait pas il passait son temps à interroger ses gardiens sur l'existence que les forçats mènent au bagne.

Quant à Doré, il employait presque toutes ses heures à écrire à ses parents de longues lettres dont nous pouvons donner ici quelques fragments.

Comme on l'a dit avec raison, la lecture de ces lettres est bien curieuse. Elle découvre chez ce jeune voyou un état d'âme bien différent de celui qui nous avait été signalé par l'instruction.

C'est que la cellule de Mazas est un excellent cabinet de réflexion. L'intelligence la plus perverse y fait plusieurs tours sur elle-même. La sévérité du lieu, la froideur des murs communiquent — contradiction singulière — de la chaleur, de l'éloquence et de l'expansion au détenu. Quand le corps est emprisonné, l'esprit devient libre.

Naturellement, Doré est bourré de remords.

Il écrit à ses parents, implore leur pardon, plaide les circonstances atténuantes devant le tribunal de sa famille.

Il faut le lire :

« Je crois, chers parents, écrit-il d'abord, que vous pardonnerez à ma tête légère la faute que votre enfant a commise, car je n'ose espérer aucun pardon des hommes, mais je compte sur le pardon de Dieu ainsi que sur le vôtre, car si vous pouviez lire dans mon cœur, vous y verriez un repentir sincère, et si mes juges pouvaient voir les larmes de douleur et de repentir que je verse tous les jours, eux-mêmes verraient que j'ai agi dans un moment d'égarement, car le soir que nous avons commis notre crime, cette femme infâme avait eu le soin de nous faire boire.

« Je crois, chers parents, que vous me pardonnerez.

« Quoique je n'aie plus rien à attendre de la justice des hommes, j'espère tout de la justice de Dieu et j'implore votre pardon à genoux.

« J'espère que vous ne rejetterez pas la prière d'un fils repentant, et je termine ma lettre, car je ne puis écrire, les sanglots de la douleur et du repentir m'étouffent et font trembler ma main en pensant à la position où j'ai jeté le nom de ma famille ; car, chers parents, je sais que pour toujours j'ai déshonoré votre nom et je sais que je suis indigne d'être votre enfant, mais, comptant sur la bonté d'un père, je vais plusieurs fois solliciter ce pardon dans ma lettre dont le papier est mouillé par mes larmes de repentir, comptant sur votre indulgence.

« Je termine ma lettre, car ma main tremble d'émotion.

« Je vous embrasse. »

La main qui tremble et les larmes dont la lettre est mouillée : rhétorique. La lettre ne porte pas une trace d'humidité et l'écriture écolière, très appliquée, est d'une fermeté parfaite.

Cette lettre est-elle d'un gamin de dix-huit ans ? La plume est guidée par son cerveau; c'est une roublardise de condamné; on ne trouve pas un mot d'émotion dicté par le cœur. N'a-t-on pas le droit de s'épouvanter d'une pareille précocité?

Dans une autre lettre, cependant, le gamin reparaît. Malgré tout, il se sent abandonné, seul, a besoin de savoir que quelqu'un pense à lui, prend pitié de sa jeune et terrifiante personnalité.

Dans les lignes suivantes, Doré se console en faisant mine de consoler sa famille. Il lui dit que tout n'est pas perdu « que son âge et l'entraînement dont il était entouré feront penser que ce qu'il a fait ne vient pas de son cœur ».

« Il reste encore quelque chose de bon dedans, écrit-il, car si vous saviez, quand je pense à l'horrible spectacle dont je suis un des auteurs, les tremblements que ça me produit dans tout le corps; j'ai des cauchemars épouvantables, forcé de me lever, impossible de dormir. »

Puis il fait un retour sur lui-même :

« Chers parents, j'entrevois votre honte d'avoir un fils comme moi, moi qui aurais, si j'avais bien voulu faire comme il faut, une belle position, vivre avec vous tranquillement; ne pas me déranger du chemin honnête, car ce n'est pas en vous voyant que j'ai eu de mauvais exemples sous les yeux. »

Tous ces garnements d'une effrayante précocité sont les mêmes. Ils s'accusent, se condamnent, mais ne veulent pas être chargés par les autres. Ils sont orgueilleux et parfois d'une extraordinaire fierté.

C'est ce qui arrive pour Doré.

Ses parents lui écrivent, lui reprochent sa conduite passée, ce cynisme qui devait l'amener où il est.

Cette femme horrible scandalisait même les pensionnaires de Saint-Lazare!

Cette mercuriale le blesse, il le prend sur un ton aigre :

« Vous me connaissez pourtant, dit-il, je n'ai jamais eu d'idées semblables, et à lire vos lettres on dirait que je n'ai jamais fait que cela.

« Ce qui avait fait supposer ça, c'est, comme vous le dites dans vos lettres, parce que je ris toujours ; pourtant je ne puis pas pleurer continuellement ; mais soyez tranquilles, je cesse mes ricanements, car ça me ferait plutôt du mal que du bien. »

Les siens l'ont pris en pitié ; ils lui ont fait parvenir quelques douceurs.

Il leur en dit sa joie :

« Je n'avais pas assez d'yeux pour regarder tout ce qu'on me donnait. Depuis bien longtemps je n'en avais vu autant, car depuis plus d'un mois que je suis à Mazas pas une goutte de vin ni une bouchée de ce bon pain ne m'était parvenue. »

On peut le croire sincère ; il est gourmand, il est même gourmet. N'est-ce pas lui qui a répondu au juge d'instruction lui demandant s'il se rappelait des fruits confits mangés près de la victime râlante : « Je me rappelle même qu'ils n'étaient pas fameux ! »

Mais, malgré tout, la solitude lui pèse et il souhaiterait qu'on lui donnât un compagnon :

Il écrit encore :

« Il y a des moments que le courage me manque.

« Assis sur une chaise toute une journée dans une cellule, tout seul, ne pouvant parler à personne, je me laisse aller au désespoir et je vous promets que si j'avais un couteau ou quelques autres objets tranchants, il en serait vite fait de moi ; depuis quarante jours que je suis dans cette solitude, je ne puis durer plus longtemps. »

Il ajoute à l'une de ses lettres ce post-scriptum, qui témoigne d'un certain esprit d'ordre et de décence :

« J'oubliais de vous dire, si vous aviez une paire de souliers, cela me ferait beaucoup plaisir, car mes pieds passent au travers de ceux que j'ai ; la semelle est tout à fait décousue d'avec le dessus, ce qui fait que ce n'est pas bien propre pour aller me promener dans le Palais de Justice, car j'y vais assez souvent, au moins trois fois par semaine pour l'instruction.

« Je chausse toujours du 40. »

Ce souci de n'avoir que souliers à sa pointure, en sa position, n'est pas vulgaire.

Au surplus, Doré est un bien curieux exemple de ces criminels précoces dont la justice nous offre depuis quelque temps de si nombreux et variés spécimens. Ces lettres sont intéressantes à plus d'un titre. Elles permettront au philosophe et au psychologue curieux des âmes noires de faire une étude des plus palpitantes et de préciser avec plus de clarté ce qui se passe dans ces cerveaux contaminés.

Celui-ci confirme une fois de plus que ces êtres étranges sont des hommes par certains côtés de leur caractère et que, malgré tout, par d'autres côtés, ils sont toujours des enfants.

Insignifiante constatation !

Quand donc la science, posant sur ces fronts vicieux un doigt autoritaire, analysera-t-elle le souffle malfaisant qui passe au-dessus de ces têtes blondes, faites pour les jeux, les rires, la joie des parents, et les conduit cyniquement à l'assassinat et du crime à l'échafaud?

En 1884, le parrain de Doré, le vieux curé du Bourget, avait donné ce signalement moral de son filleul : « Quant au cher petit garçon, il est charmant, plein de cœur et de bonne volonté; on l'aime beaucoup à l'orphelinat et tout le monde fait les plus grands éloges de son bon caractère et de son application. »

Or, si l'on est en droit de se demander à quelles influences mystérieuses, que l'hérédité ni le milieu n'expliquent, « le cher petit garçon » avait dû de devenir le complice de Berland et le grand scélérat que l'on connaît, ne peut-on pas également se poser la même question en ce qui concerne Deville et Cholin?

Fils de braves ouvriers d'Asnières qui jouissaient de l'estime et de la considération de tous, Deville ne pouvait pas non plus invoquer pour excuse et pour circonstance atténuante de son crime les mauvais exemples qu'on lui avait donnés ou les mauvais conseils qu'il avait reçus.

Mais fainéant et gouapeur, il avait toujours préféré la vie aventureuse et accidentée du rôdeur à l'existence tranquille et calme du travailleur.

Se repentait-il à présent de n'avoir pas suivi le droit chemin? Avait-il de sincères remords et de sincères regrets?... On serait peut-être un peu naïf de le croire. Mais ce qu'il y a de certain et ce que l'on peut affirmer, c'est qu'il avait une appréhension terrible, une peur atroce de l'échafaud...

Oui, c'était là son épouvante, son effroi de toutes les minutes, de tous les instants... Oui, l'horrible vision qui ne le quittait plus et qui passait constamment devant ses yeux, ce n'était pas le fantôme de la victime, ce n'était pas le cadavre de la pauvre vieille octogénaire qui était restée là-bas baignée dans son sang... Non, non!... Mais ce que Deville voyait toujours, c'était la place de la Roquette... c'était la foule hurlante se pressant autour des sombres murs de la prison... c'était enfin, sous le ciel triste, sous le ciel pâle, la sinistre machine de Deibler levant ses deux bras rouges, ses deux bras sanglants...

Et voilà pourquoi, dans sa cellule de Mazas, Deville, qu'on avait connu autrefois si blagueur, si hâbleur, ne parlait pas, ne parlait plus!... Et voilà pourquoi, quand sa porte s'ouvrait brusquement pour livrer passage à un gardien, ou bien quand, dans les noirs corridors, un bruit de pas retentissait, le misérable tressaillait et tremblait, comme si déjà l'heure fatale, l'heure de l'expiation qu'il redoutait tant, eût tout à coup sonné pour lui !...

Pour Chotin, l'existence aussi aurait pu être heureuse et facile. Il n'aurait eu qu'à répondre un peu à la tendresse de sa mère. Il n'aurait eu qu'à vouloir être un honnête homme. Mais le malheur, comme il le disait lui-même aux Berland, c'est qu'il avait toujours eu « un sacré poil dans la main ».

Placé en qualité d'apprenti chez un boulanger d'Asnières, il s'empressa de lâcher le pétrin pour aller *travailler* sous les ordres de la Redingue qui était, comme on s'en souvient, son camarade d'enfance.

Devenu en peu de temps très adroit voleur, très habile filou, la bande qui se réunissait dans l'ignoble taudis de la mère Berland lui avait dû plus d'un bon morceau, plus d'une joyeuse ripaille.

Et maintenant pincé, maintenant entre les griffes de la justice qui ne devait pas le lâcher de sitôt, Chotin, le plus jeune de tous ces jeunes bandits, Chotin, moins féroce que Berland, moins cynique que Doré, moins hypocrite que Deville, pleurait, pleurnichait, passait ses nuits et ses jours à se lamenter.

Était-il, dans son désespoir et dans ses remords, plus sincère que les autres, plus sincère que ses complices?

Peut-être?

Mais qui le sait?

En somme, c'était toujours la misérable femme qui avait perdu tous ces gamins qui restait encore la forte tête de la bande.

En somme, si Titi et la Redingue avaient parfois des transes et des insomnies, la mère Berland, remise de ses premières émotions, vivait assez tranquille et assez calme...

Comme elle était de plus en plus persuadée que l'échafaud ne se dresserait pas pour elle, elle avait fini par prendre son parti d'une réclusion perpétuelle dans une maison centrale.

— Après tout, pensait-elle, ce n'est qu'une habitude à prendre, et je n'y serai pas plus mal que dans mon taudis...

Pourtant, il faut être juste, il y avait des moments où la pensée de son fils, de son « chéri », de son « chérubin » qu'elle avait perdu et jeté entre les mains du bourreau, la troublait, l'inquiétait.

Mais ces moments de tristesse ne duraient guère. A peine son front s'était-il assombri qu'il reprenait toute sa sérénité. Alors, tout ce qu'il y avait en elle de bas, de vil, de monstrueux reparaissait. Elle n'était plus seulement indifférente au sort de son fils, de son enfant ; elle n'était plus seulement oublieuse de la condamnation qui allait la frapper, mais encore cette femme horrible avait le courage de rire, le cynisme de chanter des chansons obscènes, des chansons odieuses qui scandalisaient mêmes ses co-détenues, qui scandalisaient même les pensionnaires de Saint-Lazare!...

XIII

L'OPINION PUBLIQUE

D'habitude un crime, si retentissant et si atroce qu'il puisse être, n'occupe guère l'opinion publique que pendant quelques heures, quelques jours au plus.

A quelques exceptions près, comme l'affaire Troppmann, comme l'affaire Eyraud, une fois les assassins découverts, une fois l'instruction commencée, on attend, pour se passionner de nouveau, les débats devant la cour d'assises.

Mais il n'en fut pas de même pour l'affaire de Courbevoie, et si l'opinion publique, même après l'arrestation des coupables, restait toujours aussi surexcitée, cela tenait à plusieurs raisons.

D'abord cela tenait à l'extrême jeunesse des meurtriers : des gamins dont le plus âgé n'avait pas vingt ans, dont le plus jeune en avait à peine seize, et l'on pouvait, par cet exemple, constater quels dangers peuvent faire courir aux honnêtes gens les jeunes voyous, les jeunes rôdeurs dont la banlieue de Paris est infestée.

Cela tenait aussi à la façon dont la bande était organisée. — Une femme chef de voleurs !... une femme faisant se jeter au crime, se ruer au meurtre des enfants dressés par elle !... Ceci, il faut en convenir, était quelque chose d'assez nouveau, d'assez hardi, d'assez fin de siècle, comme on dit.

Enfin, une autre raison encore, c'est que le crime commis dans une maison isolée et sur une vieille femme par les assassins de Mme Dessaigne avait eu en peu de temps de nombreux imitateurs.

Pour ne pas nous attarder, nous ne citerons que le fait suivant :

C'était, comme on se le rappelle, le 12 janvier que les jeunes escarpes de la mère Berland avaient égorgé la malheureuse petite rentière de Courbevoie.

Or, voici ce qui se passait quelques semaines après, le 3 mars, à Saint-Denis.

A sept heures du soir, deux jeunes malfaiteurs tentaient d'assassiner une vieille femme de soixante-quatorze ans, la veuve Larmet.

Comme la Redingue, l'un d'eux, Kern, avait renversé la septuagénaire d'un coup de tête dans la poitrine, et comme Titi, l'autre, Poittevin, lui avait labouré le crâne de coups terribles après lui avoir enfoncé une serviette dans la bouche pour étouffer ses cris.

Puis, encore comme Berland et comme Doré, ils avaient cherché à achever leur victime en la frappant ensuite à coups de pieds.

La vieille femme ne remuant plus, les assassins s'étaient empressés de fouiller les tiroirs, puis de prendre la fuite en emportant une somme de cinq cents francs. Mais arrêtés quelques jours après dans une rafle générale, ils avaient été formellement reconnus par leur victime qu'ils avaient crue morte, mais qui n'était qu'évanouie.

Aussi, loin de se calmer, loin de s'apaiser, l'opinion publique s'exaspérait au contraire de plus en plus contre les assassins de Courbevoie.

Un journal allait même jusqu'à dire que la mort par la guillotine n'effrayant plus suffisamment les jeunes bandits qui pullulaient de toutes parts, la société, si elle voulait se protéger et se défendre efficacement, allait être obligée d'en revenir à des supplices plus compliqués et à la barbare justice du moyen âge.

« Le crime, et surtout le jeune crime, va très bien en ce moment, disait-il. Deibler a de la viande sur la planche. Quand le surin a travaillé tout l'hiver, l'été la guillotine ne peut se reposer; il s'agit alors de donner la réponse du couperet aux couteaux. On n'entend parler, ces jours-ci, que d'assassinats, de rixes, de guet-apens.

« La gloire de Berland et de Doré éblouit toute la jeune génération.

« Les yeux fixés sur la lunette promise, cette ardente jeunesse, espoir des maîtres du barreau, chante le couplet de Chénier :

> Nous entrerons dans la carrière
> Quand nos aînés n'y seront plus !

« Les impatients y entrent, même quand les aînés y sont encore. De là des doubles emplois. La surproduction se fait sentir dans cette partie-là comme ailleurs. La très intense précocité de notre époque ajoute à l'encombrement des prisons, au surmenage de l'exécution. Tout ce mois-ci, on a vu la machine légale se promener sur les rails.

« On la réclamait dans le Nord, à l'Est, à l'Ouest. L'exécuteur ne savait où donner du déclic. Le garde des sceaux était obligé de lancer des circulaires engageant à prendre patience, annonçant que chacun aurait son tour, mais qu'il était impossible de servir tout le monde à la fois.

« Voilà le moment de perfectionner le système américain de l'exécution électrique.

« Le jour où un réseau sera construit reliant les différentes prisons françaises, on pourra sans perdre de temps, comme on transmet plusieurs dépêches à la fois en multipliant les fils, exécuter simultanément toute une fournée de condamnés et faire ainsi de la place pour les autres.

« Cette floraison singulière de la criminalité, et surtout de la jeune criminalité, — dans le crime il n'y a plus d'enfants, — donne un singulier démenti aux excellents esprits qui il y a vingt ans nous ont corné aux oreilles les bienfaits du savoir, en tant qu'instrument de moralisation.

« Le savoir, outil de progrès moral, c'est une jolie blague !

« La bête humaine, instruite, éduquée, dressée, est tout aussi bestiale qu'auparavant; souvent elle apparaît beaucoup plus méchante. Il était de mode autrefois, avant l'expérience de l'instruction largement répandue, d'affirmer que la férocité et la méchanceté de notre espèce ne tiendraient pas devant la diffusion du savoir.

« Il faut en rabattre.

« On a continué à ouvrir des écoles et à agrandir les bagnes, simulta-nément. Il se commet aujourd'hui tout autant de crimes qu'il y a vingt ans, — davantage même. La criminalité est plus raffinée, plus com-pliquée, plus perfectionnée, nous avons des coupables fin de siècle, des jeunes gens très novateurs dans leur art, pourvus d'un aplomb et d'une froide impassibilité qui faisaient parfois défaut à leurs anciens, les criminels vieux jeu, les illettrés, ceux qui, disions-nous, n'étaient des scélérats que parce qu'ils ne savaient pas.

« Il faut donc revenir sur nos théories optimistes. L'instruction n'a aucune influence sur la criminalité. Nous avons aujourd'hui des criminels instruits, voilà tout. Pour les victimes, ce progrès intellectuel est indiffé-rent. Être dévoré par un ours dressé ou mordu par un chien savant, cela ne change rien à la morsure.

« Assurément le savoir est toujours admirable... Insensé serait celui qui nierait les bienfaits personnels de l'instruction, ses résultats collectifs pour la prospérité sociale.

« Mais il ne faut pas demander aux pommiers de produire de vin. L'instruction, qui est un grand bonheur individuel, une source de jouis-sances égoïstes en même temps qu'un avantage énorme procuré à une race, ne doit pas être envisagée comme un instrument de moralisation, comme un antidote du crime.

« Les philosophes qui ont eu cette illusion généreuse doivent aujour-d'hui ouvrir les yeux à la réalité.

« Les statistiques judiciaires ne permettent plus aucun doute.

« Est-ce que tous les jeunes gens de l'espèce des Berland et des Doré n'ont pas été à l'école ?

« Toute la jeune génération sait lire, écrire, compter, connaît les élé-ments de l'histoire et a des notions sur l'ensemble des connaissances humaines, et en somme, au point de vue de la culture, est aussi supérieure

L'autel où monseigneur Deibler dit sa messe rouge le matin.

à celles qui l'ont précédée, qu'un jeune Parisien est, sur l'échelle civilisatrice, distant d'un petit Canaque ou d'un négrillon du Congo.

« Plus instruit, plus civilisé, supérieur sous le rapport de l'intellect, oui, mais égal et souvent supérieur au point de vue de la cruauté, de la cupidité, de la débauche et de la paresse !

« Le savoir, hélas ! n'a pas plus d'action sur la moralité humaine que la poésie ou la musique n'en pourraient avoir pour l'acclimatation des buffles de la pampa...

« Les moyens nouveaux dont la société dispose pour se protéger et pour réprimer les criminels sont formidablement accrus.

« Chemins de fer, télégraphes, téléphones, la photographie surtout, les forces policières augmentées, les travaux de voirie, l'éclairage multiplié et enfin la presse colportant dans le monde entier les détails du crime et donnant le signalement du criminel, constituent un arsenal défensif qui aurait dû avoir pour conséquence une sensible diminution criminelle.

« Comme il n'en est rien, on est tout près de reconnaître que le crime monte avec le savoir.

« Où donc trouver la digue ? le remède ?

« Comment refouler le flot toujours montant du crime ?

« Les anciens philosophes avaient cru le rencontrer, ce frein, dans la religion. Il est prouvé que les croyances religieuses n'excluent nullement la criminalité.

« Il faut donc chercher autre part et autre chose.

« Mais où ?

« Mais quoi ?

« J'estime que la criminalité ne se combat pas avec des bonnes paroles et des théories philanthropiques. On ne lit pas des pages de philosophie aux tigres des jungles ; le meilleur sermon à leur adresser sera toujours un bon coup de fusil.

« Précisément le développement du savoir concorde avec un développement de la crainte physique. L'intellect plus affiné redoute davantage la douleur corporelle. Les châtiments et les exécutions laissent à peu près insensibles les sauvages, les peuples primitifs.

« Tous les récits des voyageurs montrent combien la peine de mort effraie peu les Annamites, les Chinois, les Peaux-Rouges, les noirs du Dahomey et du Congo.

« En revanche, nos jeunes civilisés, nos petits sauvages des cités ont une frousse atroce des moindres vexations physiques.

« Peut-être s'apercevra-t-on un jour que notre sentimentalisme pénitentiaire est absurde, et que, pour se protéger, la société ne doit pas avoir recours à des phrases, à des boniments humanitaires, à des systèmes de philanthropie judiciaires, et que des sévérités nouvelles et peut-être même des punitions plus directes, plus physiques que la cellule ou le cachot, seront seules assez efficaces pour protéger l'humanité contre la criminalité de plus en plus précoce et instruite.

« Nous n'avons de pénalité sérieuse, — ou tout au moins terrifiante, — que la peine de mort.

« Elle est malheureusement trop absolue, trop égalitaire, pas assez graduée.

« Je crois qu'il viendra un jour où l'on bénira le législateur hardi qui, rompant avec les systèmes de moralisation et de douceur ayant montré leur impuissance, se préoccupera de rétablir et de combiner des peines plus réellement afflictives que celles dont se moquent actuellement les êtres dangereux.

« Il faudrait, peut-être, en face de ces jeunes monstres qui nous ramènent par leurs forfaits, non plus au moyen âge, mais aux époques farouches de l'ours des cavernes, rajeunir, moderniser, perfectionner le vieux système des supplices. »

Ainsi qu'on le voit, l'écrivain qui avait écrit ces lignes n'y allait pas de main morte, comme on dit.

Sur le même sujet, une autre feuille disait :

« Supposez que Doré et Berland soient rendus à Courbevoie et à la route d'Asnières dont ils faisaient le plus bel ornement, qu'ils aient réussi à s'évader, par exemple.

« Croyez-vous que les longues semaines d'emprisonnement, la mort entrevue de près, les belles tirades qu'ils ont pu lire ou entendre les auraient corrigés et les auraient rendus des objets d'édification pour leurs camarades du monde où l'on égorge ?

« Ils auraient, sans doute encore, cherché un nouveau coup à faire, et l'auraient fait en toute sérénité.

« Ils sont beaucoup plus dans la logique que nous : ils ne pensent pas à leur mort, car pour eux la mort d'autrui ne pèse pas plus que la fumée d'une cigarette.

« Ils tuent une vieille femme, la martyrisent pendant de longues heures avec la même tranquillité qu'ils mettraient à arracher les pattes et les ailes d'une mouche.

« Nous, au contraire, nous faisons des façons extraordinaires pour décider de la stabilité de leur tête. Aussi se moquent-ils d'une justice qui a pour eux une considération que certainement ils n'auraient pas pour elle.

« Dans leur esprit, tout se résume à ceci : être pincés ou n'être pas pincés.

« C'est pour cela que la théorie de l'exemple est parfaitement nulle.

« Si la société les convie à venir voir exécuter de temps en temps un de leurs semblables et leur dit : « Voilà le sort qui vous menace si vous « faites comme lui », ils répondent simplement : « J'espère bien être « moins bête que lui et ne pas tomber entre vos mains. »

« Ils y tombent cependant de temps en temps, et alors nous les traitons avec toutes sortes d'attentions ; nous les détruisons lorsque nous ne pouvons faire autrement, et neuf fois sur dix nous les logeons et nourrissons pour le reste de leurs jours.

« Cela coûte fort cher, et c'est tout ce qu'il y a de plus inutile.

« Tout cela faute de nous convaincre qu'il y a deux espèces d'humanités : celle qui est imparfaite, qui est la nôtre, en général, et celle qui est monstrueuse, qui est celle de Doré et de Berland.

« La première s'arrange comme elle peut ; elle a ses souffrances, ses imperfections, ses lâchetés même ; mais enfin, avec elle, il y a de la ressource ; on peut s'entendre et se défendre aussi.

« Avec l'autre, il n'y a absolument rien à faire.

« Elle n'a pas le crâne fait de même que la première ; elle n'a ni les mêmes instincts ni les mêmes sensations probablement. Cette humanité-là est un encombrement et un danger. Pourquoi en conserver précieusement l'espèce quand il serait si assainissant de la supprimer?

« Elle tient à la vie tout autant que la nôtre?

« Ce n'est pas là une bonne raison.

« Le chien enragé, malgré le feu qui le brûle, tient aussi à la vie : on l'abat pourtant aussi vite qu'on peut.

« Tout ce que l'humanité d'en dessus pourrait faire, ce serait d'empêcher que l'humanité d'en dessous ne fasse de continuelles recrues; mais
cela n'empêche pas la besogne d'assainissement.

« Il a bien compris cela, l'excellent M. Deibler, lorsqu'il déclarait à
un rédacteur de la *Petite Presse* que, dans la foule des escarpes et
souteneurs qu'il traverse les jours d'exécution pour se rendre à son
instrument, il voit de l'ouvrage pour plus tard. Pas assez d'ouvrage, malheureusement.

« Avec l'argent que coûtent, depuis de longues années, à notre bourse,
ceux que notre éclectique justice a pêchés de temps en temps dans
l'autre humanité, on pourrait faire de très belles choses, soulager bien
des misères, contribuer à toutes sortes d'améliorations et de bonheurs. »

Nous parlions tout à l'heure de l'exaspération de l'opinion publique
contre les misérables assassins de Courbevoie. Les deux citations que
nous venons de faire suffiront à faire comprendre jusqu'à quel degré
cette exaspération était montée.

Cependant, comme on pouvait déjà prévoir le châtiment terrible qui
allait frapper les jeunes meurtriers et leur sinistre Egérie, il y avait
aussi dans le public un très petit nombre d'âmes sensibles qui, tout en
reconnaissant que la mère Berland était une monstrueuse créature,
voulaient qu'on se contentât pour elle du bagne et qu'on lui épargnât
l'échafaud.

La guillotiner en même temps que son fils, ce serait, disaient-ils, un
abominable spectacle.

Et il ajoutaient :

« Cette créature nous inspire autant de dégoût qu'aux plus chaleureux
partisans de la peine de mort. Malgré tout, nous ne voyons pas la nécessité de la guillotiner. Rendez-la impuissante à faire du mal dans
l'avenir, et la société sera suffisamment vengée.

« Quel exemple donnera-t-on en guillotinant la femme Berland? Le
crime commis par des mains féminines est-il donc si fréquent? Il faut
distinguer entre les assassinats, ceux commis par les « professionnels »
et ceux perpétrés par « accidents ».

« La plupart des femmes exécutées avaient « supprimé » leur mari ou quelqu'un de leur famille. Il s'agit donc de crimes accidentels.

« Dressez la sanglante machine de Deibler, ensanglantez de sang féminin le couperet triangulaire mais vous n'entraverez pas les drames conjugaux. Toutes les guillotines du monde, la perspective et la crainte des supplices les plus raffinés, rien n'arrêtera la main qui frappe un époux ou qui tue un père. La besogne de Deibler n'a pas d'influence sur l'amour conjugal ou la piété filiale.

« Le cas n'est pas le même pour la « mère Berland ».

« La chose la plus grosse qu'on puisse lui reprocher, c'est d'avoir mal élevé son fils : un crime maternel.

« Elle a armé la main de son enfant et au lieu de lui dire : « Va, mon « petit, conduis-toi bien, sois un homme ; reste fidèle à l'honneur ! » elle l'a cyniquement poussé dans la fange, elle l'a conduit au crime.

« Malgré cela, ne la tuez pas !

« Un clou chasse l'autre ; mais une tache de sang n'en enlève pas une autre ; le sang vicié et dégénéré ne lave pas le sang sain et pur.

« Déjà épouvantable quand elle tranche une tête masculine, la guillotine devient plus odieuse si elle s'abat brutalement sur une tête de femme, quelle que soit la femme ! »

De son côté, un de nos publicistes, M. Charles Laurent, soutenait la même thèse et jetait à son tour ce cri éloquent, mais qui n'avait guère de chance de trouver le moindre écho dans la grande masse du public :

« ... Par le même chemin, de la porte béante de la Roquette à la petite marche basse de l'autel où Mgr Deibler dit sa messe rouge, sur le même plancher branlant et par la même bascule sinistre passeront, avec je ne sais quel obscur assassin, les deux Berland : la mère et le fils !

« Voilà, certes, qui n'est pas banal ! Les deux corps distincts où il roule encore deux tourbillons de vie, le même sang coulera sur les mêmes planches. Ces flancs qui ont porté l'enfant vont cesser de battre en même temps que cessera de palpiter le cœur qu'ils ont formé. Quelques secondes à peine sépareront les deux agonies. La loi est prompte et le meurtre légal ne flâne pas : à moins que le bourreau ne manque son coup et ne mérite les sifflets, les lèvres encore chaudes de la maman et du petit pourront s'embrasser dans le son. — Ce sera vraiment un spectacle sans pareil !

« Et puis, même sans parler de la mère, ne sera-ce pas un régal déli-
cat, dites, que de voir tuer une femme?

« Les hommes, on en est fatigué. C'est toujours les mêmes cheveux ras
sur la nuque, la même chemise largement échancrée à coups de ciseaux
pour laisser passer le couperet, les mêmes jambes entravées mesurant les
pas, les mêmes bras liés derrière le dos pour supprimer la lutte finale.

« Avec une femme, au moins, il faudra employer une nouvelle méthode.
On peut s'attendre à une mise en scène rajeunie. Qui sait? Nous aurons
peut-être la crise de nerfs espérée, se résolvant en pâmoison ou bien en
accès de colère ou de bravoure. — Quelle bonne fortune, alors, mes
amis!

« Elle est bien monstrueuse, et les détails du crime préparé l'ont bien
vouée à l'exécration publique, cette mégère, mais je me demande tout de
même si vraiment on va la tuer, si on osera la faire monter sur le même
échafaud que son fils, et si, pour ce résultat moralisateur que je n'entrevois même pas, on va servir aux abonnés de la Roquette cette représentation extraordinaire, avec ou sans entrée dans les coulisses?

« D'abord, voyons, raisonnons un peu.

« Si elle est la plus coupable de tous, à raison de l'influence qu'elle a
exercée sur les assassins, sans assassiner elle-même, sa responsabilité,
ce me semble, doit amoindrir celle des autres, et même, en ce qui
concerne au moins son fils, qui a tué, lui, s'y substituer complètement.

« Sa mort étant résolue, la logique du couteau vengeur voudrait que
son enfant eût la vie sauve.

« Doit-elle mourir pour avoir conseillé le coup?

« Alors, c'est que son influence toute-puissante a pu masquer aux yeux
de l'exécutant et la lâcheté du forfait et le risque à courir en l'accom-
plissant.

« Qui dit circonstance aggravante ici dit donc là circonstance atténuante. Et plus la mère est indigne de pitié, plus le fils a droit à l'indulgence...

« Il suffirait de plonger cette femme dans la plus profonde retraite et
dans le plus complet isolement pour la mettre hors d'état de nuire
désormais; cependant on la prendra dans son lit, on la jettera aux mains
d'accoucheurs sinistres et l'on arrachera de sa chair déchirée, en guise
d'enfant, un corps sans tête!

« Et puis, l'exécution accomplie, tandis que les aides, rapidement, démonteront la machine et laveront la place ; tandis que l'aumônier cherchera tout le long du chemin, aux carreaux de sa voiture, la buée, visible encore, des derniers soupirs envolés ; tandis que les restes mutilés danseront aux cahots du pavé jusqu'à la fosse finale ou jusqu'à la salle d'amphithéâtre ; tandis que les médecins attendront à la clinique les troncs et les têtes pour établir, s'il se peut, la parenté dans la mort et pour mesurer si la vie a quitté aussi vite tous les cerveaux de la famille, — la foule s'écoulera, épouvantée, ayant de l'horreur plein les yeux et du dégoût plein le cœur, se demandant ce qu'on a voulu lui enseigner par ce terrible exemple, et si, par-dessus toutes les lois humaines, qui se permettent de disposer de la mort sans même savoir où elle mène, il n'y a pas une loi divine, une loi éternelle, obligeant l'homme à respecter, même indigne, même infâme, ce qui, à un moment donné, fut une mère...

« Non, il n'est pas possible que ce monstre femelle soit aussi mon-strueusement frappé !

« Non, la société, même en état de légitime défense, même contrainte à retrancher de la communauté humaine les membres gangrenés qui menacent tout le reste, n'a pas le droit de commettre le crime que les habitués de la Roquette attendent.

« Non, M. Deibler, exécuteur des hautes-œuvres, n'a pas qualité rpou punir à la fois ces deux êtres et pour inaugurer chez nous cette juris-prudence du couteau, outrageante pour la loi de nature et répugnante pour la générosité de notre race.

« Le châtiment de cette femme, ça doit être de voir périr sous ses yeux, par sa faute, celui qu'elle avait fait naître et à qui elle a dit : « Tue ! »

« Mais, ensuite, il faut la laisser vivre.

« Il faut la laisser traîner derrière elle, jusqu'à la dernière vieillesse, à travers ses songes et ses veilles, l'épouvantable vision de l'enfant qu'elle aura perdu, de ce décapité qui sera sa chair, de cette tête vide autrefois collée, les lèvres avides, à son sein gonflé de lait.

« Trouve donc, ô loi humaine, une punition qui vaille celle-là, une expiation aussi cruelle et aussi complète !

« Tu veux te venger de cette mère, dis? — Eh bien, ne la tue pas ! »

Enfin, bien que la mère Berland et sa bande eussent encore de

Les boutiquiers regardaient d'un œil méfiant ce couple étrange.

Liv. 20. A. FAYARD éditeur.

longues semaines à passer à Mazas ou à Saint-Lazare avant de venir rendre compte de leur crime devant le jury de la Seine, comme — ainsi que nous l'avons dit — on s'attendait au verdict le plus sévère et le plus impitoyable en ce qui concernait la vieille mégère et ses deux principaux complices, l'éternelle question des exécutions capitales était une fois de plus revenue sur le tapis.

Dans un article plein d'esprit, de verve et de logique, — article que nous nous reprocherions de ne pas placer sous les yeux de nos lecteurs, — M. Émile Bergerat se posait à son tour ces deux questions :

1° Pourquoi, puisqu'il était bien entendu que le meurtre légal devait être un exemple, semblait-on escamoter la guillotine en la dressant à une heure aussi matinale?

2° Pourquoi, depuis quelque temps, manquait-on de logique à ce point qu'on semblait prendre à tâche d'écarter de l'échafaud le véritable public de Deibler, le véritable public du bourreau, tous les escarpes et tous les souteneurs qui venaient, ces jours-là, se *moraliser* sur la place de la Roquette?

Mais laissons parler le brillant écrivain lui-même :

« Les délicieuses exécutions capitales, par mode de décollation ou autre, ne sont pas, ne furent et ne seront jamais l'un des spectacles parisiens auxquels vous me verrez courir.

« Oncques n'assistai et n'assisterai à l'une d'elles, à moins d'être guillotiné moi-même, et je vous jure que je ne fais rien pour ça.

« Ce n'est pas que, comme à tous mes confrères de la presse, l'occasion ne m'ait point été offerte, en vingt-cinq ans de journalisme, de voir tailler le col en rondelles à l'un de mes semblables et l'aube se lever sur un abattoir d'hommes, à la Roquette.

« Mais ce plaisir ne dit rien à l'homme de Térence que j'ai en moi. Une décapitation publique ne pourrait me servir que de leçon. Or, encore une fois, je n'en ai pas besoin, du moins pour le quart d'heure.

« Servir de leçon, tel est le but avoué de la guillotine.

« Le législateur n'en confesse point d'autre au philosophe.

« Il est avéré que si la cérémonie, d'ailleurs dégoûtante (oh ! dégoûtante, messieurs et mesdames !), n'était pas exemplaire et ne devait pas produire sur les assassins un effet salutaire, cette cérémonie disparaîtrait instantanément de nos mœurs de Caraïbes doux.

« La société ne tuerait plus qu'en chambre, que dis-je, en cave,
comme le muet conseil des Dix ou le comité de la Comédie-Française.

« Elle tue, au lever de l'aurore, sur une place, devant cent mille
spectateurs des trois sexes, parce que ce meurtre évangélise et pousse
à la vertu, ainsi que vous savez.

« Il en résulte que ceux qui forment le public ordinaire du grand
théâtre moral de la Roquette attestent, par leur présence d'élite, de la
nécessité où ils sont d'être moralisés, vraisemblablement.

« Assassins latents et confus, que leurs instincts naturels ou sociaux
démangent, ils vont s'empêcher en rond d'assassiner par le spectacle du
châtiment qui les menace, s'ils ne résistent pas à leurs tempéraments
sanguinaires.

« Il paraît que ces démangés sont cent mille, rien qu'à Paris, car tel
est le compte des habitués (toujours les mêmes) des matinées de la
Roquette.

« Je n'en suis pas, voilà tout.

« Et je n'en suis pas parce que je ne me sens pas le besoin d'en être.
En fait de meurtre, inutile de me moraliser. Il ne me dit rien. Il ne
m'amuserait même pas, je crois.

« Vous pourriez me laisser, un couteau à la main, enfermé avec
Rothschild lui-même, sans que cet homme aisé eût rien à craindre de
mon eustache ; il sortirait de là avec toutes ses breloques. Ou, si je les
lui prenais, ce serait au bésigue.

« Voilà pourquoi je n'assiste point aux séances, presque mensuelles,
de raccourcissement. Car elles deviennent quasi mensuelles, ces belles
séances exemplaires ! C'est l'effet de l'exemple sans doute.

« Mais enfin tout le monde n'a pas ma froideur de tempérament.
Le nombre de bonnes gens pour lesquels l'humanité se divise en deux
classes simples et nettes, les assassinés et les assassins, se chiffre aujour-
d'hui, sous Carnot, pour Paris seulement, à cent mille citoyens. C'est
le peuple de Deibler, celui qu'il évangélise.

« Mais, qu'apprends-je ?

« On veut le réduire !

« J'ai cru avoir mal lu, quand j'ai lu que la police tendait à épurer
le personnel des familiers de la Veuve.

« Voilà qu'on se met à chasser les voyous, les filles, les gouapes, les proxénètes, les chourineurs et toute la fleur de l'écume parisienne, les chasser, dis-je, du lieu qui, par excellence, est à la crapule et où le législateur l'invite lui-même à se réunir aux jours solennels... de l'exemple.

« Eh bien ! en voilà une de logique !

« Si l'excuse, mettons l'honneur, de la guillotinade est d'être publique, si cette publicité du châtiment est la leçon qu'elle donne, il tombe sous le sens que, plus il y a d'intéressés à recevoir cette leçon, plus l'institution est pratique.

« Les cent mille démangés du crime ont droit, tous, tous, tous, à la morale que dégage la décollation aurorale de ceux (d'entre eux) qui n'ont pas su résister à la démangeaison.

« La société leur doit ce sermon en action sur la montagne dans le seul langage qu'elle parle aujourd'hui, et veuille parler, à ces misérables, le langage sanglant de la menace.

« Le bourreau national est le Christ de cet enseignement préventif et de cet évangile rouge de la force. Laissez venir à lui tous les tentés, et qu'ils voient !

« Lorsque ce gardien de la paix expulse de la place, et sur la mine sinistre qu'il a, l'ignoble petit singe pourri de vices et de méchanceté qui le brave pour voir tomber de plus près la tête d'un camarade, ce gardien de la paix est stupide, ou bien c'est la loi elle-même qui déraisonne.

« Je le mettrais, moi, ce triste enfant perdu, au premier rang, sous la guillotine même, afin que le châtiment porte sur lui, puisque, dites-vous, il doit porter.

« — Regarde, petit. Si, ce soir, tu surines, avec tes copains, la vieille bonne femme du pavillon isolé contre laquelle vous avez hier combiné un coup, tu auras le sort du gars blême et hurlant que l'on ligotte et dont le sang va gicler sur ta blouse. »

« Et vous avez une chance peut-être que le tenté résiste à sa tentation, au moins par terreur.

« Si vous ne croyez pas vous-même à cette chance, où est la leçon et à quoi servent les exécutions publiques ?

« Qu'est-ce que vous dites, à la Roquette ?

« Ceux qu'il faudrait écarter des séances de vindicte et des assemblées de talion sont précisément ceux qui, comme moi, n'ont aucun goût pour l'assassinat et ne lâcheraient pas leur pipe pour en commettre un.

« Car, à ceux-là, le goût peut en venir, rien qu'à la vue du sang, dit la sagesse.

« La grosse question est de savoir si cette publicité de la peine capitale économise à la société plus d'assassins qu'elle ne lui en fournit ; pour moi, je ne saurais le dire.

« J'ai vu un jour un grand artiste de lettres, très doux, très bon et philosophe libéral, revenir si troublé d'une exécution qu'il me fit peur. Il m'avoua que, depuis cette tuerie cérémonieuse, en plein air, *la vie de l'homme lui paraissait moins précieuse.*

« Mais enfin, restons-en à ce système de la cure du meurtre, bizarre homéopathie morale que les peuples européens pratiquent tous encore, et admettons ses résultats.

« Encore faut-il qu'ils la raisonnent, et que, son principe accepté, ils en suivent les conséquences.

« Ce principe est celui de la publicité.

« J'en conclus que plus il y a de spectateurs à une exécution capitale, plus on a de chance que l'exemple en soit profitable et raffermisse dans la foule la conscience inconnue qu'il vise au hasard.

« Il est donc absurde de vouloir opérer une sélection dans cette foule, et il me semble que la loi doit être d'autant plus ravie, et la société itou, qu'elle a réuni autour de l'échafaud le plus grand nombre de gueules abominables et la cour plénière des Miracles.

« Allons plus loin.

« La logique nous invite au voyage.

« Pourquoi, si le plein air de l'abattoir humain universalise pour ainsi dire la leçon préventive de nos exécutions, et s'il est bon qu'on soit guillotiné en pleine lumière, sur une estrade, *coram populo,* pourquoi, oh ! pourquoi l'aurore ?

« L'heure de midi s'impose et la place de la Concorde s'indique.

« Concluez donc !

« Il y a tricherie, belle Thémis, j'allais dire couardise, en ce choix louche du petit jour, et l'exemple, le fameux exemple, sourcille un peu dans le tremblement des réverbères qui s'éteignent et les clartés biaisantes de l'aube encore enténébrée.

« On ne la voit pas, la justice, on l'entrevoit.

« Comprennent-ils bien, les intéressés, si ton glaive ne luit pas et si tu ne le tires pas au clair? »

Voilà donc tout ce qui se disait, tout ce qui s'écrivait à propos de l'atroce crime de Courbevoie.

Voilà donc toutes les questions, toutes les discussions qui se trouvaient soulevées pendant que les sinistres meurtriers de l'infortunée Mme Dessaigne attendaient, et non pas toujours sans peur, et non pas toujours sans effroi, le moment de comparaître devant leurs juges. ...

Mais il nous faut maintenant remonter plus haut que le crime de Courbevoie, remonter au moins de dix années en arrière et voir qu'elle avait été, pendant toute cette période, l'existence si curieuse et si mouvementée de l'affreuse mégère que l'on devait appeler plus tard l'*ogresse d'Asnières*.

XIV

LA MÈRE JEAN

En 1881, vers la fin du mois d'août et par un beau dimanche, une femme de quarante à quarante-cinq ans, à la démarche molle et lourde, et qui traînait derrière elle un gamin horriblement dépenaillé, semblait rôder à travers les rues d'Asnières.

Nous disons que cette femme semblait rôder, car, en effet, on avait pu la voir, depuis de longues heures, se traîner aux quatre coins de la ville.

A la voir si misérablement vêtue, on aurait pu la prendre, au premier abord, pour une de ces mendiantes, de ces pauvresses qui, pendant la belle saison, pullulent chaque dimanche et chaque jour de fête dans la banlieue de Paris. Mais on se serait sans doute trompé, car non seulement cette femme ne se plantait point devant les passants pour leur demander l'aumône, mais encore elle allait toujours, ne s'arrêtant que de temps à autre et pendant quelques secondes à peine pour jeter sur les maisons un curieux et rapide coup d'œil.

La tête basse, cette femme, tout en marchant, glissait parfois, autour d'elle, des regards sournois, des regards peureux, comme si elle eût pu redouter de faire tout à coup quelque rencontre désagréable.

D'ailleurs, si, avec son teint blême et ses allures effrontées, l'avorton de neuf à dix ans qui la suivait avait l'air d'un affreux petit voyou, il faut bien dire qu'elle n'avait pas non plus un visage des plus sympathiques.

Maigre, osseuse, le front déjà creusé de rides profondes, l'œil chassieux et clignotant, la bouche épaisse et d'une sensualité bestiale, cette femme semblait porter sur sa face tous les stigmates d'une vie ignoble et crapuleuse.

D'abord, elle était demeurée presque inaperçue et l'on n'avait pas fait grande attention à elle, mais comme depuis des heures et des heures elle ne faisait que passer et repasser dans les mêmes endroits et dans les mêmes rues, on avait cependant fini par s'étonner de son manège.

Maintenant, les boutiquiers regardaient d'un œil méfiant ce couple étrange et les passants se retournaient.

Quelquefois même, lorsqu'ils croisaient l'inconnue, quelques-uns s'arrêtaient brusquement et, tout saisis, semblaient se dire : « Où diable ai-je vu déjà cette figure-là? »

Mais, sans rien voir de ce qui se passait autour d'elle, la femme continuait son chemin de sa même allure lente et molle, de son même air indifférent et impassible.

Cependant, comme elle revenait pour la vingtième fois au moins sur le boulevard Voltaire et non loin de la petite maison où le brigadier Bleuze devait, dix ans plus tard, arrêter les assassins de Courbevoie, elle eut soudain, à son tour, un brusque mouvement de surprise.

Là, des jeunes femmes, des jeunes filles causaient, bavardaient, et l'une d'elles, en apercevant la femme, venait de s'écrier étourdiment et à voix haute :

— Oh ! regardez donc !... On dirait que c'est la mère Jean !

A ces mots, toute pâle, une éclair dans le regard, l'inconnue avait vivement détourné la tête ; puis, empoignant l'enfant par le bras pour le forcer à avancer plus vite, elle s'était éloignée d'une allure plus rapide tandis qu'un étrange sourire courrait sur ses lèvres.

Pendant ce temps, la conversation des jeunes femmes et des jeunes filles continuait.

Celle qui avait poussé cette exclamation, une petite brune, très jolie, reprit :

— Mais je dois me tromper, car il y a bien huit ans au moins que la mère Jean a disparu d'Asnières, et depuis ce temps-là, on n'a jamais su ce qu'elle était devenue... Mais, c'est égal, voilà une femme qui lui ressemble tout de même étrangement...

— Moi, j'ai eu la même idée que vous, dit une toute jeune femme qui berçait un poupon dans ses bras. Mais il n'y a pas de danger que la mère Jean revienne jamais ici...

— Pourquoi pas?

— Parce qu'elle sait bien que tout le monde connaît son histoire...

— Oh! ça ne fait rien... La coquine avait du toupet et ce n'est pas ce qui la gênerait, si elle avait un jour ou l'autre intérêt à y revenir...

Mais il y avait parmi les autres jeunes filles et jeunes femmes du groupe, qui pour la plupart n'habitaient pas depuis très longtemps Asnières, un vif mouvement de curiosité.

Aussi plusieurs s'empressèrent-elles de demander ce que c'était que cette mère Jean, dont il venait d'être question.

— La mère Jean ?... Ce n'était pas quelque chose de propre et je m'étonne que vous n'en n'ayez pas entendu parler, répondit la petite brune avec un accent plein de mépris. C'était moins que rien, une vraie gueuse !

— Oh! oui, pour sûr, une vraie gueuse! appuya énergiquement la jeune femme. Des coquines comme ça, ça mériterait de recevoir le fouet à tous les coins de rue...

— Que faisait-elle?

— Elle ne faisait rien. C'était une fainéante, une ivrogne et de plus une mauvaise mère...

— Ah! elle avait des enfants !

— Oui, oui, malheureusement pour eux, elle avait des enfants. Elle avait une petite fille d'environ deux ans et un petit garçon qui aurait maintenant à peu près l'âge du gamin qui vient de passer avec cette femme... N'est-ce pas, Marguerite?

— Oui, à peu près cet âge-là, dit la petite brune. Et son culte, son

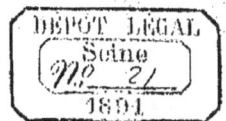

— N'avez-vous pas une chambre à louer? demanda la femme.

dieu, son tout, c'était ce gosse-là... Mais quant à sa fille, il paraît qu'elle ne pouvait pas même la voir en peinture!...

— Faire une différence entre ses enfants!... N'est-ce pas ignoble! s'écria la jeune mère, rouge d'indignation.

— Aussi savez-vous ce qui est arrivé? Il est arrivé qu'un beau jour la pauvre petite, qui la gênait, la pauvre petite, qui n'avait jamais été qu'un fardeau pour elle, a disparu.

— Qu'était-elle devenue?

— Elle ne l'avait pas tuée, au moins?

— Oh! non, elle n'était pas allée jusque-là... Elle avait tout simplement trouvé le moyen de s'en défaire en l'abandonnant, en la mettant à la charge de l'Assistance publique...

— La pauvre petite!... Il faut tout de même avoir le cœur bien dur pour se séparer ainsi de son enfant!... Mais c'était peut-être la misère?...

— La misère?... Allons donc!...

C'était la toute jeune mère qui, serrant plus étroitement son enfant entre ses bras, venait de jeter ce nouveau cri de colère.

— Est-ce que la misère, est-ce que rien au monde peut excuser un tel crime, une pareille infamie!

— En effet...

— Non! non!.... Dites plutôt que les femmes capables de faire ce coup-là n'ont point de cœur, point d'entrailles, et qu'elles sont pires que des bêtes...

— Oui, oui, tu as raison, reprit vivement la petite brune. Les bêtes ont au moins de l'affection et de l'attachement pour leurs petits....

— Dame!

— Mais, d'ailleurs, continua-t-elle, si l'on veut même admettre pour un instant, pour une seconde, que la misère pourrait être une excuse, eh bien! cette excuse-là la mère Jean n'aurait même pas pu l'invoquer.

« Oh! certainement qu'elle ne roulait pas sur l'or, loin de là. Bien certainement qu'elle traînait la guenille et qu'elle inspirait plus de pitié que d'envie... Mais enfin, si elle en était réduite à n'avoir pas toujours de chemise, ce n'était la faute à personne, n'est-il pas vrai? et ce n'était pas la faute non plus de son mari, du brave père Jean qui était un très courageux ouvrier et le meilleur des hommes...

— Ce qui n'empêchait pas sa coquine de femme de lui en faire porter de longues ! dit vivement la jeune femme.

Et comme tout le groupe s'était mis à rire, la petite brune reprit, en riant aussi :

— Oui, c'était à peu près tout ce qu'elle savait faire... Aussi, dès que son mari avait tourné le dos...

— Quel était son métier, à son mari ?

— Je crois qu'il était chauffeur dans une usine, mais je n'en suis pas bien sûre... Mais enfin, tout ce que je sais, c'est qu'il travaillait de nuit et qu'il partait de chez lui à sept heures du soir pour n'y rentrer que le lendemain à sept heures du matin...

— Et alors ?

— Alors, comme je viens de vous le dire, il n'avait pas plus tôt tourné les talons que la mère Jean à son tour filait, déguerpissait...

— Et ses enfants ?

— Ses enfants... C'était probablement pour être plus libre qu'elle avait fini par se débarrasser de sa fille.

— Oui, mais il lui restait toujours son gosse... Comment s'arrangeait-elle avec lui ?...

— Oh ! ça, je n'en sais rien et je n'ai pas été le lui demander, répliqua la petite brune.

— La mère devait sans doute lui donner quelque chose pour l'endormir, fit la jeune femme.

— C'est possible. Quoi qu'il en soit, son mari n'était pas plus tôt retourné à l'usine ou à l'atelier que la mère Jean se donnait de l'air... Et quand je dis : la mère Jean, vous m'entendez bien, n'est-ce pas, vous me comprenez bien ? C'est une façon de m'exprimer, car à cette époque-là, sans être de première jeunesse ce n'était pas encore ce que l'on appelle une vieille femme...

— Était-elle jolie ?

— Jolie ?... Mais pas le moins du monde... Vous avez bien vu cette femme qui vient de passer ?... Eh bien ! c'était elle, tout à fait elle avec une huitaine d'années de moins. Seulement c'était son regard !

— Ah ! elle avait de beaux yeux ?

— De beaux yeux, ce n'est pas le mot, mais ils disaient très claire-ment ce qu'elle voulait, ce qu'elle cherchait... Aussi les passants qu'elle

frôlait ou qu'elle allait guetter au coin des rues n'avaient-ils pas beaucoup de peine à la comprendre...

— Et elle les emmenait chez elle ?

— Avec ça qu'elle se gênait ! dit vivement la jeune femme. La preuve,
c'est que deux ou trois fois, en rentrant à l'improviste, le père Jean a
trouvé des militaires couchés dans son lit.

Un fou rire avait accueilli ces dernières paroles, et ce rire remplissait
encore toute la rue, quand la jeune femme ajouta:

— Je veux bien ne plus bouger de là si ce n'est pas la vérité !...
Oui, dans son lit !... Et quand le pauvre père Jean ne trouvait pas son
épouse dans les bras d'un autre homme, il était toujours sûr de la trouver vautrée dans un coin en train de cuver son alcool. Et voilà, mesdames, puisque vous vouliez le savoir, ce que c'était que la mère Jean :
une ivrognesse, une prostituée et une marâtre !

— Et peut-être aussi quelque chose de plus ! fit à demi-voix la petite
brune.

Mais comme ses amies ne l'avaient pas entendue, elle n'en ajouta pas
davantage.

Cependant l'inconnue, après avoir vivement entraîné l'enfant, n'avait
pas tardé à ralentir son allure.

Mais son visage restait toujours pâle, son regard toujours dur, et elle
était si profondément absorbée, si profondément pensive, qu'elle n'entendait même pas l'enfant qui, depuis un assez long moment déjà, lui
criait qu'il était las et qu'il avait faim.

Elle prit, toujours soucieuse, toujours muette, une petite ruelle bor-
dée de grands murs qui la ramena, au bout de quelques minutes, au bord
même de la Seine.

Puis, comme l'enfant recommençait à se plaindre plus énergiquement
encore, cette fois elle l'entendit.

Alors, la voix très douce :

— Oui, oui, tu ne peux plus marcher et tu as faim, mon pauvre chéri,
dit-elle. Eh bien ! nous allons nous asseoir et tu vas manger.

— Où ça?

— Là-bas... Je vois un marchand de vin... il y a des tables dehors...
Nous serons très bien là...

Mais ce marchand de vin ne se contentait pas seulement de donner à boire et de servir à manger, il donnait aussi à danser.

En effet, à peine l'inconnue s'était-elle installée avec son enfant à l'une des tables placées à l'angle de la porte, qu'une bruyante fanfare retentit dans une espèce de jardin qui se trouvait derrière eux et qui n'était séparé de la voie publique que par une barrière à claire-voie.

C'était là certainement l'un des plus ignobles et des plus infects bastringues de la banlieue parisienne.

Des dames en cheveux et horriblement maquillées s'y livraient à des quadrilles échevelés en compagnie de messieurs en longues blouses et les oreilles surmontées de larges rouflaquettes.

C'était là la clientèle ordinaire et attitrée, mais il y en avait aussi une autre, celle des soldats en quête de bonnes fortunes et des rôdeurs du pays qui venaient attendre là, en vidant quelques litres sous les tonnelles alignées le long des murs, l'heure d'aller dépouiller des pantes et de faire quelque mauvais coup.

L'inconnue venait de tambouriner à grands coups de poing sur la table.

Puis, comme personne ne répondait à son appel, elle recommença, frappant plus fort cette fois et criant d'une voix furieuse :

— Garçon !... garçon !...

— On y va ! répondit une voix de l'intérieur.

Et presque aussitôt un grand garçon, la figure très rouge, le front tout en sueur, accourut.

Puis, tout en donnant rapidement et machinalement un coup de torchon à la table :

— Nous disons donc, la petite mère ? fit-il.

— Deux sous de pain, deux sous de saucisson et un demi-setier pour le gosse...

— Bon !

— Et une verte pour moi...

— Anisée ?

— Pourquoi pas avec de l'eau de fleur d'orange ! ricana la femme. Non, non, une pure !...

— Bon !

Et le garçon fila.

Cinq minutes après, il revenait avec ce qu'on lui avait commandé, et tandis que le gamin, qui réellement devait avoir les dents longues, dévorait gloutonnement les deux ou trois ronds de saucisson rance qu'on lui avait apportés dans une assiette, lentement et l'air gourmand, la femme faisait son absinthe.

Puis, tout en la sirotant, elle regarda de nouveau dans le bal.

L'orchestre, composé de trois musiciens, de trois pauvres diables sales et crasseux, continuait à faire rage.

Les filles en cheveux, de plus en plus animées, de plus en plus allumées, s'enhardissaient, chahutaient, s'interpellaient, tandis que les messieurs à rouflaquettes qui leur faisaient vis-à-vis, la visière de leur casquette dans le dos, un vieux mégot entre les dents, se balançaient devant elles avec des gestes odieux et des poses obscènes.

Mais, depuis un moment, et parmi les hommes qui ne dansaient pas, il y en avait un qui paraissait très intéressé, très intrigué par l'inconnue.

D'abord, quand il l'avait aperçue par hasard en regardant du côté du quai, il n'avait pu retenir un léger tressaillement.

Puis, se penchant vers un ami qui se trouvait avec lui, il lui avait dit à voix basse quelques mots qui avaient fait sourire celui-ci.

Enfin, ils s'étaient levés tous les deux et ils étaient venus se camper devant la barrière, à deux ou trois pas seulement de l'inconnue.

Et là, tout en la dévisageant avec insolence, le premier de ces deux individus, qui, du reste, était très ivre, se mit à ricaner d'un air idiot.

Puis, se retournant tout à coup vers son compagnon, un affreux type de vieux voyou aussi, il cria :

— Oui, oui, j'en suis sûr maintenant... c'est bien cette gonzesse... c'est bien Virginie !...

Le visage pâle de la femme s'était subitement coloré, puis brusquement elle détourna la tête et regarda du côté de la Seine.

— Oui, c'est elle... c'est mon ancienne connaissance, reprit l'ivrogne, un homme d'une cinquantaine d'années avec un visage grêlé de petite vérole, un nez camard, des yeux de fou, et vêtu d'habits si usés, si crasseux qu'il en était répugnant... Oui, c'est elle... Ah ! c'était tout de de même une chouette maîtresse...

Puis, se mettant à interpeller brutalement l'inconnue :

— Hé, Virginie ! lui cria-t-il. Voyons, ne fais donc pas la bégueule !... Regarde-moi donc !... Est-ce que tu ne me reconnais pas ?... Oh ! moi je te reconnais bien... Oui, oui, ma vieille branche, tu étais rien gironde !... Hein ! t'en rappelles-tu ?

Maintenant tous les danseurs riaient et les buveurs attablés sous les tonnelles s'approchaient à leur tour de la barrière pour assister de plus près à cette étrange scène.

— Dis, Virginie, dis, ma vieille, t'en souviens-tu ? reprit l'ivrogne entre deux hoquets... C'était rien rigolo, pas vrai ?... Nous allions là-bas sur les *fortifs*... le soir... Allons, réponds donc... Montre-nous donc ta binette...

Mais la femme, de plus en plus rouge, n'osait plus bouger.

L'homme alors se retourna, interpella la foule.

— Oui, oui, c'est Virginie, hurla-t-il, c'est mon ancienne... Je ne sais pas ce qu'elle est maintenant, mais dans le temps elle était amoureuse comme une chatte...

« Oh ! il ne faut pas rigoler... je ne blague pas, ajouta-t-il en entendant des rires bruyants éclater autour de lui.

Cependant, comme la scène menaçait de tourner au scandale, comme ce n'était plus seulement dans le bal, mais encore dans la rue, que les gens s'y intéressaient, le garçon de l'établissement jugea à propos d'intervenir.

— Allons, c'est assez ! dit-il. Pas tant de potin ici... Laissez cette dame tranquille...

— Oh ! là ! là ! cette dame !... Virginie ! ricana l'ivrogne.

Et comme le garçon le poussait doucement pour le faire reculer de la barrière, subitement il pâlit, devint furieux.

— Ah ! tu sais, toi, cria-t-il, ne me touche pas ou je cogne !

Comme on espérait avoir le plaisir d'une bataille, toutes les filles en cheveux et tous les souteneurs avaient cessé de danser.

Les uns, cherchant à exciter davantage l'ivrogne, lui criait :

— Oui, cogne-le !... cogne donc !

Et les autres, s'adressant au garçon :

— Tape-lui donc sur le mufle ! criaient-ils.

Et les coups allaient pleuvoir quand brusquement ils se fit un grand silence.

Un autre personnage venait d'entrer en scène.

C'était le patron, un grand gaillard taillé en hercule.

Avec lui les plus entêtés et les plus malins se taisaient, car on savait sa force prodigieuse.

A lui seul et sans qu'il parût faire le moindre effort, il lui était arrivé plusieurs fois de jeter à la porte de son établissement cinq ou six mauvais drôles réputés comme très dangereux et qui cependant avaient lestement décampé sans demander leur reste.

Les deux mains dans ses poches, très calme, il s'avança vers l'ivrogne.

— Tu sais, petit, dit-il de sa grosse voix éraillée, faut pas vouloir faire le méchant avec bibi...

« Tu vas fermer ta boîte tout de suite et retourner boire gentiment, ou sinon...

Mais l'ivrogne s'était redressé, puis fièrement :

— Parce qu'il est gros, il croit me faire peur! cria-t-il. Mais tu ne vas pas me manger, pas vrai?... On en a vu d'autres...

Les danseurs se regardèrent.

Quelques-uns dirent :

—Il va se faire casser, pour sûr !

Mais non.

Tout doucement le patron saisit l'ivrogne par le collet de son paletot, à peu près comme on prendrait un chat par la peau du cou, puis, sans se presser, toujours très calme, il alla le porter sous une des tonnelles.

De frénétiques applaudissements avaient retenti, et l'ivrogne, très pâle, ne bougea plus, subitement dégrisé.

Pendant ce temps-là l'inconnue venait d'appeler le garçon et de régler sa dépense.

Et déjà elle se remettait en route quand le patron s'approcha de la barrière.

Longtemps il la suivit des yeux, puis enfin se parlant à lui-même :

— Qu'est-ce que me chantait donc cet imbécile-là? murmura-t-il. Virginie?... On croirait plutôt que c'est la mère Jean...

Au fond, là-bas, déjà la femme et l'enfant disparaissaient.

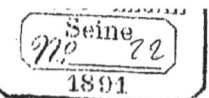

La porte ouverte, les voisins reculèrent épouvantés.

LIV. 22. A. FAYARD, éditeur.

XV

LE SINISTRE TAUDIS

Après avoir marché encore environ dix minutes, la femme de nouveau s'arrêta.

Elle était toujours sur le quai de Seine.

En face d'elle, une vieille et horrible maison qui n'avait qu'un rez-de-chaussée et un étage se dressait, et c'était cette maison que l'inconnue regardait.

A bout d'un moment elle s'en approcha encore de plus près et vint lire un petit écriteau cloué au-dessus de la porte.

Cet écriteau, très sale et à moitié pourri par la pluie, annonçait qu'il y avait dans la maison des chambres garnies à louer.

C'était là ce que, pendant toute la journée, la femme avait cherché à Asnières, sans avoir encore fixé son choix.

Mais ici l'endroit lui convenait, et dans cette vieille maison toute noire, toute lézardée et qui avait plutôt l'air d'une baraque, elle pensa que les logements ne devaient pas être chers.

Alors elle fit encore quelques pas en avant et se trouva devant la porte.

Mais elle n'avait pas eu encore le temps de frapper que déjà celle-ci s'était entre-bâillée, laissant entrevoir le profil d'une grosse femme au visage hommasse et au regard très dur.

— Eh bien ! que voulez-vous ? Que demandez-vous ? fit-elle très vivement, très brutalement.

— N'avez-vous pas une chambre à louer ? demanda la femme.

— Des chambres, il n'en manque pas...

— Voulez-vous m'en montrer une ?

— Ça peut se faire.

La grosse femme disparut pendant quelques secondes, puis revint tenant une clé.

— Suivez-moi, dit-elle.

Elles s'engagèrent dans une sorte de petite ruelle infecte et puante qui longeait la maison, et dans laquelle s'alignaient cinq ou six portes étroites et boueuses, — les portes des chambres garnies, des logements à louer.

Une de ces portes ouvertes, la grosse femme reprit :

— C'est quinze francs par mois, et payables d'avance.

C'était là, on peut le dire, le plus ignoble et le plus épouvantable taudis qu'on puisse imaginer.

Un lit de fer qui ressemblait plutôt à un grabat, une vieille table vermoulue et deux chaises dont les pieds se disloquaient en composaient tout le mobilier.

Pas de cheminée ; dans un angle un trou béant qui servait de placard ; un plafond couvert de larges toiles d'araignée et des murs horribles, des murs gluants et suintant l'humidité, jadis tapissés d'un papier dont on n'aurait plus pu deviner la provenance et qui pendait çà et là en lambeaux lamentables.

Pas d'air non plus, pas de clarté, ou plutôt que la clarté douteuse, blafarde et sinistre qui entrait par la ruelle.

Un pareil taudis ne pouvait qu'inspirer la répulsion et l'horreur.

Cependant la femme ne broncha pas, ne sourcilla pas.

Elle mit dans la main large et sale de la propriétaire les quinze francs qu'elle lui avait demandés, et l'affaire fut conclue.

Mais si, comme nous venons de le dire, la vue seule de ce taudis devait inspirer la répulsion et l'horreur, il avait aussi des souvenirs tragiques et un passé plein d'épouvante.

Là, entre ces quatre murs noirs, plus d'un drame sombre s'était accompli ; plus d'une fois le sang avait coulé...

Citons quelques-unes de ces histoires qui achèveront d'édifier le lecteur sur le misérable taudis que venait de louer l'inconnue.

Vers le mois de novembre 1889, c'est-à-dire moins de deux ans avant le moment où nous sommes, tous les journaux avaient publié le fait suivant :

« Un crime horrible et mystérieux vient de jeter dans la consternation la jolie petite ville d'Asnières.

« Il s'agit de l'assassinat d'une vieille femme, d'une vieille mendiante que tout le monde connaissait.

« On l'avait surnommée la « femme aux béquilles » et depuis de très longues années, on était habitué à la rencontrer dans les rues d'Asnières, où elle sollicitait la charité des passants.

« Avec sa face pâle et décharnée, sa tête branlante, son regard fixe et son long corps de squelette à peine couvert de haillons sordides, cette malheureuse causait certainement une impression saisissante.

« Personne d'ailleurs ne connaissait rien de son passé, et son nom même était un mystère pour tout le monde. Très peu communicative, un peu sauvage même, elle semblait éviter de se lier et jamais elle n'ouvrait la bouche que pour demander l'aumône.

« Tout ce qu'on savait d'elle, c'est qu'elle habitait non loin de la Seine une espèce de taudis au rez-de-chaussée d'une vieille maison dont tous les appartements ont pour locataires de pauvres diables qui logent en garni.

« Cependant, depuis assez longtemps, une étrange légende courait avec persistance sur la vieille loqueteuse.

« On prétendait qu'elle n'était point aussi pauvre, aussi misérable qu'elle voulait le paraître, et on la dépeignait comme une horrible avare possédant un gros magot, quelques-uns allaient même jusqu'à dire une véritable fortune.

« Qu'y avait-il de vrai dans cette légende et que faut-il croire de tous ces bruits, de tous ces racontars ? c'est ce que l'enquête commencée par la police ne tardera sans doute pas à nous apprendre.

« Quoi qu'il en soit, il semble déjà parfaitement établi que le meurtre n'a pas eu d'autre mobile que le vol.

« Mais, donnons quelques détails :

« Hier matin, sur les six heures, un des locataires de l'immeuble passait devant la porte de la « femme aux béquilles », quand il crut, tout à coup, entendre quelques plaintes, quelques gémissements.

« Cet homme, d'abord vivement surpris, s'arrêta, prêta l'oreille ; mais, comme ces plaintes et ces gémissements avaient cessé et qu'il n'entendait plus aucun bruit sortir du taudis de la vieille mendiante, il finit par se dire qu'il s'était sans doute trompé et continua son chemin.

« Mais comme, une heure plus tard, le locataire dont nous venons de parler revenait et repassait dans la ruelle, il fut de nouveau frappé par les mêmes plaintes sourdes et par les mêmes gémissements d'agonie.

« Cette fois, il n'y avait plus moyen d'hésiter, plus moyen de douter.

« Il devait certainement se passer chez la « femme aux béquilles » quelque chose d'étrange.

« Tout saisi par cette découverte, l'homme courut réveiller quelques voisins et prévenir le propriétaire.

« Comme on avait déjà frappé plusieurs fois, sans jamais entendre d'autre réponse que ces mêmes râles et ces mêmes plaintes, celui-ci, pour entrer, dut se servir de sa double clé.

« Alors, à la clarté indécise de quelques bougies qu'on avait allumées, un spectacle horrible, un spectacle affreux s'offrit à la vue des gens accourus au secours de la vieille femme.

« A demi dévêtue, comme si elle eût été surprise par son assassin au moment même où elle allait se mettre au lit, celle-ci, les poings crispés et les bras en croix, gisait étendue dans une mare de sang.

« Elle vivait et respirait encore ; mais son regard vitreux qui gardait toujours une expression pleine d'épouvante et d'effroi, mais ses plaintes et ses gémissements qui, de plus en plus, diminuaient et s'éloignaient, prouvaient que la mort allait bientôt venir.

« Cependant, pendant que quelques-uns des voisins couraient chercher en toute hâte un médecin, les autres se penchaient sur la mendiante et essayaient de lui arracher le secret du crime.

« Pouvait-elle entendre les questions qu'on lui posait, ou avait-elle seulement conscience de ce qui se passait autour d'elle ?

« Un moment, on put le croire, car ses lèvres avaient tremblé, ses mains s'étaient agitées... Mais, brusquement, elle eut un dernier spasme, une dernière convulsion, une espèce de cri rauque, et ce fut tout.

« La femme aux béquilles était morte !

« Le commissaire de police d'Asnières, qui avait été immédiatement prévenu, s'empressa d'informer le parquet. A onze heures, le procureur de la République, un juge d'instruction, le chef de la Sûreté et un médecin légiste arrivaient à leur tour sur le théâtre du crime.

« La vieille mendiante, qu'on avait d'abord cherché à étrangler, ainsi que l'attestaient les nombreuses et profondes ecchymoses qu'elle portait autour du cou, avait ensuite été achevée à coups de couteau.

« Soit que l'assassin eût été pressé d'en finir, soit qu'il eût été pris d'une rage de meurtre véritablement effrayante, le cadavre de la victime ne portait pas moins de douze blessures, dont plusieurs, au dire du médecin légiste, étaient mortelles.

« Quant au mobile de ce crime atroce, les magistrats et le chef de la police n'avaient eu qu'à jeter un coup d'œil dans le taudis pour savoir à quoi s'en tenir.

« En effet, il suffisait de voir le matelas éventré, la paillasse vidée, toutes les misérables hardes de la mendiante éparpillées sur le plancher, pour connaître la pensée qui avait armé le bras de l'assassin.

« Le propriétaire et les voisins de la victime, très longuement interrogés, n'ont rien pu apprendre à la justice.

« La « femme aux béquilles » était rentrée hier soir à son heure habituelle, et personne n'a été vu rôdant dans la ruelle ou se présentant chez elle.

« Cependant notons une déclaration assez importante qui a été faite au dernier moment par un honorable habitant d'Asnières.

« Cet homme, qui est venu spontanément trouver le juge d'instruction, lui a fait connaître que la veille de la découverte du crime, et comme il passait devant la maison habitée par la vieille mendiante, il s'est tout à coup heurté à un individu dont les allures semblaient assez étranges.

« Immobile devant la maison, cet individu portait une blouse assez courte et avait rabattu sa casquette sur ses yeux. C'était un homme jeune encore, imberbe et de haute taille. L'air inquiet, il semblait épier et guetter autour de lui comme quelqu'un qui craint d'être surpris.

« Les plus habiles agents de la Sûreté ont été immédiatement jetés sur cette piste, mais est-ce la bonne ?

« Espérons-le... Espérons, dans tous les cas, que cette affaire, qui a causé une profonde émotion à Asnières et dans les environs, ne sera pas aussi « classée » comme tant d'autres. »

Mais les journaux en avaient été pour leurs souhaits, car après quelques semaines de recherches, l'affaire avait dû forcément être « classée », l'assassin de la « femme aux béquilles » étant resté introuvable.

Voici donc déjà un des événements tragiques qui s'étaient accomplis dans l'infect taudis que venait de louer l'inconnue.

Passons à un autre.

A quelque temps de là, un homme, qui avait toutes les allures d'un ancien soldat, était venu habiter à son tour ce même logement.

C'était bien un vieillard aussi, mais non pas, comme la « femme aux béquilles », un vieillard infirme et valétudinaire.

Très vigoureux et très robuste encore malgré ses cheveux blancs, celui-ci avait la chance de pouvoir vivre en travaillant.

Il était employé dans nous ne savons plus quelle usine où il entrait à six heures du matin pour n'en revenir que le soir, les jambes un peu cassées, un peu lasses peut-être, mais le cœur toujours gai et toujours content.

Aussi, comme le dimanche, sa lourde semaine achevée, il ne refusait jamais de trinquer et de rire, s'était-il fait la réputation d'un homme affable et d'un bon vivant.

Mais, brusquement, toute la gaieté du vieillard s'en était allée, et lui qui autrefois aimait tant à rire, lui qui semblait s'accommoder si bravement et si courageusement de la vie, il était devenu presque aussi sauvage que la vieille mendiante.

Non seulement il passait maintenant presque chaque dimanche enfermé chez lui, mais encore si par hasard il s'aventurait dans la rue, le front très sombre et les yeux très rouges, comme s'il avait pleuré, il semblait prendre à tâche de s'isoler et de fuir tout le monde.

Et alors tout le monde se questionna, tout le monde se demanda quelle pouvait être la cause d'une si profonde mélancolie et d'un chagrin si noir.

Hélas ! le secret du pauvre vieux, on n'allait pas tarder à le savoir !...

Un beau matin, comme il y avait déjà plusieurs jours qu'on ne l'avait pas aperçu, les voisins s'inquiétèrent.

Quelques-uns d'entre eux, qui étaient déjà anciens dans la maison et qui se souvenaient toujours de l'assassinat de la « femme aux béquilles », se demandèrent non sans anxiété, non sans effroi, si un nouveau crime n'avait pas été commis dans la maison.

Toutes ces craintes et tous ces pressentiments pouvaient d'autant mieux s'expliquer que dans le taudis du vieillard régnait un silence de mort.

On avait frappé, cogné, mais en vain, et l'on croyait même sentir s'échapper de la chambre une odeur atroce, comme une odeur de cadavre.

Il n'y avait donc plus à hésiter et il fallait absolument savoir à quoi s'en tenir sur ce qui se passait chez ce vieillard.

On prit alors le parti d'entrer, mais la porte était à peine ouverte que les voisins reculèrent épouvantés.

La face horrible et déjà décomposée, les yeux hors des orbites et le corps rigide, le vieillard se balançait, pendu au plafond de son taudis.

Sur la table, il avait laissé un billet qu'il avait écrit de sa main quelques instants avant de mourir :

« Je n'en finis pas avec la vie pour étouffer en moi la voix du remords, car j'ai toujours vécu comme je meurs, c'est-à-dire en honnête homme. Qu'on ne recherche donc pas le motif qui m'a dicté la résolution que je vais prendre. »

Mais, loin de respecter la dernière volonté du mort, ce motif, tout le monde, très intrigué par une fin aussi tragique et aussi inattendue, s'ingéniait à le découvrir.

Certes, le pauvre vieux n'était pas riche, puisqu'il habitait ce taudis et que jusqu'au dernier jour il avait dû, malgré son âge, travailler pour vivre. Mais ce n'était pas non plus la misère noire, la misère sans espoir qui avait dû le conduire au suicide.

D'un autre côté, comme en dépit de ses cheveux blancs, il avait gardé encore toute sa force, toute son énergie et toute sa santé, ce n'était donc pas non plus sa vieillesse qui avait dû lui devenir un fardeau trop lourd à porter.

Alors, quelle était donc la cause de ce chagrin si profond dont il n'avait pas eu le courage de triompher?

Et les voisins, les amis du vieillard étaient de plus en plus intrigués, quand enfin, grâce à une lettre qu'il avait oublié de détruire, ils purent apprendre le secret qu'ils avaient été si curieux de connaître.

Cette lettre avait été écrite, quelque temps auparavant, au pauvre vieux, par son fils unique, capitaine dans un des régiments en garnison sur la frontière de l'Est.

Jusqu'à ce jour, ce fils avait été toute la consolation, toute la fierté et toute l'espérance du vieillard.

Engagé volontaire à l'âge de dix-sept ans, il avait déjà conquis l'épaulette de sous-lieutenant au moment où avait éclaté la guerre inoubliable, la terrible guerre de 1870.

La paralytique regardait très sympathiquement l'inconnue.

Pendant cette dure campagne, le jeune sous-lieutenant avait trouvé dix fois, vingt fois l'occasion de donner les preuves les plus éclatantes de son sang-froid, de sa bravoure et de son courage.

La guerre finie, la paix enfin signée, le jeune homme, tout joyeux, était revenu embrasser son père.

Il était déjà décoré et venait d'être promu capitaine.

Aussi le vieillard, dont le cœur débordait d'orgueil et de bonheur, lui avait-il prédit le plus brillant avenir.

— Oh! tu iras loin! s'était-il écrié dans un accès d'enthousiasme. Un jour, je te verrai général!...

Mais, hélas! cet avenir, qui s'annonçait si beau, si radieux, ne devait pas tenir ses promesses!

Mais, hélas! ce n'était pas la gloire qui attendait le malheureux jeune homme, mais, au contraire, le déshonneur et l'infamie!...

Écoutons-le... lisons la lettre trouvée dans le taudis et qui contenait les déchirants adieux qu'il adressait à son infortuné père :

« Mon cher père,

« Pardonne-moi!... Je vais te porter un coup terrible, un coup mortel peut-être!...

« Quand tu liras cette lettre que j'ai à peine le courage d'écrire, tu n'auras plus de fils, tu n'auras plus d'enfant... je me serai fait sauter la cervelle...

« Oh! pardonne-moi de te briser le cœur ainsi!... pardonne-moi de détruire aussi cruellement tes plus chères espérances!... Oui, pardonne-moi et plains-moi, car je n'ai plus désormais le droit de vivre.

« Oh! tu m'as déjà compris, n'est-ce pas? tu as déjà compris quel homme misérable, quel fils indigne je suis!... Oh! ne me maudis pas, ne te montre pas implacable pour moi, mais laisse-moi te faire à genoux l'horrible aveu qui me remplit de douleur et de honte...

« Père, j'ai eu un moment d'égarement, un moment de folie... Comment te dire cela? Je n'ose pas... Cet affreux mot m'épouvante... Père... j'ai volé!

« Oui, j'ai volé!... oui, j'ai terni ton nom et souillé l'uniforme que je porte!

« Mais, avant de me juger, avant de me condamner, écoute-moi, entends-moi. Peut-être, quand je t'aurai tout dit, mon crime te paraîtra-t-il moins grand et éprouveras-tu encore quelque pitié pour moi ?

« Un jour, j'ai rencontré ici une femme que j'ai aimée, que j'aime encore, et qui, à l'heure qu'il est, est la première à me couvrir de son mépris.

« Oui, c'est pour elle, qui déjà ne s'en souvient plus, c'est pour satisfaire les caprices, les fantaisies et les exigences de cette créature, que j'ai foulé aux pieds tout mon passé d'honnête homme et que j'ai fait bon marché de mon honneur de soldat.

« J'étais pauvre et elle aimait le luxe, les plaisirs... J'étais pauvre et il lui fallait de l'argent, beaucoup d'argent... Et c'est ainsi que je me suis laissé entraîner dans l'abîme où je suis... Et c'est ainsi que j'ai osé porter la main sur la caisse du régiment...

« Et alors le remords et la honte se sont emparés de moi et je n'ai plus vécu...

« Moi qui ne m'étais jamais assis à une table de jeu, je me suis mis à jouer follement, fiévreusement...

« Je comptais sur un hasard, sur une chance inespérée pour regagner les quelques billets de mille francs que j'avais dérobés, les quelques poignées d'or que j'avais jetées à cette femme !...

« Et maintenant mon dernier espoir s'est évanoui... Et maintenant c'est le cerveau plein de vertiges et une sueur froide au front que je pense au châtiment qui m'attend... C'est le conseil de guerre... c'est une condamnation infamante... c'est l'opprobre enfin, l'opprobre non seulement pour moi, mais aussi pour vous, hélas !

« Et voilà, mon père, pourquoi votre fils va mourir !... Je ne veux pas laisser à ce châtiment que j'appréhende le temps de me frapper... Je ne veux pas qu'une flétrissure publique vous force à rougir de moi... Mort, vous pourrez peut-être encore me pleurer, tandis que, vivant, vous ne pourriez plus que me maudire.

« Adieu ! »

Et voilà quel était le terrible secret du vieillard !... Et voilà pourquoi, un beau jour, on l'avait trouvé pendu !...

Mais l'ignoble taudis où nous allons bientôt retrouver l'inconnue, avait vu se dérouler encore d'autres scènes tragiques, d'autres drames terrifiants.

Peu de temps après le suicide du vieil ouvrier, il avait de nouveau été le théâtre d'un crime plus horrible encore que celui qui avait coûté la vie à la vieille mendiante.

On en jugera par les détails ci-dessous que nous continuons d'emprunter aux journaux de l'époque.

« Décidément, écrivaient-ils, le petit taudis d'Asnières, dont nous avons déjà eu plusieurs fois à entretenir nos lecteurs, semble porter malheur aux malheureux qui l'habitent.

« Nous avons déjà parlé en son temps du mystérieux assassinat de cette vieille pauvresse qu'on avait surnommée la « femme aux béquilles » et dont le meurtrier court encore.

« Plus tard nous avons rapporté l'émouvant suicide de ce vieillard qu'un terrible chagrin de famille avait conduit à se donner la mort.

« Et voici maintenant que ce même taudis refait parler de lui !... et voici maintenant que la série rouge y recommence !...

« Mais donnons par le menu tous les détails que nous avons pu nous procurer sur cette nouvelle affaire qui est certainement appelée à prendre place au premier rang des plus célèbres causes judiciaires :

« Il y a aujourd'hui tout juste cinq semaines qu'une jeune femme venait s'installer dans ce hideux taudis qui commence à devenir historique.

« C'était une femme d'environ vingt-cinq à vingt-six ans, blonde, délicate et frêle, et qui attirait tout de suite la sympathie par ses allures presque timides et la profonde, l'incurable tristesse dont était empreinte sa physionomie.

« Elle était venue se loger là avec son enfant, une petite fille de six ans, blonde aussi, délicate et frêle aussi, et qui, chose étrange, ne semblait avoir ni la bruyante gaieté ni l'heureuse insouciance de son âge.

« L'histoire de cette jeune femme, que l'on n'a connue dans tous ses détails qu'après le crime, était vraiment des plus douloureuses et des plus lamentables.

« Restée orpheline de bonne heure et possédant une petite dot, elle avait épousé à dix-huit ans un jeune employé qui avait été son ami et son compagnon d'enfance.

« Grâce à la petite fortune de sa femme et aussi à un modeste héritage qu'il venait de faire, le mari avait pu enfin réaliser le rêve qu'il enviait depuis longtemps, c'est-à-dire qu'il avait pu quitter son emploi et s'établir à son tour.

« Les deux premières années furent des plus heureuses. Le petit commerce prospérait et prenait de jour en jour une extension plus grande ; une petite fille était née, que l'on adorait et dont on se disputait les caresses ; enfin, sans être trop téméraire, on pouvait, semblait-il, attendre l'avenir avec la plus entière confiance…

« Mais, malheureusement, toutes ces joies, toutes ces espérances ne devaient pas être de bien longue durée.

« Mais brusquement, soudainement, un changement étrange s'était opéré dans les habitudes et le caractère du mari.

« D'abord la jeune femme refusa de se rendre à l'évidence et voulut s'aveugler sur le malheur qui la menaçait.

« Était-ce bien vrai que son mari, qui, quelques semaines encore auparavant, l'aimait, l'adorait, ne semblait plus avoir, à présent, que de l'indifférence et de l'éloignement pour elle ?

« Était-ce bien vrai qu'il semblait ne plus s'attendrir et rester insensible aux douces caresses de leur enfant ?

« Était-ce bien vrai, enfin, qu'il ne s'intéressait même plus à ses affaires et qu'il ne semblait plus qu'un étranger chez lui…

« Hélas ! oui, c'était vrai !…

« Oui, cet homme s'était tout à coup lassé de cet existence trop calme, trop paisible, trop tranquille, et, disons-le mot, trop heureuse.

« La fièvre du jeu s'était emparée de lui, despotiquement, tyranniquement, et non seulement la fièvre de jeu, mais encore la soif de tous les plaisirs faciles qu'il avait le regret de n'avoir point connus…

« Moins d'une année après, tous les rêves qu'on avait pu caresser, tous les espoirs dont on avait pu se bercer s'étaient évanouis.

« Le petit commerce, autrefois si prospère et si florissant, avait périclité ; puis la gêne était venue avec toutes ses amertumes et toutes ses humiliations ; puis, enfin, la pire des misères, celle engendrée par e vice et dont on ne se relève pas.

« De chute en chute, l'homme avait fini par rouler jusque dans la boue, jusque dans le ruisseau. Alors, pendant plusieurs années encore, la vie de la pauvre jeune femme n'avait plus été qu'un long supplice et un intolérable martyre.

« Elle n'avait pas connu seulement le froid, la faim, toutes les tortures morales, mais encore, comme toutes les malheureuses femmes d'ivrognes qui redoutent d'être battues, elle avait passé des nuits entières à épier, avec une appréhension terrrible et une angoisse affreuse, le retour de son mari.

« Une première fois, désespérée et à bout de courage, elle s'était enfuie en emportant son enfant... Mais son mari, qui n'avait pas tardé à découvrir sa retraite, était venu implorer son pardon avec un air si humble et si repentant, que les yeux pleins de larmes et le cœur toujours plein de tendresse, elle avait pardonné.

« Mais ce pardon était une faiblesse et cette faiblesse, la malheureuse femme ne devait pas tarder à l'expier.

« En effet, moins de quinze jours après sa rentrée sous le toit conjugal, toute meurtrie, à moitié assommée, elle avait dû s'enfuir de nouveau.

« Et c'est alors qu'elle était venue habiter à Asnières le tragique et ignoble taudis.

« Vivant entre ses quatre murs sombres comme une véritable recluse, elle ne sortait jamais de chez elle que pour faire ses petites provisions de ménage, ou pour livrer ou rapporter les petits travaux de couture qui lui permettaient de subvenir à son existence et à celle de son enfant.

« Depuis la découverte du crime, plusieurs personnes ont raconté au juge d'instruction qu'elles avaient toujours été très vivement frappées de l'air inquiet qu'elle avait toujours dans la rue.

« Toute pâle, elle marchait toujours d'une allure très rapide, se retournant presque à chaque minute, comme si elle eût eu peur de voir soudain surgir en face d'elle quelqu'un qu'elle redoutait.

« Quelquefois aussi, si elle était obligée de s'arrêter, on la voyait demeurer préoccupée, toute distraite, et il n'était pas rare non plus de la voir tout à coup tressaillir avec un geste d'effroi.

« On prenait cela pour un tic nerveux et deux ou trois braves femmes, avec qui elle avait été obligée de se lier, s'amusaient parfois à la plaisanter.

« — Eh bien! qu'avez-vous donc, petite?... Quand on vous parle, vous n'avez jamais l'air d'entendre ce que l'on vous dit, et vous tremblez comme si tout à coup le diable allait surgir derrière vous...

« Quelquefois aussi elles s'amusaient à la taquiner en lui disant : « Vous « êtes trop inquiète, petite ; pour sûr vous avez dû faire quelque mauvais « coup.

« Enfin, d'autres fois, d'autres bonnes femmes lui disaient encore, en la voyant tout à coup frissonner, tout à coup tressaillir, dès que le bruit d'un pas retentissait derrière elle : « Est-ce que, par hasard, « petite, quelqu'un vous en voudrait?... Est-ce que par hasard quelqu'un « voudrait vous faire passer le goût du pain? »

« Et ces bonnes femmes-là ne savaient pas toucher si juste et dire si vrai.

« Depuis que, pour la seconde fois, elle avait dû abandonner son indigne mari, elle ne vivait plus que dans des transes de tous les instants, que dans des appréhensions de toutes les secondes.

« Elle savait bien que le misérable la cherchait et qu'il avait proféré contre elle les menaces les plus horribles, des menaces qu'il était capable de tenir, elle n'en doutait pas.

« Même, depuis qu'elle était venue se cacher dans l'infect taudis, il lui semblait l'avoir déjà rencontré fouillant les rues d'Asnières.

« Cette apparition l'avait jetée dans une terreur si folle que pendant plusieurs jours elle était restée emprisonnée chez elle, sa porte fermée à double tour et guettant, épiant tous les bruits qui semblaient se rapprocher de la maison.

« Enfin elle avait fini par se rassurer et par oublier son épouvante.

« Mais on va voir que la malheureuse femme avait tort.

« Hier soir, entre neuf et dix heures, un homme qu'on n'avait pu s'empêcher de remarquer à cause de ses allures étranges et singulières, stationnait à quelques pas de la petite maison où la jeune femme était venue chercher un refuge avec son enfant.

« Coiffé d'un chapeau de feutre qu'il avait rabattu sur ses yeux, et vêtu d'un long pardessus qui l'enveloppait tout entier, on l'aurait vu demeurer longtemps immobile à la même place.

« Très pâle, le regard mauvais, les lèvres crispées, tous ceux qui avaient pu le voir de près n'avaient pu s'empêcher d'emporter une vague inquiétude de sa rencontre.

« Enfin, tout à coup, on l'avait aperçu entrer vivement et presque courant dans la ruelle...

« Quelques personnes qui s'étaient arrêtées à quelque distance pour l'observer, s'étaient alors rapprochées les unes des autres.

« Et on s'était alors interrogé :

« — Avez-vous vu cet homme ?

« — Oui. Un drôle de particulier !

« — J'ai vu son regard et son regard faisait peur... J'ai cru même entendre qu'il grommelait des menaces entre ses dents...

« — C'est bien possible. D'ailleurs, si cet individu avait eu de bonnes intentions, il ne serait pas resté planté là avec les yeux si obstinément et si étrangement fixés sur cette maison...

« — Et il n'aurait pas non plus disparu tout à coup en courant. Il faut donc croire qu'il guettait quelqu'un...

« — Où qu'après avoir longtemps hésité il a pris une brusque résolution. Aussi ne serais-je pas autrement surpris si l'on venait m'apprendre que quelque scène tragique, que quelque drame sanglant s'est déroulé ici ce soir...

« Et les quelques personnes qui venaient d'échanger ainsi leurs réflexions, allaient se séparer, lorsque, soudain, elles s'arrêtèrent toutes pâles, toutes saisies...

« Le drame sanglant qu'on avait pressenti venait en effet de s'accomplir, et dans le grand silence de la rue un cri terrible, un cri qui aurait fait passer un frisson d'effroi dans les veines du plus brave, s'était élevé :

« — Au secours !... A moi !... Au secours !...

« On se précipita vers la ruelle d'où ces cris semblaient venir.

« On y trouva, le visage et les vêtements inondés de sang, la gorge ouverte, la malheureuse jeune femme que son mari avait enfin retrouvée et qu'il venait d'assassiner.

« La victime déjà râlait, déjà agonisait... Elle ne put faire qu'un geste elle ne put prononcer qu'un mot: « Là!... là!... »

« C'était le taudis qu'elle montrait... le taudis où retentissaient aussi des cris désespérés, des appels terribles et déchirants.

Son plus grand souci était de faire danser l'anse du panier.

« Des voisins, des passants s'y précipitèrent et ne purent retenir un cri d'horreur.

« Étendue dans une mare de sang, la petite fille ne donnait déjà plus signe de vie, et non loin d'elle, serrant encore dans sa main crispée le long couteau qui lui avait servi à égorger ses deux victimes, le meurtrier, qui s'était fait justice lui-même, se débattait dans les dernières étreintes de l'agonie.

« Tel est le dernier drame qui vient de se dérouler dans le sinistre taudis et qui a causé, — nous n'avons pas besoin de le dire, — une très vive émotion à Asnières. »

Mais la femme inconnue que nous avons vu les uns appeler la mère Jean et les autres Virginie, ne savait rien de tout ce passé tragique.

D'ailleurs, comme nous le verrons plus tard quand nous aurons fait plus ample connaissance avec elle, n'aurait-elle rien ignoré de ces histoires qu'elle n'était pas femme à être superstitieuse et à s'émouvoir pour si peu.

Comme il faisait maintenant nuit noire, nuit complète, elle alluma une chandelle, puis s'étant approchée de la table, elle fouilla dans sa poche et en retira lentement et avec précaution une lettre dont l'enveloppe était fermée.

La suscription, écrite d'une écriture élégante et fine, était ainsi conçue :

Madame veuve Desjardins, à Asnières.

Alors, les yeux toujours fixés sur la lettre, la femme eut un sourire étrange :

— Mme Desjardins ! murmura-t-elle. Une vieille impotente qui a le sac... Et très bonne, très confiante, très facile, en un mot, à fourrer dedans... Si tous ces renseignements sont exacts, je ne pouvais pas mieux tomber...

« D'ailleurs, ajouta-t-elle pendant que son visage prenait une effrayante expression de cupidité, d'ailleurs je suis lasse, archi-lasse de mener cette vie de crève-faim et de sans-le-sou... Oui, je suis lasse d'avoir toujours mes poches vides, et puisque cette femme est riche, il faudra qu'elle m'aide à les remplir... »

Elle fit plusieurs tours dans le taudis, toute songeuse, toute pensive, puis, comme l'enfant ronflait déjà depuis longtemps à poings fermés, elle souffla la chandelle et se coucha à son tour.

XVI

Mᵐᵉ DESJARDINS

C'était, non loin de la gare d'Asnières, et non loin de l'endroit où plus tard la mère Berland et sa bande devaient se retrouver une fois leur crime commis, une assez jolie maison d'apparence bourgeoise enfouie et perdue au fond d'un jardin.

La vieille femme qui habitait là était, comme l'infortunée Mᵐᵉ Dessaigne, la créature la meilleure et la plus charitable.

On l'appelait Mᵐᵉ Desjardins et elle pouvait avoir environ soixante-huit à soixante-dix ans.

Les deux jambes complètement paralysées et condamnée depuis plusieurs années déjà à ne plus vivre que clouée dans un fauteuil, elle ne faisait pourtant jamais entendre ni un murmure, ni une plainte.

Ceux qui la connaissaient le mieux racontaient qu'elle avait eu une existence bien triste et bien douloureuse.

D'abord restée veuve à la suite d'un de ces terribles accidents de chemin de fer qui semblent devenir de plus en plus fréquents, elle avait eu aussi l'immense chagrin, l'immense douleur de perdre presque en même temps ses deux fils qu'elle adorait.

L'aîné, victime de la science, comme Crampel et tant d'autres vaillants explorateurs, avait trouvé la mort au cours d'une mission périlleuse dont il avait été chargé en Afrique.

Le cadet, victime du devoir, était mort en combattant pour la France contre les pirates du Tonkin.

Il ne lui restait donc plus aujourd'hui de tous les siens que l'enfant de son fils aîné, que sa petite-fille Berthe, une belle et charmante jeune personne de dix-sept à dix-huit ans, sur laquelle elle avait reporté toute sa tendresse et toute son affection.

Mais nous nous trompons : pour se sentir moins seule dans la vie, Mme Desjardins avait encore auprès d'elle sa vieille bonne, la vieille Catherine qui toujours grognait, qui toujours ronchonnait, mais qui, sous ses apparences de gendarme, cachait le cœur le plus exquis et le dévouement le plus absolu.

Or, le lendemain du jour où nous avons rencontré la femme inconnue errant à travers les rues d'Asnières, Mme Desjardins était seule dans sa chambre quand tout à coup la porte s'ouvrit avec tant de fracas, qu'elle ne put s'empêcher de tressaillir.

C'était précisément sa vieille bonne, c'était précisément la vieille Catherine qui, toute rouge, l'air furieux, venait d'entrer.

— Eh bien ! qu'est-ce donc? demanda Mme Desjardins avec surprise.

— Madame, c'est une femme qui demande à vous parler... une femme que je ne connais pas et qui ne marque pas bien...

Mais le regard de Mme Desjardins était devenu plus sévère.

— Catherine, vous savez bien que je vous ai déjà défendu de vous exprimer ainsi...

— Mais, madame...

— Oui, je vous l'ai déjà défendu et je vous le défends encore... Cette femme n'est peut-être pas bien vêtue, mais si elle est pauvre et malheureuse, ce n'est pas une raison pour avoir sur elle des soupçons injurieux.

— Oui, oui... Oh! je sais bien que l'habit ne fait pas le moine, dit la vieille Catherine. Mais ça ne fait rien, celle-là a un air qui ne me revient pas du tout... Enfin, ajouta-t-elle, si madame veut que je la fasse entrer...

— Oui, tout de suite, répondit Mme Desjardins.

Et la vieille bonne se retira lentement, en mâchonnant entre ses dents :

— Bon!... bon... On va lui dire... Mais si ça me regardait, c'est moi qui vous flanquerais ça à la porte !...

Quelques minutes s'écoulèrent; puis la porte se rouvrit et la femme que nous connaissons apparut.

Pour toute autre que l'excellente Mme Desjardins, cette femme, en effet, n'eût pas manqué d'être suspecte, non pas, bien entendu, à cause des vêtements sordides qu'elle portait, mais à cause de tout ce que l'on croyait deviner d'hypocrite et de louche dans son attitude et dans son regard.

L'air timide, très humble, elle était d'abord restée sur le seuil comme si elle n'osait pas faire un pas de plus; mais, les paupières baissées, elle avait fait l'inventaire de la chambre élégante et riche dans laquelle elle se trouvait.

D'un signe plein de bienveillance, Mᵐᵉ Desjardins venait déjà de l'inviter à s'avancer.

Puis, de sa voix très douce et un peu lente :

— On vient de me dire que vous aviez demandé à me parler.

— Oui, madame.

— Veuillez donc vous asseoir ici près de moi et m'apprendre en quoi je pourrais avoir le plaisir de vous être utile.

La visiteuse venait de s'asseoir dans un fauteuil, en face de Mᵐᵉ Desjardins.

Les yeux toujours baissés, l'air toujours profondément hypocrite, elle demeura pendant quelques secondes silencieuse, puis enfin, à voix basse:

— Je suis la personne qu'une de vos amies, que Mᵐᵉ Lombard a bien voulu vous recommander, répondit-elle.

— Madame Caron?

— Oui, madame.

— Mais pourquoi ne vous êtes-vous pas annoncée tout de suite?... Mais je vous attendais! s'écria la vieille dame dont l'accent semblait être devenu subitement plus sympathique encore.

Et presque aussitôt elle ajouta :

— Je vous attendais même depuis la semaine dernière, et comme je ne vous voyais pas venir, j'avais presque fini par croire que vous aviez peut-être réfléchi...

— Oh! non, madame, et je suis, au contraire, bien contente de trouver un aussi bon accueil chez vous, dit la femme toujours très doucereuse, toujours très mielleuse. Mais, comme vous le savez, on ne peut pas, malheureusement, faire toujours comme l'on veut, et j'avais certaines petites affaires à régler avant de quitter Paris.

— Est-ce que vous êtes arrivée seulement de ce matin à Asnières?

— Non, madame, je suis arrivée hier et j'ai loué une petite chambre là-bas, dans une vieille maison, tout près de la Seine. J'ai même dû vider toutes mes poches pour pouvoir payer à la propriétaire le mois qu'elle me demandait d'avance.

— Bon! bon! fit amicalement Mme Desjardins. Ce sont là des frais qui me regardent et dont je vous rembourserai tout à l'heure.

« Mais voyons, ajouta-t-elle, causons un peu et tâchons de faire en quelques mots plus ample connaissance.

« Mme Lombard m'a écrit que vous aviez eu le malheur de perdre votre mari depuis de longues années déjà?

— Oui, madame, fit la femme avec un long soupir, depuis de longues années déjà... Oh! si le pauvre homme était encore de ce monde, je n'aurais pas été si malheureuse, si à plaindre.

— Et que faisait-il, votre mari? Quelle était sa profession?

C'était là une question très simple, et cependant la femme semblait très gênée, très embarrassée.

— Il était chauffeur, madame...

— Chauffeur?

— Oui, madame, chauffeur dans une usine de la Villette. Oh! sans mentir, je puis bien dire que c'était le plus honnête homme, le plus brave homme de la terre.

— Comment est-il mort? D'un accident peut-être?

Maintenant, à chaque mot qu'elle disait, la femme semblait hésiter.

— D'un accident? non, madame. Mais voici ce qui s'est passé, répondit-elle lentement et le regard fixé devant elle comme si elle fouillait dans ses souvenirs.

« Depuis quelque temps déjà mon pauvre homme changeait tous les jours. Tous les jours, en effet, il me paraissait plus pâle, plus faible, plus abattu. Tout le monde, d'ailleurs, était frappé de l'altération de ses traits et de l'étrange changement qui s'opérait en lui.

« C'est ainsi que presque chaque jour nos amis ou nos voisins me disaient : Madame Caron, vous feriez bien de faire attention à votre mari. Nous savons bien que vous êtes une brave femme et que lorsque vous l'interrogez, il vous répond toujours qu'il ne sent rien et qu'il n'a rien, mais c'est égal, ouvrez l'œil, car il ne s'agit que d'y voir clair pour s'apercevoir qu'il doit filer un très vilain coton.

« Je lui avais bien déjà dit plusieurs fois de prendre un repos de quelques jours, mais il n'avait jamais voulu entendre de cette oreille-là.

« — Me reposer ! mais tu n'y penses pas, ma pauvre femme, me répondait-il. Mais que deviendrions-nous, sans argent devant nous, sans écono-

mies, si j'étais obligé de suspendre le travail pendant seulement une huitaine de jours?.

« Et puis, ajoutait-il, il ne faut pas non plus s'exagérer les choses et
se tourmenter pour des riens comme tu le fais.

« Évidemment je ne suis plus tout à fait aussi robuste et aussi solide
qu'il y a quelque temps, et je m'aperçois bien que j'ai quelquefois une
fichue mine... Mais bah! ce ne sera probablement qu'un malaise de quelques jours, de quelque temps, et je te répète que tu aurais bien tort de
t'alarmer pour si peu. »

« Ainsi me parlait le pauvre homme, et je suis convaincue qu'il était
de bonne foi et qu'il ne se croyait pas aussi malade qu'il l'était réellement.

« Mais un beau jour je le vis revenir à la maison quelques heures à
peine après qu'il était parti pour son travail...

« Tout pâle, tout défait, le front en sueur, les yeux étincelants de
fièvre, il me fit peur.

« Et il était si faible, si faible qu'il pouvait à peine se traîner.

« — Je ne sais pas ce que j'ai, mais je ne me sens pas bien aujour-
d'hui, ma pauvre femme, me dit-il avec un sourire si triste que je ne pus
m'empêcher de pleurer.

« Il se coucha, et ne se releva plus...

En prononçant ces dernières paroles, la femme venait de porter vivement son mouchoir à ses yeux.

Elle avait l'air d'être sous le coup d'une grande émotion, d'une violente douleur, et cependant ses yeux restaient secs et elle n'avait pas une
larme.

Mme Desjardins, certainement beaucoup plus émue qu'elle, essayait
de la consoler.

— Oui, oui, je sais ce que c'est, fit-elle vivement et la voix un peu
tremblante. Moi aussi j'ai passé par là... Moi aussi j'ai connu dans ma
vie des heures terribles... Mais n'est-on pas obligé de se faire une raison?...
Voyons, voyons, ne vous désolez pas ainsi, je vous en prie.

Levant les yeux au ciel et poussant de lourds soupirs, la femme joua
pendant un instant encore son infâme comédie, puis doucement, et son
regard hypocrite évitant toujours avec soin le regard plein de franchise
de Mme Desjardins, elle reprit :

— Quand j'y pense, mon Dieu, quand j'y pense !... Comment ai-je pu trouver la force de supporter tout ce que j'ai souffert à ce moment-là et tout ce que j'ai souffert depuis ? Comment ne suis-je pas morte aussi de chagrin et de désespoir ?

« Mon pauvre homme parti, mon existence ne fut plus qu'une existence de privations et de misères.

« Oh ! je ne suis pas une feignante et le travail, grâce à Dieu, ne m'a jamais fait peur ; mais le travail je n'en trouvais pas tous les jours, et celui que je trouvais, le plus souvent, me rapportait si peu que c'était à peine si j'avais de quoi m'acheter du pain.

« Aussi regardez-moi !... Est-ce qu'on ne me donnerait pas au moins dix ans de plus que mon âge ?

— Quel âge avez-vous ?

— Quarante-quatre ans, mais j'ai déjà les joues creuses et le front ridé comme une femme qui en aurait soixante... Et voyez ma pauvre robe, mon unique robe... Je l'ai déjà si souvent raccommodée, si souvent rapiécée, que je n'ose plus la porter et que j'en ai honte... Oh ! oui, j'ai bien besoin d'être un peu plus heureuse et de gagner plus largement ma vie...

Et, cette fois encore, l'étrange femme porta son mouchoir à ses yeux et fit semblant d'essuyer des larmes qui ne coulaient pas.

Mais, subitement elle tressaillit et jeta sur Mme Desjardins un regard presque effrayé.

Cependant la question que venait de lui poser la bonne vieille dame était bien la plus naturelle et la plus simple du monde.

Elle venait de lui demander :

— Est-ce que vous n'avez eu que cet enfant... que ce petit garçon dont Mme Lombard m'a parlé ?

Eh bien ! pourtant, chose assurément très étrange, il n'en avait pas fallu davantage pour que cette femme fût si profondément troublée.

Pourquoi ?

Que ce cachait-il donc sous ce trouble qu'elle parvenait à peine à dissimuler ?

Pourquoi donc enfin avait-elle si soudainement changé de visage, et pourquoi donc tous ses traits s'étaient-ils si violemment contractés ?

Elle fit cependant un violent effort pour se remettre, puis, la voix très sourde, même un peu tremblante :

On rencontrait Adolphe sur le bord de la Seine avec les pires rôdeurs d'Asnières

— Non, madame, répondit-elle, j'ai eu aussi une petite fille belle comme les anges, mais je l'aimais trop, je l'adorais trop, et je crois que cela m'a porté malheur...

— Vous l'avez perdue?

— Je l'ai perdue qu'elle n'avait pas encore deux ans...

— Et votre fils... et votre garçon, quel âge a-t-il?

— Il a dix ans, madame.

— Comment s'appelle-t-il?

— Adolphe.

— Et je ne vous demande pas si c'est un bon sujet, n'est-ce pas?

— Oh! oui, madame, oh! certainement, il faudrait que je sois bien injuste pour me plaindre de lui... Le pauvre petit! il est si bon, si doux, si affectueux!...

— Pourquoi ne l'avez-vous pas amené?

— J'y ai bien pensé, mais au dernier moment je n'ai plus osé...

— Si! si! il faudra me l'amener, et si réellement il est bien gentil, comme je n'en doute pas, nous verrons à nous occuper de lui, en attendant que plus tard, lorsqu'il sera un homme, il puisse à son tour s'occuper de vous...

Le visage de la femme venait de reprendre son expression pleine d'hypocrisie, puis joignant vivement les mains :

— Oh! madame, s'écria-t-elle, comment pourrais-je jamais reconnaître toutes les bontés que vous avez pour moi, ou plutôt que vous avez pour nous!...

Mais Mme Desjardins ne l'avait pas même écoutée.

Elle venait de reprendre :

— Vous savez, n'est-ce pas, dans quelles conditions vous entrez à mon service?

—Oui, madame... D'ailleurs, ces conditions, je les ai déjà acceptées...

— Je vous donnerai la nourriture et cinquante francs par mois...

—C'est bien beau!

— De plus, comme je m'y suis engagée, je vous défrayerai de vos frais de location...

— Oh! madame, encore une fois, c'est trop beau... Vous êtes trop bonne! s'écria la femme qui, cependant, au fond, n'était peut-être pas aussi touchée qu'elle voulait le paraître.

— Maintenant, continua Mme Desjardins, vous le savez aussi, mais je tiens à vous le rappeler : ce n'est pas ici un ménage bien lourd ni une maison où il y a beaucoup de peine, car je ne reçois jamais personne et je vis toute seule avec une petite-fille, avec Berthe dont vous ferez connaissance dans un moment.

« D'un autre côté, je ne suis pas exigeante et, comme vous le verrez plus tard, il n'est pas très difficile de me satisfaire.

« Mais tout à l'heure vous avez vu ma vieille bonne, ma vieille Catherine?...

— Oui, madame, et j'ai senti que je l'aimerais tout de suite, car elle a l'air d'une bien brave femme...

— Eh bien ! pendant quarante ans Catherine m'a servie avec une fidélité et un dévouement que je ne puis jamais me rappeler sans me sentir profondément émue.

— Je le crois.

— Elle n'est pas seulement une brave femme, comme vous venez de le dire, mais aussi une très courageuse et très vaillante femme.

« Elle ne se plaint pas, jamais je ne l'ai entendue se plaindre.

« Mais je ne suis pas aveugle et je m'aperçois bien, malgré qu'elle voudrait me le cacher, que chaque jour ses forces faiblissent et s'épuisent...

« Il s'agira donc de lui aider un peu et de prendre la moitié de sa peine. Par conséquent, ce que vous aurez à faire ici ne sera pas bien pénible...

Mme Desjardins fit une pause, puis tout à coup :

— Ah ! j'oubliais ! s'écria-t-elle. Il faut aussi que je vous prévienne d'une chose... Ma vieille Catherine a le cœur sur la main, mais elle est comme tout le monde, c'est-à-dire qu'elle n'est pas parfaite et qu'elle a aussi ses petits travers et ses petits défauts...

— En effet, qui n'a pas les siens ?

— Elle est un peu grondeuse, un peu ronchonneuse... Il faudra donc ne pas faire attention à ça et ne pas avoir l'air de vous apercevoir de ce qu'elle pourra quelquefois marmotter entre ses dents.

« Du reste, je suis bien convaincue que vous vivrez en bonne intelligence et que vous ne tarderez pas à devenir toutes les deux de véritables amies...

— Et moi aussi, madame, j'en suis bien sûre, répondit la femme.

D'ailleurs, je sais bien qu'il faut passer quelque chose aux vieilles gens et je ne crois pas non plus avoir un trop mauvais caractère.

Et tout en parlant elle venait de sortir de sa poche la lettre que, la veille, elle avait pendant un moment tenue dans ses mains.

Elle la tendit à Mme Desjardins puis ajouta :

— Au surplus, madame, voici une lettre que Mme Lombard m'a chargée de vous remettre et qui doit contenir d'autres renseignements sur moi.

La vieille dame avait pris la lettre et lentement elle lut ce qui suit :

« Chère Madame Desjardins.

« Mme Caron, que j'avais pris la liberté de recommander à votre bienveillance, est enchantée des propositions que vous avez bien voulu lui faire.

« Cinquante francs par mois, la nourriture et ses frais de location payés, c'est positivement pour elle une fortune.

« Aussi va-t-elle partir dès demain pour Asnières, et en attendant qu'elle vous remercie elle-même je voudrais aussi, en ce qui me concerne, vous remercier de m'avoir aidée à faire une bonne action.

« Depuis environ deux ans, Mme Caron et son enfant, le petit Adolphe, venaient me voir de temps à autre, et comme ils me paraissaient très dignes d'intérêt, je faisais pour eux tout ce que je pouvais faire.

« Mais, malheureusement, ce n'étaient pas les petites besognes que je réussissais parfois à lui procurer qui pouvaient suffire à ses besoins et à ceux de son enfant... Mais, grâce à vous, chère Madame, les voilà maintenant tous les deux sauvés et à l'abri de la misère.

« Je dois ajouter aussi que vous auriez eu, je crois, beaucoup de peine à faire un meilleur choix.

« Mme Caron n'est pas seulement d'une probité et d'une moralité exemplaires, mais c'est encore une travailleuse infatigable.

« Enfin, avec elle, vous aurez affaire à une nature très droite, très franche, et à cœur plein de gratitude et qui n'oubliera jamais, soyez-en bien persuadée, les services que vous aurez pu lui rendre.

« C'est donc avec la certitude que vous n'aurez jamais le moindre reproche à leur faire, que je me fais un devoir de vous recommander une fois de plus mes deux intéressants protégés. »

La paralytique venait de replier la lettre et regardait très sympathiquement l'inconnue.

Il y eut alors un moment de silence, puis avec un sourire :

— Eh bien ! c'est entendu, dit-elle, dès maintenant vous êtes de la maison, et pour commencer, je vais vous présenter à Catherine.

Mme Desjardins tira un cordon de sonnette qui se trouvait à côté de son fauteuil, puis quelques secondes après la vieille bonne apparut.

— Madame m'a appelée ?

— Oui, Catherine, j'ai une nouvelle à vous apprendre...

— Une nouvelle ?

— Ou plutôt je veux vous faire part d'une idée qui m'est venue...

La vieille bonne regardait sa maîtresse, mais elle était à cent lieues de comprendre.

— Depuis quelque temps, Catherine, reprit Mme Desjardins, je me suis aperçue que vous faisiez un peu au-dessus de vos forces.

— Moi, madame !

— Oui, ma bonne Catherine, vous êtes peut-être un peu trop courageuse pour votre âge... Oh ! je sais bien que vous n'en conviendrez pas, mais enfin, je sais ce que je dis...

La vieille servante était devenue tout à coup toute pâle et dans ses yeux des larmes avaient brillé...

— Alors, madame me renvoie... madame entend désormais se passer de mes services ? fit-elle la voix sourde et les lèvres tremblantes. C'est bien... Oh ! j'aurai vite fait mon paquet... Mais c'est égal, qui m'aurait dit qu'un jour Madame me chasserait !...

Et, cette fois, elle eut beau se roidir, elle eut beau faire appel à toute son énergie et à toute sa volonté, la vieille Catherine ne put s'empêcher d'éclater en sanglots.

Mme Desjardins s'était mise à rire, mais on sentait qu'elle était profondément touchée, profondément émue.

Quant à la protégée de Mme Lombard elle avait eu un imperceptible mouvement d'épaules, tandis que, pendant une seconde, ses lèvres s'étaient crispées d'un mauvais sourire.

— Ah ! je reconnais bien là ma Catherine ! s'écria Mme Desjardins qui affectait de rire toujours pour donner le change sur son émotion. Quelle mauvaise tête vous me faites !... Qui vous parle de vous renvoyer, de vous chasser? Est-ce que vous ne savez pas que vous êtes ici chez vous, que cette maison est la vôtre et que vous ne la quitterez jamais! — Est-ce que je ne vous l'ai pas déjà dit cent fois, mille fois?... Voyons, Catherine, dépêchez-vous d'essuyer vos yeux et de me répondre...

Mais la vieille servante était encore trop suffoquée pour pouvoir dire un seul mot.

Alors, toujours avec une grande bonté et une grande bienveillance, Mme Desjardins reprit :

— Tâchons donc de parler raison et de ne pas dire des bêtises. Non seulement je n'ai jamais pensé et je ne pense pas à me priver de vos services, mais encore je voudrais que ces services deviennent un peu moins pénibles pour vous.

« Et c'est alors que j'ai eu l'idée, ou pour mieux dire que nous avons eu l'idée, car Berthe, car ma petite-fille, était bien un peu ma complice, de prendre, pour vous donner un coup de main et vous aider un peu, la brave femme que vous voyez là...

La vieille Catherine venait de jeter un coup d'œil plein de colère sur l'inconnue, mais, soudain, elle eut comme un brusque sursaut, comme un violent tressaillement.

Et elle restait si saisie, que Mme Desjardins s'en aperçut.

— Eh bien! qu'avez-vous donc? demanda-t-elle.

— Rien, rien, balbutia-t-elle.

Mais, malgré elle, son regard revenait toujours vers l'inconnue, qui maintenant, très pâle, ne ricanait plus.

— Ainsi donc, voilà qui est entendu, qui est convenu, reprit la vieille dame. Mme Caron, qui est d'ailleurs une bonne mère de famille et une excellente femme, viendra chaque jour s'occuper avec vous des petits soins du ménage...

« Allons, maintenant, allez toutes les deux, ajouta-t-elle sur un ton de bienveillance extrême. Et vous, ma bonne Catherine, faites-moi le plaisir d'être plus raisonnable...

Et les deux femmes sortirent laissant seule Mme Desjardins.

XVIII

OU L'ON RETROUVE LA MÈRE BERLAND

Cependant la vieille servante s'était retirée dans sa cuisine toute reluisante de propreté, toute gaie de bien-être, et plus vive et plus alerte que jamais elle s'occupait à préparer le déjeuner.

La protégée de Mme Lombard, qui était restée derrière elle, immobile et les bras ballants, semblait toujours attendre qu'elle lui adressât la parole.

Mais la vieille Catherine, qui ne lui avait pas même jeté un coup d'œil, continuait à attiser son feu ou à remuer ses casseroles sans desserrer les dents.

Tout à coup la femme eut enfin un mouvement d'impatience, presque de colère, mais elle se contint, et la voix très doucereuse :

— Voulez-vous me dire ce que je dois faire ? demanda-t-elle.

— Je n'en sais rien... Ce que vous voudrez, répondit brutalement la vieille servante.

Puis se retournant brusquement, tout d'une pièce :

— Dites donc, fit-elle en ne quittant pas des yeux la protégée de Mme Lombard, comment Madame vient-elle de me dire que vous vous appeliez ?

— Mme Caron.

— Mme Caron ?... Tiens, c'est drôle !... J'aurais plutôt cru que vous deviez vous appeler la mère Jean...

La femme avait eu un léger frisson, un imperceptible tressaillement.

— La mère Jean ?... vous vous trompez, fit-elle très calme.

— C'est pourtant extraordinaire comme vous lui ressemblez...

— Vraiment ! dit la femme avec un sourire.

— Oui, oui, dit la vieille Catherine toujours méfiante, on peut dire que vous lui ressemblez comme deux gouttes d'eau... Oui, ce serait bien à peu près le même âge, et c'est la même taille, le même regard, le même teint, la même voix... Aussi, quand je vous ai aperçue tout à l'heure n'ai-je pu m'empêcher d'avoir un soubresaut et de me dire : « C'est la mère Jean ! »

— Non, non, je suis Mme Caron, et je ne sais pas ce que c'est que cette mère Jean dont vous venez de me parler...

— Vous n'avez donc jamais habité Asnières ? dit la vieille femme en dévisageant toujours son interlocutrice.

— Non, c'est la première fois que je l'habiterai... J'arrive de Paris...

— De Paris ?

— Oui, et je ne suis ici que depuis hier.

La vieille Catherine resta un moment pensive, puis enfin très vivement :

— Alors, puisque vous n'êtes pas la mère Jean, vous m'excuserez, n'est-ce pas ? dit-elle, car la mère Jean, que tout le monde ici a connue, n'était pas quelque chose de bien propre et de bien catholique...

— Ah ! fit lentement la femme dont le regard venait de s'allumer d'un éclair.

— C'était une gueuse, une vaurienne, une propre-à-rien... Aussi, encore une fois, vous me pardonnerez d'avoir pu vous confondre avec elle... D'ailleurs, on peut bien se ressembler par le visage et par les allures sans avoir heureusement les mêmes sentiments et le même caractère...

— Évidemment.

— Et puis, malgré cette ressemblance qui existe entre vous et elle et qui m'a si vivement frappée, j'aurais bien dû m'apercevoir plus tôt, si je n'étais pas une vieille bête, que je devais me tromper.

« En effet, cette mère Jean dont je vous parle, cette coquine qui ne valait pas, comme on dit, les tripes d'un chien crevé, a déguerpi d'Asnières il y a des années et des années...

« Quand je dis qu'elle a déguerpi d'Asnières, je me trompe, car, la vérité, ce n'est pas tout à fait de bonne volonté qu'elle nous a fait le plaisir de nous montrer ses talons.

« Mais, comme sans parler de ses autres qualités, c'était une paresseuse et une fainéante comme on n'en voit pas beaucoup, et comme, d'un autre côté, on ne peut tout de même pas se passer de manger bien qu'on ait mal aux coudes, elle était arrivée à faire ici des dettes partout, des dupes partout...

« Et alors elle ne pouvait plus montrer son nez dans la rue, elle ne

Le Rouquin excellait surtout dans le coup du père François.

pouvait plus faire un pas dehors, sans avoir aussitôt à ses trousses toute
une meute de créanciers...

« Quand elle était à jeun, ce qui était rare, elle s'en tirait encore en
faisant la bête; mais quand elle était ivre, elle voulait se montrer inso-
lente et alors les choses se gâtaient et c'étaient des scènes terribles, de
véritables scandales...

« Non, non, si je n'étais pas une vieille folle, je n'aurais pas dû tout à
l'heure me tromper à ce point... La mère Jean!... Ah! il n'y a pas de
danger que, malgré tout son toupet, elle revienne se frotter ici.

Puis, brusquement, la vieille Catherine ajouta :

— Mais n'en parlons plus... Tout ce que je vous demande seulement,
c'est de ne pas me garder rancune d'avoir pu vous confondre avec cette
vilaine créature...

— Non, car, je ne vous en veux pas, répondit la femme avec un
sourire.

Mais un moment plus tard et comme la vieille servante venait de la
laisser seule pour répondre à un appel de Mme Desjardins, son visage se
couvrit subitement d'une pâleur mortelle et son œil étincela de colère.

Puis, se redressant tout à coup :

— La mère Jean!... La mère Jean! murmura-t-elle. Oui, c'est déjà
ce nom-là qu'on me jette à la face... Oui, c'est déjà de ce nom-là qu'on
me soufflette!...

« Hier, quand je passais sur le boulevard Voltaire, c'était ce nom-là
que ces femmes et ces filles chuchotaient et murmuraient entre elles...
Oh! je l'ai bien compris, je l'ai bien deviné...

« Et d'autres aussi l'avaient sur les lèvres, des passants que je voyais
se retourner sur mon chemin...

« Puis, comme si ce nom ne suffisait pas, là-bas, dans cette guin-
guette, on m'a aussi jeté l'autre : « Virginie! Virginie! » hurlait cet
ivrogne.

« Ainsi je m'étais donc trompée?... Ainsi j'avais tort de croire que
mon souvenir s'était perdu, effacé?... Ainsi j'étais donc stupide quand je
me berçais de l'espoir qu'après huit ans d'absence on ne me reconnaîtrait
plus!...

Elle croisa les bras, son regard devint plus sombre, puis, soudain,
elle eut un grand éclat de rire cynique.

— Eh bien ! oui, s'écria-t-elle, je suis la mère Jean !... la mère Jean Berland ! s'écria-t-elle... Eh bien ! oui, je suis cette Virginie, cette prostituée et cette voleuse que cet ivrogne, hier, reconnaissait et appelait !...

« Oui, oui, je suis la mère Jean... Oui, je suis cette femme que l'on exècre et que l'on méprise... Et après ?

Et la mère Berland, — que le lecteur avait certainement déjà reconnue, lui aussi, dans la prétendue Mᵐᵉ Caron, — la mère Berland, l'œil fixe, songeait, réfléchissait, évoquant tous les souvenirs de sa vie depuis ces huit années qui venaient de s'écouler.

Pendant ces huit années, elle avait continué sa vie de paresse, d'expédients et de débauches. Aussi la misère, qu'elle n'avait pas le courage de vaincre, s'était-elle abattue chaque jour plus lourdement et plus impitoyablement sur elle.

Elle avait bien, de temps à autre, trouvé le moyen de s'employer et de gagner un salaire suffisant pour subvenir à ses besoins et donner du pain à ses enfants. Mais elle était toujours si sale, si répugnante et elle s'enivrait si souvent qu'il lui était impossible de rester nulle part.

Elle avait bien pu aussi, grâce à toutes sortes de ruses et d'hypocrisies, réussir à intéresser à son sort quelques personnes charitables, quelques bonnes âmes compatissantes. Mais ce n'étaient pas cependant ces maigres secours et ces maigres aumônes qui pouvaient lui permettre de vivre.

Aussi avait-elle accepté, avec le plus grand empressement et la plus grande joie, la place que Mᵐᵉ Desjardins lui avait offerte par l'entremise de Mᵐᵉ Lombard.

Une seule chose l'avait un peu inquiétée, un peu préoccupée : Retourner à Asnières où elle avait laissé de si tristes et de si déplorables souvenirs, n'était-ce pas peut-être un peu trop téméraire, un peu trop hardi ?

N'allait-elle pas s'exposer à de nouvelles vilenies qui la démasqueraient aux yeux de Mᵐᵉ Desjardins, aux yeux de cette bonne bourgeoise qui voulait bien accepter ses services parce qu'elle ne la connaissait pas ?

Mais une réflexion fit taire sur-le-champ tous ses scrupules et cesser toutes ses hésitations.

— Il y a huit ans, oui, huit longues années que j'ai quitté Asnières, se dit-elle. Depuis cette époque, il est bien certain que la population a dû se renouveler en grande partie et que bien des gens qui me connaissaient ont dû disparaître... D'un autre côté, si quelques-uns persistaient encore à vouloir me jeter à la figure ce nom de « mère Jean », ne me resterait-il pas encore la ressource de nier et de faire la bête? On me croirait ou l'on ne me croirait pas, mais comme, en face de mes dénégations, il serait très difficile de me prouver que je mens, on serait bien obligé de se taire et de me laisser tranquille...

« Et je ne demande pas autre chose... Oui, qu'on me laisse tranquille, qu'on ne m'embête pas... Et une fois bien ancrée chez la vieille, je réponds bien que je saurai m'arranger de façon à n'être pas toujours la pauvre gueuse que je suis aujourd'hui!...

Et c'est alors que, très résolument et très effrontément, elle était revenue à Asnières, le théâtre de ses anciens exploits.

A la vérité, ses débuts n'y avaient pas été des plus heureux, car, en moins de quarante-huit heures, elle avait déjà, rien qu'à son compte, été reconnue trois fois :

La première fois, par ces jeunes femmes et ces jeunes filles qui bavardaient en groupe sur le boulevard Voltaire ;

La seconde fois, par cet ancien amant de rencontre, par cet ivrogne qui voulait absolument renouer connaissance avec elle et qui s'égosillait à lui crier son nom ;

La troisième fois, enfin, et c'était là le plus grave, le plus dangereux, par la vieille domestique de Mᵐᵉ Desjardins, par la vieille Catherine elle-même.

— Ah! bah! finit par se dire la mère Berland, pas d'imprudence et jouons serré... Tout ira bien!...

Mais elle avait beau vouloir se tranquilliser, elle n'en demeura pas moins, pendant tout le reste de la journée, toujours très soucieuse et très sombre.

Il lui semblait toujours que la vieille Catherine, — contre laquelle, d'ailleurs, elle nourrissait déjà une haine bien profonde, — tout en ayant l'air très occupée et de ne pas faire la moindre attention à elle, ne cessait de l'épier et de la guetter du coin de l'œil...

— Cette femme me regarde bien! pensa-t-elle. Pour sûr, elle doit avoir encore des soupçons... Méfions-nous!

Et la mère Berland, qui croyait toujours voir fixé sur elle le regard sournois de la vieille servante, ne parlait plus sans peser chacun de ses mots et chacune de ses paroles, tant elle avait peur de se trahir.

Aussi combien la journée lui avait semblé longue!... combien les heures lui avaient paru lentes!...

Aussi, quand le soir vint et qu'elle se retrouva enfin libre dans les rues d'Asnières, ne put-elle s'empêcher de pousser un gros soupir de soulagement.

— J'avais comme un poids sur la poitrine... J'étouffais! se dit-elle. Il faut absolument, si je veux que la place soit tenable, que je trouve le moyen de détruire les soupçons de cette vieille bête...

Et, la tête baissée, frôlant les murs, elle se dirigeait vers son taudis d'un pas rapide.

Quand elle y arriva elle eut une surprise.

Son gamin, son Adolphe n'y était pas.

Où diable le garnement avait-il pu passer?... Où diable pouvait-il encore courir à cette heure?

Elle lui avait pourtant bien recommandé de ne pas s'éloigner de la maison, de ne pas s'écarter de la ruelle; mais elle était depuis longtemps habituée à savoir le cas qu'il faisait de ses recommandations.

Furieuse, elle attendit une demi-heure, puis, comme l'enfant ne rentrait pas, elle prit le parti d'aller à sa recherche.

Mais elle eut beau battre le pavé en tous les sens, il lui fut impossible de mettre la main sur le mauvais drôle.

Enfin, comme dix heures venaient de sonner, Adolphe se décida à rentrer, très calme, les deux mains dans ses poches et une cigarette aux lèvres.

— Ah! te voilà!... je te croyais au « clou », dit la mère avec un accent de colère.

— Pas encore, mais ça pourra venir, répondit le gamin avec un tel cynisme qu'on n'aurait pu l'entendre sans frémir.

Puis, sans vouloir entrer dans d'autres explications, il s'empressa de déclarer qu'il était « crevé de faim ».

— M'as-tu apporté quelque chose à boulotter? demanda-t-il en jetant sur la table qui était restée vide un regard inquiet.

— Oui, oui, répondit sèchement la mère Berland, mais nous parlerons de ça tout à l'heure...

— Pourquoi tout à l'heure?

— Parce que, pour le moment, nous avons à parler d'autre chose... Mais ça ne sera pas long. — Écoute-moi seulement...

— Eh bien! oui, je t'écoute... qu'est-ce que c'est?

— Tu sais ce que je t'ai dit quand nous avons quitté Paris pour venir ici?

— Qu'est-ce que tu m'as dit?

— Je t'ai dit de bien faire attention quand tu causerais... que personne ne devait jamais savoir que j'ai déjà demeuré à Asnières.

— Pourquoi donc?

— Parce que, si on le savait, nous serions peut-être obligés de décamper.

Le petit Adolphe releva vivement la tête et regarda curieusement sa mère.

— Qu'as-tu donc fait? dit-il.

— Je n'ai rien fait, répondit la mère Berland qui ne put s'empêcher de rougir, mais ça n'empêche pas qu'il y a ici des gens qui m'en veulent... Oh! je t'expliquerai tout ça plus tard, mais aujourd'hui nous n'avons pas le temps... Pour le moment, qu'il te suffise de savoir que tu dois garder ta langue.

— Bon!

— Maintenant je t'ai aussi recommandé autre chose, mais je suis bien sûre que tu ne t'en rappelles déjà plus...

— Autre chose?

— Parbleu! fit vivement la mère Berland, tu as déjà mangé le mot d'ordre!... Eh bien! je t'ai dit et redit vingt fois, cent fois, que si l'on te demande ton nom tu dois répondre que tu t'appelles Caron... Adolphe Caron...

— Mais pourquoi, puisque je m'appelle Berland?

— Tu n'es qu'un petit imbécile!

— Est-ce que je ne m'appelle pas Adolphe Berland?

— Tu n'es qu'une petite bête!... Je te dis de te taire et de m'écouter... Pour tout le monde, tout le monde, tu m'entends bien? tu t'appelles Caron, et il me semble que cela doit te suffire... As-tu compris?

— Oui, oui, mais donne-moi à boulotter, dit le gamin en rapprochant vivement sa chaise de la table.

Alors la mère Berland alla chercher dans un coin un petit paquet qu'elle apporta sur la table.

C'était le dîner d'Adolphe, c'est-à-dire un beau morceau de viande froide sur lequel elle avait fait main basse dans la cuisine. Elle avait aussi un morceau de fromage, quelques beaux fruits et, pour elle, enfin, au fond de sa poche, un petit flacon plein d'excellent rhum.

Puis, tandis que le gamin, sans perdre de temps, dévorait déjà à belles dents, d'un air gourmand et glouton :

— Hein ! tu te régales ! fit-elle avec un petit rire. Oh ! sois tranquille, la turne est bonne, et je crois que nous nous remplumerons... Seulement la vieille voudra probablement te voir... Elle m'en a même déjà touché deux mots... Alors pas de bêtises et n'oublie pas mes conseils... Tu m'entends ?

La bouche pleine, Adolphe ne répondit que par une sorte de grognement.

Quelques minutes après, ils s'endormaient en face l'un de l'autre les coudes sur la table, l'enfant très las d'avoir vagabondé toute la journée, et la mère la tête très lourde du flacon de rhum qu'elle venait de vider à larges lampées.

XIX

A L'ÉCOLE DU CRIME

La mère Berland ne s'était pas trompée : il n'y avait pas encore un mois qu'elle était chez Mᵐᵉ Desjardins qu'elle s'était, en effet, déjà « remplumée ».

Plus grasse et plus fraîche, elle paraissait avoir rajeuni de plusieurs années. Grâce à la bonne vieille dame, elle était aussi plus propre, plus élégamment et plus convenablement vêtue, et elle ne traînait plus les loques sordides avec lesquelles elle était venue à Asnières.

D'un autre côté, la vieille Catherine semblait avoir complètement oublié ses anciens soupçons et ne faisait plus jamais la moindre allusion à la mère Jean.

Enfin le petit Adolphe avait été présenté à Mme Desjardins, et le mauvais garnement avait si bien su se composer une attitude et jouer son rôle de brave petit garçon que la vieille dame l'avait tout de suite pris en affection.

La mère Berland était donc contente, et son plus grand souci, maintenant, c'était de faire danser l'anse du panier.

Comme c'était elle qui était chargée d'aller au marché et de faire toutes les provisions, rien ne lui était donc plus facile que d'augmenter ses appointements avec ces petits vols très habilement exercés.

Aussi, dès qu'elle se trouvait seule dans la cuisine, ne pouvait-elle résister au plaisir de faire le compte de ce qu'elle appelait cyniquement ses « petits bénéfices », et plus d'une fois même la vieille Catherine, en rentrant à l'improviste, avait failli la surprendre en train de trier des pièces blanches d'un tas de gros sous.

Et pendant ce temps, le petit Adolphe, qui ne dépérissait pas non plus et que la bonne Mme Desjardins croyait naïvement à l'école, courait, vagabondait, et on le rencontrait presque chaque jour sur le bord de la Seine avec les pires rôdeurs d'Asnières, avec de sinistres vauriens qui appartenaient presque tous à une bande fameuse alors et qui jetait la terreur dans les environs de Paris.

Il y avait d'abord là un grand garçon de ving-cinq à vingt-six ans, au teint terreux, aux cheveux roux, aux lèvres minces et pâles.

Comme il avait travaillé pendant quelque temps avec des saltimbanques, tantôt faisant le boniment sur la baraque, tantôt exécutant à l'intérieur des tours d'équilibre et d'adresse plus ou moins neufs, plus ou moins inédits, dans le joli monde où il vivait maintenant, l'usage voulant que chacun soit affublé d'un sobriquet, ses compagnons l'avaient surnommé le « Forain ».

Comme il avait une certaine verve et un certain bagout ; comme surtout il pouvait montrer avec orgueil un casier judiciaire orné d'au moins vingt condamnations pour vols, attaques nocturnes, tentatives de meurtre, etc., etc., le « Forain » jouissait à juste titre d'une très grande considération dans la bande.

Des pièces blanches et des sous venaient de tomber de la culotte d'Adolphe.

Aussi, dès qu'il prenait la parole pour faire le récit de ses aventures de prison, ou bien pour raconter comment il avait fait un soir leur affaire à des « sergots » qui voulaient se mêler de ce qui ne les regardait pas, tout le monde l'écoutait-il dans le plus attentif et le plus religieux silence. Mais le plus empoigné et le plus enthousiasme de tous, c'était certainement le futur assassin de Mme Dessaigne, c'était certainement le petit Adolphe, qui restait la bouche ouverte, plongé dans l'admiration et dans l'extase.

Après le « Forain » venait un autre individu qui répondait au sobriquet poétique de « la Blonde ».

« La Blonde » devait son surnom à la blancheur de son teint, à son visage imberbe, à la délicatesse de ses traits et à ses allures efféminées...

Mais, disons-le, sous ce masque presque enfantin et sous ces formes frêles se cachait un bandit d'une vigueur peu commune et d'une audace redoutable.

« La Blonde » riait toujours, et il avait parfois des sursauts nerveux, des rougeurs subites comme une jeune fille.

Mais cela ne l'empêchait pas, quand il allait à la chasse des « pantes », comme il disait, de maintenir son homme d'une poigne solide et de tremper dans un crime, si l'occasion s'en présentait.

« Le Forain » était admiré, mais « la Blonde » était redouté.

Toutes les fois qu'il s'agissait de se lancer dans une expédition dangereuse ou de se risquer dans quelque coup périlleux, on n'avait qu'un mot à lui dire ou qu'un signe à lui faire :

— En es-tu ?

Et l'on était sûr qu'il répondait invariablement et sans même la moindre hésitation :

— Oui, oui, marchez !... J'en suis...

Ce coquin-là n'avait pas la « blague » de son confrère et ami le « Forain », mais il était plus sûr que lui d'aller un jour ou l'autre finir au bagne, s'il ne portait pas sa tête sur l'échafaud.

Après ces deux types de scélérats, et pour ne plus citer que ceux-là, venaient « l'Endormi », le « Pâtissier » et le « Rouquin ».

« L'Endormi », très petit, les jambes torses, le dos voûté et la poitrine creuse, avait l'air d'un nain. Le regard abruti, les paupières lourdes, la

visière de sa casquette crasseuse rabattue sur les yeux, jamais il ne disait
un mot, jamais ou ne l'avait vu sourire. Mais avec son air de ne pas y
toucher, il n'en était pas moins un coquin très rusé, très futé et qui
n'avait pas son pareil, soit pour fracturer une porte, soit pour sauter
comme un singe par-dessus un mur.

« Le Pâtissier » était un tout jeune homme, un gamin de dix-sept ans
à peine, dont la spécialité était de servir d'indicateur à la bande.

Le nez au vent, les deux mains dans ses poches, l'air le plus inof-
fensif du monde, il allait toujours flânant, toujours rôdant à la découverte
des villas à dévaliser. Et les renseignements qu'il rapportait de ses
voyages à travers la banlieue étaient toujours si exacts et si précis, que
la bande ne se donnait même pas la peine de les contrôler et le suivait
toujours les yeux fermés.

Enfin le « Rouquin » excellait surtout dans le coup du « Père
François ». Ce coup consistait à se glisser le soir, sans bruit, derrière un
passant attardé, et à lui jeter lestement, brusquement, autour du cou un
foulard ou une corde à laquelle on avait fait un nœud coulant.

Le « Rouquin », taillé en hercule, chargeait le « ponte » sur son dos,
et pendant que celui-ci râlait, à demi étranglé, un autre coquin le débar-
rassait prestement de ses bijoux et de sa « galette » et le tour était joué.

Mais si tous ces bandits lui étaient également sympathiques, celui
avec lequel le petit Berland frayait le plus volontiers, c'était encore le
« Forain ».

Aussi, très touché de la respectueuse admiration dont il était l'objet,
l'ancien saltimbanque n'avait-il pas dédaigné de consacrer quelques-uns
de ses loisirs à l'instruction du gosse.

Étendus côte à côte au bord de l'eau, ils avaient parfois entre eux des
dialogues dans le genre de celui-ci :

— Écoute, petit, disait le bandit, retiens bien ceci, ça t'instruira.
Sais-tu ce que c'est qu'escarper quelqu'un?

— C'est le tuer, répondait Adolphe.

— Oui, c'est le tuer avec une arme quelconque pour s'assurer de son
silence. Et sais-tu ce que c'est, reprenait le « Forain », que de « sabler
un pante »?

Et comme le petit Berland ne répondait pas :

— Non, tu n'en sais rien, tu es encore trop môme, disait avec un accent paternel l'ancien saltimbanque. Eh bien ! « sabler un pante », c'est tout simplement l'assommer avec une peau remplie de sable, comme le « suager » c'était autrefois lui brûler les pieds, pour le forcer à dire où était son argent. Mais, je te le répète, ce dernier moyen est devenu vieux jeu et l'on ne s'en sert plus.

Puis, le « Forain » expliquait complaisamment à l'enfant tous les termes d'argot par lesquels se désignaient autrefois, ou se désignent encore aujourd'hui, tous les *grinches*, tous les voleurs et leurs innombrables variétés.

— Moi, j'ai toujours travaillé et je travaille encore dans tous les genres, disait fièrement l'ancien saltimbanque. Tu comprends, petit, que l'on n'a pas toujours le choix des moyens quand il s'agit de se procurer de la galette, et qu'on est bien obligé de profiter de l'occasion qui se présente.

« Ainsi j'ai été *bonjourier*, ou chevalier grimpant, c'est-à-dire que je volais en m'introduisant dans les appartements, sous le prétexte de dire bonjour au locataire. Mais, c'est difficile, très difficile même, ce genre de travail-là, car si tu n'as pas beaucoup d'habileté, beaucoup d'adresse et beaucoup de sang-froid, tu es à peu près sûr de rater ton coup et de te faire pincer...

« J'ai été aussi *cambrioleur*... Sais-tu ce que c'est ?

— Cambrioleur ?

— Non, je vois que tu ne le sais pas et qu'il faut tout t'apprendre, faisait vivement le « Forain ». Eh bien ! mon petit, tu sauras que les cambrioleurs dévalisent les chambres à l'aide d'effraction ou de fausses clefs.

« Mais ça, c'est dangereux, très dangereux, ajoutait l'ancien saltimbanque en prenant un air plus grave, car si tu es surpris, tu n'es pas toujours sûr de pouvoir détaler...

« Et puis, ce genre d'opération demande aussi une certaine tenue, des frusques un peu plus chouettes que celles que j'ai, par exemple, en ce moment, car autrement tu pourrais très bien t'exposer à attirer sur toi l'attention des voisins ou des pipelets...

« Mais quand je me livrais à ce travail-là, j'étais un peu plus à la hauteur qu'aujourd'hui.

« Doucement je grimpais l'escalier et je sonnais à une porte.

« Si, à ce coup de sonnette, quelqu'un venait m'ouvrir, j'en étais quitte pour demander un renseignement quelconque et pour aller sonner ailleurs.

« Si cette fois, après avoir bien carillonné, bien cogné, personne ne me répondait, c'est que ça y était...

« Je tirais alors mes outils de ma poche, et en deux temps et un mouvement, la serrure sautait...

« Mais ça n'empêche pas qu'il arrivait des fois que j'avais furieusement le trac. Au moindre bruit que j'entendais, je me figurais toujours que c'était le concierge ou bien quelque sergot qui venait me mettre le grappin dessus.

« Maintenant, continuait le « Forain », il y a aussi les *vanterniers*, qui volent les croisées laissées ouvertes ; les *papillonneurs*, qui volent le linge sur les voitures des blanchisseurs ; les *rats*, qui dévalisent les rouliers et les marchands forains ; les *charrieurs* qui exploitent les campagnards provinciaux, en leur offrant à gros bénéfice des pièces jaunes contre de l'argent blanc.

« Il y a encore les *coureurs*, qui soutirent l'argent à l'aide d'un change qu'ils proposent ; les *détourneurs*, qui volent, dans l'intérieur des magasins, des pièces d'étoffes ou autres marchandises ; les *fourgets*, qui sont des receleurs ; les *piliers de Pacquelin*, qui volent dans les auberges ou dans les cafés.

« Il y a enfin les *roulottiers*, qui volent les objets attachés sur les voitures ; les *batteurs de dig-dig* qui dévalisent les bijoutiers ; les *tireurs*, qui exploitent les poches ; les *coqueurs*, qui sont les compères des tireurs.

« Et que sais-je encore ? ajoutait le « Forain ». Si je voulais faire défiler devant toi toute la corporation, je n'en finirais pas.

D'autres fois, l'ancien saltimbanque racontait au petit Adolphe ses souvenirs de prison, et c'étaient alors des histoires interminables, des récits qui n'en finissaient plus.

Aussi, comme on va le voir, l'enseignement que recevait le jeune Berland n'allait pas tarder à porter ses fruits.

Jusqu'à présent, il n'avait été encore que le camarade de ces bandits, mais une occasion allait bientôt se présenter où il allait devenir leur complice.

XX

PREMIER EXPLOIT

Un matin, comme la mère Berland venait d'entrer dans la chambre où se tenait toujours Mme Desjardins, elle ne put s'empêcher d'avoir un mouvement de surprise au premier coup d'œil qu'elle jeta sur elle.

En effet, la vieille dame était très pâle et paraissait excessivement émue.

— Ah! c'est vous, madame Caron? dit-elle. Eh bien! vous savez la nouvelle?

— La nouvelle?... Non, madame... De quelle nouvelle voulez-vous parler?

— De la nouvelle qui met ici tout le monde sens dessus dessous... De la nouvelle dont tout le monde s'entretient, à ce que m'a dit Catherine. Enfin, du crime qui s'est commis hier soir à Asnières...

— Un crime s'est commis à Asnières! s'écria la mère Berland, qui eut comme un léger tressaillement.

— Oui, oui, encore une attaque nocturne!... Encore un des exploits de ces malfaiteurs dont on ne peut pas parvenir à nous débarrasser.

Puis, prenant un journal qu'elle avait posé sur une chaise qui se trouvait à côté d'elle :

— Tenez, lisez! ajouta Mme Desjardins. Et vous verrez si ce n'est pas vraiment affreux, si ce n'est pas vraiment épouvantable... Lisez tout haut...

Et la mère Berland se mit à lire à haute voix l'article suivant :

« Décidément l'audace des malfaiteurs et des malandrins qui, de plus en plus, infestent la banlieue de Paris ne connaît plus de bornes.

« Autrefois les égorgeurs et les assassins attendaient au moins le milieu de la nuit pour se jeter sur leurs victimes ; mais bientôt, si l'on n'y met promptement bon ordre, ce sera en plein jour qu'ils commettront leurs mauvais coups.

« Le nouvel attentat que nous avons à enregistrer aujourd'hui prouvera au surplus que nous n'exagérons rien.

« Hier soir, vers neuf heures, deux jeunes gens d'Asnières, les frères B..., qui regagnaient leur domicile leur journée terminée, s'arrêtèrent tout à coup tout saisis en entendant non loin d'eux comme une sorte de râle sourd, de plainte prolongée.

« Ils cherchèrent pendant un moment et finirent par découvrir de l'autre côté du chemin un homme qui agonisait, une corde au cou et la figure ensanglantée.

« Les deux frères B... s'empressèrent d'aller chercher du secours et, quelques instants après, le malheureux qu'ils venaient de trouver dans un si lamentable état était transporté dans une maison du voisinage.

« Un médecin avait été appelé en toute hâte, et grâce aux soins énergiques qui lui furent prodigués, le blessé, qui avait été reconnu pour un habitant d'Asnières qui jouit de l'estime et de la considération de tous, ne tarda pas à reprendre connaissance.

« M. X... put alors raconter la tentative criminelle dont il avait failli être la victime.

« Au moment où il poursuivait son chemin avec le moins de méfiance, le moins de soupçon, il lui avait tout à coup semblé entendre derrière lui le bruit d'un pas furtif qui se rapprochait rapidement.

« M. X... s'était alors retourné, mais à peine avait-il eu le temps de faire volte-face, qu'un individu qui venait de surgir devant lui, lui lançait autour du cou une corde terminée par un nœud coulant...

« Que s'était-il passé ensuite ? c'est ce que la victime ne pourrait dire qu'à travers des souvenirs très confus et très vagues.

« Cependant, il lui semble que le bandit qui venait de se ruer sur lui l'a chargé sur son dos, tandis qu'un autre malfaiteur beaucoup plus petit et qui sans doute devait être un enfant, lui enlevait lestement sa montre et sa chaîne, ainsi que son portefeuille qui contenait une assez forte somme, et jusqu'à la menue monnaie qu'il avait dans ses poches... »

A ces mots : « tandis qu'un autre malfaiteur beaucoup plus petit et qui devait être sans doute un enfant... », la mère Berland était devenue un peu pâle et elle avait eu un imperceptible tressaillement.

Mais, sur l'injonction de Mme Desjardins, elle continua sa lecture :

« De l'examen médical auquel a été soumis M. X..., il résulte clai-

rement que les misérables qui l'ont assailli ne se sont pas contentés de
l'avoir à demi étranglé, mais qu'ils ont dû encore chercher à l'assommer
en le frappant à coups de pied au visage...

« De là, la large mare de sang dans laquelle les deux frères B... ont
ramassé la malheureuse victime de cet odieux guet-apens.

« Le commissaire de police aussitôt prévenu s'est mis sans perdre
une minute à la recherche des agresseurs; mais au moment où nous
mettons sous presse, c'est-à-dire à une heure du matin, malgré toute
l'activité et tout le zèle que l'honorable magistrat a pu déployer, nous
apprenons que ces recherches n'ont encore donné aucun résultat.

« Du reste, il faut bien reconnaître que la tâche de la police sera des
plus épineuses et des plus difficiles.

« En effet, pour avoir quelque chance de s'emparer des coupables, il
faudrait au moins posséder quelques renseignements, quelque indice,
mais malheureusement ces renseignements et ces indices dont on avait
besoin font absolument défaut.

« Tout ce que M. X... a pu dire, c'est que le bandit qui s'est rué sur
lui était un homme de haute taille, et coiffé d'un chapeau mou.

« Il lui sembla aussi que cet individu était vêtu d'une longue blouse;
mais ceci, il ne peut pas l'affirmer.

« Cependant quelques personnes d'Asnières ont fourni au commissaire
de police et à ses agents quelques indications dont ceux-ci feront peut-
être bien de tenir compte.

« D'après les personnes auxquelles nous venons de faire allusion, il
paraîtrait que depuis assez longtemps déjà une bande composée d'individus plus que suspects a pris l'habitude de se réunir chaque jour sur le
bord de la Seine et non loin du pont d'Asnières.

« Toute la journée on peut voir ces individus, qui ont tous des mines
peu rassurantes, tantôt se quereller de la façon la plus bruyante, tantôt
tenir entre eux de longs conciliabules tout en jetant sur les passants des
regards pleins de méfiance.

« Il semble donc qu'une bonne razzia opérée dans ces parages
pourrait peut-être permettre à la police de mettre la main sur les agresseurs de M. X...

« Cette idée nous paraît d'autant plus devoir être prise en très sérieuse
considération, que quelques-uns aussi affirment avoir très souvent

Depuis qu'elle connaissait l'attaque nocturne dont tout Asnières s'entretenait.

remarqué au milieu de cette bande de rôdeurs et de voyous, un jeune gamin d'environ une dizaine d'années.

« Notons enfin, pour en revenir à ce que nous disions en commençant au sujet de l'incroyable audace des malfaiteurs qui ont pris pour théâtre de leurs sanglants exploits la banlieue de Paris, notons que l'endroit où M. X... a été attaqué et dévalisé, est loin d'être un des plus isolés et des plus déserts.

« A quelques pas seulement de l'endroit où cette tentative d'assassinat s'est produite, il y avait des maisons habitées, des boutiques encore ouvertes, et le moindre cri pouvait être entendu !

« Si cela continue et si les mesures les plus énergiques ne sont pas prises pour éviter le retour de faits semblables, les honnêtes gens ne pourront bientôt plus mettre le pied hors de chez eux sans s'exposer à être étranglés, comme cet infortuné M. X... »

Et, sa lecture achevée, la mère Berland resta toute songeuse, toute rêveuse.

— Eh bien ! qu'en dites-vous? reprit vivement Mme Desjardins? Est-ce que ce journal n'a pas raison? Est-ce qu'on ne devrait pas tout faire pour nous débarrasser de cette racaille, qui n'a d'autre moyen d'existence que le crime?...

— Oh! ça, c'est bien vrai, madame...

— Car vous savez que c'est vrai... qu'il y a toujours là-bas, près du pont, tout un ramassis de coquins qui ne doivent pas être animés des meilleures intentions. Mais, du reste, peut-être en savez-vous là-dessus plus long que moi...

La mère Berland était subitement devenue très rouge.

— Moi, madame? fit-elle vivement.

— Je veux dire que vous avez dû les apercevoir aussi...

— Non, jamais... Il est vrai que je ne vais que très rarement de ce côté-là...

— Eh bien! Catherine les a vus...

— Ah !

— Et elle m'en a très souvent parlé... « De vraies figures de bandits ! » m'a-t-elle dit. Et il faut bien croire qu'elle ne se trompait pas, puisque, comme vous venez de le voir et comme on le dit dans cet article que vous venez de lire, d'autres personnes pensent comme elle.

« Aussi, voulez-vous que je vous fasse une confidence, madame Caron?

— Oui, madame.

— Eh bien! dit Mme Desjardins, moi qui n'avais jamais été poltronne, moi qui étais venue jusqu'à présent, jusqu'à mon âge sans avoir jamais connu la peur, il y a des moments où je ne puis m'empêcher d'avoir certaines craintes, certaines appréhensions...

— Oh! madame...

— Si, si, je vous dis la vérité...

— Mais vous êtes ici bien enfermée, bien chez vous...

— Évidemment.

— Et puis vous n'êtes pas seule... Vous avez avec vous votre petite-fille... vous avez aussi Catherine...

— Eh bien! oui.

— Dans ces conditions que pourriez-vous avoir à craindre? que pourriez-vous avoir à redouter?

— Tout ce que vous voudrez, dit Mme Desjardins, mais, je vous répète que depuis quelque temps je deviens comme une vraie poule mouillée...

« Oh! naturellement, je ne vous parle pas de la journée... Pendant la journée, que pourrais-je en effet avoir à craindre?... Mais c'est quand vient la nuit, et surtout pendant la nuit... Oh! ce que j'en ai passé sans dormir, ce que j'en ai passé de blanches depuis quelque temps!

— A ce point-là?

— Oui, oui, à ce point-là... Cela vous étonne peut-être, mais c'est ainsi... A tout moment il me semble que j'entends marcher dans le jardin ou que quelqu'un est en train de fracturer ma porte. Et alors je me dresse sur mon lit, et j'écoute, j'épie, je guette, et je ne me sens enfin bien rassurée que lorsque le jour commence à poindre.

— Si cela continue, vous finirez par tomber malade, dit doucement la mère Berland. Il faudrait tâcher de vous rassurer.

Mais Mme Desjardins venait de hausser légèrement les épaules.

— Oui, oui, oh! je sais bien, fit-elle. Ce que vous me dites là, tout le monde me le dirait aussi, et je me le suis dit moi-même plus de cent fois...

« Oui, plus de cent fois je me suis trouvée stupide et ridicule, et cependant je n'ai jamais pu réussir à triompher de cette faiblesse, je devrais même dire de cette lâcheté...

« Au contraire, quand je cherchais à me raisonner, je ne trouvais presque toujours que de nouvelles raisons d'avoir peur.

« D'abord, je sais que beaucoup de gens s'exagèrent ma fortune et que je passe pour être beaucoup plus riche qu'en réalité je ne le suis.

« Ensuite, vous me disiez tout à l'heure, madame Caron, que je ne vis pas seule ici et que j'ai auprès de moi ma petite-fille et ma vieille Catherine...

« Oui, c'est vrai... Mais, cependant, si jamais des malfaiteurs s'introduisaient dans cette maison, si jamais j'avais à me défendre, quel secours pourrais-je attendre d'elles?

« Oh! je sais bien que Catherine n'est pas peureuse et qu'elle n'irait pas, comme Berthe, se cacher au premier bruit qu'elle entendrait... Mais c'est, à présent, une vieille, très vieille femme, et, malgré tout son courage et toute son énergie, il ne serait pas difficile d'en avoir raison.

« Quant à moi, impotente, infirme, est-ce que je compte?... Et voilà pourquoi, madame Caron, acheva la vieille dame, je ne puis m'empêcher de m'inquiéter et de m'alarmer quand j'apprends qu'un nouveau crime s'est commis si près de nous...

Mais il y avait déjà un long moment que la mère Berland, tout en paraissant attentive, n'écoutait plus Mᵐᵉ Desjardins et était redevenue toute pensive, profondément absorbée...

Et, pendant tout le reste de la journée, elle garda cet air étrange, ce front assombri...

La vieille Catherine qui, ce jour-là, se montrait très expansive et très bavarde, en était réduite à parler toute seule, car c'était à peine si, de loin en loin, la prétendue Mᵐᵉ Caron consentait à prononcer un mot, une syllabe.

— Vous avez donc perdu votre langue? lui disait la vieille servante.

Mais la mère Berland s'excusait en disant qu'elle avait un mal de tête atroce, une migraine terrible.

La vérité, c'est que la future « mère aux assassins », c'est que la future inspiratrice de l'horrible crime de Courbevoie, depuis qu'elle connaissait l'attaque nocturne dont toute la ville d'Asnières s'entretenait, était sous le coup d'un pressentiment qui l'effrayait et qu'il lui était impossible de vaincre.

Ne disait-on pas, en effet, que dans cette attaque nocturne qui devait mettre à cette heure toute la police sur pied, le bandit qui avait fait le coup avait eu pour complice un enfant?

Ne disait-on pas aussi que l'auteur de ce guet-apens ne pouvait être qu'un de ces rôdeurs, qu'un de ces vauriens qui, depuis quelque temps, se réunissaient sur le bord de la Seine?

Or, comme la mère Berland n'ignorait pas que son fils fréquentait très assidûment cette bande de filous et d'escarpes, puisqu'elle avait eu plusieurs fois l'occasion de le surprendre en leur compagnie, elle en était arrivée à se dire que cet enfant qui était déjà un voleur, que l'enfant qui, déjà, prêtait la main à un crime, ne pouvait être que le sien, que son Adolphe.

Et plus elle y avait songé, plus elle y avait réfléchi, plus elle avait été obligée de se convaincre qu'elle ne se trompait pas.

D'ailleurs, comment la mère Berland n'aurait-elle pas pu avoir des soupçons quand elle se rappelait la scène qui s'était passée la veille, c'est-à-dire le jour du crime, dans leur taudis?

En effet, la veille, le petit Adolphe n'était rentré que très tard, et, dès qu'elle l'avait aperçu, elle n'avait pu s'empêcher de jeter un cri de saisissement.

Très pâle, l'air étrange, les yeux luisants, le malheureux titubait, le malheureux était ivre!...

Elle avait voulu avoir une explication, savoir où il avait traîné; mais il n'avait pu lui répondre qu'avec une langue pâteuse ou bien avec des rires idiots d'ivrogne.

Puis, comme l'ivresse lui montait de plus en plus au cerveau et qu'il lui était impossible, non seulement de faire un pas, mais encore de rester debout; comme sur une chaise même il ne pouvait rester assis sans risquer à chaque seconde de rouler sur le plancher, elle n'avait eu que le temps de le déshabiller et de le jeter sur le lit.

Mais alors, comme elle ramassait les frusques de son gosse, la mère Berland avait eu une autre surprise : des pièces blanches et des sous venaient de tomber de la culotte d'Adolphe !

Comment le garnement s'était-il procuré cet argent?

D'où lui venait-il?

Elle commença par fourrer la monnaie dans sa poche, puis, le len-

demain matin et comme le petit drôle venait de se réveiller, la tête encore
vide, l'air encore tout ahuri, elle voulut de nouveau le questionner,
l'interroger.

Mais dès qu'il sut qu'elle s'était emparée de l'argent, le gamin, au lieu
de répondre, se fâcha, devint livide de colère.

— Et d'abord, tu vas me rendre mon pognon!... Cette galette est à
moi, cria-t-il.

— Où l'as-tu filoutée? dit-elle.

— Je ne l'ai pas filoutée, je l'ai gagnée...

— Ne mens pas!... Tu as dû barboter dans les poches de quelqu'un...

Alors, de plus en plus furieux, Adolphe hurla que cet argent était bien
à lui, qu'il l'avait bien gagné. Mais comment? Par quel travail? C'est ce
qu'il ne voulait pas dire. Et il finit par s'emporter de plus belle en exigeant
sur un ton menaçant qu'elle lui rendît au moins la moitié de la « braise ».

Or, la mère Berland savait maintenant à quoi s'en tenir et pour elle
la lumière était faite.

— Oui, oui, pensait-elle tout en laissant bavarder la vieille Catherine,
cet argent il l'avait bien gagné, en effet, mais il l'avait gagné en aidant à
assommer le pante... Oui, parbleu! c'est là sa part dans le crime... le
maigre butin que lui a laissé son complice.

Mais cependant, comme elle voulait avoir, de la bouche même de
l'enfant, l'aveu de son premier exploit, elle résolut de reprendre, quand
elle serait de retour chez elle, l'explication qu'ils avaient eue le
matin.

Quand la mère Berland regagna ce soir-là son taudis, on aurait pu
la voir traverser les rues d'Asnières d'une allure encore plus rapide.

Naturellement la maison était vide, comme toujours, mais la mère
d'Adolphe, cette fois, n'en fut point fâchée.

En effet, elle connaissait mieux que personne le caractère sournois et
l'opiniâtre entêtement de son enfant, et elle avait besoin d'être seule et
de réfléchir pour tâcher de trouver le moyen de le faire parler.

— Le prendre par la douceur, se disait-elle, c'est absolument comme
si je chantais; le prendre par les menaces, il n'y faut pas non plus
compter, car il s'en moque... Et d'ailleurs si les choses se gâtaient
entre nous, c'est plutôt lui qui me ferait peur. Mais alors comment faire?
Comment s'y prendre?... Je ne vois pas le moyen...

Et tout à coup, comme elle était de plus en plus absorbée, la mère Berland eut un geste, un cri de triomphe.

Le moyen qu'elle avait cherché pendant si longtemps, ce moyen qui lui avait presque paru impossible à trouver, elle le tenait enfin !

Certes, Adolphe Berland avait bien déjà, à dix ans, toute l'étoffe du grand criminel et du grand scélérat qu'il devait être plus tard ; mais enfin ce n'était encore qu'un enfant, et comme il était assez lâche, assez trembleur, assez poltron, comme aussi il ne pouvait pas encore avoir le cynisme et l'audace d'un malfaiteur de vingt ans, peut-être aurait-elle quelque chance de le prendre par la crainte des gendarmes et la peur de la police ?

— Oui, oui, je te tiens, je t'attends ! s'écria la mère Berland. Et cette fois je suis bien sûre que tu me diras tout ce que je veux savoir.

Et ce fut de pied ferme qu'elle attendit le retour de son gosse.

Vers dix heures, le bruit d'un pas léger, presque furtif, retentit soudain dans la ruelle.

— Le voilà ! pensa la mère. Attention !

En habile comédienne qu'elle était, elle prit immédiatement un air consterné, un regard effrayé, puis à peine l'enfant était-il entré, qu'elle courut fermer la porte à double tour, puis la fenêtre...

Le petit Adolphe la regardait tout étonné, tout ébahi...

— Qu'est-ce donc ? murmura-t-il.

Mais elle ne lui répondit pas, elle feignait ne pas l'avoir entendu.

Et toute pâle, toute tremblante, jouant l'effroi, elle collait à présent son oreille contre les vitres et semblait écouter, épier du côté de la ruelle.

— Qu'as-tu donc ? reprit l'enfant qui avait eu un léger tremblement dans la voix.

Mais d'un geste bref, impérieux, elle venait de le faire taire.

Et elle épiait toujours, et elle écoutait toujours, prenant parfois son front entre ses deux mains comme si elle eût été sous le coup de la plus grande terreur, du plus profond désespoir.

Et brusquement, elle s'élança sur son fils, le saisit violemment par le bras, puis la voix rauque :

— Malheureux !... malheureux ! qu'as-tu fait ? s'écria-t-elle.

— Moi !

— Oui, qu'as-tu fait?... La police te cherche... la police a couru toute la nuit... toute la journée après toi !...

— La police !

— Oui, la police... oui, tous les gendarmes d'Asnières... Et l'on fouille partout, et l'on cherche partout !... Et si l'on te trouve, malheureux, s'ils viennent ici, comme j'en tremble, c'est la prison pour toi, c'est le bagne, m'entends-tu ? le bagne !...

Et si rusé, si malin, si roublard qu'il fût déjà, le petit bandit n'avait pas manqué de se laisser prendre au piège.

Aussi, tout blême, tout frissonnant, ne put-il s'empêcher de s'écrier :

— Ce n'est pas moi... non, ce n'est pas moi !...

Un imperceptible sourire avait glissé sur les lèvres de la mère Berland, mais le gamin n'avait pas eu le temps de s'en apercevoir.

— Enfin, il y vient !... Enfin, il avoue ! pensa-t-elle, toujours triomphante.

Et maintenant menaçante, indignée, elle reprit brusquement :

— Oh! il est inutile de mentir!... Je sais tout!... Je sais où tu étais hier soir... Je sais d'où venait l'argent que tu prétendais avoir gagné... C'est de l'argent que tu as volé, petit gredin! c'est de l'argent que tu as pris dans la poche de ce passant que l'on a ramassé à demi mort, à demi assommé, petit misérable !

Mais, c'était le petit Berland, qui, de plus en plus effrayé, écoutait maintenant du côté de la ruelle.

— Tais-toi!... Tais-toi! fit-il vivement et la voix suppliante. Je vais tout te raconter... tout te dire.

— Oh! des blagues, des mensonges! dit la mère Berland avec un ricanement. Mais je te préviens que ça ne prendra pas, car j'en sais aussi long que toi...

« Mais ça ne fait rien, ajouta-t-elle. Jase toujours. Je t'écoute.

Ils venaient de s'asseoir en face l'un de l'autre, les coudes repliés sur la table, et tout à coup le gamin eut encore un sursaut.

— Non, non, personne, dit la mère Berland. Pour le moment, tu peux être tranquille... Seulement parle bas, et surtout ne me monte pas le coup... Du reste, c'est ton intérêt, car si la police m'interrogeait et si je me coupe, que je ne dise pas tout à fait comme toi, c'est alors

LE CRIME DE COURBEVOIE

Cet homme avait demandé partout des renseignements.

que je ne le verrais pas dans de beaux draps... Tu dois comprendre ça, n'est-il pas vrai? Et maintenant, marche!

Alors le petit Adolphe fit sa confession.

— Hier tantôt, fit-il, j'avais été faire, comme d'habitude, un petit tour là-bas... Tu sais bien où je veux te dire?

— Au bord de l'eau?

— Oui.

— Et près du pont?

— Oui, où tu m'as rencontré quelquefois.

— Après?

— Il y avait là le Pâtissier, le Forain, la Blonde et quelques autres qui jouaient au bouchon... Tout à coup il y eut entre eux, je ne sais pas au juste pourquoi, une grande querelle, une grande dispute, et je crois même qu'ils allaient finir par se cogner quand brusquement ils se mirent à détaler parce qu'ils venaient d'apercevoir des sergots qui filaient doucement le long du quai.

— Et toi?

— Oh! moi, je n'avais pas eu la frousse... J'étais resté là très tranquillement, les deux mains dans mes poches, à regarder les deux sergots... Et puis, pourquoi aurais-je eu peur? pourquoi me serais-je sauvé aussi? Je ne faisais de mal à personne, pas vrai?

— Oui, oui, continue.

— Après avoir échangé quelques mots, les deux sergots, qui s'étaient arrêtés, finirent par rebrousser chemin comme s'ils voulaient se mettre à la poursuite du Forain, de la Blonde et des autres camaraux.

« Et la preuve que je ne m'étais pas trompé, la preuve que j'avais bien deviné ce qu'ils allaient faire, c'est que, tout à coup, je les vis se mettre à courir tandis que toute la bande, là-bas, détalait de plus en plus vite, de plus en plus lestement.

« Alors, comme je restais planté là, ne sachant plus que faire, ne sachant plus où aller, une voix cria derrière moi :

« — Hé! gosse, écoute donc!... j'ai quelque chose à te dire.

« Je me retournai et je vis que c'était le Rouquin.

— Le Rouquin?

— Oui, le grand Rouquin... un autre camarade.

— Et que voulait-il te dire?

Le petit Adolphe répondit encore à voix plus basse :

— Il voulait me parler de l'affaire en question, tu sais bien?... de ce pante à qui il voulait faire le coup du « père François ». Mais il ne m'en parla pas tout de suite, il m'emmena d'abord boire une bouteille au cabaret.

Mais, ce que le gamin ne disait pas, car il ne l'avait pas même remarqué, et ce qu'il faut que nous disions pour lui, c'est que ce cabaret ressemblait à un véritable coupe-gorge.

C'était là, en effet, un de ces immondes, un de ces ignobles assommoirs que la police tolère avec complaisance, parce qu'elle est toujours sûre d'y faire de temps à autre de belles rafles et de ne revenir jamais bredouille quand elle y jette ses filets.

Caché dans un des endroits les plus déserts et les plus isolés d'Asnières et tout au fond d'une sorte d'impasse assez longue, ce bouge était si sombre, si noir, que lorsqu'on en franchissait le seuil, on devait d'abord rester plusieurs minutes sans rien voir, sans rien distinguer autour de soi.

Puis, quand enfin l'œil s'était habitué à cette profonde obscurité de cave, ce qu'on ressentait alors était un sentiment de dégoût mêlé de terreur.

Certes, le bouge avec son plafond bas et enfumé, ses murs gluants et un plancher où l'on croyait deviner çà et là des taches suspectes, des taches qui étaient peut-être du sang, était hideux, mais les gens qui le fréquentaient étaient peut-être encore plus horribles.

En effet, c'était là le lieu de rendez-vous et comme le quartier général de tous les rôdeurs, de tous les vagabonds et de tous les escarpes, non seulement de la banlieue, mais encore des boulevards extérieurs de Paris.

C'était là que ces derniers, quand ils se sentaient serrés de trop près par la police, venaient chercher un asile et un refuge.

Et il y avait là toutes les variétés du vice, toutes les variétés du crime.

On y voyait des novices, des débutants, de pâles et jeunes voyous au regard effronté et aux cheveux collés sur les tempes, accoudés autour des mêmes tables poisseuses en compagnie de vétérans et de repris de justice qui n'avaient jamais vécu que de vols et de crimes.

Quelques femmes aussi, quelques créatures à la voix rauque, au regard dur et aux allures étranges, s'y rencontraient.

C'étaient là de sinistres femelles chargées de tendre au pante assez naïf pour les suivre le piège dans lequel leurs souteneurs devaient le dépouiller.

D'ailleurs, sauf les jours où l'on s'y menaçait, où l'on s'y égorgeait, jamais dans le bouge on ne criait, jamais même on ne parlait à voix haute.

Chaque bande, chaque association de malfaiteurs avait son coin, sa table, où tout bas, dans la crainte des voisins dont chacun se méfiait, on dressait des plans, on combinait des coups, on échangeait des idées sur de nouveaux crimes à commettre.

Tel était le cabaret dans lequel le Rouquin avait entraîné le petit Adolphe.

La mère Berland, qui voulait tout savoir, reprit :

— Et où était-il, ce cabaret? dans quelle rue? dans quel quartier?

Mais le gamin prétendit ne pouvoir l'indiquer que d'une façon très vague.

— C'était là-bas, derrière le boulevard Voltaire, répondit-il. Mais, je ne pourrais pas te dire au juste dans quel endroit, car je n'étais encore jamais allé de ce côté.

— Bien, bien, passons, fit vivement la mère. Ton grand Rouquin t'avait donc dit de le suivre... Et après?

— Une fois entrés au cabaret, reprit l'enfant, il me poussa vers une table et s'y installa en face de moi... Puis il commanda une bouteille, emplit les verres et l'on commença par trinquer...

« Seulement il y avait une chose qui m'étonnait...

— Quelle chose?

— Le grand Rouquin, qui m'avait pendant un moment regardé du coin de l'œil, ne parlait pas, semblait réfléchir...

« Et moi je me disais : Que peut-il avoir à me dire?... Pourquoi m'a-t-il amené là?...

« Puis, comme il venait d'allumer sa pipe et de poser les deux coudes sur la table, tout en restant toujours silencieux, je me mis à regarder autour de moi et je reconnus là des amis du Forain, des camarades du Pâtissier et de la Blonde, des types que j'avais déjà vus plusieurs fois avec eux là-bas, sur le bord de la Seine.

« Enfin, le Rouquin finit par me frapper sur l'épaule, puis me fit signe de me pencher vers lui.

— Et que te dit-il ?

— D'abord il se mit à son tour à regarder autour de lui, comme s'il avait eu peur que l'on pût entendre ce qui allait se dire entre nous... Puis, me parlant de très près et en me regardant bien en face et dans le blanc des yeux :

« — Écoute, môme, me dit-il, tu as une binette qui me plaît, et je veux te faire profiter d'une bonne affaire, d'une bonne aubaine.

« Seulement, il faut qu'il soit bien entendu que si tu acceptes de faire avec moi le coup que je te propose, tu n'iras pas plus tard me dénoncer à la rousse et manger le morceau.

« Ça, mon fiston, ce serait d'abord très lâche, mais ce serait aussi pour toi très dangereux. »

« Et tout en me parlant ainsi, le Rouquin était devenu tout pâle et il me regardait avec des yeux qui me faisaient presque peur.

« — Naturellement, on me coffrerait, on me mettrait à l'ombre, reprit-il, mais cela, tu peux en être bien sûr, bien certain, ne m'empêcherait pas de te retrouver et de te rejoindre un jour ou l'autre.

« Et alors, mon pauvre gosse, je n'ai pas besoin de t'en dire davantage pour que tu comprennes ce qui se passerait... Aussi vrai que je suis une crapule, je t'étranglerais comme un poulet ! »

« Et il me regardait toujours très fixement de son regard mauvais, de son regard menaçant.

« Puis, comme je ne lui avais pas répondu tout de suite, il reprit :

« — Eh bien ! maintenant, je t'écoute... Tu m'as bien compris, n'est-ce pas ?

« — Oui, lui dis-je.

« — Tu consens à venir avec moi ce soir, c'est-à-dire tout à l'heure ?

« — Oui.

« — Et si demain il y a du boucan dans Asnières, et si tout le monde est sens dessus dessous par rapport à nous, tu ne prendras pas la frousse et tu sauras te taire ?

« — Je vous le promets.

« Le Rouquin avala son verre, jeta un nouveau coup d'œil autour de lui, puis me faisant signe de me rapprocher encore davantage :

« — Eh bien ! écoute, gosse, me dit-il. Seulement, ouvre bien tes oreilles et ne me fais pas répéter deux fois les paroles, car si l'on nous entendait il y a là des mufles qui ne demanderaient pas mieux que de me filouter mon idée.

« Tes doublures se touchent et les miennes aussi, n'est-il pas vrai ? Il s'agit donc de se procurer un peu de galette pour pouvoir se la couler douce et rigoler un peu.

« Or, de cette bonne galette, de cette bonne braise, j'ai peut-être un moyen d'en avoir ce soir, et ce moyen-là, même, le voici :

« Je connais ici, à Asnières, un pante qui n'est pas comme nous, un pante dont les poches sont grasses.

« Je ne sais pas ce qu'il fait, ce qu'il est, mais ce que je sais bien, c'est qu'il a de ça, c'est qu'il a de l'os.

« Ce pante-là ne sort jamais de chez lui, à ce que j'ai entendu dire, sans avoir toujours un porte-monnaie et un portefeuille bien garnis.

« Tu vois donc d'ici la bonne aubaine, le joli coup dont je te parlais...

« Maintenant, comment s'y prendre pour faire passer cette belle galette de la poche de ce pante dans la nôtre ?

« C'est ce que je vais t'expliquer en peu de mots.

« Ce pante, que je file depuis quelque temps et que je me suis donné d'abord la peine de connaître, rentre très régulièrement chez lui chaque soir à la même heure et par le même endroit.

« L'endroit n'est peut-être pas très désert, pas très isolé, mais il y en a cependant de plus fréquentés et de plus gais.

« L'essentiel, d'ailleurs, c'est d'avoir du sang-froid et de l'habileté.

« Or, voici comment nous allons procéder.

« Dans un moment, nous allons aller nous planter sur le passage de notre homme et nous l'attendrons, moi dans un coin, toi dans un autre...

« M'entends-tu ?... Me comprends-tu ?

« — Parfaitement, lui dis-je.

« — Mais il ne s'agira pas, quand nous serons de faction là-bas, reprit le Rouquin, que tu ailles te mettre à penser à autre chose... Tu ne dois, au contraire, penser qu'au gibier que nous chassons... Est-ce compris aussi ?

« — C'est compris.

« — Enfin, et cette recommandation-là est très importante, tu ne dois pas me perdre de vue un seul instant, une seule seconde...

« — Pourquoi? lui dis-je.

« Alors le Rouquin se mit à rire :

« — Je vois bien que, décidément, tu es encore bien jeune, bien novice, dit-il. Il est vrai qu'à ton âge je n'étais guère plus malin que toi, ce qui ne m'a pas empêché de me former plus tard.

« Eh bien! puisqu'il faut t'expliquer des choses qui s'expliquent toutes seules, on va te mettre les points sur les *i*.

« Tu sauras donc que si je te recommande d'avoir toujours l'œil sur moi et de ne pas me perdre de vue une seule seconde, c'est pour qu'aucun de mes signes, aucun de mes gestes ne puisse t'échapper...

« Car tu penses bien que lorsque le pante que nous guetterons sera en vue, je ne serai pas assez bête pour te prévenir de loin...

« Cette fois as-tu saisi?

« — Oh! parfaitement! répondis-je. Je comprends très bien que dans ce cas-là le pante pourrait se méfier et que le coup raterait...

« — Il raterait certainement et peut-être deviendrait-il impossible une autre fois, car notre homme ne manquerait pas à l'avenir de se tenir sur ses gardes.

« Mais, laisse-moi continuer, ajouta le Rouquin, et surtout retiens mes instructions.

« Nous voici donc toi à ton poste et moi au mien.

« Le cou tendu, j'épie, je guette.

« Tout à coup j'aperçois là-bas notre homme qui s'avance...

« Sans le perdre de vue, je m'efface, je me dissimule, et il passe...

« Alors qu'est-ce que je fais?

« — Vous lui emboîtez le pas, répondis-je.

« — Oui, je lui emboîte le pas et tu me suis... Tout en le filant, je fouille dans ma poche et j'en retire ce foulard que voici... Et tout doucement, tout doucement je me rapproche.

« Si j'ai su m'y prendre adroitement, le pante n'a pas le moindre soupçon, la moindre méfiance. Tranquille comme Baptiste il continue son chemin... Et c'est justement à ce moment-là que je le pince...

« D'un bond je m'élance sur lui et avant qu'il ait eu le temps de dire un seul mot, de jeter un seul cri, ce foulard l'étrangle...

« Et c'est alors, même, que tu entres en scène à ton tour.

« J'ai chargé le pante sur mon dos, et tandis qu'il râle, qu'il étouffe, toi, tu le soulages de sa galette.

« Mais entendons-nous!... S'il faut que tu fasses vite, — car il ne s'agit pas de flâner, tu dois comprendre ça, — il faut aussi que tu fasses bien, c'est-à-dire que tu n'oublies rien, aucun gousset, aucune poche...

« Les goussets vidés, les poches retournées, comme il faut toujours travailler proprement et consciencieusement, tu le soulages aussi de sa toquante et de ses broloques.

« Puis alors nous filons et part à deux, gosse!...

« Ça te va-t-il?

— Ensuite? fit la mère Berland.

— Ensuite nous avons parlé d'autre chose, poursuivit Adolphe. Le Rouquin m'a raconté sa vie et deux ou trois coups qu'il a faits avec la Blonde ou avec le Forain.

« Puis tout à coup il s'est levé et m'a dit tout bas : Décampons!

« C'était alors presque la nuit tombante.

« Nous avons marché pendant assez longtemps, puis enfin le Rouquin s'est arrêté au coin d'une petite rue, ou plutôt d'un petit chemin.

— Moi, je vais flâner là les deux mains dans mes poches, m'a-t-il dit. Toi, tu vas aller te camper là-bas, de l'autre côté... Et maintenant, tâche d'ouvrir l'œil!... c'est le moment.

« Alors nous avons attendu là un quart d'heure, une demi-heure, je ne sais plus au juste.

« Comme le Rouquin me l'avait recommandé, je ne le quittais pas des yeux, et je le voyais aller et venir le regard toujours fixé du côté où le pante devait venir.

« Et tout à coup je me sentis un froid dans le dos.

« Le Rouquin venait soudain de battre en retraite, c'est-à-dire de se cacher, de se dissimuler.

« — Voilà notre homme! pensai-je.

« Et presque au même moment, en effet, j'aperçus un individu qui se rapprochait de la petite rue non loin de laquelle le Rouquin était embusqué.

« Quelques minutes s'écoulèrent, puis l'homme, qui marchait lentement et sans se presser, s'engagea dans la rue.

LE CRIME DE COURBEVOIE

Le commissaire de police d'Asnières avait été appelé par le préfet de police.

« Le Rouquin me fit un signe impératif, puis disparut à son tour.

« Il marchait très vite, mais sans faire le moindre bruit, et je le voyais à chaque seconde gagner du terrain et se rapprocher de plus en plus du pante.

« Et tout à coup je le vis s'élancer, bondir, et j'accourrus.

Et le petit bandit, en prononçant ces dernières paroles, venait de partir tout à coup d'un grand éclat de rire.

— Pourquoi ris-tu? demanda la mère Berland.

— C'est qu'il y avait en effet de quoi rire, répondit l'atroce gamin. Non, jamais je n'avais vu une figure aussi drôle, aussi comique que celle que le pauvre pante faisait en ce moment.

« Il essayait bien de crier, d'appeler, mais le foulard du Rouquin le serrait si fortement à la gorge qu'il lui était impossible d'articuler un son...

« Et il fallait voir aussi comme il essayait de se débattre.

« Mais cela ne dura pas longtemps cependant, et il devint tout à coup si pâle, si immobile que je ne pus m'empêcher de dire au Rouquin :

« — Je crois qu'il est mort !

« Mais le Rouquin venait de se fâcher.

« — Tu ne vas pas me le laisser sur le dos ! cria-t-il, dépêche-toi !... dépêche-toi !...

« Oh ! ce ne fut pas long ! continua le petit Berland avec un nouveau rire cynique. En un tour de main le pante était débarrassé de sa monnaie, de sa montre, de tout ce que j'avais trouvé sur lui.

« Et le Rouquin, qui tendait la main, empochait à mesure.

— Et c'est alors que vous l'avez assommé ?

— Le pante?... Oui, il avait une figure qui ne nous revenait pas, ou plutôt qui ne revenait pas au Rouquin, et alors il lui a donné deux ou trois coups de talons de bottes, histoire de rire...

— Et après, que s'est-il passé? dit la mère Berland. Vous êtes donc retournés au cabaret puisque lorsque tu es rentré tu étais ivre?...

— Oui, mais pas dans le même : dans une autre qui est tout près du quai et où, disait le Rouquin, il était sûr que nous ne rencontrerions personne.

« En effet, il n'y avait là que nous et le patron qui dormait, qui ronflait sur une table.

« Alors, sans rien dire et en se cachant un peu, le Rouquin a fait le compte de la galette, et il devait y avoir gras, car il paraissait très content...

— Ne t'avait-il pas dit que vous partageriez tous les deux ?...

— Oui, avant de faire le coup ; mais comme il n'a plus voulu me donner après que la monnaie trouvée dans le gilet du pante, j'ai eu peur de le fâcher et je n'ai pas osé me plaindre...

— Est-ce tout ?

— Oui, c'est tout... On a encore fait venir, je crois, une seconde bouteille, puis nous nous sommes séparés...

En entendant ce récit, toute autre mère eût eu un frisson d'épouvante, un frisson d'effroi, mais la Berland resta très calme, très froide.

Ce premier crime de son enfant ne lui arracha même ni un mouvement de colère, ni un geste d'indignation.

Au contraire, un mince sourire courut même sur ses lèvres, et les bras croisés, le regard perdu, elle demeura longtemps absorbée dans nous ne savons quelle étrange et mystérieuse pensée...

Ce soir-là, elle se coucha assez tard, et toute la nuit, accoudée sur son traversin, les yeux très brillants, le visage très pâle, elle continua à rester toute pensive, toute songeuse.

Jusqu'à présent, la mère Berland n'avait été qu'une misérable femme capable de se traîner dans toutes les fanges et de rouler dans tous les ruisseaux, et voilà que tout à coup, au récit des exploits du Rouquin et de son fils, elle se découvrait une âme encore plus vile, encore plus perverse qu'elle-même n'aurait pu le supposer.

Une idée monstrueuse lui venait, et elle faisait, tout éveillée, très calme toujours, un rêve effrayant et sinistre... un rêve dont nous aurons à reparler bientôt.

XXI

OU LE PETIT ADOLPHE CONTINUE A S'INSTRUIRE

Quant enfin le petit Adolphe se réveilla, les paupières lourdes et tout pâle encore d'un affreux cauchemar qui lui avait rappelé l'horrible scène du guet-apens, le taudis était vide, car depuis longtemps déjà sa mère était partie pour aller reprendre son service chez Mme Desjardins.

L'enfant s'habilla lentement, puis rôda, se traîna à travers la chambre.

Non seulement, ce jour-là, il n'avait pas la moindre envie de s'évader et d'aller rejoindre les camaraux, mais encore le cœur serré, plein de fièvre, il passait tout son temps à épier et à guetter, courant, au moindre bruit qu'il entendait, regarder dans la ruelle par la petite fenêtre du taudis.

Car la crainte de la « rousse » faisait déjà trembler le futur complice de Doré.

Cependant, comme il continuait de tourner et de retourner autour des quatre murs du taudis, très embarrassé de lui et ne sachant que faire pour tuer le temps, tout à coup son front s'éclaircit et il eut un mouvement, un petit cri joyeux.

Son regard venait de tomber par hasard sur un petit livre très sale, très crasseux, que son ami le Forain lui avait prêté quelques jours auparavant.

— Vois-tu, gosse, si tu veux être grinche, il faut lire ça, lui avait dit l'ancien saltimbanque, ça t'instruira.

Et il lui avait alors glissé dans les mains ce petit livre qui donnait sur la vie des prisons les détails les plus curieux et les plus intéressants.

La lecture seule de ce livre eût dû faire rebrousser chemin au petit Berland et l'arrêter net dans sa sinistre carrière. Mais malheureusement il n'en fut rien et, trop bien doué pour le crime, il put même le lire sans éprouver la moindre épouvante et la moindre horreur.

Après avoir encore une fois prêté l'oreille pour se rendre compte que la ruelle restait déserte, le petit Adolphe vint s'asseoir tout près de la fenêtre et ouvrit au hasard le livre du Forain.

Il eut, d'ailleurs, la main heureuse, car il tomba, en effet, sur un chapitre qui allait le renseigner sur le Dépôt de la Préfecture de police, sur ce fameux Dépôt dont il entendait si souvent parler par ses camaraux, c'est-à-dire sur ce lieu sinistre qui est la première étape que font les criminels avant d'aller pourrir au bagne ou de porter leur tête sur l'échafaud.

Et sans sourciller, mais au contraire très intéressé, le futur assassin de Mme Dessaigne put lire ce qui suit :

« Le premier degré de l'emprisonnement est le grand Dépôt de la

Préfecture : c'est le Préfet de police qui tient dans ses mains la clef des prisons de Paris.

« Vous êtes arrêté par un soldat, par une patrouille, par un agent, par un commissaire de police : on vous conduit à la Préfecture, à pied ou en voiture, presque toujours à pied ; on vous fait passer par un corps de garde ; vous entrez dans un cabinet ; vous signez un procès-verbal ; vous traversez une cour qui ressemble à un boyau ; on ouvre le guichet ; on vous pousse dans les bras d'un gardien ; on vous force de retirer votre cravate et vos bottes ; on vous enlève les armes, si vous en avez ; on vous examine de haut en bas ; on vous visite, on vous tâte, on vous secoue ; on crie devant vous : « *Un homme à recevoir !...* » et vous voilà au Dépôt.

« Ensuite on vous rendra votre cravate, votre mouchoir et vos bottes ; s'il vous est impossible de payer la pistole pour une cellule, on vous conduira dans la salle commune des hommes, qui est une subdivision de l'ancienne salle Saint-Martin. »

Encore quelques années et toutes ces formalités allaient être remplies pour Adolphe Berland et ses complices.

« Le Dépôt de la Préfecture est le seul égout que Parent-Duchâtelet ait oublié dans son livre sur les égouts de Paris.

« Le Dépôt reçoit, le jour et la nuit, l'écume de la grande ville, et il le distribue dans trois réservoirs qu'il appelle des salles, afin de séparer les âges et les sexes, en attendant qu'il s'avise de séparer les délits, les fautes, les crimes des prisonniers qui ne sont pas même encore des prévenus.

« Autrefois, le Dépôt de la Préfecture n'avait qu'une salle commune, celle précisément que le peuple avait placée, à tort ou à raison, sous l'invocation de Saint-Martin : hideux réceptacle qui faisait dire à un homme de beaucoup d'esprit, détenu en 1815 :

« Je me trouvai dans une salle oblongue dont l'odeur me suffoqua.

« Je jetai les yeux autour de moi : des hommes à demi-nus, des hail-
« lons couvrant des femmes au teint rouge et à l'œil lubrique, de ces gens
« que vous rencontrez à Paris et qui sentent les mauvais lieux ; des
« gouapeurs en blouse, les bras croisés et étendus par terre, des fumeurs
« jouant au piquet sur le carreau, avec des cartes grasses ; une atmosphère
« épaisse, infecte, dont un cabinet secret, faisant partie de la salle même,

« augmentait encore la révoltante saveur; un lit de camp sur lequel
« grouillaient côte à côte la misère, la crapule, le vice, le malheur et le
« crime ; l'argot des voleurs, le rire immonde du crime, les gestes de la
« débauche, une férocité efféminée, caractère spécial du vice dans les
« grandes villes, frappaient mes yeux humides de pleurs.

« Ces figures hâves, l'œil étincelant, le front ridé, venaient me regarder
« sous le nez et insultaient à ma tournure délicate et faible, à ma pensive
« douleur, à cette stupeur dont j'étais saisi.

« Voici cette salle placée sous l'invocation de saint Martin ! »

« A ne parler que de la salle commune des hommes et des deux
salles communes des femmes, il est impossible de rien imaginer de plus
singulier, de plus triste, de plus plaisant, de plus sale, de plus effrayant,
de plus bouffon que ces trois kaléidoscopes vivants dont l'un contient à
la fois des vagabonds, des voleurs, des mendiants, des filous, des hommes
ivres, des chiffonniers, des tapageurs nocturnes, des recéleurs, des assassins, des forçats libérés, et souvent même des innocents; dont l'autre
n'est habité que par des filles publiques; dont le troisième enfin
renferme en même temps des marchandes à la toilette, des tireuses de
cartes, des prêteuses sur gages, des femmes adultères, des mères qui
ont vendu leurs enfants, des enfants qui se sont vendues toutes seules,
beaucoup de voleuses, des veuves du calendrier, et bien d'autres malheureuses que l'on pourrait surnommer les filles de Robert Macaire.

« Toutes ces bohémiennes chantent avec des voix rauques, elles
parlent d'amour en blasphémant, elles traduisent la poésie en argot, elles
parodient la justice, elles se moquent de la police correctionnelle, elles
jouent gaiement à la guillotine sur l'air d'un refrain populaire.

« Comparée aux salles des femmes, la salle des hommes mériterait
un certificat de bonnes vies et mœurs. »

Ici le petit Berland releva brusquement la tête.

Dans la ruelle, le bruit d'un pas avait soudain retenti, et tout tremblant, tout frissonnant, il se demandait si ce n'étaient pas les gendarmes
qui venaient le prendre pour le conduire, lui aussi, dans cet effrayant
Dépôt dont il lisait avec tant d'intérêt la description.

Mais non, c'était sans doute quelque voisin qui rentrait, car le bruit
qui l'avait tant épouvanté ne tarda pas à s'éteindre.

Alors, redevenu plus tranquille, le petit bandit continua la lecture du petit livre du Forain :

« Tous les malheureux et tous les misérables que l'on arrête, que l'on ramasse dans Paris, sont égaux devant la licence du Dépôt de la Préfecture.

« C'est une vallée de Josaphat, dans les proportions d'une guenille, et où le dieu qui doit interroger les innocents et les coupables s'appelle un juge d'instruction.

« Un honnête homme qui serait accusé par la malveillance ou arrêté par mégarde dans la rue, est amené au Dépôt de la Préfecture de police avec ce que la crapule, la malpropreté, le vice ont de plus odieux, dans un local infect, et pourrait rester dans ce local assez de temps pour y contracter toutes sortes de maladies contagieuses ; il est confondu avec ce que Paris offre de plus honteux : les voleurs, les vagabonds, les mendiants.

« Le contingent des voleurs domine dans cette prison provisoire, et cela doit paraître fort naturel, si l'on s'en rapporte à ce que disait M. Gisquet, l'ancien préfet de police :

« Le nombre des voleurs qui travaillent dans Paris s'élève à plus de
« 10,000.

« Sur ce nombre, 6,000 prendraient votre bourse sur un meuble, sur
« une banquette, dans une loge de théâtre.

« 3,000 la prendraient dans votre poche.

« 2,000 crocheteraient votre porte ; 1,000 à 1,200 s'introduiraient
« chez vous, la nuit, à l'escalade avec effraction.

« 600 seraient dans le cas de vous assassiner pour consommer le
« vol. »

« Les lits du Dépôt consistent en un fond de planches, une paillasse et une couverture ; chaque matin, on les redresse et on les accroche contre le mur : le dortoir redevient une salle garnie d'une double rangée de banquettes ; la vermine joue un grand rôle dans cette literie.

« La pistole, c'est-à-dire le droit précieux, inestimable de coucher seul, au-dessous du vol, de la crapule et du crime, se paye seize sous pour les deux premières nuits, et douze sous pour les nuits suivantes.

« Le mobilier de la pistole se compose d'un lit de sangle, d'une chaise et d'un baquet.

« On peut avoir de la lumière jusqu'à neuf heures du soir ; la chandelle est un supplément de luxe que l'on paye.

« D'ordinaire, c'est un petit vagabond, un jeune voleur, un bandit en bas âge qui fait, tous les matins, le service des cellules de la pistole ; la salle commune des enfants improviserait au besoin toute une armée de valets de chambre.

« Du pain de munition et des soupes sont à peu près ce que l'on appelle la carte du jour, dans le Dépôt de la Préfecture.

« Nous nous trompons : ce maigre régime n'existe plus ; M. Delessert est, croyons-nous, le premier préfet de police qui ait songé à faire distribuer aux détenus du Dépôt les vivres ordinaires des prisons.

« Autrefois, le Dépôt distribuait chaque jour des prisonniers aux maisons d'arrêt de Paris, et l'emprisonnement préventif commençait, après un premier interrogatoire qui n'avait lieu d'ordinaire que pour la forme.

« Mais en allant à la Force, à Sainte-Pélagie, aux Madelonnettes, les prévenus n'avaient pas dit un dernier adieu au Dépôt de la Préfecture : la *Souricière* était destinée à les recevoir plus d'une fois, dans le cours de l'instruction, jusqu'à la signification de leur arrêt de renvoi.

« La Souricière, qui touchait à la fois au Palais de Justice, à la Conciergerie et à la Préfecture, formait séparément trois dépôts : celui des hommes, celui des femmes, celui des accusés que l'on redoutait, ou dont l'isolement rigoureux importait aux investigations de la justice.

« C'est dans ce dernier dépôt que des luttes affreuses s'engageaient souvent entre les prévenus, qui vidaient leurs querelles ou assouvissaient leurs haines, le couteau à la main.

« C'est là que le fameux Poulman faillit étouffer un complice qu'il accusait d'être un renard (espion délateur).

« Les prévenus venaient de la prison préventive à la Souricière, soit pour répondre à un juge d'instruction, soit pour comparaître devant la police correctionnelle ; ils y séjournaient à peu près une demi-journée.

« En pareil cas, on employait deux sortes de voitures pour le transport des prévenus : la voiture de service ordinaire qui ressemblait à un omnibus ; la *voiture de secret* qui ressemblait à une diligence et qui avait trois compartiments.

« La Souricière était-elle une cave, un souterrain, un cachot, un marais, une crypte du moyen âge ?

Le pauvre diable était mené tous les jours à l'instruction

« C'était quelque chose de sombre, d'humide, de jaunâtre, de froid, d'affreux, d'ignoble, voilà tout.

« Une porte surbaissée, dont le style rappelait l'entrée d'un édifice funéraire; un bouge, un cloaque, une tombe, à quinze pieds au-dessous du sol, presque au niveau de la Seine; une voûte brisée par des arêtes qui jouaient à l'ogive, des colonnes massives, des cloisons de briques, des bancs de pierre; des échos effrayants qui reproduisaient en leur donnant quelque chose d'inouï, les bruits de quai de l'Horloge; le retentissement de la crosse d'un fusil qui résonnait dans quelque corridor ténébreux, aux pieds d'une sentinelle, effrayée peut-être d'une pareille faction, des murs où la politique avait crayonné le souvenir de nos troubles populaires, où le cynisme avait dessiné des images obscènes, où les voleurs avaient gravé les instruments du vol et de l'effraction, où les assassins avaient charbonné deux horribles cortèges de figures infamantes : les crimes et les supplices; telle était la Souricière du secret.

« Eh bien! c'est dans le fond de ce vaste cachot, dans ce gouffre de la procédure criminelle, dans cet abîme de l'instruction, que l'emprisonnement préventif pouvait faire tomber un honnête homme. »

De nouveau le petit Berland avait relevé la tête et écoutait.

Maintenant la petite ruelle infecte qui aboutissait au sinistre taudis était complètement silencieuse.

Mais le jeune bandit n'en restait pas moins toujours sous le coup de ses trances et de ses appréhensions.

Certes, si la mère Berland avait voulu effrayer son gosse afin de le faire jaser, elle pouvait se vanter d'avoir réussi. Elle avait même si bien réussi que, malgré toute l'effronterie et tout le cynisme dont il était déjà capable, le petit misérable, qui cependant brûlait du désir de prendre la clé des champs et de courir rejoindre ses dignes amis sur le bord de la Seine, n'aurait pas osé bouger de son trou pour un empire.

D'ailleurs, il était déjà à dix ans ce qu'il devait être à vingt ans; il était déjà aujourd'hui ce qu'on devait le retrouver plus tard après l'affreux assassinat ou plutôt l'affreux martyre de la pauvre vieille femme de la rue de Cayla.

C'est-à-dire que le souvenir du pauvre pante qu'il avait vu rouler sanglant sous le talon du Rouquin, et qui peut-être à cette heure était mort, ne le remplissait d'aucun remords, ne lui donnait aucune émotion.

Mais ce qui l'étonnait et ce qui était pour lui une cause d'ahurissement, c'était seulement ceci : Comment la police avait-elle donc pu savoir qu'il avait aidé à faire le coup? Comment avait-elle donc pu apprendre qu'il avait été le complice du Rouquin?...

L'homme à demi étranglé, à demi assommé, ils avaient si vite joué des jambes, si vite détalé, que personne ne les avait vus, il en était bien sûr... Alors comment se faisait-il donc que toute la « rousse » d'Asnières fût maintenant à ses trousses?

Et comme il ne parvenait pas à deviner le mot de cette énigme, le petit drôle eut un haussement d'épaules qui semblait dire : — Ah bah! je m'en fiche, n'y pensons plus! — Puis, de plus en plus intéressé, il revint au petit livre crasseux du Forain.

Il ne s'agissait plus maintenant du Dépôt, mais de la Roquette, de cette sinistre et célèbre prison dont l'imagination du précoce bandit avait toujours été vivement frappée.

En effet, si le Dépôt était la première étape des criminels, la Roquette n'était-elle pas la dernière et celle qui précédait immédiatement l'échafaud?

Aussi n'écoutant plus, n'épiant plus, le petit Adolphe, le livre ouvert sur ses genoux et sa tête plongée dans ses mains, s'absorba-t-il avec plus de fièvre encore dans sa lecture.

Le chapitre commençait d'abord par cette courte description de la prison :

« Pénétrons dans cet entrepôt du bagne, sur cette avant-scène de l'échafaud.

« Franchissons trois grilles de fer et quatre portes de chêne, et nous serons dans le grand préau de la prison.

« Des bâtiments à trois étages encadrent le préau au nord, à l'est et à l'ouest. La chapelle de la prison occupe la partie sud.

« La Roquette est bâtie avec un luxe de précautions qui n'ont rien d'affecté, et qui rendent les évasions sinon impossibles par les moyens ordinaires, tout au moins extrêmement difficiles.

« Non seulement les fondations sont en assises de pierre de taille, qui ne laissent pas l'espoir d'ouvrir un souterrain, non seulement les deux murs de ronde qui ceignent la prison sont solides et élevés, mais encore on a pris soin d'en effacer les angles au moyen de pierres arrondies, et le bruit court, parmi les détenus, que l'intérieur est rempli de sable, de telle sorte que si on imaginait de pratiquer une ouverture, elle serait obstruée à l'instant même par l'éboulement de ce sable.

« Du reste, pour qu'un pareil cas se présentât, il faudrait que les factionnaires des chemins de ronde fussent endormis ou étranglés dans leurs guérites.

« C'est dans le grand préau, que, deux fois par jour, les prisonniers exécutent leur promenade circulaire.

« Vous voyez se mouvoir pêle-mêle cette population vêtue du pantalon gris et de la veste de même couleur au collet vert.

« Nulle variété dans le vêtement, parce qu'il n'y a nulle catégorie dans les individus et les moralités.

« Les catégories que l'administration se montre peu soucieuse d'établir, les prisonniers les forment quelquefois d'eux-mêmes, et il n'est pas difficile que ceux qu'une première condamnation a frappés, ceux qu'une faute peu grave a conduits dans ce lieu misérable, ceux-là se recherchent, se comprennent et se respectent assez eux-mêmes pour fuir le contact des êtres tout à fait dépravés. »

Puis, dans ce livre qui causait un si vif plaisir au futur chef de la bande de Courbevoie, venait ensuite la distribution de la journée à la Roquette :

« Le matin, au point du jour, on sonne le réveil des gardiens ; une demi-heure après, on sonne encore, et le surveillant de chaque corridor déboucle les détenus avec rapidité.

« Une soixantaine de portes, fermées à double tour et aux verrous, sont ouvertes en moins de trois minutes, et cela dans six corridors à la fois.

« On accorde une demi-heure aux détenus pour s'habiller, faire leurs lits et balayer leurs petits cabanons. Mais la plupart laissent cette besogne au brigadier de la section, qui s'en acquitte moyennant 15 ou 20 centimes par semaine.

« Au troisième coup de cloche, les prisonniers descendent un à un, ils reçoivent un demi-pain en passant, et en cinq minutes le grand préau est rempli.

« Ils se promènent là autour de la fontaine pendant une demi-heure, après quoi, on sonne l'entrée dans les ateliers.

« A neuf heures précises, les grilles et les portes des ateliers s'ouvrent, les marmites de cuivre paraissent, et la distribution du bouillon a lieu.

« A neuf heures et demie la sortie des ateliers, et quatre ou cinq cents paires de sabots font un bruit étourdissant sur le pavé du préau jusqu'à dix heures.

« Un gardien sonne la rentrée. Le travail se poursuit sans désemparer jusqu'à trois heures. C'est le moment de la distribution de la seconde moitié de pain, des légumes ou de la viande, selon les jours. Puis vient une nouvelle promenade de trois heures et demie à quatre.

« La sortie définitive varie suivant les saisons. C'est à sept heures en été, à six en automne, à neuf en hiver. Dans ce dernier cas, des auxiliaires promènent sur le préau deux torches qui répandent une clarté rougâtre et laissent échapper des tourbillons de fumée noire.

« Alors vous voyez les prisonniers se ranger en deux files et se diviser en six sections.

« Chacune de ses sections est conduite par un surveillant au corridor qui lui est propre, puis les prisonniers se retirent ensuite dans une caserne de vingt lits, ou dans leurs cellules respectives.

« Un gardien fait l'appel, le brigadier pousse les verrous, un gardien de service les ferme à clef, et le bouclage est terminé. »

Mais le petit Berland venait tout à coup de tressaillir.

Qu'était-ce donc?

Est-ce qu'il avait encore entendu dans la salle un bruit qui l'inquiétait, qui l'effrayait?

Non, non, ce n'était pas cela; mais le livre parlait maintenant des condamnés à mort, des criminels fameux qui avaient vécu à la Roquette leurs derniers jours, et, chose étrange, cet enfant de dix ans venait de sentir soudain un frisson lui courir dans les veines comme s'il eût eu le pressentiment de sa tragique destinée.

L'histoire de ce monstre qui s'est appelé Poulman, et celle du trop célèbre Lacenaire redoublèrent encore son intérêt; mais ce qui surtout l'impressionna vivement, ce fut le double suicide, dans leurs cabanons de la Roquette, de Soufflard et de Lesage, ces deux bandits demeurés légendaires.

« Le 19 mars 1839, disait le petit livre du Forain, la cour d'assises

de la Seine condamnait à la peine de mort Soufflard et Lesage, les deux
assassins de la femme Renaud, de la rue du Temple.

« Ils étaient restés immobiles et silencieux en écoutant la lecture
du verdict du jury et la condamnation capitale qui la suivit.

« A peine ont-ils quitté l'audience, que Soufflard, sortant de la morne
immobilité dans laquelle il paraissait plongé, entra dans un violent accès
de fureur, accablant de ses imprécations les magistrats, les chefs de la
police, les jurés.

« Quelques secondes n'étaient pas écoulées depuis que Soufflard était
rentré dans sa cellule qu'on le vit en proie à d'horribles convulsions; le
poison déchirait ses entrailles : le lendemain, il avait cessé de vivre.

« Lesage s'était pourvu en cassation. Trente-huit jours après sa condamnation, il est trouvé pendu aux barreaux de son cabanon.

« Ce double suicide, qui a été donné comme une preuve de la crainte
que l'échafaud inspire, ne prouve qu'une chose, c'est qu'aux yeux des
criminels les plus endurcis, la mort est peu de chose.

« La preuve, c'est qu'ils ont montré plus de courage qu'il n'en fallait
pour livrer leurs têtes à l'échafaud; ils avaient à choisir entre eux-mêmes
et le bourreau; ils ont fait fi de celui-ci, ils se sont donné la mort au
lieu de la recevoir.

« Voyez plutôt : Soufflard prend plus d'arsenic qu'il n'en fallait pour
ôter la vie à cinq cents personnes.

« Il sait bien ce qu'il fait; il raisonne son action, ou, pour mieux
dire, son nouveau crime, avec calme, avec réflexion,

« Il en attend les résultats avec confiance, et l'esprit de sa conser-
vation ne le touche nullement.

« Lorsqu'on lui adressa la parole en ces termes : « Dites quel poison
« vous avez pris? — Je ne le dirai pas, répondit-il d'une voix forte; je
« ne veux rien dire, on me donnerait du contrepoison. »

« Lorsqu'on lui présenta du lait, ne pouvant résister à la soif ardente
qui le dévore, il saisit la tasse, mais avant de le boire, il ajoute : « Il est
« trop tard, le coup est fait; il est touché au cœur. »

« Aux exhortations de l'aumônier, de l'abbé Montès, il ne répond rien
s'il l'interrompt deux ou trois fois, c'est pour s'emporter en malédictions
contre son coaccusé, qui l'a chargé de son énergique déposition.

« Voilà le cas que Soufflard a fait de la mort! »

En ce moment, dans la petite ruelle fangeuse, un homme venait d'entrer et cherchait, furetait, se rapprochait insensiblement du taudis de la mère Berland.

Cet homme était coiffé d'une casquette en soie et portait une longue blouse et un foulard rouge noué autour du cou.

Est-ce que la mère Berland, quand elle avait annoncé à son gosse que la police était à ses trousses, avait dit plus vrai qu'elle n'avait cru dire?

Est-ce que cet homme était un agent de la Sûreté chargé de rechercher le petit complice de Rouquin?

C'est ce que nous allons savoir tout à l'heure; mais, pour le moment, contentons-nous de dire que le pas de cet individu était si léger, si furtif, que le petit Adolphe, qui restait pourtant toujours très méfiant et très soupçonneux, ne l'avait pas entendu.

Et toujours très empoigné par le livre de son ami le Forain, le gamin acheva sa lecture :

« Quant à Lesage, la même condamnation l'avait frappé... Il se pourvoit en cassation.

« Gardé à vue, soigné comme un malade convalescent, car on veut le livrer plein de vie au bourreau, il raconta l'histoire de sa vie... »

« S'animant au récit de ses méfaits (ils étaient variés, nombreux et horribles), il laisse briller dans ses yeux une joie bizarre, en supputant les sommes qu'il a volées pour les dissiper en crapuleux excès de débauche.

« Croyant que son pourvoi doit prolonger son existence de quarante jours, il compte sans trembler les jours qui lui restent.

« — C'est aujourd'hui le trente-deuxième, disait-il un samedi, je n'en ai plus que huit, et si personne ne me donne de l'argent, je manquerai de tabac. Ce n'est pas trop fumer cependant, pour un homme qui n'a que huit jours à vivre, que cinq sous de tabac à fumer par jour et dix sous de vin.

« Lesage, à son tour, échappe à l'échafaud par un suicide!

« Est-ce qu'il craignait la mort celui-là? est-ce que... »

Mais le petit Berland n'acheva pas, et, plus pâle, plus livide qu'un mort, en moins d'une seconde il se trouva debout.

On venait de frapper à la porte du taudis, et comme il n'avait pas répondu, on frappait encore, on frappait toujours.

— La police !... les agents ! avait pensé le sinistre gamin avec un indicible effroi.

Et comme les coups redoublèrent, tout son corps trembla, frissonna.

Puis il y eut quelques secondes de silence.

Adolphe à présent regardait la fenêtre. Oui, il pourrait fuir par là, mais en aurait-il le temps ?... mais ne serait-il pas rattrapé avant d'avoir pu gagner la loge ?

Et il sentait ses dents claquer, une sueur froide mouiller ses tempes, lorsque, soudain, il se redressa, pâle toujours, mais plein de surprise, ou pour mieux dire, plein de joie.

Car maintenant une voix l'appelait, une voix qu'il reconnaissait bien pour être celle de son complice, pour être celle du Rouquin.

— Môme, c'est moi !... Ouvre donc !... ouvre vite ! criait le bandit.

Et le gamin, ayant enfin ouvert, le Rouquin entra dans le taudis d'un bond, referma brusquement la porte derrière lui, puis, la voix très basse et très vivement :

— Môme, il y a du nouveau, dit-il.

— Du nouveau !

Et le petit Berland était resté tout blême, tout grelottant, et pendant une minute ou deux le Rouquin et lui se regardèrent.

XXII

OU LE ROUQUIN FLAIRE ENCORE UNE BONNE AFFAIRE

Enfin, s'étant laissé tomber sur une chaise, et parlant à voix très basse, le rôdeur reprit :

— Oui, fiston, tu auras beau écarquiller les yeux, je ne te blague pas, il y a du nouveau.

« Il y a que, si je n'avais pas été aussi à la coule que je le suis, je serais très probablement à l'heure qu'il est entre les pattes de la rousse.

« Mais, tu sais, le Rouquin ouvre l'œil, le Rouquin a du nez !...

Le bandit cligna de l'œil, eut un sourire malin, puis il ajouta :

C'etait un jeune officier à l'air intelligent et crâne.

— D'abord, il faut te dire que, malheureusement, le pante a été ramassé trop tôt, car hier soir, je n'étais pas encore couché, que dans ma turne on ne parlait pas d'autre chose...

« Tu sais où elle est, ma turne?

— Non, dit Adolphe.

— Eh! là-bas, sur le quai, tout près précisément de l'endroit où je t'ai raccroché pour venir faire le coup avec moi... Oh! tu dois connaître ça, pour sûr... Une petite maison basse comme celle-ci et où il y a un mastroquet et une espèce de bastringue...

— Je crois que oui, dit le petit Berland.

— Eh bien! hier soir, avant de me fourrer au pieu, j'ai encore lampé quelques verres dans le caboulot, et comme j'étais là, en train de fumer tranquillement ma pipe, des types sont entrés boire un canon sur le zinc.

« Si tu avais été là en ce moment, toi, gosse, je suis bien certain que tu n'aurais pas manqué d'avoir une belle frousse.

— Pourquoi donc? fit vivement le gamin qui, malgré lui, venait de tendre l'oreille du côté de la ruelle.

— Pourquoi? ricana le Rouquin. Mais tout simplement parce que le pot aux roses était déjà découvert. Mais tout simplement parce que les individus en question ne parlaient pas d'autre chose que de l'affaire.

« Et il fallait les entendre, mon bon!... Ah! ce qu'ils juraient, ce qu'ils sacraient!... Il paraît qu'ils s'étaient trouvés là par hasard quand on avait ramassé le pante, et ils ne demandaient ni plus ni moins que ma tête et que la tienne, fiston!

A ces mots, le gamin était devenu plus blanc qu'un linge.

— Je vois que tu flanches!... Veux-tu un coup de pied dans le derrière pour te remettre! s'écria le bandit d'une voix rude.

Puis, se radoucissant aussitôt :

— Non, non, mon vieux, dit-il, rassure-toi, ce n'est pas encore demain que nous marcherons à la butte... Ah! non, pas si bête que de se laisser pincer, pas vrai?... Il est vrai que toi, tu en serais peut-être quitte pour recevoir le fouet dans une maison de correction : un gosse! un môme!.

« Mais enfin, passons.

« Je te disais donc que ces types parlaient de l'affaire.

« Quand ils jurent partis, je montai me coucher, et je t'assure bien que le souvenir du pante ne m'a pas fait faire de mauvais rêves.

« Mais cependant je ne veux pas non plus faire le malin, et je ne te cache pas que le lendemain matin en m'éveillant j'étais un peu inquiet.

« Je me demandais ce que l'on devait dire dans Asnières.

« J'aurais voulu savoir quelle tournure semblaient prendre les choses.

« Enfin, je n'aurais pas été fâché de savoir aussi si l'on n'avait pas déjà des soupçons sur quelqu'un.

« Car, vois-tu, gosse, on a beau connaître son affaire, on a beau tout prévoir, on n'est jamais bien sûr de ne pas avoir commis quelque faute, quelque imprudence qui puisse vous faire pincer.

« Je me mis donc à flâner à travers les rues, les deux mains dans mes poches et comme un brave zig qui ne pense à rien.

« Mais je n'étais pas dehors depuis plus d'une demi-heure que je savais déjà à quoi m'en tenir.

« Presque à tous les pas que je faisais je me heurtais à des groupes, à des rassemblements de gens qui, l'air furieux, criaient, gesticulaient.

« Et ce qu'ils disaient, tu le devines, n'est-ce pas, môme?... On ne parlait que de ce pauvre pante que l'on avait si audacieusement attaqué, que de ce pauvre homme que des escarpes avaient à moitié assommé pour lui voler son argent.

« J'avais d'abord entendu tout ça sans broncher, mais tout à coup il me sembla qu'il y avait là trois ou quatre individus qui commençaient à me regarder de travers... — Ho! ho! pensai-je, je crois que tu feras bien de filer, mon vieux Rouquin!... et de filer le plus vivement possible.

« Alors, de l'air le plus naturel du monde et toujours les deux mains dans mes poches, je m'empressai de tourner les talons.

« Mais je ne te cacherai pas que j'avais tout de même la frousse et que j'avais senti, pendant quelques secondes, un petit frisson me courir dans le dos.

Le petit Berland se mit à rire.

— Oui, oui, tu rigoles, mais je t'assure que moi je ne rigolais pas, reprit vivement le Rouquin. Je pensais à mon casier judiciaire et je me disais que si je me faisais repiger, ce serait tout simplement la Nouvelle... tout simplement le bagne qui m'attendait.

« Aussi, comme j'avais cru m'apercevoir que la rue n'était peut-être pas très sûre, étais-je remonté me cacher dans ma chambre.

« Peut-être à ce moment-là ai-je eu tort d'avoir trop le trac? Peut-être aurais-je dû filer tout de suite au lieu d'aller faire le mort dans mon trou?

« Mais passons.

« Quand le soir vint, — et je te prie de croire que la journée m'avait paru longue! — quand le soir vint, comme je me sentais un peu plus d'aplomb et comme je brûlais aussi d'envie d'avoir d'autres renseignements, je pensai que je ne ferais peut-être pas mal de retourner faire un tour là-bas dans le caboulot où je t'ai mené, dans le caboulot où nous avons manigancé le coup.

— Oui, oui, je sais, fit vivement le petit Adolphe.

— Je me mets donc en route et j'arrive là-bas juste en même temps que le Forain et trois ou quatre autres camaraux que tu ne connais pas.

« Je crois même que 's'ils venaient là, c'est qu'ils avaient à parler entre eux d'une petite expédition qu'ils préparaient pour cette nuit.

« Mais passons encore.

« Tu penses bien qu'avec des amis on n'a pas à se gêner, pas vrai?... D'ailleurs, je savais que c'étaient tous des zigs d'attaque, tous des zigs incapables de manger le morceau.

« Et alors je leur dégoisai toute l'affaire, mais sans leur parler de toi, petit, car le Rouquin, tu sauras ça, pour ta gouverne, ne trahit jamais un complice.

« Et comme je leur parlais très franchement de la petite frousse que j'avais eue le matin, ils partirent d'un si bel éclat de rire que je me sentis tout de suite rassuré.

« Non, non, on ne savait rien... On parlait bien un peu partout dans la ville de ce pante à qui l'on avait fait si proprement le coup du père François, mais on n'avait pas plus de soupçons sur moi que sur d'autres. Je pouvais donc dormir sur mes deux oreilles.

« Et le Forain ajouta même :

« — Au lieu de dire des bêtises, tu ferais mieux de payer une tournée, animal!

« Et cette tournée avalée, on en but une deuxième, puis une troisième, puis je ne sais plus combien... Tout ce que je puis dire, par
exemple, c'est que je n'ai peut-être jamais mieux pioncé que cette nuit.

« Mais tu vas voir!... tu vas voir, gosse!... C'est à présent que l'affaire
se corse.

« Ce matin, en sautant du pieu, je mets le nez à la fenêtre, et qu'est-ce
que je vois, qu'est-ce que j'aperçois? un homme qui s'était planté devant
ma maison et qui précisément levait la tête en l'air !

« D'un bond je me retire, puis au bout de quelques secondes, tout pâle,
je regarde encore.

« Cet homme maintenant arrêtait les passants, entrait dans les maisons, demandait partout des renseignements.

« Et comme, tout en me cachant, je restais toujours à l'épier et à le
guetter, il disparut tout d'un coup d'un pas si rapide, que le doute ne
m'était plus possible. Pour sûr, cet individu devait être un agent de la
Sûreté, et s'il déguerpissait si vite, c'est que très probablement il allait
chercher du renfort pour venir m'arrêter.

« Et tu vas voir que je ne m'étais pas trompé!... Et tu vas voir que
j'avais eu de l'œil !

« A peine m'étais-je habillé, à peine allais-je décamper, que j'eus
encore une surprise et un étonnement.

« Dans la chambre voisine de la mienne, je venais d'entendre une
espèce de murmure, une espèce de chuchotement.

« Je n'eus qu'à prêter l'oreille une seconde pour reconnaître bien vite
à qui j'avais affaire.

« C'était ma propriétaire, ma marchande de sommeil qui était en train
de faire, à mon sujet, une véritable scène à son mari.

« La vieille gonzesse parlait bas ou plutôt croyait parler bas, mais si je
ne pouvais saisir tous les mots qu'elle disait, j'en entendais cependant
assez pour être suffisamment édifié.

« Elle reprochait à son mari de m'avoir loué sa chambre. Elle lui disait
qu'il n'avait pas été malin, car il n'y avait qu'à me voir pour deviner
sur-le-champ à qui l'on avait affaire. Enfin, bref, elle lui racontait en
peu de mots toute l'histoire du pante, et elle prétendait qu'elle tenait
de bonne source qu'on allait venir m'arrêter.

« Ah ! pour le coup, mon vieux, je n'en entendis pas davantage.

« Prompt comme l'éclair, je dégringolai l'escalier et gagnai la rue...
Et il n'était que temps !... La rousse accourait !

— Vous l'avez vue ! dit vivement le petit Berland avec un mouvement
de frayeur.

— Comment ! si je l'ai vue ?... Mais si je ne l'avais pas vue, si je
n'avais pas vu cinq ou six roussins galoper après moi, tu penses bien que
je ne serais pas ici.

« Oui, oui, je l'ai vue... Elle gagnait même du terrain sur moi... Alors
que faire ?... Je perdais la boule... Je n'y étais plus... Et c'est alors que
tout à coup une bonne idée m'est venue.

— Quelle idée ?

— Eh ! l'idée de venir chez toi, gosse ?... Je me suis souvenu de ton
adresse... je me suis rappelé aussi que ta vieille n'y était pas de toute la
journée... et je me suis dit : Si le môme est chez lui, tout va bien, on
ne tient pas encore le Rouquin !

« Et il fallait voir si je fendais l'air !... J'avais quitté le quai, et j'avais
pris les rues de traverse, des ruelles, des impasses, des passages, que
sais-je !

« Et me voilà !... Laisse-moi souffler un peu.

Puis il y eut un silence.

Le petit Berland, qui s'était rapproché de la fenêtre, écoutait encore.

Le Rouquin écouta aussi.

Puis au bout d'un moment :

— Non, non, reprit-il, à présent je suis parfaitement tranquille, et la
rousse est bien dépisté... seulement tu comprends bien que je
ne pourrai guère décamper avant ce soir... A quelle heure ta vieille
rentre-t-elle ?

— Vers huit heures... neuf heures...

— Oh ! parfait !... J'aurai eu le temps de me tirer des pieds.

Tout en parlant, le Rouquin venait de bourrer sa pipe.

Il l'alluma, lentement, méthodiquement, puis reprit :

— A propos, tu ne m'as pas dit ce qu'elle faisait, ta vieille ? Elle
turbine sans doute dans quelque fabrique, dans quelque usine...

— Non, non, fit vivement et presque fièrement le gamin, elle est en
service.

— En service ?

— Oui, elle est femme de ménage... domestique, quelque chose comme ça...

— Et je pense bien que tu n'as pas été assez bête pour aller lui raconter notre histoire?

Le petit Berland eut un imperceptible mouvement, puis se remettant aussitôt :

— Moi? s'écria-t-il d'un air crâne. Jamais de la vie!

— A la bonne heure!... Et chez qui travaille-t-elle, ta vieille? dit le Rouquin.

— Chez une dame.

— Une commerçante!

— Non, une rentière, une bourgeoise.

— Ah!

— Une vieille dame qui est très riche.

Le rôdeur venait brusquement de se redresser.

— Très riche? fit-il la voix un peu sourde. Comment le sais-tu?

— Oh! je le sais.

— C'est ta vieille qui te l'a dit?

— Non, non, mais tout le monde le dit... Oh! c'est une vieille qui a du pognon.

— Tant que ça?

— Oh! oui... Mais malheureusement pour elle n'en profite pas.

— Comment! elle n'en profite pas?... C'est donc une vieille ladre?... une vieille avare?

— Non, mais elle est infirme, elle ne peut pas bouger de son fauteuil.

— Ah! je comprends, fit le Rouquin qui paraissait de plus en plus s'intéresser aux réponses du gamin. En effet, dans ces conditions-là, elle ne doit pas dépenser beaucoup de ses monacos.

Puis, très vivement :

— Et comment l'appelles-tu, ta vieille gonzesse? demanda le bandit.

— Mme Desjardins, répondit l'enfant.

— Mme Desjardins?

— Oui.

Le Rouquin venait de passer la main sur son front et semblait réfléchir.

— Mme Desjardins! murmurait-il. Mais attends donc!... attends donc un peu!... Il me semble en effet que je connais ce nom-là... Mme Desjardins?... Parbleu!

Il réfléchit encore, puis après un instant :

— Mais oui, mais oui, je me rappelle très bien maintenant... Il paraît que c'est une vieille qui fait beaucoup d'aumônes, qui a beaucoup de charité?

— Je crois que oui.

— Es-tu allé quelquefois chez elle?

— Oh! plusieurs fois.

— Elle doit être bien logée, hein? fit le Rouquin avec un sourire et tout en regardant fixement l'enfant.

— Oh! oui, répondit vivement le petit Berland qui sourit à son tour. C'est, pour sûr, un peu plus chic qu'ici.

— Est-ce que la maison qu'elle habite ne se trouve pas dans un jardin?

— Mais oui.

— C'est ce que je croyais avoir entendu dire. Mais cette bonne vieille ne doit pas habiter là toute seule, car certainement elle s'embêterait trop... Elle doit avoir avec elle des parents?

— Elle a avec elle sa petite-fille, pardi!

— Sa petite-fille?

— Oui, Mlle Berthe.

L'œil du Rouquin venait de s'illuminer d'un éclair.

Puis, après avoir pendant longtemps encore posé une foule de questions à son petit complice, le Rouquin, dont la face blême devenait de plus en plus radieuse, de plus en plus rayonnante, avait fini par se taire et par se recueillir.

Certes, le coup du pante si lestement nettoyé, si proprement arrangé, était bien beau et lui avait rapporté un assez joli *bénef*.

Des coups comme celui-là, on n'en trouve pas tous les jours sous la main, malheureusement.

Mais, cependant, le bandit arrivait presque à dédaigner le résultat de sa dernière expédition, quand il pensait au joli magot qu'on pourrait sans doute découvrir chez la vieille femme dont venait de lui parler le petit Berland, c'est-à-dire chez la vieille Mme Desjardins.

Une vieille femme qui habitait dans sa propre maison, une vieille

Berthe lisait et relisait ces lettres débordantes d'amour.

femme qui vivait de ses rentes, devait certainement avoir dans un coin pas mal de galette, pas mal de braise.

Et puis, comme, dans cette affaire-là, tout se présentait aisément, facilement!

D'abord la vieille était, paraît-il, paralysée, c'est-à-dire tout à fait impotente, c'est-à-dire tout à fait dans l'impossibilité de faire la moindre résistance.

Ensuite elle n'avait auprès d'elle, pour lui porter secours en cas de besoin, qu'une jeune fille et une vieille servante qu'on n'aurait pas beaucoup de peine à mettre à la raison.

D'ailleurs, comme il fallait toujours être prudent, on s'arrangerait de façon à faire le coup sans bruit, sans esclandre, sans tapage.

La chose, pour le moment, restait à étudier et à voir.

Mais enfin si, malgré toutes les précautions que l'on aurait pu prendre, on était découvert, que se passerait-il?

Eh bien! il ne se passerait rien du tout, absolument rien, pensa le Rouquin qui haussa dédaigneusement les épaules. A la première alerte, il est très certain que la jeune fille n'en demanderait pas davantage et se contenterait d'aller faire la morte dans un coin... Quant à la vieille servante, si elle ne voulait pas se montrer gentille, il suffirait de ce poing-là, de ce poing solidement appliqué entre les deux yeux pour la rappeler immédiatement aux convenances... Enfin, quant à la maîtresse de la maison, quant à la vieille paralytique, comme il faudrait avoir quelques égards pour son infirmité, on se contenterait de lui mettre un bon bâillon... Et de cette façon, on aurait tout le temps de travailler sans être dérangé, et le plus tranquillement, le plus paisiblement du monde.

Le bandit s'était levé et s'était mis à se promener de long en large dans le taudis, les deux mains croisées derrière le dos.

Le petit Berland, qui le voyait encore ruminer et réfléchir, se contentait de le regarder très curieusement, n'osant plus souffler mot.

Enfin, au bout de quelques minutes, le Rouquin s'arrêta tout à coup, croisa les bras, releva la tête et regarda fixement l'enfant.

— Est-ce tout ce que tu as à me dire?... est-ce bien tout ce que tu as à m'apprendre? dit-il.

— C'est tout.

— Tu n'oublies rien ?

— Comment?

— Je veux dire : es-tu bien sûr qu'il n'y a pas dans la maison de cette Mme Desjardins d'autres personnes que celles que tu viens de me désigner?... Es-tu bien sûr que, si un jour ou l'autre, j'étais pris de la fantaisie d'aller rendre une petite visite à cette dame, je n'aurais pas tout à coup la désagréable surprise de me rencontrer avec quelque intrus sur lequel je n'aurais pas d'abord compté? Enfin, puisque tu restes là, la bouche ouverte, et que tu n'as pas l'air de me comprendre, je vais te parler plus clairement et te mettre, comme on dit, les points sur les i. En un mot, es-tu bien certain qu'il n'y a là que des femelles et pas de mâles?.

Le petit Adolphe s'était mis à rire.

— Non, non, pas de mâles!... Oh! pour ça, je puis en donner ma parole, s'écria-t-il.

— Alors, pas de portier?

— Non.

— Pas de jardinier?

— Je n'en ai jamais vu.

— Parfait!... Ça prouve que la vieille birbe n'est pas peureuse... Mais cependant, ajouta plus vivement le Rouquin, elle doit bien avoir, comme tous les richards d'ici, comme tous les richards de la banlieue, quelque molosse, quelque gros chien qui serait peut-être assez brutal pour vous sauter à la gorge?

Mais le gosse secoua la tête.

— Des chiens? Il n'y en a pas non plus ! fit-il.

Pour le coup, le bandit n'en revenait pas. Jamais il n'avait trouvé une pareille aubaine. Jamais il n'avait osé espérer une affaire se présentant dans de si belles conditions.

Aussi son sinistre visage devenait-il de plus en plus rayonnant, de plus en plus radieux.

Mais cependant ces renseignements demandaient à être complétés, et il lui restait encore à donner à son élève quelques petites instructions.

Alors, d'un ton plus grave :

— Maintenant, môme, reprit-il, je crois que je n'ai pas besoin de t'en dire davantage et que tu m'as déjà compris. — Dès à présent, je vais avoir l'œil sur la patronne de ta vieille, sur ta Mme Desjardins... Il ne s'agit donc que de savoir si tu vas m'aider encore dans ce nouveau travail?

Le petit Berland n'eut pas même une seconde d'hésitation.

— Et pourquoi pas? se contenta-t-il de répondre.

— Bien! fit le bandit. Mais comme cette affaire est non seulement plus importante, mais encore beaucoup plus dangereuse que celle du pante, il ne s'agit pas de s'y embarquer bêtement et à la légère. Par conséquent, avant de m'y décider, j'ai besoin d'avoir encore d'autres renseignements que toi seul peux te procurer...

— Qu'est-ce qu'il faut faire? demanda le petit Adolphe de plus en plus résolu.

— Voici. Il va sans dire que tu as tes grandes et tes petites entrées chez la bonne femme en question, en d'autres termes que tu y es reçu quand tu veux...

— Oui, quand je veux.

— Et comme, naturellement, on n'a pas de raison pour se méfier de toi, tu peux, mieux que personne, être à même de tout voir et de tout connaître?

— Je tâcherai.

— Donc, il faudra que je sache d'abord, et cela très exactement, à quelle heure, dans cette maison-là, on a l'habitude de sonner l'extinction des feux.

— Oh! Mᵐᵉ Desjardins est toujours couchée vers les neuf heures.

— Tu te renseigneras.

— Bon.

— Il faudra que je sache en suite, et toujours très exactement, où se trouvent situées les chambres à coucher: la chambre de la vieille, la chambre de sa fille et la chambre de la bonne.

— Je ne connais que la chambre de la bonne.

— Il faudra aussi connaître les autres. — Puis, quand tu sauras cela et que tu seras sûr de pouvoir me l'expliquer de façon à ce que je puisse y aller les yeux fermés, tu t'inquiéteras de savoir, et toujours très sûrement, toujours très exactement... ne blague pas...

— Oh! soyez tranquille! fit avec conviction l'affreux gamin.

— Tu t'inquiéteras de savoir où la vieille serre son argent, dans quelle pièce, dans quel meuble, dans quel tiroir.

— Entendu.

— Et tu tâcheras de savoir aussi où se trouvent les bijoux, l'argenterie... Alors, quand je saurai tout cela, je n'aurai plus qu'à dresser mon
plan pour qu'avec la galette de la vieille nous gonflions notre profonde...
Est-ce convenu?

— C'est convenu.

— Seulement, s'écria vivement le Rouquin, ne cherche pas à me
rouler, tu sais!

— Comment ça?

— Ne cherche pas à me souffler l'affaire et à faire le coup avec un
autre, car tu t'en mordrais les doigts, c'est moi qui te le dis.

— Oh! il n'y a pas de danger.

— Car il faut bien que je te prévienne d'une chose : ni le Forain, ni
le Pâtissier, ni la Blonde ne seraient les hommes pour ce coup-là... Oui,
petit, tu as beau regarder, c'est pourtant comme ça... Pour ce beau
travail avec effraction et escalade, je leur défends de me décrotter les
bottes... Le Forain manque d'expérience, le Pâtissier n'en a pas plus que
lui, et, de plus, il est beaucoup trop lent, beaucoup trop mou; enfin la
Blonde, dans ces coups-là, n'y va pas par quatre chemins : au premier
cri, à la première alerte, tout de suite il saigne... Et alors, tu vois où il
te mettrait, petit : tout droit à la butte!

Et comme le petit Berland frissonnait, le bandit s'empressa d'ajouter
avec un ricanement cynique :

— Tu y monteras peut-être un jour... Qui sait?... Mais ce n'est pas
la peine de te presser, pas vrai?

Puis, jusqu'au soir, le Rouquin et son jeune complice ne parlèrent
plus que du nouveau coup qu'ils méditaient.

Enfin, comme la nuit tombait :

— Je crois que maintenant je puis me risquer, dit le bandit... Je vais
donc tâcher de filer d'Asnières en attendant que l'affaire du pante soit
enterrée... Je te reverrai donc bientôt... Mais en attendant, n'oublie pas
ce que nous avons dit... Bonsoir, gosse!.

Et quelques secondes après, le petit Berland entendait le pas
rapide du bandit se perdre dans l'ombre épaisse de la ruelle.

XXIII

OU LA MÈRE BERLAND SE DESSINE

Mais l'affaire du pante ne s'était pas enterrée aussi promptement que le Rouquin avait semblé le croire.

Au contraire, après plus d'une semaine, cette audacieuse attaque nocturne continuait à faire tant de bruit, que le commissaire d'Asnières avait été appelé de toute urgence par le préfet de police.

A la suite de cette entrevue, de nouvelles recherches avaient eu lieu, de nouvelles battues avaient été organisées par le service de la Sûreté, et un beau matin on avait pu lire dans les journaux l'entrefilet suivant :

« On vient de mettre enfin la main sur l'auteur ou tout au moins l'un des auteurs du récent guet-apens d'Asnières.

« Quand le bruit de cette arrestation s'est répandu dans la ville, une foule énorme et furieuse s'est portée à la rencontre du misérable, et elle lui aurait certainement fait un mauvais parti sans le sang-froid et l'énergie des agents. »

Puis, quelques jours après, c'étaient encore d'autres entrefilets dans lesquels on apprenait au public que l'individu arrêté s'était jusqu'à présent refusé énergiquement à faire le moindre aveu.

Bref, le pauvre diable qu'on avait arrêté avait beau être mené chaque jour à l'instruction et subir les plus minutieux et les plus longs interrogatoires, on dut bien reconnaître que l'on s'était trompé et que l'on avait arrêté un innocent.

Et alors ce ne fut qu'un cri contre ce que l'on appelait l'incapacité de la police.

Quelques journaux allèrent même plus loin et parlèrent très nettement, très carrément de l'impuissance où on se trouvait d'épurer Paris, et de nettoyer la banlieue de tous les bandits et de tous les scélérats qui les infestent.

La note presque générale fut alors à peu près celle-ci dont nous avons retrouvé, dernièrement, un écho dans un des organes les mieux accueillis et les plus répandus de la presse parisienne :

« Quand un lieu déterminé de Paris a été signalé avec persistance par les gazettes, — peut-être aussi par des réclamations directes au commissariat du quartier, — comme le rendez-vous habituel d'un certain nombre de drôlesses de bas étage et de leurs aquatiques amis, la police, pour avoir l'air de donner satisfaction à l'opinion publique, applique le coup de balai sollicité.

« Autrement dit, elle exécute une rafle à l'endroit dénoncé.

« Les journaux relatent l'opération dans la colonne des faits divers, en ajoutant quelques mots d'encouragement et de félicitations à l'adresse de l'autorité « qui s'est enfin décidée à répondre par un acte de vigueur aux « plaintes légitimes des mères de famille révoltées des honteux spectacles « de la rue » — et surtout des commerçants qui redoutaient de voir les chalands s'éloigner d'un coin mal fréquenté.

« Et puis?

« Le lendemain même du jour où la rafle tant demandée s'est accomplie dans les formes usitées, — mettons une semaine après, si vous voulez, — repassez par le même endroit : vous trouverez, peut-être sur le même trottoir, tout au moins sur celui d'en face ou d'à côté, exactement le même nombre de marmites et d'alphonses qu'auparavant. S'il y a une différence, elle est dans le sens de l'augmentation. En sorte qu'on peut recommencer immédiatement la même campagne. Croyez, du reste, qu'elle aboutira au même résultat.

« On a défini le plumeau : « petit ustensile de ménage qui sert à trans-« porter la poussière d'un meuble sur un autre ». On pourrait donner une définition analogue du métaphorique balai de la Préfecture.

« Les appels réitérés à l'intervention de la police pour le nettoyage des rues de Paris viennent d'âmes évidemment vertueuses, éprouvant pour le vice la rigoureuse haine d'Alceste.

« Mais l'obligation où l'on se trouve de les renouveler continuellement ne dénote-t-elle pas aussi chez ceux qui les lancent un certain degré de candeur?

« Comment n'ont-ils pas encore été frappés du phénomène que nous venons de mentionner? et comment de ce perpétuel remplacement des individus sans aveu, qu'on fait disparaître d'un point donné, par un nombre égal sinon supérieur, d'autres individus de la même espèce, n'ont-ils pas conclu à l'absolue inefficacité du remède qu'ils préconisent ?

« Vainement on objectera :

« Le remède est inefficace et n'agit pas ! d'accord. Mais, c'est qu'on l'applique mal, ou, pour mieux dire, qu'on ne l'applique pas.

« Des prostituées et de ceux qui les exploitent, on ne nous délivre que momentanément. On les cueille un soir, et le lendemain on les remet en liberté. Ce n'est pas étonnant qu'on en retrouve toujours autant sur son chemin : ce sont toujours les mêmes qui reviennent.

« Et la loi, la fameuse loi de défense sociale sur les récidivistes et leur rélégation : qu'en fait-on ?

« Elle demeure lettre morte.

« On ne l'applique pas.

« Appliquez-la et vous verrez.

« Hélas ! vous verrez que vous ne verrez rien du tout. Celles et ceux que l'on arrête par mesure de police, on les relâche presque aussitôt.

« Que voudriez-vous qu'on en fît ? Avez-vous passé en revue les bataillons de la débauche ? Ils forment une véritable armée. Où voulez-vous qu'on les caserne ?

« On n'applique pas la loi sur les récidivistes : c'est qu'elle n'est pas applicable et se heurte, dans la pratique, à d'innombrables difficultés.

« Mais, quand même il en serait autrement, quand même elle serait applicable, cette loi de rélégation, et quand même on l'appliquerait avec la dernière rigueur ; quand même aucune des filles emballées dans une rafle et aucun de leurs acolytes ne seraient rendus à la circulation, eh bien ! ce serait identiquement la même chose et le vice et le crime retrouveraient à l'instant même, pour leurs œuvres de ténèbres, un personnel aussi nombreux et aussi résolu que le personnel supprimé.

« C'est qu'en effet le mal n'est pas superficiel, il est profond. Ce n'est pas un mal local, que l'on extirpe et qui ne reparaît plus : c'est un mal constitutionnel, qui circule dans l'organisme avec le sang. On ne le chasse d'un endroit que pour le voir renaître avec plus de violence dans un autre.

« Voulez-vous abolir la prostitution ?

« Beaucoup de gens, des mieux posés, des plus moraux, des plus

LE CRIME DE COURBEVOIE

Ce couple lamentable aurait ému de pitié tout le monde.

Liv. 34. A. FAYARD, éditeur

34

austères, ne le voudraient pas. Ils la regardent comme une nécessité sociale, un utile fléau, une sorte d'exutoire indispensable.

« Mais, la voulût-on abolir, vous savez bien qu'on n'y parviendrait pas. Toutes les lois, tous les décrets du monde y perdraient leurs articles.

« La prostitution n'existe pas par elle-même, indépendamment de la société dans laquelle elle existe. Elle est une résultante, la résultante des institutions, des mœurs, des conditions écocomiques de cette société. Elle est le produit indestructible de notre civilisation ; elle est la compagne fatale, la sœur inévitable du salariat.

« La prostitution est un effet auquel concourent tous les éléments de notre organisation actuelle. Mais cet effet devient cause à son tour. La société crée la prostituée. La prostituée ne va pas sans l'amant de cœur, qui ne tarde pas à se transformer en souteneur de profession. Les souteneurs, à leur tour, forment de nouvelles prostituées, et ainsi de suite.

« Il y a là un cercle assurément vicieux, mais infranchissable.

« C'est ce qui explique l'inutilité des efforts tentés. Vous êtes en présence d'un personnel qui se renouvelle sans cesse, auquel accèdent sans relâche des recrues.

« Par les mêmes raisons s'explique cette précocité des criminels, dont on s'effraye tant.

« La précocité du crime chez l'homme dérive de la précocité de la débauche chez la femme. La cherté de la vie augmentant, les conditions de l'existence devenant de plus en plus dures, des filles de plus en plus jeunes se livrent à l'affreux métier.

« A jeune prostituée, jeune souteneur.

« Les Juliettes de trottoir, à peine pubères, ont des Roméos de leur âge.

« Or, ce sont les souteneurs qui fournissent le plus fort contingent de clients à la correctionnelle et à la cour d'assises. Étonnez-vous, après cela, que ces éphèbes encore imberbes aient à répondre de méfaits dont la perpétration était jadis réservée à des individus plus mûrs !

« Et voilà pourquoi votre police est impuissante.

« Croire qu'on peut résoudre avec des lois particulières, toutes d'occasion et d'à-propos, des problèmes aussi complexes que ceux de la prostitution et de la criminalité; croire même qu'on peut enrayer l'éclosion continue des femmes et des hommes de mauvaise vie à l'aide de quelques arrestations plus ou moins arbitraires, — c'est s'imaginer qu'on peut soigner la gangrène avec des cataplasmes.

« Guy de Maupassant a publié un volume sous ce titre : l'*Inutile beauté*. Les rafles grâce auxquelles on se flatte de nettoyer la voie publique des immondices à deux pieds qui s'y balladent, on pourrait les enregistrer sous cette rubrique similaire : l'*Inutile balai*. »

Mais si, à propos du guet-apens d'Asnières, presque tout le monde se lamentait une fois de plus sur l'impuissance de la police, — impuissance qu'on exagérait peut-être bien un peu, il faut le reconnaître, — en revanche cette impuissance n'avait pas été constatée sans une joie sournoise par la mère Berland.

Mais qu'on n'aille pas s'imaginer cependant que si la mégère était heureuse de cette incapacité de la police, ce n'était uniquement que parce que cette incapacité pouvait la rassurer sur le sort de son horrible garnement.

Non, non... Mais si la prétendue Mme Caron était satisfaite d'entendre dire partout autour d'elle que l'on ne trouverait pas les coupables et que cette nouvelle affaire criminelle ne tarderait pas à être classée, c'est-à-dire oubliée comme tant d'autres, c'est qu'elle avait pour cela une raison toute personnelle...

Nous avons vu comment, quelques jours plus tôt, elle était parvenue à faire parler le petit Adolphe et à lui arracher, par la peur qu'elle lui avait faite des gendarmes qui soi-disant le recherchaient, l'aveu du crime qu'il avait commis de complicité avec le Rouquin.

L'enfant n'avait pas manqué de se laisser prendre au piège qu'elle lui avait tendu, et alors, tout tremblant et tout blême, il lui avait raconté dans ses moindres détails son premier exploit.

Nous avons vu aussi qu'après cette scène-là, qu'après cet interrogatoire qu'elle avait fait subir à son gamin, la mère Berland était restée longtemps absorbée, longtemps pensive, et que, toute cette nuit-là elle avait fait, tout éveillée, un long, un très long rêve.

Eh bien ! ce rêve étrange, insensé, odieux, ce rêve qui n'avait pu être fait que par une femme comme elle, cette impuissance de la police, trop bruyamment constatée, allait lui permettre, pensait-elle, de le réaliser peut-être.

En un mot, l'horrible mégère ne rêvait rien moins que de faire de son fils un filou et un grinche, mais un filou qui, au lieu de travailler pour les autres, ne travaillerait que pour son propre compte, c'est-à-dire ne travaillerait que pour elle...

Oui, c'était là, comme on en a eu la preuve après le crime de Courbevoie, l'avenir auquel elle le préparait!... la carrière que cette mère destinait à son enfant!...

D'ailleurs, paresseuse et fainéante, la mère Berland ne s'accommodait que tout juste de gagner sa vie et celle de son gosse par un travail régulier et assidu.

Certes, la bonne Mme Desjardins n'était pourtant pas bien exigeante et la future « mère aux assassins », la future instigatrice du meurtre de Mme Dessaigne ne pouvait pas se plaindre d'avoir beaucoup de peine dans cette maison-là. Mais, si peu qu'elle en eût, c'était encore trop pour elle et elle eût bien préféré trouver, à n'importe quel prix, le moyen de vivre, et surtout de bien vivre, sans rien faire.

Or, elle avait précisément un fils dont les brillantes dispositions pour tous les mauvais coups, pour toutes les ténébreuses besognes, l'avaient vivement frappée.

Parbleu! elle savait bien depuis longtemps déjà que c'était une « fameuse rosse », comme elle disait; elle savait bien, comme elle disait encore, « qu'il était né avec un rude poil dans la main »; elle savait bien enfin que le petit drôle n'avait d'autres goûts que celui de vagabonder. Mais ce qui l'étonnait et ce qui la charmait aussi maintenant, c'est que depuis l'affaire du pante dévalisé et assommé, elle lui avait découvert certains talents et certaines qualités qu'elle ne lui soupçonnait pas.

— D'abord, se disait-elle, quand on lui a proposé de faire le coup, le petit n'a pas eu la moindre hésitation, la moindre indécision... Il a tout de suite dit à son complice : « Topons-là!... j'en suis!... »

« Ensuite quand il s'est agi de retourner les poches de ce pauvre pante qui s'est si bêtement laissé *estourbir*, il faut bien croire que le gosse a déployé une certaine adresse et a fait preuve d'un certain sang-froid, puisque le coup a été si rapidement et si vivement exécuté...

« Enfin, et ce qui prouve plus que tout le reste qu'Adolphe bien conseillé, bien dirigé, pourrait faire de l'excellent travail, c'est que ce Rouquin, qui n'est pas un débutant et qui doit s'y connaître, n'a pas hésité à le mettre de moitié dans l'affaire et à le choisir pour son complice...

« Oh! je sais bien, ajoutait la mère Berland, que ce Rouquin, qui me fait l'effet d'un type qui est à la coule, pouvait très bien avoir une arrière-pensée en se l'associant.

« Avec un autre complice qui aurait été un gaillard de son âge, il n'aurait pas pu empocher tout le magot, et il lui aurait fallu faire deux parts du pognon du pante.

« Mais enfin il n'en reste pas moins très évident qu'il n'aurait pas jeté les yeux sur Adolphe s'il l'avait pris pour un maladroit, ou s'il avait eu peur de se faire pincer avec lui.

Et c'étaient ces réflexions-là que faisait maintenant constamment la mégère; et c'étaient ces pensées-là qu'elle roulait à tout moment dans sa tête.

Elle ne pouvait pas, elle le comprenait bien, imposer à son gamin un travail au-dessus de son âge et de ses forces, et il était bien clair qu'il ne pouvait pas, à dix ans, aller attendre les passants au coin des rues et leur faire, comme son ami le Rouquin, le joli coup du père François.

Mais on pouvait trouver tout de même pour le gamin un champ assez vaste à exploiter, et pas mal de belles opérations à faire...

Un polisson de cet âge, rusé, leste, adroit et pas trop poltron, ça se glisse partout...

D'ailleurs, que lui demanderait-elle, à ce cher petit?... Oh! peu de chose!... Seulement de quoi boulotter tranquillement dans son taudis sans turbiner, sans avoir toujours pendue à ses trousses cette vieille Catherine dont elle avait plein le dos, sans être condamnée à faire toujours, en face de Mme Desjardins et de sa petite-fille, ses grimaces d'honnête femme.

Oh! oui, pour sûr, elle serait raisonnable, et pourvu qu'il lui apportât chaque jour de quoi garnir la table, et aussi, de temps à autre, un peu de monnaie chipée dans les tiroirs des boutiquiers qui seraient assez bêtes pour se laisser voler, elle n'en demanderait pas davantage et se montrerait très contente.

Comme cela, du moins, elle serait sa maîtresse et elle se sentirait vivre. Comme cela, du moins, elle ne serait pas obligée de s'arracher du lit chaque matin à heure fixe, et elle pourrait, si c'était son bon plaisir, pioncer tout son saoul et se vautrer dans ses draps jusqu'à midi.

Comme cela, du moins, elle ne serait pas condamnée à arroser d'eau rougie les morceaux qu'elle mangerait, et si elle voulait vider son kilo et siroter après son café cinq ou six petits verres de cognac, personne n'aurait rien à lui dire... Ah! mais!

Et plus elle caressait ce projet, qui jour et nuit la hantait, plus la brave et digne femme s'en enthousiasmait.

Il y avait bien, il est vrai, quelques nuages dans son ciel; il y avait bien, dans cette nouvelle existence qu'elle voulait se faire, quelques dangers et quelques périls à courir, et elle n'avait pas été sans y réfléchir non plus.

En effet, si maladroite et si malhabile que la police pût se montrer quelquefois à pincer des individus de la taille du Rouquin, il n'en était pas moins vrai qu'il fallait tout de même compter encore avec elle.

Et si le gamin, en train de faire une rafle, allait se laisser surprendre?

Et si un beau jour on allait le ramener au taudis, le cabriolet aux poignets?

Cette perspective avait bien rendu la mère Berland un peu soucieuse pendant quelques instants; mais elle n'avait pas tardé à se remettre de son émoi.

Le gosse n'avait que dix ans, à peine dix ans, et si par hasard il lui arrivait d'avoir assez peu de chance pour se faire attraper en flagrant délit, n'aurait-il pas la loi pour lui et les juges ne seraient-ils pas forcés de reconnaître qu'il avait agi sans discernement?

Donc, dans ce cas-là encore, tout irait bien, à condition qu'il n'eût pas la langue trop longue et qu'il n'allât pas déclarer qu'il ne filoutait qu'à l'instigation de sa mère et que celle-ci était sa complice.

Mais, à tout hasard, elle se chargeait de le dresser, de le styler, et, s'il le fallait, on trouverait bien encore le moyen de se moquer de la justice.

Quelques jours se passèrent encore.

Mme Desjardins, qui n'avait pu faire autrement que de remarquer l'air très étrange et très singulier de la prétendue Mme Caron, en avait été non seulement très intriguée, mais encore très inquiète.

Aussi avait-elle voulu consulter à ce sujet la vieille Catherine.

Mais la vieille servante, qui avait bien cru s'apercevoir aussi que Mme Caron n'était plus tout à fait la même et qu'elle avait, en effet, un l'air tout drôle, tout « chose », n'en savait pas davantage que sa maîtresse.

— Voilà qui est bien extraordinaire! dit la vieille dame. Mme Caron ne vous a fait aucune confidence?

— Non, madame.

— Elle n'a jamais fait allusion à aucun chagrin, à aucun ennui qu'elle pourrait avoir?

— Non, madame.

— Vous en êtes sûre?

— Oh! très sûre... D'ailleurs, Mme Caron est beaucoup moins liante que madame pourrait le croire... Nous restons très souvent de longues heures sans nous dire un seul mot, sans nous desserrer les dents, et il faut que je dise très franchement ce que je pense d'elle...

— Oui, oui, dites, Catherine...

— Eh bien! je la trouve même un peu trop sournoise...

— Cette pauvre femme n'a pas été très heureuse et elle a sans doute encore des soucis, avait alors répliqué Mme Desjardins, toujours indulgente, toujours prête à trouver des excuses pour tout le monde...

Mais cependant la bonne dame dont la curiosité, ou plutôt l'intérêt, de plus en plus s'excitait, aurait bien voulu savoir à quoi s'en tenir sur la nouvelle attitude de sa protégée.

— Je crois que ce que j'ai de mieux à faire, c'est de l'interroger elle-même, pensa-t-elle. Peut-être aurai-je encore l'occasion de pouvoir lui être utile à quelque chose?....

Et le lendemain même, comme la future « mère aux assassins » allait et venait autour d'elle, Mme Desjardins, la voix très douce et le regard toujours plein de bonté, l'interpella.

— Madame Caron, dit-elle, j'aurais quelque chose à vous dire, mais il faudrait pour cela que personne ne puisse nous entendre... Voulez-vous avoir l'obligeance de fermer la porte?...

— Oui, madame.

La mère Berland avait fermé la porte, et quand elle se retourna, il sembla à Mme Desjardins qu'elle avait encore le front plus sombre et le visage plus pâle.

C'est qu'en effet la vieille femme n'avait eu qu'à lui parler ainsi pour plonger la mère du futur meurtrier de Mme Dessaigne dans la plus grande surprise, ou pour mieux dire dans le plus profond saisissement.

Est-ce que, par hasard, Mme Desjardins savait quelque chose relativement au guet-apens du Rouquin, à cette attaque nocturne dont tout le monde parlait, dont tout le monde s'entretenait encore?

Est-ce que par hasard elle avait appris que son gosse était de l'affaire et que c'était lui qui, si lestement, si prestement, avait vidé les poches du pante?

Mais comme elle n'était pas femme à perdre la tête, elle se remit cependant assez vite, et revenant se camper en face de Mme Desjardins :

— Vous avez quelque chose à me dire, madame? demanda-t-elle.

La vieille dame eut d'abord un sourire, puis, doucement :

— Oui, madame Caron, oui, j'ai quelque chose à vous dire, répondit-elle lentement. Mais il faut d'abord que vous sachiez que ce n'est pas la curiosité qui me guide, mais bien l'intérêt que je vous porte, mais bien la sympathie que j'éprouve pour vous...

Un léger nuage, presque aussitôt disparu, passa sur le front de la mère Berland.

— Bon!... Ça y est! pensa-t-elle. Des reproches... des leçons... Nous allons bien voir... Dans tous les cas, ne nous laissons pas démonter.

Puis, tout haut :

— De quoi s'agit-il donc, madame? reprit-elle.

— Il s'agit de vous, ma bonne madame Caron, dit Mme Desjardins. Il s'agit que je vous en veux un peu de n'être pas tout à fait franche avec moi...

La mère Berland avait vivement relevé la tête.

— Pas tout à fait franche? fit-elle. Je ne vous comprends pas, madame.

— Oh! vous me comprenez parfaitement, mais vous voulez faire semblant de ne pas comprendre...

— Je vous jure, madame...

Mais déjà Mme Desjardin venait de faire un geste pour interrompre la mégère.

Puis avec un accent plus sévère, ou pour mieux dire plus attristé, elle reprit :

— Allons, voyons, ne cherchez pas à me tromper, ne cherchez pas à me mentir. Si, madame Caron, vous comprenez parfaitement que je fais allusion à l'air très étrange que je vous vois depuis quelque temps...

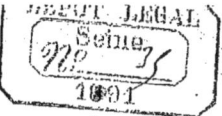

La foule se bousculait pour entrer au théâtre d'Asnières.

« Et, d'ailleurs, cette remarque, je n'ai pas été seule à la faire, et Catherine et ma petite-fille l'avaient déjà faite aussi...

« C'est ainsi qu'hier au soir, Berthe me parlait encore de vous...

— Ah ! fit la mère Berland un peu saisie.

— Et savez-vous ce qu'elle me disait ?

— Non, madame... Mais ce que je sais, c'est que Mlle Berthe est, comme vous, une des meilleures créatures du bon Dieu, répondit douce-reusement et hypocritement la mère du petit bandit.

— Eh bien ! Berthe me disait que vous étiez si soucieuse et si sombre qu'elle ne pouvait s'empêcher de penser très souvent à vous... Elle me disait aussi que vous deviez avoir sans doute quelque grand chagrin, peut-être même quelque grande douleur que vous n'osiez pas nous faire connaître, mais qu'il était de notre devoir de deviner... En un mot, la chère enfant me grondait presque parce que je ne vous avais pas encore fait comprendre assez clairement peut-être que vous aviez en nous des amies à qui vous pouvez tout dire, à qui vous pouvez tout confier...

La mère Berland, qui de temps à autre hochait la tête d'un air profondément touchée, profondément émue, tout en paraissant écouter très attentivement les paroles de la vieille dame, pensait cependant à tout autre chose.

Une idée lui était venue, et c'était cette idée-là qu'elle suivait, et c'était à cette idée-là qu'elle songeait.

En effet, deux ou trois fois déjà, en inventant très habilement et très effrontément nous ne savons plus quelles histoires de prétendus créan-ciers qui menaçaient de la poursuivre, elle avait eu l'art, selon ses propres expressions, de faire « casquer la vieille ».

Et elle se demandait, la misérable femme, si en ce moment elle n'avait pas une nouvelle occasion de la « taper », une nouvelle occasion de lui faire « suer » encore quelques pièces de cent sous ou peut-être même quelques louis.

Mais, après quelque réflexion, l'horrible gueuse eut cependant assez d'empire sur elle-même pour écouter plutôt les conseils de la prudence que ceux de la cupidité.

Jusqu'à présent elle avait joué de chance, mais qui pouvait lui répondre qu'elle en jouerait toujours et qu'à la fin le truc ne serait pas découvert ?

Qui pouvait lui répondre que Mme Desjardins, si confiante qu'elle pût être, ne finirait pas par s'étonner de lui savoir encore des créanciers si féroces et si exigeants?

Qui pouvait lui répondre, enfin, qu'avant de lui lâcher ce nouvel argent, la vieille dame ne voudrait pas en savoir plus long, c'est-à-dire prendre des renseignements, ce qui, infailliblement, la convaincrait de filouterie et de mensonge?

Et, dans ce cas-là, adieu le beau rêve que caressait la mère Berland!... Adieu le beau rêve qu'elle avait fait de vivre en rentière, grâce aux vols qu'elle préméditait de faire commettre par son fils!

Mme Desjardins aurait beau se taire, on n'en saurait pas moins pourquoi elle avait été obligée de se priver de ses services, on aurait l'œil sur elle, et que dans ses exploits le petit Adolphe commît la moindre imprudence, elle ne pourrait plus faire l'ignorante, et ce serait pour lui la Petite-Roquette, et ce serait pour elle Saint-Lazare.

Il était donc beaucoup plus prudent et beaucoup plus sage de trouver une autre raison pour répondre aux questions dont continuait à la presser la bonne Mme Desjardins.

Et cette raison, la mégère ne se donna pas beaucoup de peine pour la trouver.

Elle mit l'air étrange, l'air tout « chose » qu'on lui avait remarqué depuis quelque temps, sur le mauvais état de sa santé.

Elle parla de violentes migraines, de maux de tête atroces qui la rendaient parfois comme folle. Mais elle n'avait pas autre chose, aucun ennui, aucun souci, aucune inquiétude.

— Non, non, ajouta-t-elle toujours de son ton mielleux, madame est trop bonne de tant s'alarmer à propos de moi... Depuis que j'ai eu la chance d'entrer à son service et de pouvoir gagner honnêtement et honorablement ma vie, je suis la plus heureuse des femmes... D'un autre côté, j'ai la joie aussi d'avoir un enfant qui est si bon, si doux, si docile, que je suis la plus heureuse des mères... Madame voit donc bien qu'elle se trompe et que je n'aurais aucune raison d'être triste.

Et ce fut tout ce que Mme Desjardins put en tirer.

Mais si l'excellente femme avait pu se douter de la vérité; si elle avait pu soupçonner pour quelle cause la prétendue Mme Caron avait maintenant l'air si soucieux et le front si sombre; si enfin elle avait pu entrevoir l'avenir hideux, sanglant et tragique auquel sa protégée était réservée, de quelle immense horreur et de quel immense effroi n'eût-elle pas été saisie !

XXIV

LES CONSEILS D'UNE MÈRE

Cependant, comme les jours passaient et que la police n'était pas encore venue le prendre au collet, le petit Berland avait fini peu à peu par se rassurer.

D'abord, il s'était risqué jusqu'au bout de la ruelle, puis le lendemain jusqu'au milieu de la rue, puis enfin presque sur le bord de la Seine où il avait eu le plaisir de retrouver ses bons copains, le Forain, le Pâtissier, la Blonde et les autres.

Seul le Rouquin manquait à la bande et le petit Adolphe s'étonnait un peu, — surtout quand il se rappelait du nouveau coup qu'ils avaient prémédité de faire ensemble chez Mᵐᵉ Desjardins, — de cette absence qui commençait à se prolonger.

— Est-ce qu'on l'aurait coffré?... Est-ce qu'il se serait fait mettre à l'ombre? avait-il demandé plusieurs fois au Forain.

Mais l'ancien saltimbanque avait vivement protesté en haussant les épaules.

Le Rouquin coffré !... Le Rouquin au bloc !... Allons donc !... Celui-là était un à-l'œil, un roublard, et il n'y avait pas de danger que la rousse le pince !... Seulement, d'après ce que le Forain avait entendu dire, il devait pour le moment *travailler* là-bas, du côté de la Villette, avec une bande de chouettes zigs très bien organisée et qui faisaient des affaires...

— Mais si tu tiens tant que ça à ton Rouquin, tu peux être tranquille, petit, ajouta l'ancien saltimbanque, car tu le reverras pour sûr un de ces jours... D'ailleurs le Rouquin est trop malin pour ne pas savoir que l'air de Paris ne vaut rien pour sa santé, et c'est encore ici le pays qu'il préfère...

Or, comme un soir le petit Adolphe venait de rentrer au taudis, il fut à son tour tout étonné de voir à sa mère un air qu'il ne lui connaissait pas.

En effet, le regard fixe et les deux coudes repliés sur la table, la mère Berland avait sur le front cette ombre qui avait tant intrigué Mme Desjardins.

— Bonsoir, la vieille ! avait dit le gosse.

Mais la mégère était restée immobile et avait semblé ne pas l'entendre.

Enfin, pourtant, comme il venait de s'attabler en face d'elle, elle releva brusquement la tête.

— Ah ! c'est toi, mon chéri? fit-elle avec douceur. A courir ainsi tu dois avoir le ventre dans les talons...

— Le fait est que je boulotterais bien, répondit vivement l'enfant.

— Et bien ! boulotte, nous causerons après, fit-elle en poussant devant lui une énorme tranche de gigot, du fromage et des fruits qu'elle avait encore trouvé le moyen de filouter chez Mme Desjardins.

Le gamin avait déjà la bouche pleine, mais cependant ces deux mots de sa mère : « Nous causerons après », l'inquiétaient un peu.

— Nous causerons !... qu'est-ce que tu veux dire? fit-il. Est-ce que par hasard il s'agirait encore de l'affaire de l'autre jour?...

— Oui.

— De l'affaire du pante?

— Oui.

— De l'affaire avec le Rouquin?

— Oui.

Cette fois, le gosse, l'air effrayé, sursauta.

— Mais je croyais qu'on l'avait oubliée? s'écria-t-il la gorge serrée. Mais je croyais que tu m'avais dit que personne n'en parlait plus?...

— Oui, c'est vrai, personne n'en parle plus...

— Eh bien, alors !

— Mais, moi, je veux t'en parler...

— Toi ?

— Oui, mon chéri... Mais nous avons le temps... Mange d'abord.

Et l'enfant ayant avalé la dernière bouchée, la future « mère aux assassins » se retourna comme si elle voulait se rendre compte que personne ne pouvait entendre ce qu'elle allait dire, puis les deux coudes toujours appuyés sur la table et la voix très basse :

— Petit, reprit-elle, je dois commencer par te faire savoir que tout ce que nous allons dire ici ce soir est très sérieux, tout à fait sérieux...

— Qu'est-ce donc? fit vivement le petit Adolphe, la voix sourde et de plus en plus surpris.

— Laisse-moi continuer et ne nous pressons pas, dit vivement la mégère. Tu te souviens, n'est-ce pas? quelle chienne d'existence nous avons menée à Paris... une existence où c'était non seulement le fricot qui manquait, mais le pain aussi...

— Si je m'en souviens!... J'en ai encore des crampes d'estomac! s'écria l'enfant.

— Aussi, quand on m'a proposé cette place pour Asnières, ai-je été très heureuse et ne me suis-je pas fait prier pour la prendre...

— J' te crois!

— Mais voilà, petit : aujourd'hui je commence à m'apercevoir que je ne suis pas faite pour travailler chez les autres...

— Ah bah!

— Cette vieille bête de Desjardins m'assomme avec ses conseils... Je ne puis plus la voir!... J'en ai plein le dos!... Et quant à la vieille Catherine...

— C'est la bonne?

— Oui, c'est la bonne... Ce qu'elle me porte aux nerfs, cette sainte-nitouche, je ne te dis que ça!... Je ne puis plus me trouver en face d'elle sans avoir une envie folle, une envie furieuse de lui donner des gifles... Et puis, pour comble, il y a l'autre aussi, l'autre encore...

— La petite-fille?

— Oui, la petite-fille, Mlle Berthe, une petite pimbêche qui ne vous parle jamais sans avoir l'air de vous plaindre comme si elle voulait vous humilier.

Et la mère Berland, laissant retomber lourdement son poing sur la table, ajouta :

— Ah! ce que j'en suis soûle!... ce que j'en suis soûle!... Non, vois-tu, Adolphe, on ne le saura jamais!...

Mais le front d'Adolphe s'était rembruni.

Il avait beau être bien jeune encore, l'existence de misères et de privations qu'il avait menée à Paris lui avait donné une expérience au-dessus de son âge, et il en était à se demander comment on boulotterait si sa mère ne travaillait plus.

Aussi ne put-il s'empêcher de dire, très inquiet :

— Mais, si tu lâches ta vieille birbe, qu'allons-nous devenir ?... Nous allons donc encore crever la faim ?

Mais la mère Berland hochait la tête et souriait.

— Non, non, petit, rassure-toi, finit-elle par répondre lentement. J'ai mon plan, et si tu veux avoir confiance en moi, et si tu veux t'en rapporter à la mère, tu verras que nous n'aurons pas perdu au change et que nous n'aurons jamais été plus contents...

D'un brusque mouvement, le petit Adolphe venait de se rapprocher.

— Qu'est-ce donc ? demanda-t-il, l'œil brillant de surprise.

Mais la mégère hochait de nouveau la tête et son visage avait pris tout à coup une expression plus grave.

— Petit, reprit-elle, que t'ai-je dit tout à l'heure, que t'ai-je dit en commençant ?... Je t'ai dit que je voulais encore te parler du Rouquin et de l'affaire du pante... de ce pante que vous avez si promptement nettoyé que personne n'y a vu que du feu...

« Quand je t'ai dit que la police était à tes trousses et que les gendarmes d'Asnières te recherchaient, je ne te cacherai plus maintenant que je te mentais et que je ne cherchais à te faire peur que pour éclairer mes soupçons et pour connaître le fin fond des choses...

« Mais enfin, j'avais beau mentir, il n'en est pas moins vrai que si les roussins t'avaient mis le grappin dessus, l'affaire eût été très grave, très dangereuse pour toi...

« Il s'agissait tout simplement d'un vol suivi d'une tentative d'assassinat. Rien que ça !...

« Or, mon chéri, dans cette affaire-là, dans cette affaire où tu aurais pu jouer ta tête si tu n'étais pas si jeune, combien as-tu touché, combien as-tu gagné ? Rien ou presque rien, n'est-il pas vrai ?

— J'ai eu pour moi tout ce que le bonhomme avait dans les goussets de son gilet, dit vivement Adolphe.

— Oui, c'est-à-dire quelques gros sous, quelques menues pièces de monnaie... Et pendant ce temps-là, ton complice, ton fameux Rouquin, empochait toute la galette...

« Eh bien ! petit, ajouta plus vivement la mère Berland, c'est ce que l'on appelle jouer un rôle de dupe, un rôle d'imbécile, et si tu voulais m'en croire, tu ne le jouerais plus et désormais, au lieu de travailler pour les autres, tu travaillerais tout simplement pour toi, tout simplement pour nous.

Et comme son gosse la regardait avec le plus complet ahurissement :

— Oui, tu ne travaillerais plus que pour ton compte, plus que pour le nôtre, s'écria la mère Berland. Mais je vois bien que tu ne me comprends pas ou que tu ne veux pas me comprendre...

— Si, si, mais explique-toi, répliqua vivement le gamin.

— Eh bien ! écoute-moi donc... Il est bien entendu que je ne veux pas te demander de faire les prouesses du Rouquin... Il est bien entendu, parbleu ! que ce n'est pas un avorton comme toi qui pourrait se livrer à des attaques nocturnes et arrêter les passants dans les rues...

« Mais enfin, chacun peut travailler selon son âge et ses talents, n'est-il pas vrai ?

— Eh bien ?

— Eh bien ! petit, à côté de ces coups-là, de ces coups qui sont au-dessus de tes forces, il y en a pas mal d'autres que tu pourrais faire.

— Pas mal d'autres ?

— Oui, pas mal d'autres, et des coups très simples, très faciles, et qui cependant, au bout du compte, pourraient finir par rapporter gros.

— Et quels coups ? dit vivement le petit Berland dont le regard s'allumait.

— Est-ce que je sais, moi ! fit la mégère avec un horrible sourire. C'est à toi à avoir un peu d'invention, un peu d'inspiration. Mais si j'étais à ta place !

— Eh bien ! que ferais-tu ?

— Si j'étais à ta place, je t'assure bien que je trouverais le moyen de faire de si belles rafles que ma pauvre mère ne manquerait de rien.

Et la mère Berland regarda longuement et fixement son fils.

L'enfant se taisait, réfléchissait.

Puis, au bout d'un moment :

— Eh bien ! veux-tu que je le dise, s'écria-t-il, c'était une idée qui m'était déjà venue.

— Vrai ?

Tous les soirs, la jolie bande godaillait.

— Ma parole !

— Quand ça ?

— Oh ! il y a déjà quelque temps, bien avant l'affaire du pante...

— Et comment t'était-elle venue, mon chéri ?

— Oh ! par hasard, un jour que je passais au marché... Il y avait là de grosses cuisinières, de riches bourgeoises qui tiraient leurs porte-monnaie de leurs poches, et je ne sais pas pourquoi, mais j'avais une belle envie de les en soulager...

— Et tu as eu peur de te faire pincer ?

— Oui, j'ai eu la frousse, dit le gosse en riant ; mais maintenant peut-être bien que je ne l'aurais plus.

— Pourquoi ça ?

— Parce que le Forain m'a fait voir comment il fallait s'y prendre.

— Le Forain ?

— Est-ce que je ne t'en ai pas déjà parlé ?... Mais si... C'est encore un camarade comme le Rouquin.

— Eh bien ! tu pourrais essayer ça, dit la mère Berland après un instant de silence. Mais seulement il faudrait ouvrir l'œil, avoir de la prudence...

— Oh ! sois tranquille, je ne tiens pas à me faire coffrer.

— Maintenant, petit, reprit doucement l'ignoble femme, as-tu remarqué une chose ?

— Quelle chose ?

— As-tu remarqué qu'ici les boutiques restent très souvent vides... Comme la clientèle n'afflue pas, les marchands l'attendent très tranquillement dans leur arrière-boutique... Or, ne penses-tu pas qu'il y aurait là aussi quelque chose à faire ?... Ne penses-tu pas que si tu étais assez adroit et assez intelligent, rien ne nous serait plus facile que de nous la couler douce tout en nous passant de la birbe ?

« Hein, qu'en dis-tu, mon chéri ?

Puis comme l'enfant se taisait encore, semblant faire de nouvelles réflexions, la mère Berland reprit plus vivement :

— Eh bien ! est-ce que ça te va ?... D'ailleurs, si par hasard on venait à te pincer, tu penses bien que je serais là pour un coup.

— Toi ? fit le gamin qui ne paraissait pas très rassuré.

— Dame !... Est-ce que je ne suis pas ta mère ?... Est-ce que je ne

serais pas là pour aller te réclamer?... Est-ce que les gens pourraient
jamais se figurer que nous sommes d'accord et que je suis ta complice?
Eh bien ! alors, que pourrait-on te faire?... Absolument rien. Tu en serais
quitte pour une semonce du commissaire, et ce serait tout... Eh bien!
est-ce dit?

— Oui, oui, je veux bien, répondit l'enfant. Mais puisque nous parlons des coups que l'on pourrait faire, j'en connais bien un autre que
je te dirais si tu voulais me promettre de le garder pour toi...

L'horrible mégère avait brusquement dressé l'oreille.

— Est-ce que j'irais te trahir, par exemple ! s'écria-t-elle. Allons,
voyons, puisque tu as commencé à parler, ne t'arrête pas en chemin. Que
veux-tu dire? De quel coup s'agit-il?

— D'un coup qui, à lui seul, en vaudrait dix, en vaudrait vingt, dit
vivement Adolphe; d'un coup qui rapporterait pas mal de braise, pas
mal de galette, et dont le Rouquin a eu l'idée...

— Le Rouquin?

— Oui, l'autre jour, quand il est venu se cacher ici...

Et comme sa mère le regardait avec un regard où il n'y avait pas
seulement de la surprise, mais encore de la colère, le gosse se hâta
d'ajouter :

— Ne te fâche pas, je vais te dire tout ce qui s'est passé. C'était le
surlendemain de l'affaire, le surlendemain du jour où l'on avait assommé
le pante.

« Le Rouquin, qui s'était aperçu que ça sentait mauvais, venait de filer
de sa turne quand tout à coup il rencontra la police...

« Le Rouquin est assez leste, mais il paraît que les cognes qui lui
donnaient la chasse ne l'étaient pas mal non plus; il se voyait déjà sur le
point d'être pincé.

« Alors, que faire ?

« Par quel moyen leur échapper?

« C'était la question que se posait le Rouquin, quand tout à coup il lui
vint une idée.

— Quelle idée?

— L'idée de venir se cacher ici, de venir se cacher chez nous.

— Il savait donc où tu demeurais?

— Pardi !

— Par qui?

— Mais, par moi... Tu comprends bien que je n'avais pas pu lui cacher ça... Et il savait bien aussi que toute la journée tu étais dehors.

— Et alors?

— Alors, comme j'étais là très tranquillement en train de lire... tiens, ce livre-là... un chouette livre que le Forain m'a prêté.

— Après? après?

— Tout à coup j'entends du bruit dans la ruelle, puis on cogne à la porte... Tu comprends si j'ai eu la frousse!... Et pendant que je restais là tout bête, ne sachant plus que faire, et me voyant déjà entre les mains des sergots, les coups redoublaient, on cognait plus fort...

« Enfin je crus reconnaître la voix du Rouquin... Je cours ouvrir, et à peine est-il entré, à peine ai-je jeté les yeux sur lui, que je me remets à trembler de plus belle et que je me dis : Pour sûr, cette fois, ça y est!... Pour sûr, cette fois nous sommes pincés !

« Car, tu sais, le Rouquin, qui veut toujours faire le crâne, toujours faire le malin, n'en menait pas large à ce moment-là, je t'en réponds!... Si tu avais vu comme il était pâle et comme il tremblait aussi!

— Mais la police, il avait donc réussi à la semer? demanda vivement la mère Berland.

— Oui, oui, il avait eu cette veine... Alors, quand il a été un peu remis, nous avons causé, et bref, au bout d'un moment, il s'est mis à me parler de toi.

— De moi?... Et à quel propos?

— Il m'a demandé à quelle heure tu rentrais, puis ce que tu faisais, où tu travaillais... Il croyait que tu étais embauchée par là dans une usine ou une fabrique.

— Et que lui as-tu répondu?

— Dame! qu'est-ce que tu voulais que je lui réponde!... Je lui ai dit la vérité, c'est-à-dire que tu étais en service chez la mère Desjardins.

— Et c'est tout?

— Comment!

— Il ne t'a pas fait d'autres questions?

— Non, non, pas d'autre question sur toi, répondit vivement le petit Adolphe. Mais tu vas voir!... Il connaît ta vieille birbe... il connaît Mᵐᵉ Desjardins.

— Le Rouquin !

— Oh! entendons-nous!... C'est-à-dire qu'il la connaît comme tout le monde peut la connaître, de nom, de réputation seulement... Et alors, comme il tenait à en savoir plus long, tu comprendras tout à l'heure pourquoi...

— Oh! je comprends déjà, fit sourdement la mégère.

— Il s'est mis à me faire sur elle un tas de questions qui n'en finissaient plus.

— Quelles questions?... Tu vas me dire ça.

— Il m'a d'abord demandé si j'étais allé quelquefois chez la vieille.

« Puis comment elle était logée.

« Puis si la maison qu'elle habitait ne se trouvait pas dans un jardin.

« Puis si elle n'avait pas avec elle des parents... Que sais-je ?

« Enfin, bref, quand il a su que ta vieille n'avait personne pour la garder, pas même un chien, et qu'il ne se trouvait auprès d'elle qu'une impotente comme sa bonne et qu'une gamine comme sa petite-fille, le Rouquin s'est montré enchanté.

— Naturellement. Mais continue.

— Alors il a été décidé et convenu entre nous que nous irions un de ces jours faire un petit tour là-bas chez la mère Desjardins... Seulement, comme le Rouquin n'a pas l'habitude de s'aventurer à la légère, il aurait voulu, avant de faire le coup, avoir d'autres renseignements.

— Et lesquels?... Il me semble cependant que tu l'avais assez bien renseigné.

— Je ne te dis pas le contraire, mais il paraît que tout ce que je lui avais dit n'était pas encore suffisant.

— Que voulait-il donc savoir de plus ?

— Comment! tu ne comprends pas?

— Non.

— Tu ne saisis pas?

— Non.

— Ah! tu m'étonnes!... C'est cependant bien simple, bien facile à comprendre.

— C'est possible... Mais dis toujours... Je t'écoute.

Le sinistre gamin venait encore de se rapprocher de sa mère, puis, parlant de plus en plus bas :

— Eh bien ! reprit-il, figure-toi qu'au lieu de m'appeler Adolphe Berland.

— Adolphe Caron ! s'écria la mégère, l'œil furieux.

— Ah ! c'est juste ! ricana le petit bandit. J'oublie toujours mon nouveau nom.

— Il faudra tâcher de t'en souvenir !

— Oui, oui, oh ! j'y suis !... Eh bien ! figure-toi qu'au lieu de m'appeler Adolphe Caron je m'appelle le Rouquin.

— Ensuite ?

— J'ai passé par hasard devant la maison de ta vieille birbe, et je me suis dit : « Tiens, tiens ! très chouette, cette cambuse !... Il y aurait très probablement là quelque chose à faire. »

— Continue.

— Je m'approche, je regarde et je m'aperçois que le mur n'est pas trop difficile à escalader... de plus en plus satisfait, de plus en plus content, je me frotte les mains et je me dis encore : « Tout va bien !... Il faudra qu'un de ces soirs je repasse par là... » Tu m'entends bien ?

— Va donc !... va donc !

— Et, en effet, poursuivit le futur assassin, par un beau soir je me retrouve devant la maison de la mère Desjardins.

« Quand je dis par un beau soir, je devrais plutôt dire par une belle nuit, mais passons.

« Je sais qu'à cette heure-là tout le monde est couché et qu'Asnières est désert.

« Mais, ça ne fait rien, comme je connais mon métier, je n'ignore pas non plus que la prudence est la mère de la sûreté.

« Alors j'ouvre l'œil, et le bon !... j'épie, je guette, j'attends !

« Est-ce que je n'entends pas le bruit d'un passant attardé ?

« Non.

« Est-ce que, là-bas, dans ce coin, je n'ai pas entrevu des cognes, des roussins embusqués ?

« Non.

« Tout va bien.

« Alors je ne fais ni une ni deux : vite j'escalade, je franchis le mur et je tombe dans le jardin... C'est parfait... Mais attends !... attends un peu, et tu vas voir !... Est-ce que tu me suis toujours ?

— Oui, oui ! fit vivement la mère Berland avec un sourire.

Et toute rougissante, toute radieuse, elle regardait, où pour mieux dire, elle contemplait son chéri, son chérubin, cet enfant bien-aimé qui donnait, elle ne pouvait plus en douter, de si belles espérances.

— Me voilà donc dans le jardin, poursuivit le futur complice de Doré. Mais une fois là, que vais-je faire si je ne connais pas l'intérieur de la maison et si je ne sais pas me guider?

« Mets-toi à ma place !... Forcément je patauge, forcément je perds du temps, forcément je m'expose à faire une fausse manœuvre, c'est-à-dire à donner l'éveil... Est-ce vrai ?

— Évidemment.

— Eh bien ! voilà pourquoi le Rouquin ne voulait pas se contenter des premiers renseignements que j'avais pu lui fournir et pourquoi il avait été convenu entre nous que je tâcherais de lui en donner d'autres.

— Et quels autres?

— D'abord je devais lui indiquer très exactement où se trouve la chambre de la vieille birbe.

— Bon !

— Très exactement aussi où se trouve la chambre de sa gosse, la chambre de la petite Berthe.

— Bien.

— Enfin ,très exactement encore le coin où roupille la vieille bonne, la vieille Catherine.

Mais la mère Berland, qui depuis un moment secouait sa tête, comme si elle répondait à ses propres pensées, venait de se mettre à rire.

— Bon ! bon ! s'écria-t-elle. Ah ! maintenant je comprends, maintenant je m'explique ce que je n'avais pas compris tout d'abord.

— Quoi donc?

— Eh parbleu ! je m'explique pourquoi, depuis quelque temps, je te voyais venir si assidûment chez la vieille... Je m'explique pourquoi il ne se passait presque plus de jour sans que la vieille Catherine me dise : « Madame Caron, votre môme est là, votre môme vient d'arriver... » Ah ! c'était donc pour cela?

Le petit Adolphe venait de se mettre à rire à son tour.

— Mais oui! dit-il. Tu ne penses pas que j'allais m'embêter là-bas pour recevoir les leçons et les conseils de ta vieille birbe?

« Non, non, mais je voulais tenir la promesse que j'avais faite au Rouquin, c'est-à-dire m'informer, connaître les lieux, savoir aussi où la mère Desjardins cachait sa monnaie, ses bijoux, son argenterie; en un mot tout ce que nous pourrions empoigner en allant faire une petite rafle chez elle...

« Mais je dois te dire que j'ai eu beau m'y prendre aussi habilement et aussi adroitement que possible, je n'ai pas eu de veine.

— Pourquoi ça?

— Ah! pourquoi ça!... Parce que la vieille Catherine me gênait, parbleu!... Parce qu'à chaque pas que je faisais j'étais sûr de la trouver en train de se faufiler derrière mes talons.

— Oh! tu ne m'étonnes pas! fit vivement la mère Berland. Il faut toujours que la vieille taupe passe son temps à moucharder quelqu'un. Et alors, ajouta-t-elle avec un sourire ironique, tu es donc revenu bredouille, mon pauvre garçon?

— A peu près.

— Eh bien! à te dire le vrai, je n'en suis pas fâchée.

Le petit Adolphe venait d'avoir un mouvement de surprise.

— Pas fâchée?

— Ou, pour te parler plus franchement, j'en suis même très contente.

— Et moi qui maintenant comptais sur toi! s'écria le gamin. Et moi qui ne t'ai dit tout cela que parce que je croyais que tu allais nous aider!

Mais la vieille mégère, le visage très sérieux, venait de secouer énergiquement la tête.

— Non, non, s'écria-t-elle, vous auriez tort de compter sur moi... Et je vais même plus loin : Ce coup-là, petit, je te défends de le faire!... je te le défends!... m'entends-tu bien?

— Oui, oui, balbutia le gosse de plus en plus ahuri, de plus en plus abasourdi... Mais pourquoi me le défends-tu?... Est-ce à cause de la birbe?

Mais la mère Berland venait de partir d'un grand éclat de rire sonore.

A cause de la birbe!

A cause de cette vieille tête-là!

Ah çà! est-ce qu'il devenait fou, le gamin?

Une jeune femme avait été trouvée avec un couteau planté dans le cœur.

Et riant toujours, elle répondit :

— Non, mon garçon, ce n'est pas à cause de la birbe que je ne veux pas que tu te mêles de cette affaire-là... La birbe!... Mais on peut bien lui enlever jusqu'à sa chemise, qu'est-ce que tu veux que cela me fasse?... Je m'en fiche un peu!

— Eh bien! alors?

— Mais, petit, si je te parle ainsi, c'est dans ton intérêt et non pas dans le sien ; si je te parle ainsi, c'est que je crois que tu es encore bien jeune, encore bien novice pour t'associer avec des gaillards comme le Rouquin ; et si je te parle ainsi, c'est que je ne voudrais pas que tu joues toujours avec lui ou avec d'autres un rôle d'imbécile et de dupe.

« Or, ce rôle-là, tu peux en être sûr, tu le jouerais dans l'affaire de la mère Desjardins comme tu l'as déjà joué dans l'affaire du pante.

« Une fois que le Rouquin, grâce aux renseignements que tu lui aurais fournis, aurait fait main basse sur le saint-frusquin de la vieille, tu pourrais te fouiller, mon bonhomme!... Oh! je ne te dis pas qu'il ne te donnerait pas quelques sous, mais il ne te donnerait rien que ce qu'il voudrait, et tu ne pourrais rien dire... Car je pense bien, n'est-ce pas, que tu n'irais pas l'appeler devant le juge de paix en règlement de compte !

« Donc, une fois de plus, tu aurais, comme on dit, travaillé pour le roi de Prusse.

« Mais ce n'est pas tout, petit, et je te prie de m'écouter de plus en plus attentivement.

« Je suppose qu'au lieu de te piloter, le Rouquin, cette fois, partage honnêtement la braise avec toi : tant pour sa part, tant pour la tienne, rien à dire.

« Eh bien! même dans ce cas-là, je ne verrais pas de très bon œil votre association ; même dans ce cas-là, je te dissuaderais encore de faire le nouveau coup qu'il te propose... Et veux-tu que je te dise pourquoi?

— Oui, pourquoi? fit vivement le gosse, très intéressé, très empoigné.

Mais tout simplement, répondit la mégère, parce que toutes les fois que l'on *travaille* avec un complice, on double les chances de se faire arrêter... Et je n'en veux pour preuve, ajouta-t-elle, que ce qui s'est passé il y a quelques jours.

— Où donc ?

— Ici, parbleu !... Ah çà ! tu as l'air de tomber de la lune !... Est-ce que tu ne m'as pas dit qu'après le coup du pante le Rouquin avait été relancé par la police ?...

— Oui, oui...

— Et ne m'as-tu pas dit aussi que, pour la dépister, il était venu se réfugier dans notre cambuse ?

— C'est vrai !

— Eh bien ! s'il avait été rattrapé chez nous, rattrapé au moment où vous vous trouviez ensemble, est-ce que tu te figures que l'affaire ne se serait pas éclaircie et que tu n'aurais pas écoppé comme lui !

« La rousse n'est pas si bête. Elle se serait dit : « Du moment que « le Rouquin, après s'être tiré des pattes, est venu se cacher ici, c'est « que pour sûr le gosse en était. » Et, du même coup, elle te coffrait aussi... Est-ce clair?

C'était en effet très clair.

Aussi le gamin se contenta-t-il de baisser la tête sans répondre.

— Et puis, autre chose, reprit la mère Berland. Quand on a eu un complice pour faire un coup, pourquoi n'en aurait-on pas deux, pas trois ou davantage pour en faire un autre ?... Pourquoi, après avoir *travaillé* avec le Rouquin, n'aurais-tu pas aussi travaillé avec le Forain, avec le Pâtissier, avec la Blonde ou d'autres de tes copains ?...

« Alors, mon garçon, tu arriverais à faire partie de ce que l'on appelle une bande. Or, sale affaire ! car dans une bande il suffit qu'il y en ait un qui se fasse pincer pour que les autres aillent bientôt le rejoindre... Est-ce que tu ne savais pas ça ?... Est-ce que tu ne savais pas que, dans ce cas-là, l'individu qui est entre les griffes de la justice finit presque toujours par manger le morceau ? Eh bien ! si tu ne le savais pas, moi je te le dis, car si ta mère ne t'instruisait pas, qui donc se chargerait de t'instruire ?

Il y eut un court moment de silence, puis la mégère reprit :

— Donc, comme tu es un garçon intelligent, tu dois savoir maintenant combien j'avais raison quand je te donnais tout à l'heure le conseil de travailler seul à l'avenir...

« En travaillant seul, on n'a à répondre que de soi-même et par conséquent on n'a pas à craindre d'être trahi...

« En travaillant seul, on n'a pas non plus de querelles avec ses complices et si l'on a eu la chance de faire un beau coup, on est sûr d'en profiter.

« Mais un coup avec le Rouquin chez la Desjardins !... Mais un vol avec escalade et effraction chez la vieille birbe !... Allons donc !... Jamais de la vie !...

« Oh ! de la monnaie, de la braise, de la galette, ajouta-t-elle plus lentement et en baissant la voix, on en trouverait chez elle... Oui, oui, la vieille gueuse en a... Mais, ce serait là, petit, une trop grosse, une trop grosse affaire, surtout après ce qui est arrivé ici il n'y a que quelques jours, surtout après l'histoire du pante.

Puis, se mettant à rire sourdement, nerveusement, la mère Berland ajouta encore :

— Les dames Desjardins, ces deux femmes devant lesquelles on se prosterne, on s'agenouille, volées, dévalisées, ah ! quel beau bacchanal dans Asnières !... Il me semble que je l'entends déjà !

« Et quant à la police, si elle s'est montrée un peu molle la première fois, tu peux bien être convaincu que, cette fois-ci, elle retrouverait toute sa vigueur et toute son énergie.

« Maintenant, le Rouquin s'en tirerait-il encore ? Ça, je n'en sais rien. Mais ce que je sais bien, c'est que j'ai comme le pressentiment que toi, mon petit, tu n'y couperais pas.

— Pourquoi ? fit vivement Adolphe.

— Parce que !

Et la mère Berland, le visage tout à coup plus sombre, garda le silence.

D'ailleurs, comment l'odieuse mégère aurait-elle pu répondre au « pourquoi » de son enfant sans lui faire certains aveux et certaines confidences qu'elle ne voulait pas et qu'elle ne pouvait pas lui faire.

Pouvait-elle lui faire connaître tous ses ignobles antécédents ?

Pouvait-elle lui dévoiler tout son horrible passé ?

Pouvait-elle étaler devant lui toute sa vie crapuleuse d'autrefois ?

Et c'était pourtant à cause de cela, à cause d'elle, qu'elle venait de s'oublier jusqu'à dire à son gosse que s'il faisait le coup chez Mᵐᵉ Desjardins il n'y couperait pas.

En effet, la vieille dame volée, la vieille dame dévalisée, que se passerait-il ?

La première chose que ferait la police, ce serait de se transporter chez elle et de faire une enquête sur les deux femmes à son service.

La police est curieuse et elle veut toujours en savoir trop long. Elle finirait donc par apprendre que la prétendue Mme Caron s'était appelée autrefois la mère Jean... Elle finirait donc par savoir aussi qu'elle avait eu encore un autre nom, qu'elle s'était appelée tout simplement Virginie, et qu'elle avait été l'une des plus immondes rôdeuses, l'une des plus immondes rouleuses des *fortifs*.

Et alors, comme ce passé-là, ce passé louche, ce passé répugnant et où l'on trouverait tant de turpitudes, serait loin d'être une recommandation, les soupçons ne se porteraient-ils pas immédiatement sur elle?

Oui, oui, tout cela était très sûr, très certain, on ne l'accuserait peut-être pas d'être l'auteur principal du vol, mais on l'accuserait de l'avoir favorisé et d'en avoir été la complice. Et comme on ne manquerait pas non plus d'apprendre que son gamin faisait sa compagnie habituelle d'un tas de vauriens et de chenapans ; comme on découvrirait qu'il avait pour amis le Rouquin, le Forain, le Pâtissier et la Blonde, on n'en demanderait pas davantage pour les empoigner tous les deux.

Et tandis que la mégère faisait ces réflexions, de son côté le petit Adolphe songeait.

Il songeait à tout ce que venait de lui dire sa mère et il finissait par reconnaître qu'elle avait parfaitement raison et qu'il ferait beaucoup mieux de travailler pour son compte et de planter là le Rouquin.

Enfin, tout à coup relevant la tête :

— Eh bien ! c'est entendu, fit-il vivement. Ne parlons plus du coup chez la vieille birbe... Il n'en faut plus !

« Mais seulement, voilà, ajouta-t-il en se grattant la tête, il y a une chose qui m'embête.

— Quelle chose, mon chéri ? demanda la mère Berland, la voix encore un peu sourde.

— Je pense à lui... je pense au Rouquin... Il comptait sur ce coup-là pour se refaire un peu et il va être furieux que je le lâche.

— Bah ! on trouve un prétexte.

— Oui, je sais bien. Mais lequel ?... Que vais-je lui répondre quand il reparaîtra un de ces jours et qu'il me dira : « Eh bien ! gosse, y sommes-nous ? »

— Oh! c'est très facile et tu es embarrassé pour bien peu de chose, dit vivement la mégère. Mais moi, si j'étais à ta place, voici comment je m'y prendrais...

— Voyons.

— Je lui dirais d'abord que la mère Desjardins est maintenant beaucoup mieux gardée qu'autrefois... J'inventerais l'histoire d'un jardinier ou d'un portier qu'elle aurait pris depuis peu de temps à son service.

— Ensuite?

— Ensuite, bien entendu, je dépeindrais cet homme comme un gaillard solide, comme un gaillard robuste et qui n'a pas l'air d'avoir froid aux yeux...

— Après?

— Tu pourrais aussi parler d'un chien, d'un boule énorme et féroce et qui aurait été amené par cet homme...

— Et puis?

— Et puis tu lui dirais que tu as pris tous les renseignements dont tu t'étais chargé, mais que la vieille birbe, à ce qu'il paraît, a placé tout son argent et n'a pas un seul rotin chez elle...

« Enfin, quant aux bijoux, tu ajouterais qu'il n'y en a pas, ou que du moins il y en a si peu que ce n'est pas la peine d'en parler.

« Oui, si j'étais à ta place, voilà ce que je dirais au Rouquin, et je saurais si bien jouer mon rôle que je te réponds bien qu'il tomberait dans le panneau...

— Bon. Mais s'il s'entêtait et s'il voulait tout de même faire le coup?

— Eh bien! dans ce cas-là, petit, tu me préviendrais, dit la mère Berland. Est-ce compris?

Et là-dessus, comme il était déjà très tard, elle se leva brusquement, souffla la chandelle qui, d'ailleurs, n'allait pas tarder à s'éteindre, puis, tout en s'étirant longuement les bras et dans un énorme bâillement:

— Allons, gosse, dit-elle, c'est l'heure!... allons pioncer!

XXV

OU LA MÈRE BERLAND S'INSTRUIT A SON TOUR

Mais, si le petit Adolphe n'avait pas tardé à s'endormir d'un sommeil de plomb, il n'en avait pas été de même de sa digne mère.

Était-ce cette longue conversation avec son enfant qui l'avait énervée?... Était-ce l'inconnu de la dangereuse carrière dans laquelle elle allait le jeter, qui lui donnait déjà des remords? Toujours est-il que la mégère ne pouvait réussir à fermer l'œil.

Aussi tout à coup se retrouva-t-elle debout, allant et venant à travers son taudis, qu'une nouvelle chandelle qu'elle venait d'allumer éclairait d'une lueur indécise et blafarde.

Et il y avait déjà un long moment qu'elle se promenait ainsi, les deux mains derrière le dos comme un homme, quand elle eut soudain un mouvement de surprise.

Le petit livre du Forain, ce petit livre qui avait si vivement et si profondément intéressé son gosse, venait de lui tomber par hasard sous les yeux.

Et lentement, machinalement elle s'assit à la table et se mit à le feuilleter.

Puis, comme les feuillets glissaient entre ses doigts, elle eut brusquement comme une sorte de grognement.

— Tiens! tiens! Saint-Lazare! murmura-t-elle avec un étrange sourire.

C'était en effet l'histoire de la célèbre prison qui se trouvait sous ses yeux.

Alors, toujours un peu distraite, elle parcourut les premières lignes.

« Le bâtiment qui porte le nom de Saint-Lazare, disait l'auteur du petit livre du Forain, est en partie édifié sur l'emplacement où saint Vincent-de-Paul éleva le chef-lieu de sa congrégation si féconde des œuvres de charité...

« Sous la Régence, Saint-Lazare devint l'école où plus d'un roué vint prendre ses degrés, au sortir du logis paternel.

« Le fameux chevalier de la Morlière, l'acolyte du chevalier d'Arc et du fier-à-bras Saint-Georges, avait fait trois retraites à Saint-Lazare avant son entrée dans le monde...

« Au XVIIIᵉ siècle, Saint-Lazare était la Bastille des fils de famille, et plus d'un y fut mis en charte privée par l'autorité paternelle, instruite à temps des désordres d'une vie ruineuse ou d'un projet de mésalliance avec quelque fille d'Opéra...

« Près de l'entrée principale de cette prison, une baraque où était un écrivain public, sans doute privilégié, était adossée au mur.

« Elle avait pour enseigne une plume monstre, au-dessous de laquelle on lisait :

> Par mon utile ministère,
> Ici, sous le sceau du mystère,
> On sert et chante tour à tour
> Mercure, Thémis et l'Amour.

« Il faut dire, à la louange de l'administration, qu'à Saint-Lazare une ligne de démarcation existe entre les catégories de criminalité qui composent le personnel. »

Depuis quelques secondes, la physionomie de la mère Berland avait changé d'expression.

Comme son gosse, elle venait de se sentir empoignée à son tour par cette lecture.

Saint-Lazare !... N'était-ce pas, en effet, la prison où vingt fois, cent fois, elle avait failli être jetée quand elle rôdait le soir à la recherche de ses crapuleuses aventures ?

Saint-Lazare !... N'était-ce pas aussi la prison où elle irait peut-être quelque jour ?

Aussi, à partir de ce moment, lut-elle plus lentement, de plus en plus attentive, de plus en plus intéressée.

« La prévenue, continuait le petit livre du Forain, a le privilège de louer une chambre de pistole, c'est le seul bienfait qui l'atteigne : encore ne se fait-il sentir que lorsque l'accusée peut satisfaire à l'impôt mobilier, autrement il faut qu'elle habite en commun avec les autres prisonnières.

Ces soirs-là, la gare d'Asnières regorgeait de voyageurs.

« La prévenue, aux termes du règlement de la prison, n'a pas droit à la ration alimentaire qu'elle obtiendrait si elle était condamnée ; la seule distribution à laquelle elle ait part est celle du pain et de l'eau.

« Il y a de chauds vêtements d'hiver pour les femmes qui subissent leur peine ; mais en vain la prévenue demanderait-elle qu'on couvrît sa nudité ou qu'on protégeât ses membres contre le froid : les vêtements qu'elle portait le jour de son arrestation doivent lui suffire jusqu'au jour où la loi l'aura frappée.

« Cependant, si aucun secours ne vient du dehors à la prévenue, la pitié administrative lui accordera un demi-litre de bouillon maigre et un tiers de litre de légumes cuits. »

Ce maigre régal fit sourire la future « mère aux assassins ».

— J'aime encore mieux la table de la vieille birbe ! pensa-t-elle.

Puis elle poursuivit.

« Sous le rapport de l'ordre, de la propreté, de la salubrité, la prison de Saint-Lazare est presque à comparer à une maison centrale.

« Pour toutes, à l'exception des prévenues ou accusées, le régime physique ne laisse rien à désirer, mais on n'en peut dire autant du régime moral.

« C'est un étrange pêle-mêle, un contraste indicible, que cette agglomération de femmes de natures physiques et morales si diverses, parquées ensemble sous le nom de *condamnées*, travaillant au même atelier, mangeant au même réfectoire, cherchant l'air dans le même préau.

« D'abord, nous retrouvons cette nombreuse famille vouée par affiliation à la filouterie, au vol, à l'ivrognerie, qui peut se diviser en deux classes, l'une se composant de femmes entraînées par la misère et par l'occasion, l'autre, de femmes que la cupidité et l'esprit de rapine excitent à s'approprier le bien d'autrui. »

— Ça, c'est pour moi ! ricana tout bas la mégère. Je convoite le bien d'autrui !

« Les méfaits qui procèdent de la première classe, continuait le petit livre du Forain, sont de purs accidents qui cessent avec le dénuement des femmes malheureuses auxquelles on peut les attribuer.

« Il n'en est pas de même des méfaits commis par des voleuses de profession : ce sont des attentats qui ont leur source dans des penchants dépravés et hostiles à la société.

« Parmi les condamnées de Saint-Lazare, vous trouverez encore côte à côte, travaillant au même métier, la femme qui a dérobé un pain dans la hotte d'un boulanger, et la prostituée de bas étage qui aura entraîné un ouvrier dans un repaire de la banlieue pour le dépouiller. »

— Ça, c'est encore pour moi, c'est pour Virginie! dit presque à voix haute la mère Berland, qui se mit à rire de nouveau. Décidément, ce petit livre-là est bien intéressant!

Et elle poursuivit :

« Puis dans cette foule de condamnées, vous reconnaîtrez à l'amaigrissement de leur corps, à la teinte plombée de leur chair, ces malheureuses dont le délit est la misère, ces parias d'Occident, qui, suivant l'expression d'un avocat philanthrope, n'ont pas le désert pour se cacher ; qui toujours suivent la même route, celle de la prison à l'hôpital, de l'hôpital à la prison ; auxquelles le matin on ouvre la prison où elles rentrent le soir même, sans qu'on les laisse respirer, sans qu'on les laisse regarder autour d'elles, et découvrir une main qui presse la leur. »

La mère d'Adolphe haussa les épaules.

Cette résignation-là, cette misère qui savait rester honnête, la remplissaient d'indignation.

— Tas de bêtes! cria-t-elle en frappant du poing sur la table. Aller au bloc tout simplement parce qu'on n'a pas de pain, pas de gîte ! Aller au bloc sans avoir seulement la consolation de se dire que l'on a du moins risqué un coup, que l'on a du moins essayé de se graisser les poches!... Ah ! oui ! ça, c'est trop bête... c'est plus bête que moi!

Elle eut un hochement de tête ironique, grommela encore tout bas quelques paroles, puis continua de lire :

« C'est à Saint-Lazare aussi que l'autorité fait faire le stage aux filles mineures qui ont sollicité leur inscription sur le contrôle des femmes publiques.

« Là elles attendent la réponse à la demande qu'elles ont rédigée, ou que l'autorité a adressée en leur nom à leurs familles, tendant à l'incorporation dans cette milice maculée.

« Quand les parents gardent le silence, la jeune fille reçoit son diplôme ou plutôt sa carte de prostituée, et les portes de Saint-Lazare lui sont ouvertes.

« Elle est émancipée de fait pour le vice et a le droit de libre industrie aux conditions acceptées par elle.

« Ces sortes de prisonnières forment la catégorie des femmes mises au séparé.

« Voici le tableau qu'un écrivain fait d'une de ses visites au réfectoire des femmes de mauvaises mœurs :

« J'étais dans le réfectoire. D'abord je ne vis que cette immense
« salle, où les lazaristes s'assemblaient pour prendre leurs repas ; dont
« les voûtes, supportées par de larges piliers, ne retentissaient naguère
« que de chants sacrés ou d'actions de grâces.

« Je cherchais la place où s'était assis saint Vincent de Paul.

« Tout à coup, je fus arraché à cette douce contemplation par un
« bruit étrange ; je me trouvais debout au milieu de trois cents prosti-
« tuées, auxquelles on avait servi pour dîner des légumes qu'elles ne
« trouvaient pas assez cuits.

« Elles criaient, s'appelaient, se les jetaient au visage en proférant
« d'horribles imprécations.

« Combien n'y avait-il pas là, parmi ces misérables, de ces vieilles
« femmes si hideuses à voir, qui, après s'être traînées de débauches en
« débauches, se sont associées, les unes à des voleurs, les autres à des
« assassins ; qui ont leur part dans les produits du crime, mais qu'attei-
« gnent rarement les châtiments qui y sont attachés !

« A côté de jeunes filles aux joues pâles et amaigries, au front sil-
« lonné avant l'âge, portant déjà l'empreinte de longues souffrances, et
« qui, par leur attitude abattue et découragée, m'inspiraient un vif sen-
« timent de pitié, je vis se dessiner des physionomies infernales.

« Une de ces femmes ramassées dans les égouts du vice attira
« particulièrement mon attention : elle était borgne et boiteuse ; son
« regard était flamboyant, son sourire avait une expression satanique
« qui me faisait frissonner.

« Elle s'adressait tour à tour à ses jeunes compagnes, comme pour les
« encourager et leur dire qu'on peut être heureuse encore sous le
« poids de soixante années d'infamie !

« Horreur !

« Je détournai les yeux et, quand je vins à penser que ces femmes

« étaient encore plus affreuses au moral qu'au physique, j'éprouvai le
« besoin de revoir le soleil, de respirer un peu d'air pur.

« Je sortis tout en laissant tomber un regard de compassion sur les
« jeunes filles dont elles étaient entourées, et qu'il serait possible de
« transformer en autant de Madeleines repentantes, si ces femmes
« n'étaient pas sans cesse à les aiguillonner par leurs sarcasmes, leurs
« conseils et les infâmes marchés qu'elles leur font souscrire au sein
« même de la prison. »

Arrivée à ce passage de l'étrange livre du Forain, la mère Berland, un
peu pâle, passa lentement et à plusieurs reprises la main sur son front.

Le sourire ironique, le sourire sarcastique qui courait tout à l'heure
sur ses lèvres avait tout à coup disparu, et, la joue appuyée sur sa main,
elle resta longtemps rêveuse, longtemps songeuse.

Est-ce que le sinistre et terrifiant tableau qui venait d'être étalé sous
ses yeux lui avait donné à réfléchir?

Est-ce qu'avant de s'engager définitivement dans la voie du crime
elle venait de faire un retour sur elle-même?

Est-ce que, dans son cœur ténébreux, dans son cœur où ne dormaient
que de viles passions, elle avait senti soudain un peu d'honnêteté, un
peu de honte palpiter encore?

Hélas! non, car bientôt elle secoua la tête d'un air plein de résolution, nous dirions presque plein de défi, tandis que son cynique sourire
eparaissait et que, dans son regard devenu plus dur, une flamme
sombre étincelait.

Et très calme, sans aucune émotion apparente, elle acheva sa lecture.

A propos de Saint-Lazare, le petit livre de l'ancien saltimbanque
racontait à présent une histoire vraiment touchante, vraiment émou-
vante, et que personne, excepté la future « mère aux assassins » n'aurait
pu lire sans pleurer.

« Vers les premières années de la Restauration, racontait le petit
livre, le lendemain de la fête patronale d'un des villages qui avoisinent
le mont Valérien, une grande rumeur se répandit.

« Deux paysans se rendant à leurs travaux, dès le crépuscule du matin,
venaient de découvrir, dans un des champs de roses communs dans ces
environs, le cadavre d'un soldat assassiné.

« Le couteau était demeuré dans la plaie mortelle.

« Près de la victime, se trouvait une jeune fille connue de tous les habitants du pays ; à l'approche des deux arrivants, elle avait fait un mouvement pour regagner le village, mais n'ayant pu donner aucune explication satisfaisante sur le motif qui l'avait retenue hors de son domicile à cette heure matinale, elle venait d'être remise entre les mains des autorités.

« La justice chercha bientôt à rapprocher du crime l'incident de la présence de la paysanne sur le lieu du meurtre.

« La prévenue disait :

« — J'étais le soir de la fête avec mes compagnes, j'ai pris part à leurs jeux et à leurs danses, je suis revenue parmi elles jusqu'à la demeure de mon père.

« Là, je me suis assise seule un moment sur un banc de pierre, respirant l'air du soir qui apportait dans la direction du calvaire des bouffées d'odeur de roses ; je me suis levée, je suis rentrée, je crois, car à partir de ce moment je ne me rappelle plus.

« Je ne comprends pas pourquoi on m'a trouvée, au point du jour, auprès d'un cadavre.

« En cette circonstance, si la fatalité avait enlacé de ses réseaux cette destinée de jeune fille, elle eût pu la briser sous le mirage des faits accusateurs, et le nom de Marie M... eût été s'adjoindre à celui de la bonne de Palaiseau, ou bien encore à celui de Marie Salmon, pauvre victime, dont on a autrefois raconté le long martyre.

« Mais, heureusement pour la jeune fille du mont Valérien, la vérité se présenta d'elle-même en témoignage ; on sut bientôt que le soldat trouvé mort était tombé, à l'heure où la fête avait cessé, sous les coups d'un de ses camarades enivrés.

« L'accusée sortit de prison.

« La curiosité publique n'était qu'à moitié satisfaite, et elle demandait encore : Comment Marie M... se trouvait-elle près du cadavre ?

« Une année s'écoula ; la prison Saint-Lazare s'ouvrit un jour pour recevoir la jeune fille que les magistrats avaient rendue précédemment à la liberté.

« Alors elle était coupable ; son écrou la disait convaincue de vol de nuit avec effraction et escalade.

« Elle avait volé des roses !

« Plusieurs fois on avait pardonné à sa jeunesse, et on ne comprit pas qu'il fallait pardonner encore à sa raison, ou peut-être à sa santé.

« Élevée au milieu des champs, où s'exerce en grand la culture des roses, l'état intellectuel de Marie avait acquis une particularité exceptionnelle de ces circonstances extérieures.

« Cette atmosphère de parfum avait agi, par sa pression, sur la délicatesse de ses organes, au point d'y causer la perturbation.

« L'idée fixe de la fleur s'était portée à son cerveau, sa possession était devenue un besoin, une incitation despotique, une manie.

« Cette passion, cette infirmité avait fait précisément invasion le soir où le meurtre du soldat avait été commis, et la jeune fille, sous l'influence de son mal, avait probablement été témoin insensible et aveugle de ce sanglant épisode.

« Marie M... raconta de bonne foi à ses camarades de prison que plusieurs miracles s'étaient opérés pour elle.

« Les rosiers du mont Valérien se déracinaient sans rien perdre de leur feuillage et de leur fraîcheur ; ils venaient, sur le seuil de la porte, agacer la jeune fille et comme l'inviter à les suivre. Un d'eux, plus grand que les autres, lui enseigna à escalader le mur, à briser une clôture, et, une fois en plein champ, elle était dans le paradis, elle faisait une moisson abondante.

« Ce fut au milieu de ces joies qu'elle fut saisie.

« La pauvre enfant se garda bien de raconter cela aux juges : ils ne l'auraient pas crue.

« Pour eux, elle ne fut qu'une effractionnaire, une voleuse ; les roses dérobées de la marchandise, et ils envoyèrent la coupable dans cette grande infirmerie morale où le régime est le même pour tous les maux.

« Le Code n'a pas d'autre remède.

« La pauvre enfant, après avoir payé sa dette à la justice, aurait probablement eu une nouvelle prise à partie avec elle ; une seconde, même une troisième fois, elle eût obéi à la voix des roses, jusqu'à ce qu'elle eût atteint machinalement le dernier degré de la peine ; mais, pour le bonheur de sa vie, pour la sauvegarde d'honneur de sa famille, Saint-Lazare fut un hospice pour la folle, elle y retrouva la raison.

« Marie reçut de ses compagnes de captivité le surnom de la Rose, et, celle fois, le sobriquet donné à un être faible dans la prison, fut plutôt un hommage de la pitié qu'un signe de dérision.

« Saint-Lazare était à cette époque, encore plus qu'aujourd'hui, le grand exécutoire où la fange sociale va chercher son niveau : c'était un pêle-mêle de toutes les souillures qui se pétrissaient ensemble.

« Comment se faisait-il donc que tout ce rebut humain s'épurât, pour ainsi dire, à un rayon de charité, au profit d'une compagne d'infortune ?

« Celle qu'on appelait la Rose était devenue coupable par le défaut notable de liberté morale.

« La jeune fille du mont Valérien ne pouvait aller de pair pour l'organisation avec les impures qui trônaient en ce lieu ; pour elles, c'était un pauvre et chétif être, et vous allez voir tout ce que firent en sa faveur ces femmes, escrocs de haute et de basse classe, qui avaient dépouillé l'homme du monde au tapis vert ou l'homme du peuple sur la borne ; ces prostituées qui, en achetant une licence de débauche, avaient fait vente de leur liberté à la police ; ces complices de meurtres que la pitié du Jury avait envoyées sécher dans les geôles leurs mains teintes de sang ; ces industrielles éhontées qui avaient exercé, au profit de la vieillesse blasée, le rapt et la séduction dans les greniers et dans les mansardes.

« Car c'était là le résumé de la collection immonde que renfermait Saint-Lazare.

« Eh bien ! toute cette population eut une même pensée honorable et bienfaisante.

« Toutes les bourses et toutes les intelligences se cotisèrent ; il ne s'agissait rien moins que de prolonger le rêve heureux de la jeune fille qui trouvait le bonheur dans la possession d'une rose.

« On avisa au moyen de multiplier ses joies en multiplant les fleurs.

« Ce fut à qui, parmi toutes ces femmes, ferait le plus vite son apprentissage de fleuriste, et le papier, la gaze, la batiste, la soie, se teignirent, se tordirent, se découpèrent, devinrent roses.

« L'émulation fit faire des prodiges d'adresse : de la plupart de ces doigts rebelles jusqu'alors au travail, il sortait d'abondantes et de délicieuses fleurs dont on jonchait la chambre, les vêtements, le lit de Marie M...

« C'était à qui lui ferait la plus abondante offrande.

LE CRIME DE COURBEVOIE

C'était le café de messieurs les militaires.

« La jeune captive recevait ces dons avec ivresse, elle semblait jouir d'une vie nouvelle.

« Un entrepreneur des travaux de la prison, homme humain et éclairé, seconda puissamment l'ardeur des prisonnières ; il ouvrit à Saint-Lazare un atelier pour la fabrication des fleurs, il admit à l'apprentissage Marie M..., qui se livra avec ardeur à cette occupation.

« La maladie atteignit-elle naturellement son terme, ou advint-il de la passion de la jeune fille ce qu'il en est de bien des illusions qui s'évanouissent à l'analyse ?

« Au bout de six mois, Marie avait retrouvé toute la plénitude de sa raison et de son intelligence.

« Il faut ajouter que la jeune fille conserva toujours un culte mystérieux pour la plante qui avait été l'objet de sa condamnation.

« Après sa mise en liberté, elle se livra à sa reproduction imitative et devint bientôt une des plus célèbres fleuristes de Paris. »

La mère Berland avait achevé sa lecture.

Elle repoussa brusquement le petit livre du Forain, puis la tête vide, très lasse de cette nuit blanche, elle demeura longtemps, très longtemps les deux coudes repliés sur la table et les poings sur ses yeux.

Pendant ce temps, les premières lueurs du jour commençaient à emplir le sinistre taudis, et l'on pouvait déjà entendre au dehors les sourdes rumeurs d'une ville qui s'éveille.

Une heure environ s'écoula. La mégère, qui s'était profondément endormie, mêlait maintenant son lourd ronflement au ronflement sonore de son gosse.

Mais soudain elle se redressa, les paupières toutes rouges, la tête plus vide et plus lourde encore, l'air stupide et hagard.

C'est qu'il était l'heure de partir, l'heure de retourner chez Mme Desjardins.

Oh ! il ne lui fallait pas beaucoup de temps pour sa toilette. En moins de cinq minutes, elle fut prête.

Alors elle se rapprocha du lit et vint tirer le petit Adolphe par le bras.

— Tu sais ? je file, dit-elle. Je vais reprendre mon collier de misère... Hein ! m'entends-tu ?

Mais l'enfant ne répondait pas, ronflait toujours.

— Songe à ce que je t'ai dit, ajouta-t-elle. Songe que je compte sur toi,... Mais pas de bêtises... De la prudence !...

— Oui, oui, ça va bien, répondit le gosse entr'ouvrant enfin les yeux. Mais fiche-moi la paix !... Décampe toujours !...

Et pour ne pas en entendre davantage, il se cacha la tête sous les draps.

Et toute pâle encore, toute brisée de sa nuit sans sommeil, la mère Berland sortit.

XXVI

BERTHE DESJARDINS.

Mais avant d'aller plus loin, le moment est venu où nous devons faire plus ample connaissance avec un des personnages les plus importants de cette histoire si étrange et si dramatique : nous voulons parler de la petite-fille de la patronne de la mère Berland, de Mlle Berthe Desjardins, de cette jeune fille dont le nom s'est déjà trouvé si souvent mêlé à notre récit.

Berthe Desjardins n'avait pas encore tout à fait dix-huit ans, et c'était bien, sans la flatter, la jeune fille la plus charmante et la plus séduisante du monde.

Très brune, avec un teint mat, des yeux bleus très profonds et très doux, elle était en effet une de ces créatures dont la beauté captive et qu'il suffit d'avoir vues une fois pour ne plus les oublier.

Plus d'un jeune homme qui l'avait entrevue par hasard à travers la grille du jardin, s'en était allé tout rêveur, tout songeur, se disant : « Voilà une bien jolie fille. »

Mais Berthe n'était pas seulement très belle, elle était aussi très bonne et elle avait, comme on dit, le cœur sur la main.

Comme sa grand-mère, comme l'excellente Mme Desjardins, elle avait pour tous les malheureux, pour tous les déshérités, pour tous ceux que le sort accablait, la plus profonde compassion, la plus immense charité.

Aussi, comme elle était condamnée à vivre là d'une vie terne et monotone, sa seule joie et son seul plaisir étaient de faire un peu de bien.

D'ailleurs, elle n'attendait pas que le malheur et l'infortune vinssent frapper à sa porte, mais c'était elle qui les cherchait, mais c'était elle qui allait au-devant d'eux.

Presque chaque jour, on pouvait la voir, accompagnée de sa vieille Catherine, se glisser à travers les rues d'Asnières, et les gens qui la rencontraient et qui tous l'aimaient, comme ils aimaient sa grand'mère, se disaient : « Voilà Mlle Berthe qui va rendre visite à ses pauvres. »

Combien avait-elle visité ainsi de tristes logis, de misérables mansardes, c'est ce qu'elle-même, la chère enfant, n'aurait pu dire.

Tantôt c'était une pauvre femme, une pauvre mère qui lui devait non seulement un peu plus de bien-être, mais quelquefois aussi la santé, la vie de son enfant.

Tantôt c'était un vieillard qui, seul, perdu, abandonné de tous, lui devait d'espérer un peu et d'avoir des jours moins sombres.

Tantôt c'était toute une famille d'ouvriers, toute une famille de pauvres gens réduits à la misère par la maladie ou par le chômage qu'elle soutenait et qu'elle encourageait avec une bonté et une charité que rien ne pouvait lasser jamais.

Mais quand nous avons dit que dans sa vie terne et monotone, Berthe n'avait pour seul plaisir et pour seule joie que de faire un peu de bien, peut-être n'avons-nous pas fait connaître toute la vérité.

En effet, la jeune fille avait encore pour se sentir moins triste dans sa profonde solitude une douce pensée et un doux souvenir. Et cette pensée était celle du jeune homme qu'elle aimait, et ce souvenir était celui de Georges Didier, le souvenir de celui qu'elle adorait et qui était son fiancé.

Georges était lieutenant dans un régiment de dragons qui tenait garnison dans une petite ville de province. C'était un jeune officier à l'air intelligent et crâne et à qui ses chefs s'accordaient à prédire le plus brillant avenir. Mais s'il avait un peu d'ambition, ce n'était point pour lui, mais c'était pour celle qui devait un jour être sa femme, mais c'était pour Berthe qu'il aimait aussi d'un amour immense et profond.

Liés par leurs deux familles depuis de très longues années, les deux jeunes gens avaient pour ainsi dire grandi côte à côte... Puis, quand le malheur s'était abattu sur Berthe et qu'elle était devenue orpheline, sans autre affection désormais autour d'elle que celle de sa bonne grand'mère, par une coïncidence étrange, la même fatalité avait atteint Georges.

En très peu de temps, il avait vu s'en aller les uns après les autres tous les siens, et à son tour il était resté seul dans la vie et seul au monde, plus seul encore que Berthe, car il n'avait pas, lui, une vieille aïeule encore pour l'aimer, une vieille aïeule encore pour le consoler.

Mais, dans son grand malheur, le pauvre garçon avait eu cependant une chance. Il avait eu la chance de connaître Mme Desjardins, qui avait partagé entre Berthe et lui toute la tendresse et toute l'affection de son cœur. Aussi ne l'aimait-il pas seulement comme il eût aimé une vieille amie, mais comme il eût aimé sa propre mère.

Comment les deux jeunes gens s'étaient-il ainsi donnés l'un à l'autre? Comment avaient-ils fait ensemble le même rêve d'unir leur destinée et leur vie? C'est ce qu'il serait peut-être inutile d'expliquer.

Mais disons seulement qu'un beau jour ils s'aperçurent que la grande amitié qu'ils éprouvaient l'un pour l'autre n'était peut-être pas seulement de l'amitié, mais bel et bien de l'amour.

Le premier qui fit cette troublante et délicieuse découverte ce fut lui, ce fut Georges.

En effet, lui qui, autrefois, se sentait si parfaitement à son aise en face de Berthe, il ne pouvait plus maintenant l'approcher sans devenir tout gauche et tout interdit.

Et le jeune homme s'était alors posé une foule de questions.

Pourquoi cette étrange timidité s'était-elle donc tout à coup emparée de lui?

Pourquoi, quand Berthe lui parlait, suffisait-il de cette voix si douce, de cette voix d'enfant pour que son cœur battît avec autant de violence?

Pourquoi, quand elle ne faisait que lever seulement les yeux sur lui, se sentait-il tantôt pâlir, tantôt rougir?

Pourquoi, quand elle n'était pas là, se sentait-il au cœur un si gros ennui, une si profonde et si inexplicable mélancolie?

Pourquoi, dès qu'elle reparaissait, se sentait-il plus léger, plus joyeux, plus content de vivre?

Pourquoi tremblait-il donc quand elle mettait sa petite main dans la sienne, et pourquoi aussi lui suffisait-il quelquefois d'entendre seulement le bruit de son pas ou le froufrou de sa robe pour qu'il eût des frissons ?

— Est-ce que je l'aimerais ? finit par se dire le jeune homme.

Et il ne tarda pas à ajouter :

— Oui, je l'aime !... Oui, son amitié ne me suffit plus !

Et ces mêmes questions, Berthe aussi, toute pensive, toute songeuse, se les était également posées.

Elle aussi elle se sentait toute mélancolique et toute triste quand Georges n'était pas auprès d'elle.

Pourquoi ?

Elle aussi elle éprouvait, rien qu'à entendre le son de sa voix, un trouble qu'elle ne pouvait s'expliquer et qu'elle n'avait jamais connu.

Pourquoi ?

Elle aussi elle ne se retrouvait plus la même quand elle était en face de lui, et il lui arrivait très souvent que lorsqu'elle voulait lui parler elle restait toute balbutiante, toute rougissante.

Pourquoi ?

Quelle était donc la cause de ce singulier changement qui s'était opéré en elle ?

Et, comme Georges, elle finit par se dire :

— Est-ce que je l'aimerais ?

Et, comme lui, elle finit par ajouter aussi :

— Oui, je l'aime !... Oui, je sens bien que je ne pourrais plus vivre sans lui !

Quant à Mme Desjardins, elle n'avait pas été assez aveugle pour ne pas s'apercevoir presque tout de suite que sa petite-fille et Georges Didier s'adoraient.

Mais Berthe n'avait que seize ans à peine et Georges achevait sa dernière année à l'École de Saint-Cyr. Il fallait donc attendre quelques années avant de penser au mariage, attendre que Berthe ne fût plus une enfant et que Georges fût devenu un homme.

Et le bonheur des deux jeunes gens avait été ajourné à quatre ans plus tard, c'est-à-dire à l'époque où la petite-fille de Mme Desjardins atteindrait sa vingtième année.

Sur ces quatre années, deux déjà s'étaient donc écoulées, deux années pendant lesquelles Berthe et Georges ne s'étaient vus qu'à des intervalles assez éloignés.

Mais s'il n'était pas possible au jeune officier de venir à Asnières aussi souvent qu'il l'aurait désiré, du moins suppléait-il à son absence par une correspondance des plus régulières et des plus assidues.

Chaque semaine, en effet, il écrivait tantôt à Mme Desjardins, tantôt à sa fiancée, de longues pages dans lesquelles il leur faisait connaître, avec toutes ses pensées, les moindres détails, les moindres incidents de sa vie, et presque chaque soir, au moment de s'endormir, c'est-à-dire de se retrouver avec lui dans les douces illusions du rêve, Berthe lisait et relisait ces lettres débordantes d'amour.

Or, la dernière lettre que les deux femmes avaient reçue du jeune officier leur avait causé la joie la plus profonde.

Dans cette lettre, Georges leur annonçait qu'il venait d'obtenir de son colonel une permission d'un mois et qu'il aurait bientôt le bonheur de se retrouver auprès d'elles.

Et depuis cette nouvelle, Berthe, qui n'avait jamais trouvé les jours aussi longs, ne vivait plus et comptait toutes les heures, toutes les minutes, toutes les secondes...

Elle ne pensait plus à autre chose et c'était là maintenant son unique préoccupation.

La nuit même, elle restait encore sous le coup de cette pensée qui lui donnait la fièvre et l'empêchait de dormir.

Aussi quand, après la nuit blanche qu'elle avait employée à lire le petit livre du Forain, la mère Berland vint reprendre son service chez Mme Desjardins, ne fut-elle pas peu étonnée de se trouver tout de suite en présence de la jeune fille.

— Comment ! mademoiselle , s'écria-t-elle, toujours doucereuse et hypocrite, déjà levée!... déjà en train de vous promener dans le jardin!...

La jeune fille devint toute rouge comme si elle avait peur que cette femme ne devinât son secret; puis, vivement :

—'Oui, oui, mais ce n'est pas de moi qu'il s'agit, madame Caron, répondit-elle. Catherine vient de sortir...

— Catherine?

— Et bonne-maman dort encore... Je vous en prie, ne faites pas de bruit... La pauvre femme a tant besoin de repos !

— Oh ! mademoiselle peut être tranquille, répondit la mère Berland avec un sourire si faux qu'il ressemblait à une grimace. Je vais et je viens à travers la maison sans faire plus de bruit qu'une ombre.

Puis, quittant Berthe et pensant à Mme Desjardins, elle grommela entre ses dents :

— Encore au lit !... Feignante !... Elle fait bien voir qu'elle a de la braise !...

XXVII

OÙ, PENDANT QUE LA MÈRE BERLAND FLÂNE, LE PETIT ADOLPHE TRAVAILLE

Très mollement, très paresseusement, la future « mère aux assassins » se traînait à travers les pièces vides.

Après avoir balayé l'antichambre et remis un peu d'ordre dans la salle à manger, elle entra dans le petit salon où Mme Desjardins avait l'habitude de se tenir.

Et elle allait se remettre à balayer, à épousseter encore, quand tout à coup elle fit cette réflexion qu'elle était bien bête de tant se presser.

— Pour ce que l'on me paye, j'aurais bien tort de m'échiner ! se dit-elle.

Et, très tranquillement, elle s'installa dans un fauteuil qui se trouva devant le guéridon.

Et de ses doigts sales, de ses doigts crasseux, elle venait de se mettre à fouiller dans les différents objets que Mme Desjardins avait laissés là lorsque, soudain, son attention fut attirée par un livre demeuré entr'ouvert.

La mère Berland, toujours fureteuse, toujours curieuse, voulut savoir quel était le titre de ce livre, et elle ne l'eut pas plus tôt sous les yeux qu'elle parut vivement intéressée.

Il s'agissait, en effet, dans ce livre, signé par M. Macé, un ancien

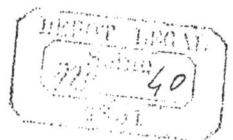

Collé contre un mur, les deux mains dans ses poches, il attendait la galette de sa marmite.

chef de la Sûreté, d'une étude très intéressante et très curieuse sur les
différentes variétés de gredins et de malfaiteurs qui composent l'innom-
brable armée du crime.

C'était donc là, en quelque sorte, comme le pendant du petit livre
de l'ancien saltimbanque, comme le pendant de ce petit livre qui
l'avait déjà initiée, ainsi que son gosse, à l'histoire et à la vie des prisons.

Elle était seule et personne ne pouvait la surprendre en train de
flâner.

Dans ces conditions, pourquoi n'aurait-elle pas parcouru quelques
pages de ce bouquin qui, très certainement, allait l'instruire encore ?

— On ne sait pas, dit-elle. Il y a peut-être bien là-dedans des choses
qu'il serait peut-être utile de ne pas ignorer, des renseignements qu'il
serait peut-être bon de connaître... Allons-y !

Et très vivement, très rapidement, l'oreille toujours ouverte au
moindre bruit pour ne pas se faire pincer par cette « vieille taupe de
Catherine », ou par la « vieille birbe », elle lut le chapitre suivant, dans
lequel M. Macé a si exactement et si admirablement décrit les habitudes
et les mœurs des rôdeurs, des souteneurs et des vagabonds :

« Les vagabonds peuvent être classés en trois catégories principales
bien distinctes, disait en commençant l'ancien chef de la Sûreté :

« 1° Les nécessiteux ;

« 2° Les paresseux, récidivistes et mendiants ;

« 3° Les voleurs et les repris de justice.

« Les vagabonds nécessiteux, moins nombreux que les autres, sont
généralement des gens tombés dans le dénûment par suite de maladies,
ou pertes d'argent ou d'emploi, et qui, malgré leur bonne volonté, ne
peuvent arriver à trouver une occupation lucrative, souvent faute d'une
tenue leur permettant de se présenter chez les personnes en mesure
de les employer.

« Ceux-là, jeunes ou vieux, valides ou infirmes, sont craintifs, honteux, gémissent en silence, et, quand ils sont absolument dénués de
ressources, se constituent prisonniers.

« Quelques-uns, perdant tout espoir, ont recours au suicide, peu
consentent à se livrer à la mendicité ou au vol. Rarement ils présentent
un danger pour la société et leur sort est plus digne de pitié que de
blâme.

Ici la mère Berland eut une moue de dédain.

Ces individus qui n'auraient pas même volé pour sortir de la misère dans laquelle ils croupissaient ne l'intéressaient guère. Ils manquaient de nerf ! Ils n'avaient que ce qu'ils méritaient.

Puis elle continua :

« Les vagabonds paresseux, récidivistes et mendiants sont les plus nombreux.

« Accoutumés à courir les rues dès leur jeune âge, privés de surveillance de la part de leurs parents, ils contractent de bonne heure des habitudes de fainéantise contre lesquelles rien ne peut réagir.

« Aux heures des repas, on les voit stationner aux portes des casernes, des grands restaurants et des divers autres établissements, où on leur distribue des aliments.

« Bon nombre prennent leurs repas aux fourneaux économiques et autres établissements de charité au moyen de bons qui leur sont donnés ou qu'ils achètent à raison de dix centimes.

« Le restant de la journée, leur temps se passe en flâneries dans les rues, aux abords des halles et marchés, où ils font quelques menues corvées pour se procurer un peu d'argent.

« L'été, ils couchent sous les ponts, dans les massifs des jardins restant ouverts, et surtout sur les talus et dans les fossés des fortifications, ou même en plein champ et dans les bois des environs de Paris.

« L'hiver, la question du coucher est plus difficile.

« Les uns vont « gîter » dans les caves des établissements en construction ; d'autres dans des voitures de déménagement et, aux environs de Paris, dans les fours à plâtre ; certains passent la nuit aux abords des Halles ou dans les gares ; enfin, bon nombre trouvent asile dans les établissements hospitaliers de nuit, où ils se font généralement inscrire sous de faux noms, par mesure de précaution, car beaucoup ont des démêlés avec la justice et la police.

« Il en est dont la moitié de l'existence se passe dans les prisons.

« Avant d'atteindre leur majorité, ils ont déjà été arrêtés un grand nombre de fois et ont encouru plusieurs condamnations pour vagabondage et rupture de ban.

« Mais rien ne les corrige : vagabonds ils sont, vagabonds ils restent et vagabonds ils finissent... quand ils ne deviennent pas des voleurs de profession, ce qui est le cas d'un grand nombre.

« C'est dans cette catégorie que se recrutent les maraudeurs qui, en été et en automne, ravagent les environs de la capitale.

« Quelques-uns quittent Paris et parcourent les campagnes, vivant au jour le jour, feignant de chercher de l'ouvrage, mais désireux de ne point en trouver et le désertant bientôt quand, par hasard, ils sont embauchés par quelqu'un.

« Ils éprouvent une grande répugnance pour toute occupation et préfèrent se procurer, par la mendicité ou le vol, les moyens d'existence qu'ils n'ont pas le courage de demander à un travail manuel régulier.

« Les vagabonds voleurs et repris de justice débutent dans la catégorie précédente; mais, un peu par besoin, et beaucoup par perversité morale ils ne tardent pas à devenir des malfaiteurs souvent fort dangereux.

« Les vagabonds de cette section sont généralement mieux habillés que les précédents, et ils apportent un certain soin à se créer une occupation, si minime qu'elle soit, pour leur permettre de donner le change, au besoin, sur leurs véritables moyens d'existence. »

La mère Berland venait de relever la tête et restait pensive.

Ces derniers mots venaient de réveiller en elle d'anciennes idées.

Des moyens d'existence?

Elle avait imaginé de s'en créer, elle aussi, pour dépister la police, quand son gosse *travaillerait*.

Elle quitterait la vieille birbe, oh! cela allait sans dire. C'était décidé, c'était convenu. Mais pour qu'on ne vînt pas trop l'embêter dans le cas où, par hasard, il arriverait quelque chose, rien ne l'empêcherait de trouver un ou deux petits ménages à faire, un ou deux petits ménages qui ne lui prendraient, bien entendu, que deux ou trois heures seulement, que le moins de temps possible.

Et comme, grâce à ce bon petit truc-là, elle aurait l'air de ne pas être une fainéante et de gagner honnêtement sa vie, ne se trouverait-elle pas en meilleure posture pour faire hésiter les soupçons, si jamais ils risquaient de se porter sur elle?

— Oui, il faut pour la frime avoir l'air de turbiner, se dit-elle. Le moyen est, en effet, excellent : on s'en servira.

Et cette réflexion faite, elle reprit sa lecture :

« C'est, du reste, en travaillant quelque peu chez des particuliers qu'ils cherchent et trouvent les occasions de se livrer au vol.

« Le moins possible, ils fréquentent les établissements hospitaliers de nuit, où ils craignent d'être reconnus et arrêtés ; mais, en revanche, ils vont dans les garnis où l'on couche à la nuit, et où, moyennant une faible rétribution, ils ont le droit de se reposer pendant quelques heures.

« Rarement ils couchent deux nuits au même endroit, et ils ont toujours la précaution de donner un faux nom, ce qui les rend insaisissables.

« On peut dire d'eux qu'ils demeurent partout et nulle part.

« Les deux dernières catégories de vagabonds peuvent se diviser elles-mêmes en diverses sections, dont les principales sont les suivantes :

« 1° Les vagabonds ouvreurs de portières, qui stationnent généralement aux abords des églises, des théâtres, des restaurants en renom et partout où une fête attire des personnes venant en voiture ;

« 2° Les vagabonds mendiants, qui profitent de toutes les cérémonies pour implorer la charité publique, qui tendent la main aux passants dans la rue ou qui vont de maison en maison quêter chez les concierges et les boutiquiers;

« 3° Les vagabonds voyageurs, qui vont de ville en ville, explorant la province, couchant dans les fermes et vivant aux dépens des gens qui les hébergent ;

« 4° Les vagabonds colporteurs, qui parcourent les campagnes en vendant de menus objets et des gravures, dessins et livres obscènes ;

« 5° Les vagabonds conducteurs d'animaux féroces, qui voyagent dans les villages et y exhibent des ours, loups et autres carnassiers;

« 6° Les vagabonds dits Ramonittchels ou Bohémiens, qui parcourent tous les pays de l'Europe souvent avec une mauvaise guimbarde ;

« Ceux-là stationnent aux abords des villes et excitent la pitié des passants par l'exhibition d'enfants (quelquefois volés) vêtus de loques et souffreteux.

« Cette catégorie n'a pas de nationalité; beaucoup ignorent même leur lieu de naissance et leur origine.

« Les femmes se livrent généralement au vol au rendez-moi, et les hommes n'hésitent guère à commettre un crime quelconque quand l'occasion leur paraît propice.

« 7° Les vagabonds filous, qui, sans avoir les moyens de payer, se font servir à boire et à manger dans les crèmeries et les débits de vins;

« 8° Les vagabonds voleurs à l'étalage, qui se nourrissent aux dépens des marchands de comestibles;

« 9° Les vagabonds voleurs roulottiers, qui flânent dans les rues et enlèvent ce qu'ils peuvent sur les voitures des fournisseurs stationnant sur la voie publique, pendant que les conducteurs livrent des marchandises ou vont boire chez les marchands de vins;

« 10° Enfin, les vagabonds souteneurs et voleurs au poivrier, qui rôdent la nuit en compagnie de prostituées et dévalisent les ivrognes racolés par celles-ci.

« Les vagabonds de ce genre couchent chez les femmes qui les entretiennent, et, quand ces dernières ont un client pour la nuit, ils restent dehors jusqu'au départ de celui-ci.

« A ce moment, ils rentrent et se glissent à la place encore chaude du « miché » qui vient de s'éloigner.

« Quand il est obligé de passer une partie de la nuit dehors, le vagabond souteneur n'hésite pas à commettre une attaque nocturne ou à dévaliser une boutique s'il en trouve l'occasion.

« En résumé, à part les nécessiteux de la première catégorie, les vagabonds sont une véritable plaie sociale et un danger permanent pour la sûreté des citoyens et de leurs biens.

« La nécessité d'un côté, les instinct pernicieux et le mauvais exemple de l'autre, les poussent souvent à commettre une foule de méfaits et quelquefois des crimes très graves.

« En principe, tout vagabond possède l'étoffe d'un malfaiteur et le devient tôt ou tard.

« D'après la jurisprudence établie par le tribunal de la Seine, tout individu qui justifie d'une nuit passée, en l'espace de dix jours, soit dans un garni, dans un établissement charitable, soit sous un hangar ou dans une voiture de déménagement, n'est point considéré comme vagabond, fût-il dans l'impossibilité matérielle d'indiquer quelles sont ses ressources.

« Du reste, les vagabonds de la catégorie dangereuse ont presque tous de l'argent, produit de rapines, de jeux de hasard (bouchon, parfaite et autres), de chantage, d'escroqueries, de vols au rendez-moi, à la roulotte, au poivrier, à l'aide de fausses clés, d'effractions, d'attaques nocturnes et même d'assassinats, car les délits et les crimes constituent leurs seuls moyens d'existence.

« C'est parmi eux que se recrutent la plupart des criminels.

« Voici un aperçu des homicides (ou tentatives graves) commis à Paris, depuis 1872, par des individus sans résidence fixe, ni moyens d'existence réguliers... »

Pendant une seconde un mince sourire illumina le sombre et blafard visage de la mégère.

— Ah ! voyons donc ! murmura-t-elle.

Et pour être plus sûre qu'elle ne serait pas surprise, elle écouta de nouveau pour se rendre compte si M\u1d50ᵉ Desjardins ne bougeait pas ou si la vieille Catherine ne venait pas de rentrer.

Mais non. La vieille Catherine était toujours absente et M\u1d50ᵉ Desjardins devait dormir encore.

Alors, tournant la page, elle se remit à lire :

« 30 novembre 1872. — Assassinat de Faath, brocanteur. — Auteur : Boudos. — Condamné à la peine de mort et exécuté.

« Décembre 1872. — Assassinat d'un lieutenant de gendarmerie trouvé poignardé dans la Seine. — Auteurs présumés : une bande de pédérastes dirigés par le jeune Gélinier, chef de malfaiteurs, âgé de 15 ans.

« 24 mars 1873. — Assassinat du jeune Pavie, garçon boucher, âgé de 15 ans, trouvé dans un champ, à Saint-Ouen, la tête coupée. — Auteurs : D... et D..., pédérastes. — Arrêtés tous deux.

« 2 octobre 1874. — Assassinat de la veuve Rougier. — Auteurs : Maillot, Chauvin et Georges. — Arrêtés et condamnés à la peine de mort (commués).

« 8 novembre 1877. — Assassinat du sieur Simoni. — Auteurs présumés : C... et B... sujets italiens. — Arrêtés, puis relaxés faute de preuves suffisantes.

« 19 décembre 1877. — Assassinat de la veuve Crémieux. — Auteurs : Hodister (sujet belge), Desquiens et Gaudoin. — Arrêtés et condamnés aux travaux forcés à perpétuité.

« 3 janvier 1879. — Assassinat de Lecercle. — Auteurs : Abadie, Knobloch et Kirail. — Arrêtés et condamnés aux travaux forcés.

« 17 avril 1879. — Assassinat de la femme Bassengeand. — Auteurs :

Abadie (déjà nommé) et Gilles. — Arrêtés et condamnés à la peine de mort (commués).

« Abadie et Gilles étaient les chefs d'une bande de malfaiteurs, tous rôdeurs de barrière, lesquels ont été arrêtés et condamnés à diverses peines.

« 8 février 1880. — Tentative d'assassinat sur la personne de la femme Gorin. — Auteur : Postel, arrêté et condamné aux travaux forcés à perpétuité.

« 16 février 1880. — Tentative d'assassinat du sieur P... — Auteur, S... Arrêté et condamné aux travaux forcés à perpétuité.

« 16 mai 1880. — Assassinat (par noyade) de F..., domestique. — Auteur présumé : X..., autre domestique. — Arrêté, puis relaxé faute de preuves suffisantes.

« 26 juillet 1880. — Tentative d'assassinat de Tisentoedler. — Auteur : Dabliot, son camarade. — Arrêté et condamné à vingt ans de travaux forcés.

« 9 décembre 1880. — Tentative d'assassinat sur la personne de la veuve Gonye, logeuse. — Auteur : Ferry, bonneteur. — Arrêté et condamné à la peine de mort (commué).

« 10 mai 1881. — Tentative d'assassinat sur la personne du sieur Schmitt, marchand de vin. — Auteur : Gaillepond, dit Amy.

« A la suite du crime, Gaillepond s'est fait arrêter plusieurs fois, pour vagabondage, sous le faux nom de Amy, et il a toujours été relâché sans passer en jugement. Arrêté enfin pour tentative d'assassinat, il a été condamné à la peine de mort (commué).

« 13 juillet 1881. — Tentative d'assassinat sur la personne de la femme Bahu, âgée de 83 ans. — Auteurs : Métrol et Mariez, presque deux enfants. — Arrêtés et condamnés à vingt ans de travaux forcés.

« 18 juillet 1881. — Assassinat de Cambournac, souteneur et bonneteur. — Auteur : Pigeonnot, autre souteneur et bonneteur. — Arrêté et condamné à la peine de mort (commué).

« 27 février 1882. — Assassinat de la veuve Galsterrer. — Auteurs : six rôdeurs de barrière nommés : Lipps, Robert, Jean, Grosjean, Lauwens et Depauw. — Tous arrêtés et condamnés, les deux premiers à la peine de mort (commués), et les quatre autres à diverses peines, dont un aux travaux forcés à perpétuité.

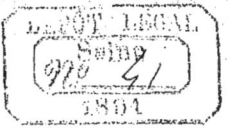

Il avait été autrefois le plus adoré des souteneurs.

« 1ᵉʳ mars 1882. — Renoux (Cécile), femme M..., fille soumise, demeurant rue Mercier, assassinée par un anarchiste vagabond allemand expulsé de France, nommé G..., lequel s'est suicidé dans sa prison, en Allemagne, en apprenant que sa culpabilité était connue.

« 21 mars 1882. — Assassinat de Seguin (étranglé la nuit sur la voie publique, avec un foulard). — Auteurs : Coché et Pauly. — Arrêtés et condamnés à la peine de mort (commués).

« 24 décembre 1882. — Reslinger (Adam), journalier, assassiné et dévalisé par un vagabond belge nommé X..., lequel a été arrêté et condamné aux travaux forcés. »

La mère Berland venait encore de s'interrompre pour prêter l'oreille.

Mais la maison restait toujours silencieuse, aucun bruit.

Alors elle retomba le nez sur son livre, puis lisant encore plus vivement, plus rapidement, elle poursuivit :

« Le vendredi 10 août 1883, rue du Regard, assassinat de M. Ducros (de Sixt) et tentative d'assassinat sur la sœur de celui-ci par le soi-disant Campi (Michel), sans domicile. Arrêté et condamné à la peine de mort, celui-ci a été décapité sur la place de la Roquette au mois d'avril 1884.

« Enfin, au mois de septembre 1883, les vols et tentatives de vols à l'aide d'escalade et d'effraction, la nuit, à main armée, en bande, dans des maisons habitées, commis à Saint-Ouen et à Neuilly ; les tentatives de meurtre sur M. Vérillon, commissaire de police, le brigadier Wahoal et l'agent Leclere, du service de la Sûreté ; ainsi que l'assassinat de la femme Durand, cabaretière à l'Isle-Adam, le dimanche 28 octobre suivant, ont eu pour auteurs les vagabonds Marquelet, Cornet dit Teinen, Franque, Delbarry, tous repris de justice.

« Ces quatre malfaiteurs ont été condamnés, le 24 août 1884, par les assises de la Seine : Cornet, à la peine de mort ; Marquelet, aux travaux forcés à perpétuité ; Delbarry, à huit ans de travaux forcés ; Franque, malgré sa complicité avouée à l'un des vols de Neuilly, a été acquitté.

« Ce dernier mérite une mention spéciale.

« Marié, il avait quitté sa femme depuis longtemps, pour vivre avec des prostituées et des vagabonds souteneurs ; mais quand il a su qu'il était recherché pour les crimes de Neuilly, il a repris le chemin du domicile conjugal, espérant y trouver un abri contre les investigations du service de la Sûreté.

« Je dois faire observer que la plupart de ces criminels étaient de tout jeunes gens, ne vivant déjà que du produit du vol et de la prostitution.

« Du reste, à l'exception du meurtre de Cambournac, qui était la fin d'une vengeance de souteneur contre souteneur, tous les crimes sus-énoncés ont eu le vol pour mobile.

« Dans cette nomenclature je n'ai mentionné que les assassinats ou tentatives commis par ce genre d'individus.

« Mais de combien d'autres méfaits les vagabonds ne se rendent-ils pas coupables?

« On trouve leurs traces dans les vols avec effraction, escalade ou fausses clés, escroqueries, filouteries, manœuvres de chantage, attaques nocturnes, vols au poivrier.

« Envers ceux-là, l'administration et la justice doivent se montrer inexorables ou tout au moins les mettre dans l'impossibilité de nuire à la société, dont ils sont et se disent les ennemis déclarés et irréconciliables. »

Or, la mère Berland avait à peine achevé de lire ces derniers mots qu'elle se leva d'un bond, le regard tourné du côté de la porte.

En effet, la vieille Catherine venait de rentrer; et bientôt elle apparut, tandis que la mégère, pour avoir l'air de s'occuper, frottait, balayait, saccageait autour d'elle tous les meubles.

Alors, se laissant tomber sur une chaise, la vieille servante, toute pâle, raconta avec indignation ce fait qui venait de se passer dans la grande rue d'Anières :

Un vieux joueur d'orgue, accompagné de sa femme et de son enfant, s'était installé sous une porte cochère. Le vieillard jouait quelques-uns de ces airs populaires qu'on a entendus un peu partout, tandis que la femme chantait de temps à autre on ne savait quelle chanson d'une voix chevrotante, et que l'enfant, la main tendue, s'approchait des curieux pour leur demander une aumône.

Et ce couple était si lamentable, il avait l'air si malheureux, qu'il aurait ému de pitié tout le monde.

Tout à coup, comme ces pauvres gens allaient se retirer, la vieille femme jeta un grand cri qui fit tressaillir tous les curieux.

Elle avait, en arrivant, déposé à quelques pas d'elle un petit panier, et ce panier qui contenait, paraît-il, toutes leurs minces économies, toute leur modeste fortune, toutes les recettes de plusieurs semaines, elle ne le retrouvait plus.

Un voleur avait passé par là !...

— Un voleur ! dit vivement la mère Berland.

— Oui, oui, un voleur, un petit vaurien, un gamin à peu près de l'âge du vôtre...

La mégère avait tressailli.

— Mais, puisqu'on l'a vu, dit-elle, pourquoi ne l'a-t-on pas arrêté ?

— Peut-être qu'on n'en a pas eu le temps... D'ailleurs, je ne sais que ce que quelques personnes racontaient autour de moi... Mais le vieux joueur d'orgue et sa pauvre femme avaient l'air si accablés par ce coup-là, que j'en suis rentrée malade...

La mère Berland ne répondit pas, mais, brusquement, elle pensa à son petit Adolphe.

Est-ce que déjà il s'était mis à l'œuvre ?

Est-ce que déjà il mettait en pratique les bonnes leçons et les sages conseils qu'elle lui avait donnés ?

Et plus elle y pensait, plus elle avait le pressentiment que ce devait être lui, en effet, qui avait fait le coup.

— Oui, oui, ce doit être lui, j'en mettrais la main au feu, se disait-elle, Ah ! le pauvre chéri !... Parlez-moi de ça !... Voilà ce qui s'appelle ne pas bouder sur la besogne et mener rondement les affaires !...

Aussi, dans l'impatience qu'elle éprouvait de savoir à quoi s'en tenir, la mère Berland trouva-t-elle, ce jour-là, les heures encore plus longues que d'habitude.

Enfin le soir arriva.

Elle était libre.

Pleine de fièvre, elle regagna son taudis.

L'enfant n'était pas encore rentré, mais elle n'eut pas, cette fois, bien longtemps à l'attendre.

Et dès qu'il parut :

— Eh bien ? interrogea-t-elle vivement.

Alors le petit Adolphe eut un sourire, puis l'air fier de lui :

— Tu vas voir ! répondit-il.

Puis, ayant fouillé dans ses poches, il en retira plusieurs poignées de pièces blanches.

— Voilà ce que j'ai pu faire aujourd'hui. Es-tu contente ?

Si elle était contente, l'ignoble femme !

Elle sauta au cou du petit et l'embrassa.

Puis, s'étant vivement assise devant la table, de ses doigts noueux, de ses doigts crochus, elle compta la *braise*.

La somme était assez ronde et en valait la peine.

Il y avait là l'argent du pauvre joueur d'orgue, puis aussi de l'argent trouvé, dans des porte-monnaie cueillis le plus adroitement du monde par le futur assassin.

Et le gosse ajouta :

—— Ce soir, la foule se bousculait pour entrer au théâtre d'Asnières. Il y avait même du monde très chic. Alors je me suis approché et c'est là que j'ai fait la plus belle récolte.

Quant à la mère Berland, son hideux visage rayonnait.

Dès le lendemain elle fit la malade et trouva un prétexte pour ne plus retourner chez Mme Desjardins.

Celle-ci, qui ne pouvait aller la voir elle-même, lui envoya d'abord la vieille Catherine, puis sa petite-fille.

Elles trouvèrent la mégère qui avait eu la bonne précaution de se mettre au lit, et qui, doucement, plaignait, geignait.

—— Vous devriez voir un médecin, dit Berthe. Je vais vous envoyer le nôtre.

Mais la mère Berland se récria : Un médecin ?... Non, non, ça n'était pas la peine !... Elle n'avait pas confiance dans toutes leurs drogues... D'ailleurs, elle n'était pas si douillette, et ça ne serait rien, elle serait bien vite debout.

Mais Mme Desjardins, qui l'attendait toujours, ne la voyait plus revenir.

—— Pour que Mme Caron reste ainsi clouée dans son lit, disait la bonne femme, il faut décidément qu'elle soit plus malade qu'elle ne pensait... Il faudra vous occuper d'elle, Catherine.

La vieille servante ronchonnait bien, mais elle obéissait. Elle apportait à la prétendue malade de l'argent, du vin vieux, des friandises... Et dès qu'elle avait tourné le dos, dès qu'elle avait franchi le seuil du taudis, il fallait voir la mère Berland !

D'un bond elle se retrouvait debout, et dansant, gambadant, elle buvait à la santé de la « vieille birbe » les bonnes bouteilles qu'on venait de lui apporter.

Mais Mme Desjardins apprit-elle tout le louche passé de sa protégée ? Sut-elle enfin que la prétendue Mme Caron n'était autre que cette mère Jean que tout le monde méprisait à Asnières ? Comprit-elle seulement que la mère Berland, en faisant la malade, se moquait d'elle et jouait la comédie ?

C'est ce que nous ne saurions dire, mais ce qu'il y a de certain, c'est qu'un beau jour Catherine ni Berthe ne revinrent plus au taudis.

Mais la mégère n'en fut pas, pour cela, plus à plaindre.

D'abord elle avait atteint son but, qui était de ne plus retourner dans sa place ; puis ses affaires prospéraient, car le petit Adolphe *travaillait* de mieux en mieux et rapportait de plus en plus.

On pouvait même dire que le gamin ne connaissait plus de bornes à son zèle. Il ne *travaillait* pas seulement pour son compte, mais il trouvait encore le moyen de donner de temps à autre, et à l'insu de sa mère, quelques coups de main à une nouvelle bande de malfaiteurs qui s'était formée à Asnières.

Tous les soirs, cette jolie bande godaillait, ses expéditions finies, dans un établissement borgne et mal famé où elle avait élu domicile. Ces soirs-là, le petit Adolphe rentrait bien un peu ivre, comme le jour où il avait assassiné le pante en compagnie du Rouquin, mais la mère Berland était trop occupée à compter la galette qu'il jetait devant elle pour s'apercevoir de rien.

D'ailleurs, il faut bien le dire, la brave femme, de son côté, ne restait pas inactive.

Il y avait alors, entre Asnières et Courbevoie, une espèce de cabaret, on pourrait presque dire de cantine, à l'enseigne patriotique et flamboyante.

C'était le café de MM. les militaires qui tenaient garnison dans ces parages.

Et c'était aussi, bien entendu, le rendez-vous de toutes les rôdeuses, de toutes les pierreuses, de toutes les rouleuses des environs. Presque chacune de ses filles avait son souteneur qui guettait dans les alentours, et qui, collé contre un mur, les deux mains dans ses poches, attendait patiemment la galette de sa marmite.

Maintenant, la mégère fréquentait très assidûment ce cabaret où elle avait repris son ancien nom de Virginie.

Mais qu'ajouter de plus?

Des années s'étaient écoulées et le petit Adolphe avait grandi. Comme le Rouquin, dont il n'avait plus jamais entendu parler, comme le Forain, dont il avait toujours conservé précieusement le petit livre, comme le Pâtissier et la Blonde, il s'était senti enfin de taille à devenir à son tour un chef de bande...

Et sa bande, nous la connaissons. C'était Doré, c'était Chotin, c'était Deville, c'est-à-dire ses complices dans l'horrible assassinat de la petite rentière de la rue du Cayla, dans l'épouvantable égorgement de la malheureuse Mme Dessaigne.

Nous avons raconté le crime. Il nous faut maintenant assister au châtiment.

DEUXIÈME PARTIE

L'EXPIATION

I

EN COUR D'ASSISES

Après la lecture de l'acte d'accusation, le président fait ouvrir les scellés qui enveloppent les pièces à conviction. Il y a là une foule d'objets, tous provenant de vols, et qui ont été trouvés chez la femme Berland.

Ensuite on distribue aux jurés le plan des lieux où a été commis le crime et l'on arrive à la scène du 12 janvier.

Le président à Doré :

— Comment avez-vous passé la journée du 12?

— Avec Deville, Berland et la femme Berland...

— Vous avez bu et joué aux cartes chez celle-ci?

— Oui.

— Il fallait que vous soyez au théâtre à 8 heures. A quelle heure êtes-vous partis?

— Vers 5 heures.

— Vous commencez par modifier tous vos costumes de façon à vous rendre difficilement reconnaissables. Berland, notamment, a changé de casquette et mis des bottines.

BERLAND. — Je pouvais ainsi marcher plus facilement.

DORÉ. — J'ai pris un gilet à manches que Berland m'a prêté.

LE PRÉSIDENT. — De quelle arme vous munissez-vous?

— De l'alésoir.

On présente cette arme qui est une sorte de fort poinçon en acier.

LE PRÉSIDENT. — Et vous, Berland, que prenez-vous?

— Une tenaille. Ma mère nous avait donné rendez-vous pour huit heures moins un quart à la gare d'Asnières.

La femme Berland reconnaît ces faits.

Doré reconnaît également qu'il a conduit toute la bande chez la victime; que, la croyant riche, supposant qu'elle avait chez elle de 2 à 3,000 francs, c'est lui qui a désigné le coup. C'est en somme lui qui peut assumer toute la responsabilité de l'idée du crime.

LE PRÉSIDENT. — Après avoir quitté la mère Berland, vous écrivez la lettre qui doit vous permettre d'entrer.

DORÉ. — Oui.

— Qui a écrit l'enveloppe?

CHOTIN. — C'est Doré.

— Doré, vous le reconnaissez?

— Oui.

— Vous avez ensuite remis cette enveloppe à Berland?

— Oui.

Et l'on examine le rôle dévolu à chacun. « Doré devait bâillonner Mme Dessaignes, » dit Berland. Mais M. le président lui fait observer que, loin d'avoir un bâillon, Doré s'était muni d'un instrument contondant dont l'usage était tout autre.

Berland soutient que Doré s'était chargé de tout.

LE PRÉSIDENT. — Alors, Doré, vous assumez toute la responsabilité?

— Non, chacun avait un rôle. Berland devait entrer le premier, et je lui ai remis la lettre.

LE CRIME DE COURBEVOIE

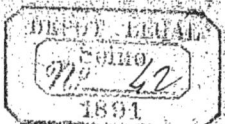

Le Palais de Justice de Paris.

— Berland, vous deviez entrer le premier et c'est pour cela qu'on vous a remis la lettre?

— Oui.

— Doré devait entrer le second, et Deville, — qu'est-ce qu'il devait faire?

Doré. — Il devait bâillonner la femme.

— Et Berland, qu'est-ce qu'il ferait?

— Il jetterait Mme Dessaigne par terre.

— Deville, vous êtes entré avec Berland et Doré.

Deville. — Oui, mais je ne serais pas entré si j'avais su ce que l'on devait faire. On devait seulement la bâillonner. Berland a menacé de m'assommer si je ne le suivais pas; alors je l'ai suivi.

Le Président. — Cholin fait le guet et vous pénétrez par la petite porte grillagée que vous enfoncez...

Berland. — C'est cela.

— Alors, qui s'approche de la fenêtre?

Doré. — Nous deux, Berland.

— Vous remarquez que les volets ne sont pas fermés, vous examinez soigneusement la disposition des lieux, et vous contemplez pour ainsi dire votre victime sans trembler, car vous n'avez pas tremblé.

Doré. — Je ne savais pas ce que je faisais.

— Allons donc! C'est vous qui dites à Berland : « Voyons! entres-tu?... » Et Berland répond : « Allons-y!... » Vous entrez et Berland présente la lettre... Berland! avez-vous tremblé au moment de frapper, quand vous vous êtes rué sur Mme Dessaigne?

Berland reste muet.

Doré, pendant toute cette partie de l'interrogatoire, est livide.

Le Président. — Berland, une fois la victime à terre, vous lui avez fourré les doigts dans la bouche et lui avez presque arraché la langue. Doré est alors entré et n'a pas été ému à ce spectacle. Il vous a même aidé à la maintenir, en lui enfonçant à deux reprises l'alésoir dans la tête. « Il est entré comme dans du beurre », a-t-il dit à l'instruction.

« Voilà ce que vous avez fait, Doré.

Cette fois l'accusé pleure abondamment.

— Eh bien, Berland, reprend le président, c'est là le bâillon que vous attendiez?

— Je croyais qu'on ne devait pas tuer.

— Elle criait, vous aviez peur qu'on l'entendît, vous l'avez piétinée. C'est alors que Deville, qui avait tout vu, est entré.

DEVILLE. — Non, monsieur le président, je n'avais rien vu.

— Mais vous auriez pu vous en aller au lieu d'entrer, quand vous avez vu Berland danser sur le corps de la victime.

— On ne devait pas y toucher, je ne sais pas ce qui leur a pris à tous les deux, je ne voyais pas les blessures qu'on avait faites à la tempe.

Ensuite M. le président fait avouer à tous les accusés successivement la scène de vol et de pillage qui a suivi le meurtre, la recherche de cette somme de trois mille francs annoncée par Doré, les matelas éventrés, les meubles fracturés, enfin tous ces actes odieux accomplis par les assassins aux côtés de leur victime agonisante, dont tour à tour ils revenaient étouffer les cris à coups de pied et à coups de poing; le cadavre a été pour ainsi dire déchiqueté; en partant ils n'ont laissé qu'une masse pantelante, sur laquelle Berland, avant de partir, s'est acharné avec la pointe d'un coquillage trouvé sur la cheminée.

« Et pendant ce temps, Chotin qui faisait le guet, criait aux assassins : « Dépêchez-vous!... Dépêchez-vous!... »

« Mais Doré avant de partir veut manger. « Laissez-moi, dit-il, il faut « que je boulotte. »

« Berland, entraîné par l'exemple, se laisse aller à l'imiter.

« Enfin, au bout de cinq quarts d'heure, tous se décident à partir, mais non pas sans avoir, éclairés par Berland, contemplé la masse de chair encore pantelante, pendant que Doré se livrait à une horrible et dernière profanation.

DORÉ. — C'est faux. Je le nierai jusqu'à la mort.

Nous n'insistons pas sur le retour à Asnières pendant lequel Doré et Berland se sont lavés les mains à une borne-fontaine. En réalité l'interrogatoire, en ce qui touche le meurtre, est clos après cette sinistre et presque prophétique dénégation.

Laissons donc de côté le « chabanais » organisé au théâtre d'Asnières pour créer un alibi à toute la bande, le meurtre, sauf quelques détails, est avoué et l'on va passer à l'audition des témoins.

Nous ne pouvons pas toutefois omettre la joie de la mégère, véritable instigatrice de cet horrible meurtre, quand elle aperçut les couverts volés chez la victime : « Bien travaillé, mes enfants! » s'est-elle écriée en eur donnant leurs costumes habituels, en échange des travestissements qu'ils avaient revêtus pour commettre le crime.

Comme de juste, la femme Berland nie énergiquement ce propos que les autres accusés confirment de la façon la plus formelle.

— J'ignorais ce qui s'était passé, dit-elle, je ne pouvais pas leur dire cela.

Mais ses dénégations n'ont guère de chances de succès, il faut bien le reconnaître.

Quant au partage du maigre produit de ce crime odieux, Berland l'a fait en sa qualité de chef de bande et il a eu le soin de se faire la part du lion, ainsi qu'à sa mère.

En dernier lieu, interrogés séparément, tous les accusés s'accordent pour avouer qu'ils ont été poussés au vol et à l'assassinat par la femme Berland et son fils.

Ceux-ci essayent vainement de se décharger de cette terrible responsabilité.

Doré affirme avec énergie qu'il a cédé à l'entraînement, mais n'eût jamais seul commis le crime.

Avant les témoignages, on fait passer sous les yeux du jury le coquillage dont Berland s'est servi pour frapper la victime et qui a été retrouvé à moitié calciné.

Il est déjà 4 h. 20 minutes, l'auditoire et surtout les jurés sont visiblement fatigués. M. le président lève l'audience et renvoie à aujourd'hui la suite des débats.

En résumé, à part les efforts des accusés pour se renvoyer mutuellement la responsabilité du crime, cette première journée n'a offert aucun intérêt vraiment réel. Elle a permis seulement de bien mettre en relief, malgré sa protestation, le rôle odieux de la femme Berland.

DEUXIÈME AUDIENCE

Divers témoignages sont d'abord entendus sur des vols commis par Chotin.

Puis viennent des vols de vin dont plusieurs dames ont été victimes. Ainsi Mme Gosset en est pour quelques litres, Mme Presson pour 17 bouteilles, Mme Dhiers pour 48.

Cette bande ne se bornait pas au liquide. Elle savait aussi se procurer le solide : des poulets, de la pâtisserie, des lapins.

Mlle Gabrielle, âgée de dix-sept ans, fille d'un pâtissier, avait reçu la commande d'un vol-au-vent et de pâtisseries assorties.

La femme Berland les avait demandés sous le nom de Mme Benoist.

Mais la jeune fille à laquelle, indépendamment d'un faux nom, on avait donné une fausse adresse, n'a pas eu confiance, et chez la mère Berland on s'est passé de ces friandises.

M. Dorne, ancien patron de Doré, dépose qu'il a confié parfois à Doré le recouvrement de sommes importantes et qu'il n'a pas eu à constater la moindre infidélité.

MM. Buisson, jardinier, et Suter, propriétaire, sont venus les premiers sur les lieux après l'assassinat de Mme Dessaigne, qu'ils connaissaient depuis longtemps. La tête de la victime portait au milieu d'une mare de sang ; elle avait à la tempe d'affreuses et profondes blessures.

Une particularité qui les a frappés, c'est que les jupes de Mme Dessaigne étaient retroussées jusqu'au-dessus des genoux. On croyait voir à la naissance des cuisses les traces d'une main ensanglantée.

Vient ensuite Mme Meunier, fille de Mme Dessaigne.

Elle s'avance à la barre, fort émue.

— Ma mère ne craignait rien, dit-elle. Elle avait si peu de chose. Elle n'imaginait pas qu'il pût venir à quelqu'un l'idée de la voler. Je me défiais pourtant de Doré et j'avertis ma mère d'avoir à prendre ses précautions. « Contre Doré ? me répondit-elle ; c'est un gentil et bon garçon. »

Les accusés écoutent silencieux. Ils ne pleurent même plus. La veille, ils ont épuisé toutes leurs larmes.

Mais voici un témoin important, la fille Clémens, qui fut un moment impliquée dans l'affaire.

Elle a quinze ans et toute la bande l'a eue pour maîtresse.

A la voir, avec ses cheveux ébouriffés, sa grosse figure rougeaude, on dirait qu'elle a laissé à la porte son panier de blanchisseuse.

Ah ! ce n'est pas celle-là qui vendra la mèche !

Jamais maîtresse d'assassin ne fut mieux dressée. Elle a quelque peu parlé à l'instruction, mais ce qu'elle a dit, devant les accusés elle n'osera le redire. Songez donc ! ils n'auraient qu'à en réchapper !

Le Président. — Vous connaissez les accusés ?

— Oui, tous, intimement.

— Que faisait-on chez la mère Berland?

— Le jour, je ne sais pas!

— Mais la nuit?

La nuit! Oh! on pourra l'interroger, la fille Clémens : elle est bien décidée à ne pas parler. Vainement le président la presse de questions. Mutisme absolu. Il faut en arriver à la menace.

— Gardes! ordonne le président, emmenez le témoin dans une salle à part. Vous réfléchirez, fille Clémens. Vous devez la vérité à la justice ; sinon la cour avisera.

On l'emmène. Puis, quand on croit qu'elle a assez réfléchi, le président la fait revenir à la barre.

Sans doute elle a peur des juges.

Elle est pâle et toute tremblante. Mais, au fond, elle redoute moins la justice que ses quatre anciens amants, et elle continue à se taire.

On la remmène encore, puis on la fait de nouveau revenir.

Toujours même mutisme.

A la fin, on se décide à lire la déposition qu'elle a faite à l'instruction et dans laquelle elle raconte que, le 2 janvier, la bande a fait un premier essai contre la maison de Mme Dessaigne et que l'artilleur Mathieu devait faire le guet.

— Est-ce bien ce que vous avez déclaré? demande le président.

— Oui, balbutie la fille Clémens, qui peut enfin s'en aller sans l'escorte des gardes.

Le docteur Vibert fait ensuite frissonner l'auditoire et le jury, en décrivant les blessures de la victime.

Mme Dessaigne portait onze blessures apparentes sur le devant de la tête, faites pour la plupart avec une telle violence, que les os étaient broyés.

L'assassin, qui avait introduit de force ses doigts dans la bouche de la victime, avait laissé des traces d'ongles sur les lèvres, les gencives et la langue.

On relevait des cheveux arrachés par les semelles d'Adolphe Berland, et, sur les taches de sang des bottines de l'assassin, la bougie avait coulé, apparemment, lorsque les meurtriers s'étaient approchés une dernière fois pour contempler leur œuvre.

Moins sombre est Mme Francia, artiste dramatique et directrice du théâtre d'Asnières.

Un parterre de fleurs sur la tête, l'accorte dame, vêtue d'un corsage vert qui lui fait une taille de libellule quadragénaire, dit à la cour que ce soir-là les artistes jouaient le *Naufrage de la Méduse*.

Les accusés, « qui ne sont jamais venus que pour faire du tapage », avaient pris des places à cinquante centimes. La directrice, informée qu'on troublait le spectacle, vint mettre elle-même le holà.

— Ils m'ont jeté, dit-elle, des papiers, des trognons. (Hilarité.)

LE PRÉSIDENT. — Quel est celui qui était le plus turbulent, le plus grossier à votre égard, madame?

La directrice, désignant Adolphe Berland :

— Ce petit-là, monsieur.

TROISIÈME AUDIENCE

L'audience s'ouvre vers midi, devant une salle bondée.

M. l'avocat général Roulier, dans un réquisitoire énergique, demande au jury de se montrer impitoyable vis-à-vis de la Berland, de son fils et de Doré. Il ne s'oppose pas à l'admission des circonstances atténuantes pour Deville et Chotin.

Les avocats plaident.

Me Crémieux, le défenseur de Doré, soutient que son client n'a été qu'un instrument dans les mains des Berland.

Me Henri Robert développe cette idée : « La mère Berland n'a pas frappé, donc elle ne doit pas être frappée. »

Me Demange dit : « Si Adolphe Berland avait été dans un autre milieu, il ne serait pas devenu un criminel; il a droit à la pitié! »

Me Decori et Me Crochard, les défenseurs de Deville et de Chotin, démontrent que ceux-ci n'ont pas participé personnellement à l'assassinat de Mme Dessaigne. Ils demandent donc que les jurés se montrent indulgents.

A 6 heures 1/2, les questions sont remises au jury.

Il y en a 87.

Une heure plus tard, il revient.

Et le chef déclare :

— Sur mon honneur et sur ma conscience, devant Dieu et devant les hommes, la déclaration du jury est : Oui sur toutes les questions.

« A la majorité, il y a des circonstances atténuantes en faveur de Deville et de Chotin. »

On amène les accusés, auxquels la réponse du jury est communiquée.

C'est la mort pour Doré, la mère et le fils Berland. Ils le savent et ne paraissent pas s'émouvoir.

— Tu as de la chance, dit Adolphe Berland à Chotin, tu ne monteras pas à la butte.

La cour se retire.

Quinze minutes après, elle reparaît et prononce l'arrêt suivant :

Doré, la veuve Berland et Adolphe Berland sont condamnés à la peine de mort.

Deville est condamné aux travaux forcés à perpétuité.

Chotin est condamné à vingt ans de travaux forcés.

APRÈS LE VERDICT

Aussitôt après le prononcé de la sentence, Chotin s'est mis à pleurer, Deville a été pris de faiblesse et il s'est affaissé sur l'épaule de Doré.

Celui-ci l'a relevé d'un geste brutal en lui disant :

— Voilà déjà que tu *flanches?* tu n'as donc pas de sang dans les boyaux, espèce de fausse couche?

La femme Berland s'est contentée de porter à plusieurs reprises son mouchoir à ses yeux secs, mais elle n'a pas prononcé une parole.

Adolphe Berland affectait la plus complète indifférence.

Puis les condamnés ont été emmenés par les gardes.

Doré, Berland, Deville et Chotin ont été reconduits à la Conciergerie, où on les avait déjà amenés pour dîner pendant la délibération du jury.

Pendant le trajet, qui s'est effectué par le souterrain qui relie la Cour d'assises à la maison de justice, Berland a dit aux gardes :

— S'il faut aller à la guillotine, et bien, j'irai, et crânement encore !

Puis faisant allusion à la condamnation capitale de sa mère, il s'est écrié :

— C'est égal, en voilà une sale affaire pour la vieille !

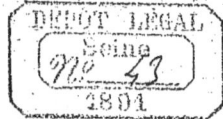

Mᵉ Henri Robert, avocat de la femme Berland.

Doré, lui, ne paraissait pas le moins du monde ému; il s'est contenté de dire très philosophiquement :

— Il fallait s'y attendre à celle-là! Je savais bien que j'écoperais la même chose que Berland.

A la Conciergerie, les quatre condamnés ont immédiatement signé leur pourvoi en cassation en présence de leurs avocats.

La première signature, celle de Doré, est tracée d'une main ferme et d'une écriture commerciale très élégante.

Celle de son complice vient ensuite; elle est écrite en grosses lettres, et, après l'avoir jetée sur le papier, Adolphe Berland a dit : « Tiens, je n'avais jamais signé si épatamment. »

Enfin, la signature de la vieille, sur laquelle toutes les malédictions sont tombées, est une fine écriture fort régulière, très ferme, comme les deux autres; son nom est écrit sans lettre capitale.

Doré et Berland ont ensuite été revêtus de la camisole de force et transportés en voiture cellulaire à la prison de la Grande-Roquette. Doré a été placé dans la cellule n° 1, affectée spécialement aux condamnés à mort, et Adolphe Berland dans la cellule n° 2, qui lui est contiguë.

Les deux condamnés ayant donné à M. Beauquesne, directeur de la prison, l'assurance qu'ils se conduiraient bien, on leur a retiré la camisole de force, mais on les a prévenus qu'on la leur remettrait à la première incartade.

Deville et Chotin ont passé la nuit à la Conciergerie, puis ont été transférés dès le lendemain matin à la prison de la Santé.

LA FEMME BERLAND

Au sortir de l'audience, la femme Berland a été conduite au Dépôt, où elle avait également pris son repas pendant que les jurés délibéraient. Elle était calme et ne paraissait pas avoir compris la gravité de sa condamnation.

— Ah çà! pourquoi m'ont-ils condamnée à mort? a-t-elle répété à plusieurs reprises. Qu'est-ce que c'est que ça? Que veut-on bien me faire?

Mᵉ Henri Robert, son avocat, lui a dit que le Président de la République la gracierait bien certainement.

— Oh! pour moi, ça me serait bien égal de marcher à la guillotine, si mon pauvre garçon pouvait être sauvé!

La femme Berland a été, comme les deux autres condamnés à mort, revêtue de la camisole de force. Une voiture cellulaire, dans laquelle elle a pris place en compagnie d'un garde municipal et d'une religieuse, l'a conduite au dépôt des condamnés à mort.

Elle a été placée dans la cellule n° 3.

La femme Berland sera gardée par deux religieuses, tandis que son fils et Doré seront chacun sous la surveillance de deux gardiens de la prison. Ce service était fait autrefois par des inspecteurs de la Sûreté, mais le ministre de l'Intérieur a interdit d'employer ces agents à ces sortes de surveillances.

II

LE PRÊTRE ET LE BOURREAU

« Chaque fois que l'attention est portée du côté de la place de la Roquette, disait à quelques jours de là l'un de nos confrères, les regards vont, avec autant de curiosité que de respect, à l'homme qui doit donner la dernière consolation aux condamnés.

« Il revêt, ces jours-là, un caractère de haute humanité qui désarme ceux-là mêmes qui, généralement, témoignent peu de sympathie à la robe qu'il porte.

« On se souvient de la popularité de l'abbé Crozes. Elle sera bientôt celle de l'aumônier actuel.

« Pas plus que son prédécesseur, l'abbé Faure ne la cherche. Tel nous avons connu l'abbé Crozes, tel nous avons trouvé, hier, son digne successeur.

« Au point de vue extérieur, ils sont absolument dissemblables. L'abbé Faure n'a pas le corps frêle, la physionomie fixe, le regard doux et calme de l'abbé Crozes. Mais, dès qu'il parle, l'enveloppe disparaît, le cœur se montre, simple, dévoué, extraordinairement sensible. Nous retrouvons les sentiments et les accents de l'abbé Crozes, et, par-dessus tout, l'absence de toute pose, en même temps que le respect le plus profond et la compassion la plus généreuse pour tous les misérables.

« — Sera-ce pour demain ? nous dit l'honorable aumônier. Peut-être ! quoique, généralement, on me prévienne plus tôt. Ces jours d'attente sont terribles ! L'appréhension me fait encore plus souffrir que l'action.

« — Alors, vous trouvez cela horrible ? Ne voudriez-vous pas qu'on en finisse avec l'échafaud ?

« — Non, non, l'échafaud est nécessaire. Si la peine de mort n'existait pas, il faudrait l'inventer. Où irions-nous si l'homme, en qui germe le malfaiteur, n'avait plus la perspective de l'échafaud ?

« Il ne ferait plus aucun effort pour réagir. Le monde des criminels triplerait, déculperait. Il y a un moment où la peur du bagne ne peut plus rien sur certaines natures. La crainte de la mort seule est encore capable de les retenir.

« — Que pensez-vous de la conversion des condamnés à mort, à laquelle croyait si fermement l'abbé Crozes ?

« — J'y crois comme lui et je puis, sans trop m'avancer, sans me nourrir d'illusions, affirmer que, sur dix-huit condamnés que j'ai accompagnés à l'échafaud, quatorze sont morts réconciliés avec Dieu.

« — Avez-vous le même espoir pour les trois condamnés en ce moment encore à la Roquette ?

« — Il faut attendre la fin. Mais j'espère beaucoup. Il est absolument certain que ceux qui les ont vus à la cour d'assises et qui les verraient maintenant ne les reconnaîtraient plus.

« Physiquement et moralement ils sont changés. La femme Berland n'a plus sa figure terreuse et sa hideuse expression. Elle est devenue grave et douce. Les sœurs qui la gardent n'ont pas de peine avec elle.

« Son fils et Doré sont tranquilles et paisibles, et n'ont rien gardé du cynisme qu'ils ont montré au cours de leur procès.

« — Reçoivent-ils volontiers vos visites ?

« — Très volontiers. D'ailleurs, s'il en était autrement, je n'y retournerais pas. On a écrit qu'ils m'avaient d'abord éconduit, puis que je m'étais imposé à eux. C'est bien mal me connaître. Je ne vais voir un condamné à mort qu'autant qu'il me le demande, soit par lettre, soit par le gardien-chef.

« Les trois condamnés actuels sont arrivés à la Roquette le samedi soir. Le mercredi suivant, on me dit que le jeune Berland désirait me voir. Au moment d'entrer dans sa cellule, je dis au gardien qui m'accompagnait : « Les deux autres ne m'ont pas fait demander? — Je ne sais; je vais leur dire que vous êtes là. »

« Il revint aussitôt pour me dire qu'ils m'attendaient. Depuis, je les ai vus régulièrement deux fois par semaine et, toujours, ils m'ont écouté avec respect et recueillement.

« — La femme Berland se préoccupe-t-elle de son fils, et le fils de sa mère?

« — Je ne quitte jamais la cellule de la mère sans qu'elle me charge d'un message affectueux pour son fils, et, de même, le fils pour la mère.

« — Vous n'êtes pas seulement dans ce cas spécial, mais toujours, l'intermédiaire naturel entre le condamné et ses parents?

« — Oui, et cela m'a mis parfois en face de rencontres et de situations bien étranges.

« Ainsi, je vais voir le père d'un condamné le jour de l'exécution. Je le trouve au fond d'un office de marchand de vin. Il connaissait l'affreuse nouvelle. Il n'en continuait pas moins à rincer très tranquillement des verres.

« Lorsqu'il me voit, il ne se trouble pas davantage. Je lui parle de ses enfants, de son fils : — Ah! oui, celui de ce matin; quelle g..... il a dû faire! j'aurais voulu voir ça... Oui, il a dû faire une drôle de g....!

« Et il se met à boire de plus belle.

« Après le côté du père, voici celui de la mère. Celle-ci se présente à la Roquette le lendemain de l'exécution de son fils. On s'imagine qu'elle ne sait pas ce qui s'est passé la veille; on s'ingénie à le lui cacher.

« Mais elle, sans la moindre émotion, déchire les voiles :

« — Il est mort; il a laissé des affaires que je viens chercher.

« On lui montre les quelques vêtements que n'a pas emportés le supplicié. D'un œil inquiet et avide, elle s'efforce de trouver autre chose... une paire de bottines neuves, qu'il avait achetées un peu avant le crime.

« — Il les a mises pour aller à l'échafaud, lui répond-on.

« Elle fait un geste de profonde déception qu'elle accompagne de cette réflexion philosophique ou pratique :

« — Cet enfant, voyez-vous, c'est la vanité qui l'a perdu !

« Il avait été condamné pour assassinat et viol !

. . . .

« Un peu de statistique pour finir.

« L'abbé Crozes, en vingt-trois ans de ministère à la Grande-Roquette, n'a assisté qu'à deux doubles exécutions : celles de Moreau et Boudas, et de Barré et Lebiez.

« En moins de huit ans, l'abbé Faure a déjà assisté à quatre doubles exécutions : Frey et Rivière, Gaspard et Marchandon, Jeantroux et Ribot, Sellier et Allorto.

« Nul doute qu'il ne soit à la veille d'assister à une cinquième exécution multiple, double ou triple. »

En même temps que cet article paraissait dans le *Matin*, la *Petite Presse* publiait l'entretien suivant qu'un de ses rédacteurs avait eu avec le bourreau :

— Avez-vous déjà procédé à une triple exécution ?

— Jamais. Ce sera la première, si toutefois aucun des condamnés n'est gracié.

— Ne craignez-vous pas que cela cause chez vous ou chez vos aides une certaine indécision ?

— Des histoires, tout cela. On m'a reproché souvent mon indécision. Elle est cependant facile à expliquer.

« Mon premier aide serait enchanté de me faire *rater* une exécution, car une révocation serait au bout de ce scandale, et, de cette façon, il pourrait me remplacer sans avoir à attendre ma retraite ou ma mort.

« Or, rien n'est plus aisé que de faire manquer le coup.

« On peut d'abord dérober une pièce quelconque et retarder l'exécution, faute de pouvoir monter la guillotine au moment voulu ; il serait également facile de déranger un des montants et d'arrêter ainsi le couteau dans sa descente.

« Vous voyez donc quelles peuvent être mes inquiétudes ; elles commencent au moment où je charge mon matériel, car il s'agit de ne rien oublier et de surveiller mes hommes.

« Une fois que la machine est montée et que le couteau fonctionne régulièrement, je fais placer un gardin de la paix de chaque côté et je suis aussi tranquille que maintenant ; la rapidité de l'exécution alors dépendra, non plus de moi, mais du patient.

— Comment cela ?

— Mais oui, voici ce qui arrive le plus souvent : aussitôt que le condamné est *plaqué* sur la bascule, il essaie une résistance pour éviter la lunette ; quand ce mouvement se produit, il me faut saisir le patient par les cheveux et le ramener sous le couteau : cela prend toujours quelques secondes...

« Pour Pranzini, par exemple, l'exécution a été longue, et pourtant il était à moitié mort au moment où je l'ai *basculé*.

« Toutefois, il a essayé de se jeter vers le montant de gauche contre lequel il s'est frappé le front, et comme il n'était pas léger, il m'a fallu tirer, tirer, l'aplatir, pour en avoir raison.

Ici, M. Deibler passe en revue diverses exécutions. Pour nous faire comprendre qu'un condamné n'a fait aucune résistance, il nous dit le plus simplement du monde :

— Je n'ai rien à lui reprocher ; ou : Je ne puis rien dire contre lui.

« Celui qui, du moment du réveil jusqu'au pied de la guillotine, a eu le plus de sang-froid, sans forfanterie, c'est Prado.

« Après lui, je dois citer Géomay et Schumacher.

« Il ne faut pas parler de Frey et de Rivière, qui ont posé pour les *camaros ;* quant à Eyraud, c'était un paquet de nerfs, mais il n'y avait plus rien.

— Connaissez-vous les trois condamnés qui sont en ce moment à la Roquette ?

— Sachez bien une chose : c'est que je ne connais mes condamnés que lorsqu'on me les livre. Auparavant, avec M. Macé, j'avais leurs photographies ; mais aujourd'hui, il n'en est plus de même.

« Tenez, nous dit en terminant M. Deibler, le matin de bonne heure, je vois à travers ces persiennes le défilé des vagabonds, des souteneurs et des escarpes que les gardiens de la paix ont ramassés pendant la nuit et qui s'engouffrent dans le couloir du poste. Je les regarde et je me dis : « Voilà de l'ouvrage pour plus tard ! »

Nous nous retirons au moment où paraît Mᵐᵉ Deibler qui vient chercher son mari pour le déjeuner ; nous remercions notre interlocuteur des renseignements qu'il a bien voulu nous donner, et d'un pas hâtif nous descendons la rue.

Enfin, puisque nous venons de parler du bourreau, veut-on savoir à combien revient le fonctionnement de la guillotine ?

On sait que le fisc renonce à faire payer aux condamnés les frais de leur exécution.

Chaque année, le ministre de la Justice demande à la Chambre une somme inscrite sous la rubrique : « Les exécutions capitales en France et en Algérie. »

Gages des exécuteurs et de leurs aides	42,500 francs.
Frais des exécutions capitales	2,000 francs.
Secours alimentaires aux exécuteurs réformés ou sans emploi, à leurs veuves ou à leurs enfants. .	18,000 francs.
Soit au total :	62,500 francs.

M. Deibler s'adjuge une somme de 12,000 francs d'appointements. Son collègue d'Algérie, M. Razneuf, est payé aussi cher. Enfin les premiers aides de ces messieurs touchent chacun 6,000 francs par an.

Tous les trimestres également, M. Deibler fait solder par l'État la quittance de location du hangar où sont remisés les bois de justice et les voitures, rue de la Folie-Regnault.

En cas de déplacements, c'est encore M. Deibler qui avance tous les frais, quitte à se les faire rembourser dès son retour à Paris : transport du matériel par petite vitesse, nourriture et frais de logement de l'équipe, voyage en 3º classe, etc., etc.

Le matériel de l'exécution est propriété nationale, mais l'entretien en est confié au bourreau.

Ce matériel se compose de deux guillotines avec leurs accessoires : couperets, moutons, falots, niveau d'eau, échelles, seaux pour lavage, bâches pour couvrir les deux fourgons, paniers, etc., etc.

Détail assez curieux et qui prouve que l'état de bourreau ne soulève pas une répulsion bien grande : le jour où M. Roch prit sa retraite, plus de quatre mille demandes parvinrent au ministère de la Justice pour l'attribution de cette étrange succession.

LE CRIME DE COURBEVOIE

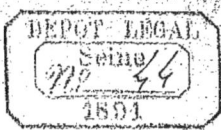
La Roquette. — La guillotine. — Le bourreau.

III

EN ATTENDANT L'EXÉCUTION

Cependant le temps passait et le public commençait à s'étonner du long retard apporté à l'exécution des assassins de Courbevoie.

La *Lanterne*, entre autres, disait à ce propos :

« A quoi bon prolonger, pour ces trois misérables, le supplice de cette attente, pire que la mort, et pour ceux d'entre eux que la guillotine guette, faire précéder l'exécution de cette longue agonie morale, véritable supplément de peine que le Code n'a pas prévu et que les juges n'ont pas prononcé ?

« Les sauvages qui attachent le condamné au poteau, et qui sous ses yeux préparent l'instrument du supplice, ne procèdent pas d'autre sorte.

« Il ne s'agit pas ici de sensiblerie.

« Il est trop facile de répondre par le mot d'Alphonse Karr : « Que « messieurs les assassins commencent. »

« La loi, dans sa haute et sévère impersonnalité, doit ignorer les raffinements de cruauté. Elle punit des criminels, elle n'a pas mission de venger leurs victimes.

« Et puisque la peine de mort déshonore encore notre Code pénal, que la société ne l'aggrave pas par l'atrocité d'interminables délais. Tuez-les, mais tuez-les vite et sans les faire souffrir. »

Puis la question de savoir si, oui ou non, la femme Berland serait exécutée, restant toujours très discutée, M. Lepelletier, dans l'*Écho de Paris*, s'élevait une fois de plus contre cette exécution :

« La condamnation de la veuve Berland est donc, disait le brillant écrivain, toute antipathique impression écartée, une monstruosité judiciaire.

« Elle peut servir à justifier, dans l'ordre politique, comme en matière de droit commun, toutes les vengeances.

« Du moment où l'on admet qu'il soit possible de guillotiner un être qui n'a commis aucun meurtre, qui paraît seulement l'avoir approuvé, il est permis de frapper quiconque est supposé désirer ou admirer une action quelconque.

« La veuve Berland est une femme abominable, une hideuse vieillarde, la honte de l'humanité, le rebut de son sexe, mais aux yeux du philosophe, en face de l'idéale justice, cette misérable demeurera une victime de la plus odieuse perfidie des gens de loi de tous les temps, de tous les climats : la complicité morale.

« On aura raison de se déranger pour voir guillotiner cette femme coupable de ce crime neuf et surprenant : l'assassinat mental. »

IV

AUTOUR DE LA ROQUETTE

Et l'on commençait, en effet, à se déranger.

Les journaux annonçant chaque jour, pour le lendemain matin, l'exécution des assassins de Mme Dessaigne, la place de la Roquette se trouvait chaque nuit assaillie par une multitude de curieux.

Laissons encore ici la parole à la presse.

C'est elle qui va nous raconter les scènes révoltantes qui se passaient autour de la prison.

Une feuille écrivait :

« La foule continue à affluer chaque soir vers la rue de la Roquette, en vue de l'exécution des assassins.

« Cette nuit, le public était si nombreux que la police a dû prendre des mesures d'ordre sévères.

« Nous n'avons pas besoin de dire que ces gens qui sont si avides de ce genre de spectacle ne sont pas précisément la crème de la société.

« Aussi la police y trouve-t-elle de ces individus qui ne lui sont pas inconnus et qu'elle expédie séance tenante au Dépôt.

« Le spectacle de la place de la Roquette, chaque nuit, est écœurant, et certainement la police n'a pas tort d'y mettre le holà.

« Le rebut des boulevards extérieurs et des restaurants de nuit, des gens « copains » des condamnés, ou tout au moins dignes de l'être, se donnent rendez-vous là pour chanter, danser et se livrer à une joie désordonnée en compagnie de femmes publiques.

« Vers une heure, on a dû, cette nuit, faire évacuer la rue de la Roquette, car on craignait que la rumeur qui s'élevait de la foule ne fût entendue des condamnés.

« Une vingtaine d'arrestations ont été opérées.

« Bien des gens, plus raisonnables, restent chez eux et se contentent d'adresser des demandes de permis.

« Des fonctionnaires, des artistes, des hommes politiques, des attachés d'ambassade, etc., sont déjà venus solliciter de M. Lozé des laissez-passer.

« Le préfet de police s'est vu contraint de les leur refuser.

« Des ordres très rigoureux seront d'ailleurs donnés le jour de l'exécution, pour qu'on ne laisse pénétrer dans l'enceinte réservée que les journalistes et toutes les personnes que leurs fonctions amènent là.

« Quant aux journaux qui tous les soirs annoncent l'exécution pour le lendemain, nous ne pouvons chaque jour les démentir.

« En continuant de la sorte, ils parviendront à donner une nouvelle exacte. Ce qu'il y a de plus regrettable, c'est que ces confrères sont un peu la cause du tumulte qui se produit chaque soir autour de la place de la Roquette. »

Une autre feuille :

« Chaque soir les amateurs de guillotine se donnent rendez-vous devant la Roquette, pour assister à l'exécution des assassins de Courbevoie.

« Ce n'est que vers trois heures du matin qu'ils évacuent la place, ayant acquis la certitude que la dernière heure des Berland et Cie ne sonnera pas ce matin-là.

« Dans ce monde, comme bien on le pense, il y a une proportion plus que notable de souteneurs, rôdeurs, escarpes, vagabonds de toutes sortes.

« Pour charmer leurs loisirs, ils imaginent, entre amis, un petit jeu : on reproduit l'assassinat de la veuve Dessaigne.

« Pas un détail n'est oublié.

« On piétine, — en douceur, pour la galerie qui se tord, — sur le corps du copain qui fait la victime et pousse des hurlements à faire mourir de rire.

« Cette petite mise en scène, suivie du simulacre de l'exécution du pseudo-meurtrier, n'est pas du goût de la police qui a opéré avant-hier dix-sept arrestations.

« Parmi les « artistes » on a reconnu cinq repris de justice qui ont été, après interrogatoire, écroués au Dépôt.

« Douze autres arrestations de gens sans domicile ont été maintenues provisoirement.

« Ceux-ci n'étaient pas autrement fâchés d'être logés et nourris pendant quelques jours aux frais du gouvernement, mais les autres sont tout à fait vexés ; ils ne verront pas « la tête » que les *aminches* feront au moment d'être *buttés*.

« A propos de cette exécution, disons que si elle est imminente, personne n'en connaît la date, et que les bruits qui courent à ce sujet ne sont que des propos de Lemice-Terrieux, que la foule prend pour des informations officielles et que des confrères, à court de copie, ont le tort de colporter. »

Un troisième journal disait :

« Une nouvelle rafle de jeunes vagabonds qui occasionnaient du scandale la nuit dernière place de la Roquette, a été faite par les officiers de paix.

« Sur les soixante individus arrêtés, dix, qui n'avaient pas de domicile, ont été envoyés au Dépôt.

« M. Doré, père de l'un des assassins, a écrit ces jours derniers au procureur de la République une lettre touchante qui se termine par ces mots :

« Si, malgré son jeune âge, mon malheureux fils n'obtient pas la « clémence du chef de l'État et qu'il doive expier un crime qu'il n'a dû « commettre que sous l'influence de la misérable femme Berland, je vous « supplie, Monsieur le Procureur, de me faire remettre son corps après « son décès, car je ne veux pas que le cadavre de mon enfant soit « disséqué. »

« Cette supplique a été remise par l'intermédiaire de Me Crémieux, avocat, à M. Banaston, qui accorde dès maintenant au malheureux père ce qu'il demande.

« Le corps de Doré ne sera donc point transporté à l'amphithéâtre.

« On ne comprend pas trop le retard apporté dans l'exécution des assassins de Courbevoie.

« Le bruit infernal qui se fait depuis plusieurs nuits devant la prison de la Roquette n'est pas sans parvenir aux oreilles des condamnés qui, chaque soir, ont la terrible perspective de se demander si « ce sera pour demain ».

« Il serait également temps de mettre fin aux scènes scandaleuses qui ont lieu depuis plusieurs nuits, et que la police essaie en vain de réprimer chaque soir. »

Enfin le *Matin* publiait à son tour, sur ce qu'il appelait les « veillées de l'exécution », deux articles très intéressants et qu'il est impossible de ne pas reproduire ici.

« La place de la Roquette, disait-il d'abord, a présenté cette nuit un aspect inaccoutumé.

« Sur la foi de plusieurs journaux on a cru, dans le public, que la triple exécution de Doré, de la femme Berland et de son fils, aurait lieu ce matin. Aussi, dès minuit, un grand nombre de personnes se sont-elles rendues sur le lieu ordinaire des exécutions.

« Des groupes d'hommes et de femmes, chantant ou poussant de sinistres exclamations, arrivaient de tous côtés.

« Sur le boulevard Voltaire, les fiacres se suivaient à la file, comme si l'échafaud allait réellement être dressé.

« A deux heures du matin, près de quinze cents personnes étaient rassemblées sur la place de la Roquette : comme toujours, ces noctambules se montraient particulièrement gais et des jeunes femmes en toilette claire, venues des restaurants du boulevard dans l'espoir d'assister au supplice des assassins de Courbevoie, étaient surtout bruyantes.

« Déjà, la veille, un rassemblement semblable s'était formé devant le dépôt des condamnés à mort, et les gardiens de la paix avaient eu beaucoup de peine à disperser les curieux.

« Ceux-ci étaient revenus ce matin à la charge, en plus grand nombre encore, et les agents de police ont dû presque user de violence pour les refouler dans les rues adjacentes.

« Quelques bagarres se sont produites rue de la Roquette, à la hauteur de la rue Saint-Maur, où près de vingt fiacres stationnaient.

« Lorsque les gardiens de la paix ont exécuté leur charge pour déblayer la place de la Roquette, la foule a été précipitée contre les voitures ; des chevaux se sont cabrés, et l'on s'étonne qu'il n'y ait pas eu d'accidents.

« Quelques-uns de nos confrères de la presse étrangère, qui insistaient pour pénétrer sur la place en exhibant des cartes de circulation délivrées par la préfecture de police, ont été assez fortement malmenés par les agents placés sous les ordres d'un sous-brigadier.

« Celui-ci se plaisait à répéter : « Ce sont encore les journalistes qui « ont annoncé l'exécution et qui nous ont valu tout ce monde-là, sans eux « nous serions couchés dans notre lit ! »

« A trois heures du matin, des fiacres arrivaient encore, amenant des bandes joyeuses ; mais l'accès de la place de la Roquette était défendu par les agents qui sont restés en permanence jusqu'à quatre heures.

« Au lever du soleil, les curieux, ne voyant point se dresser la guillotine à l'endroit habituel, et enfin persuadés que l'exécution n'aurait pas lieu, sont rentrés chez eux.

« Quelques arrestations ont été opérées pour refus de circuler ou tapage nocturne. »

Puis, le lendemain le même journal complétait ces renseignements et racontait un incident comique :

« Plusieurs journalistes ayant persisté dans la plaisanterie qui consiste à annoncer chaque soir, pour le lendemain matin, l'exécution des assassins de Courbevoie, les amateurs de supplices se sont rendus encore plus nombreux que la veille sur la place de la Roquette.

« Les rôdeurs, venus des Quatre-Chemins et descendus des hauteurs de Charonne, coudoyaient, en face du dépôt des condamnés à mort, les clubmen et leurs tapageuses amies.

« A une heure du matin, les établissements de vin de la rue Saint-Maur et de la rue de la Roquette regorgeaient de consommateurs, et, bien qu'on sût déjà que l'exécution n'aurait pas lieu, chacun persistait à encombrer la chaussée.

« Afin d'éviter les scandales de la veille, un service d'ordre très complet avait été établi aux abords de la Roquette.

« M. Chapelle, officier de paix de l'arrondissement, avait reçu l'ordre de mettre à profit l'agglomération des vagabonds et des rôdeurs dans les parages de la prison pour opérer deux rafles en règle, l'une à une heure, l'autre à trois heures du matin, et de requérir au besoin, pour prêter main-forte à ses agents, les soldats du poste de la Grande-Roquette.

« Les ordres préfectoraux ont été exécutés avec vigueur et les rafles ont donné lieu à quelques incidents qui méritent d'être relatés.

« A une heure, les nombreux gardiens de la paix massés dans les rues avoisinant la place de la Roquette, se sont ébranlés et ont donné une chasse acharnée à tous les individus suspects, voyous et souteneurs, qui stationnaient en groupes compacts au coin de la rue de la Folie-Regnault et à l'angle de la rue Saint-Maur.

« Il en résulta un sauve-qui-peut général, mais les agents parvinrent à capturer près de deux cents individus qui furent entassés dans le corps de garde de la Grande-Roquette.

« Nous renonçons à dépeindre la physionomie de ce violon improvisé ; il y avait là des figures tellement horribles qu'on était en droit de se demander si ce n'était pas pour ces rôdeurs au profil sinistre, pour ces futurs assassins, que l'échafaud devait être dressé.

« Parmi les personnes arrêtées, il y avait de braves concierges du quartier et d'inoffensifs curieux qui s'étaient trouvés pris dans le coup de filet donné par les agents.

« Tous les individus qui ont pu justifier d'un domicile ou de moyens d'existence ont été immédiatement remis en liberté, tandis que tous les vagabonds et les rôdeurs, soigneusement triés par l'officier de paix, ont été conduits en une imposante caravane, escortés de plus de cinquante agents, au poste central du XI° arrondissement.

« Pendant que M. Chapelle procédait à l'interrogatoire sommaire des prisonniers, M. Beauquesne survint.

« L'honorable directeur de la Grande-Roquette avait été réveillé par les clameurs des individus empilés dans le corps de garde, et il protesta contre l'envahissement de « sa maison » par les agents et tous les individus qu'ils y avaient introduits.

L'officier de paix de l'arrondissement avait reçu l'ordre...

« M. Chapelle se contenta de répondre qu'il avait été autorisé à mettre provisoirement ses prisonniers dans le corps de garde, et l'adjudant commandant le poste déclara qu'ayant été requis par un officier de la force publique, il n'avait pu s'opposer à cette irruption.

« Comme M. Beauquesne parlait en maître de céans et gesticulait très fort, deux gardiens de la paix, ne reconnaissant pas en ce petit homme, coiffé d'une calotte, l'aimable directeur de la prison, le saisirent au collet et tentèrent de le pousser dans l'avant-greffe, où l'on avait enfermé les individus maintenus en état d'arrestation.

« M. Chapelle se hâta d'intervenir; les deux gardiens de la paix lâchèrent M. Beauquesne, qui fut le premier à rire de cette méprise.

« La rafle de trois heures du matin a été aussi fructueuse que la première; une trentaine de voyous qui s'obstinaient à stationner aux abords de la prison ont été arrêtés.

« Et pendant que la police se livrait à ces différentes opérations de voirie, les fiacres arrivaient toujours, déposant rue de la Roquette des bandes d'hommes et de femmes en gaieté, auxquels les agents avaient beaucoup de peine à faire comprendre que l'exécution n'avait pas lieu.

« Nous avons recueilli sur la place de la Roquette certaines indications qui nous font croire que l'échafaud sera dressé samedi matin et que, contrairement à ce qui a été dit, les trois condamnés à mort seront livrés à M. Deibler. »

V

LA DOUBLE EXÉCUTION

Cependant, quand on parlait du samedi 25 juillet pour l'exécution des assassins de Courbevoie, on se trompait encore, et cette exécution ne devait avoir lieu que le surlendemain, c'est-à-dire le lundi 27 juillet.

Mais dès le samedi, dans l'après-midi, un garde républicain à cheval s'arrêtait au n° 3 de la rue Vicq-d'Azir, devant la demeure du bourreau, et remettait à la concierge un pli sur le contenu duquel le destinataire ne devait pas se tromper.

Il disait :

« Paris, ce 25 juillet 1891.

« Ordre est donné à M. l'exécuteur des hautes-œuvres de se saisir des nommés Doré et Berland, détenus à la Grande-Roquette, et de leur faire subir la peine capitale, à laquelle ils ont été condamnés par arrêt de la cour d'assises en date du 18 juin 1891.

« *Le procureur général*,
« QUESNAY DE BEAUREPAIRE. »

A la même heure, tout le personnel des exécutions, celui qui en constitue en quelque sorte la figuration, était prévenu.

Recevaient ainsi avis de l'exécution : le juge d'instruction qui a fait l'enquête sur le crime, le greffier de la cour d'appel qui doit dresser l'acte mortuaire, le chef de la Sûreté, le chef de la police municipale, le commandant de la gendarmerie, le colonel de la garde républicaine, le commissaire de police du quartier de la Roquette, le maire de l'arrondissement, le directeur de la prison, l'abbé Faure, et enfin le commissaire de police de Gentilly, auquel ordre est donné de faire préparer les tombes et les cercueils destinés à recevoir les restes des suppliciés.

Malgré ce nombre assez important de personnes mises dans le secret, la nouvelle que Berland et Doré allaient enfin expier leur crime n'avait été connue que fort tard dans la soirée.

Empruntons maintenant à l'*Intransigeant* tous les détails de cette double exécution qui devait faire tant de bruit :

« M. Carnot s'est enfin décidé à mettre un terme à l'inutile agonie des condamnés à mort de la bande Berland.

« Ce matin, le jeune Berland et son complice Doré expieront leur crime, place de la Roquette.

« Quant à la mère Berland, elle est graciée.

« Ce n'est pas facilement que M. Carnot s'est laissé arracher cette dernière mesure de clémence. Il voulait, lui, faire guillotiner les trois coupables. Mais, M. de Beaurepaire, se faisant l'interprète des sentiments du Parquet, manifesta une vive opposition à l'exécution de la vieille.

« — La Berland n'a pris aucune part directe à l'exécution du crime, disait-il. Or, il est d'un usage constant au Palais que seul soit exécuté celui qui a frappé la victime.

« La Berland n'est pas dans ce cas.

Bref, après huit jours de cette discussion, visant, du reste, simplement la forme judiciaire, — la foôrme, dirait Brid'oison, — M. de Beourepaire finit par l'emporter.

« Quoi qu'on ait dit, le dossier était revenu depuis trois jours de l'Élysée.

« Les mesures avaient été prises, des lettres avaient été préparées pour les défenseurs des condamnés, les aumôniers, le bourreau, le commissaire de police de Gentilly, où aura lieu l'inhumation, le commissaire de police du quartier de la Roquette, la Faculté de médecine, etc.

« Mais on attendit, pour expédier les lettres, le bon vouloir de M. Carnot et du procureur général. Ces derniers retardaient la chose à cause des scandales dont, chaque nuit, la place de la Roquette était le théâtre.

. . . .

A LA ROQUETTE

« Transportés à la Roquette dès le jour où le verdict avait été rendu, les trois condamnés à mort y avaient été enfermés dans les cellules 1, 2 et 3, tandis que Deville et Chotin étaient dirigés sur la prison de la Santé, où ils sont encore.

« Les trois condamnés à mort reçurent avec onction la visite de l'aumônier, l'abbé Faure.

« Doré et Berland sont, du reste, des produits de l'éducation cléricale :

> Et l'on revient toujours
> A ses premières amours.

« Comme ils étaient bien sages et qu'ils écoutaient dévotement la messe, le brave abbé leur apporta du tabac et quelques douceurs.

« Doré ne cesse de manifester une gaieté bruyante, fumant force cigarettes, et jouant, toute la journée, avec ses gardiens, la traditionnelle partie de cartes.

« Il ne cachait pas sa confiance dans la clémence du Président de la République.

« — On ne guillotine pas les détenus qui se conduisent bien en prison et qui n'ont que dix-neuf ans, disait-il sans cesse.

« Et il s'informait des « charmes » qu'offre la Nouvelle-Calédonie.

« La vérité, c'est qu'il n'ignorait pas les démarches faites en sa faveur par les curés, en qualité d'ancien pensionnaire du petit séminaire d'Aulnay-lès-Bondy, où il avait été placé par le curé du Bourget.

« Berland était plus sombre et, depuis près de huit jours, il ne dormait pour ainsi dire plus, se réveillant en sursaut au moindre bruit et promenant autour de lui des yeux hagards, comme s'il venait d'être tiré d'un cauchemar affreux.

« Sa mère, hideuse avec sa tête masculine complètement rasée, semblait inconsciente.

« Elle chantait toute la journée des chansons obscènes, offrant aux gardiens, quand le service les appelait dans sa cellule, de partager, ne fût-ce que pendant quelques instants sa couche de prisonnière.

« Elle était surveillée nuit et jour par des religieuses de Saint-Lazare, qui essayaient vainement de calmer ses ardeurs érotiques.

« Les clameurs poussées par la foule qui, depuis huit nuits, s'écrasait sur la place de l'exécution, étaient parvenues aux prisonniers. Berland ne se faisait guère d'illusions sur son sort :

« — Ce sera sans doute pour demain, murmura-t-il tristement hier soir.

« Le misérable ne se trompait pas.

SUR LA PLACE

« Il est minuit.

« La nouvelle de l'exécution s'est répandue dans Paris.

« Deux journaux l'ont annoncée hier, et les curieux, certains, cette fois, de n'être plus déçus dans leur horrible espoir, arrivent de toutes parts.

« Les cabarets voisins regorgent de clients, au point qu'il est difficile de s'y faire servir.

« Les chanteurs ambulants égaient l'assistance avec une chanson de circonstance.

Faudra qu'ils pass' la têt' dans le
Trou la laïtou, trou la laïtou.
Deux d' plus dans le panier d' son,
Et zon, zon, zon !
Tant pis s'i n' sont pas décidés!
Gai, gai, lariradondé.
Faut qui crèv' comm' ça, ces gueux-là !
Larifla, fla, fla, fla !

« La place vient d'être évacuée par la foule avec une grande difficulté, bien que le service d'ordre ordinaire eût été doublé. Plusieurs arrestations ont été opérées.

« Les forces policières sont formidables; 200 gardes républicains à pied, 100 à cheval, 442 gardiens de la paix en sus de ceux des XX°, XIX°, X° et XI° arrondissements.

« Les simples curieux sont parqués derrière des barrières protégées par des escouades de gardes et d'agents, et qui sont établies au bas de la rue de la Roquette, rue Gerbier et rue de la Vacquerie.

« Seuls, les journalistes et quelques privilégiés sont admis dans l'enceinte réservée, au centre de laquelle va être dressé l'instrument du supplice.

« La file de fiacres et de voitures de maître s'allonge jusqu'au boulevard Voltaire.

« A la vacillante lueur des réverbères, l'aspect de la place est funèbre. La silhouette de la prison, avec ses lourdes murailles, se détache seule sur le ciel sombre.

« En face se dresse, lugubre aussi, la prison des jeunes détenus.

LA GUILLOTINE

« A deux heures les sinistres fourgons, amenant l'un la guillotine, l'autre le panier qui contiendra les deux corps de Berland et de Doré, apparaissent du côté de la rue de la Folie-Regnault.

« Bientôt les aides du bourreau, qui ont enlevé leur redingote pour la remplacer par un bourgeron bleu, procèdent aux lugubres préparatifs de mort.

« Une horloge tinte sourdement, et cette sonnerie nocturne, dominant le murmure confus qui arrive de la rue, produit une saisissante impression.

« Dans « le carré », on discute avec animation la décision présidentielle.

« Les uns s'apitoient sur l'âge des condamnés qui vont subir leur peine : Doré est né à Belfort le 2 mai 1872 et Berland à Asnières le 1ᵉʳ août 1871.

« Les autres s'indignent de ce que la mère Berland ne partage pas le sort de son fils :

« — C'est pourtant elle qui a tout fait, entendons-nous ; c'est elle qui a poussé son enfant à devenir d'abord un voleur, puis un assassin. Celui-ci avait l'atavisme comme circonstance atténuante, et s'il y avait quelqu'un à gracier, c'était évidemment lui.

« On fait près de nous un « mot » sinistre :

« — J'avais toujours pensé, dit quelqu'un, que nous verrions le Berland frit.

« A trois heures, la lugubre mécanique, la « veuve » est complètement montée, et elle dresse dans la nuit ses bras rouges qui attendent les deux victimes.

LA DERNIÈRE HEURE DES CONDAMNÉS

« A trois heures, la nuit est superbe.

« Une lueur indécise commence bientôt à éclairer le ciel, qui prend peu à peu une teinte mauve pâle, avec une merveilleuse harmonie de tons sur le fond bleu.

« C'est le matin qui arrive.

« Là-bas, comme un énorme bouquet de verdure, apparaissent les arbres du Père-Lachaise.

« Le moment fatal approche.

« Au bout du carré, les cavaliers de la garde républicaine se tiennent immobiles sur leurs chevaux.

« Tout le monde se tait.

« Mais, par un triste contraste, au loin éclatent parfois des rires, des cris ou d'immondes refrains.

« La porte de la prison est entr'ouverte et laisse passer de temps à autre un geôlier qui vient s'entretenir mystérieusement avec quelque magistrat.

« Les aides du bourreau ont repris leurs redingotes et attendent, silencieux, sous l'œil du maître, M. Deibler, qui paraît fort agité et très inquiet.

« Pourquoi?

« Aurait-il peur des deux gamins qu'il va jeter dans le néant, pour la plus grande gloire du Code, et en vertu du principe qui interdit à l'homme de tuer son semblable?

« A quatre heures moins le quart, M. Banaston, procureur de la République, fait un signe et aussitôt les magistrats, juge et greffier, M. Leygonie, commissaire du quartier, puis Deibler et ses aides, pénètrent dans la prison.

LE RÉVEIL DES CONDAMNÉS

« Les uns se dirigent vers la cellule n° 1, occupée par Doré, les autres vers le n° 2, qui renferme le fils Berland.

« Doré dort à poings fermés.

« On lui frappe sur l'épaule pour le réveiller.

« Le criminel se dresse sur son séant et pousse un cri rauque. Il a compris. Quel réveil !

« La désillusion arrivant, aussi brusque que terrible, eut pour résultat de provoquer chez lui ce rictus décrit par Darwin, et qui ressemble à un horrible sourire.

« On sait que ce rictus est dû à la contraction en arrière du muscle risorius de Santorini, et à la contraction supérieure de l'orbiculaire des lèvres.

« — Doré, lui dit M. Beauquesne, M. le président de la République a rejeté votre recours en grâce.

« — Bien, se contente-t-il de répondre.

« Il ne prononcera plus une seule parole jusqu'au dernier moment.

« Les gardiens lui passent ses chaussettes, l'aident à mettre le pantalon qu'il portait le jour de son arrestation.

« On le mène à la salle du greffe, où Deibler et ses valets attendent. Le ligottement a lieu.

« Doré se confesse dévotement, puis il embrasse une lettre que ses parents lui ont envoyée la veille, au soir, et que lui présente le prêtre.

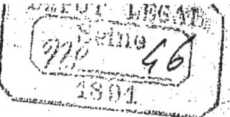

M. QUESNAY DE BEAUREPAIRE,

Procureur général à la Cour de Paris,

« La même scène que nous venons de décrire s'est déroulée dans la cellule de Berland.

« Berland dormait, lui aussi, quand on lui a annoncé le rejet de son recours en grâce :

« — Ah ! oui, murmura-t-il.

« Puis, après un silence :

« — Et ma mère sera-t-elle exécutée ?

« — Non.

« — Et Doré ?

« — Oui, comme vous.

« — Merci.

« Il s'est confessé, comme Doré, a embrassé dévotement le crucifix, puis a pris un cordial.

« Les acolytes du bourreau mettent des entraves aux pieds de Doré, c'est-à-dire qu'ils les lui entourent d'une longue corde, qui lui permettra cependant de marcher.

« Puis, on lui ramène violemment les coudes en arrière et on les attache l'un contre l'autre.

« La poitrine se bombe, et Doré, qui tenait la tête penchée, la relève brusquement.

« Deibler prend ses ciseaux pour couper le col de la chemise.

« Trois coups rapides, et le col tombe, laissant à nu tout le haut du buste.

« Au contact de l'acier, le jeune misérable est agité par un frémissement.

« C'est fini.

« Le funèbre cortège se met en marche. L'autre cortège, celui de Berland, vient à une dizaine de mètres derrière.

PREMIÈRE EXÉCUTION

« Le grand jour est arrivé sur la place.

« Un murmure confus monte de la rue, où la foule massée, sentant approcher le moment fatal, cherche en vain à voir quelque chose.

« On a éteint les réverbères.

« Un cliquetis de fer résonne. Gendarmes et gardes municipaux mettent le sabre à la main, et les lames jettent subitement un vif éclair.

« Les deux portes massives de la prison s'ouvrent, et Doré apparaît, précédé par l'aumônier qui, se plaçant devant lui, essaie de lui masquer la hideuse machine.

« Le visage de l'assassin est cadavérique. Ses jambes flageollent sous lui.

« Doré arrive à l'échafaud comme une masse inerte. Son vague regard erre sur les assistants, sur les soldats, puis sur le couteau, et cette vue provoque chez lui un brusque tressaillement.

« L'aumônier l'embrasse, puis on le jette sur la bascule.

« Un aide placé de l'autre côté lui empoigne la tête, l'amène dans la lunette, la maintient par les oreilles.

« Deibler pousse un bouton.

« La lunette tombe, puis le couperet s'abat avec la rapidité de la foudre, et une gerbe de sang jaillit, inondant le sol et la guillotine.

« Le corps est projeté dans le panier. La tête a roulé dans le baquet.

DEUXIÈME EXÉCUTION

« Tandis que Deibler lave avec une éponge le couperet et les « bois de « justice », dégouttant de sang, pendant qu'il remonte le couteau, Berland paraît à son tour dans l'entre-bâillement de la porte de la Roquette.

« On l'amène rapidement jusqu'à l'instrument de supplice ; le second aumônier, très ému, l'embrasse.

« Il va être jeté sur la bascule, quand l'abbé Faure l'embrasse à son tour en lui disant :

« — Doré m'a chargé de vous embrasser.

« — Il est donc mort ?

« — Oui, mon ami.

« — Ah ! mon Dieu !

« Quelques secondes plus tard, la « justice était satisfaite », le panier bouclé et les deux cadavres et les deux têtes bondissaient pêle-mêle dedans, remués par les cahotements du fourgon qui les emportait, au grand galop de ses deux chevaux, vers le « Champ de Navets. »

VI

LES CORPS DES EXÉCUTÉS

Vingt minutes après la double exécution, la guillotine était démontée. Les aides en avaient nettoyé les montants et le couperet dans les seaux disposés à cet effet.

L'un d'eux, après s'être lavé les mains dans cette eau vermillonnée, avait longé le trottoir et était allé la verser dans la bouche d'égout.

Puis, la voiture contenant la guillotine était repartie vers la rue de la Folie-Regnault.

A ce moment, la foule hurlante des rastaquouères, des filles et des rôdeurs de nuit, maintenue à distance jusque-là, rompit le cordon de gardiens de la paix et se précipita vers les fameuses dalles, se montrant les traces sanglantes qui subsistaient entre les pavés.

Les corps de Doré et de Berland, escortés par les gendarmes, ont été transportés au cimetière d'Ivry, où ils sont arrivés à cinq heures.

Les cadavres qui gisaient côte à côte dans le panier ont été placés chacun respectivement dans un cercueil.

C'est M. l'abbé Faure qui a reconnu la tête de Doré.

Prenant la parole :

— Messieurs les membres de la Faculté, dit l'abbé, la famille de Doré réclame son corps. Il sera donc inhumé.

« Quant à Berland, n'étant réclamé par personne, il appartient à vos expériences.

Or, la Faculté n'avait pas envoyé de représentant.

Puis le prêtre a fait les prières d'usage.

Doré était chaussé de brodequins tout neufs lacés, — un cadeau de son père, probablement.

Son pantalon, rayé marron et gris.

Quant à Berland, il avait le pied gauche nu, le chausson qu'il portait étant tombé quand les aides du bourreau le firent basculer sur la guillotine, au pied droit, une vieille bottine usée.

Son pantalon était à petits carreaux marrons.

La section du cou, chez les deux suppliciés, était très nette.

La Faculté de médecine n'ayant pas réclamé le corps de Berland, il a été inhumé à droite de celui de Vodable.

Doré a été enterré à droite de Géomay, derrière Berland.

Voici l'état civil des deux condamnés :

Gustave-Georges Doré, fils de Georges et Pauline Demain, né à Belfort (Haut-Rhin), le 2 mai 1872, demeurant à Courbevoie, 78, rue de Biran, garçon boucher, célibataire.

Adolphe-Eugène Berland, fils de Jean et de Virginie-Alexandrine Caron, né à Asnières, le 1er août 1871, demeurant à Asnières, boulevard Voltaire, 13, matelassier, célibataire.

Nous avons vu que la veuve Berland avait bénéficié de la clémence présidentielle.

Cette nouvelle lui a été annoncée par M. Beauquesne, directeur de la prison, environ un quart d'heure après l'exécution de son fils et de Doré.

La Berland a vivement remercié M. Beauquesne, et a demandé si son enfant avait bénéficié de la même faveur.

Le directeur lui ayant répondu négativement, la Berland, qui avait eu d'abord un éclair de joie dans les yeux, a manifestée une vive émotion.

Les sœurs qui la veillaient ont quitté la Roquette pour reprendre leur service au Dépôt.

VII

RÉPONSE AUX PARTISANS DE LA PEINE DE MORT

Nous aurons à reparler tout à l'heure de la mère Berland et, à propos d'elle, à dire quelques mots des maisons centrales de femmes.

Mais avant d'aller plus loin, il nous faut revenir sur la grave question de la peine de mort que le supplice des deux meurtriers de Mme Dessaigne venait de remettre une fois de plus à l'ordre du jour.

Répondant aux deux aumôniers de la Roquette, à l'abbé Faure et à l'abbé Crozes, qui avaient prétendu que la peine de mort était nécessaire, un pasteur protestant très versé dans les questions pénitentiaires, réplique par cette réponse que nous ne pouvons nous dispenser de reproduire :

« Les arguments de l'abbé Crozes, disait ce savant pasteur, dépouillés de leur forme naïve, sont ceux de tous les aumôniers des prisons. Tous en sont à croire à la conversion *in extremis* de leurs condamnés...

« Je ne nie pas que l'homme puisse se convertir à son heure dernière. Je crois que l'intensité peut compenser la durée et qu'à un moment suprême l'homme peut racheter le temps et naître à une vie nouvelle.

« Mais je dis que des transformations de cette nature, lorsqu'elles se produisent en face de l'échafaud, ne peuvent être constatées que par Dieu seul.

« L'assentiment vague et superficiel que les aumôniers obtiennent de ces êtres en prostration depuis le jour de leur condamnation jusqu'à l'heure de leur exécution, m'est éminemment suspect. Il entre de tout là-dedans : de la crainte, de la ruse, du calcul. S'il s'y rencontre un grain de sincérité, il ne peut être vu que de Dieu.

« Mais je ne m'arrête pas davantage à cette raison qu'il serait facile, avec l'abbé Crozes, de conduire à l'absurde en supprimant les bagnes pour les remplacer par l'échafaud à l'usage des criminels de toute catégorie.

« L'argument sur l'efficacité de la peine de mort pour faire trembler les méchants est plus plausible.

« C'est, du reste, celui qui est invoqué par tous les partisans de la peine. Mais s'il est plus plausible, il n'est pas plus fondé.

« Il y a des pays où, depuis trente ans, il n'y a pas eu d'exécutions capitales, en Belgique, en Hollande, en Suisse, en Italie. Les crimes n'y sont pas plus fréquents qu'en France.

« Je ne doute pas de la terreur qu'inspire au criminel la perspective de l'échafaud.

« Mais c'est après le crime ou plutôt après la condamnation.

« Au moment où il commet le crime, la nuance de la peine de mort dans la gamme des châtiments qui l'attendent lui échappe.

« Il se croit sûr de l'impunité.

« Les exemples abondent pour montrer ce que vaut l'influence parti-
culière de l'échafaud.

« On a vu fréquemment des crimes au sortir d'une exécution ou peu
de jours après.

« Le supplice de La Pommerais n'empêcha pas le docteur Pritchard
de commettre presque aussitôt un crime analogue au sien, sachant
parfaitement de quelle peine il était puni par les lois.

« De même, Prévost, le gardien de la paix, qui, avant d'être exécuté
lui-même, avait monté la garde au pied de l'échafaud, le jour de l'exécution de Billoir.

« Chaque meurtre commis après une exécution est une preuve que
ce sanglant spectacle ne détourne pas de l'accomplissement du crime,
et chaque sentence de mort est une preuve palpable de l'impuissance
de la loi à provoquer l'intimidation des criminels.

« La peine de mort, non légitime, n'est pas utile.

« Mais je dis plus : elle n'est pas légitime.

« La société a le droit de se défendre : elle n'a pas le droit d'aller
au delà.

« Or, pour se défendre, elle a ses prisons, elle a ses lieux de trans-
portation, et je hausse les épaules lorsque j'entends dire que le criminel
peut s'évader, qu'évadé il *peut* n'être pas repris, que libre il *peut*
commettre un nouveau crime : trois hypothèses aussi peu probables
l'une que l'autre, qu'il faut étager l'une sur l'autre, sans arriver d'ailleurs à faire de la peine de mort autre chose qu'une mesure de prudence,
mais jamais un acte de justice.

« La justice, c'est la répression, c'est la réparation.

« Aller plus loin, c'est de la vengeance.

« Qui sont-ils, d'ailleurs, ceux qui condamnent à des peines absolues,
irréparables ?

« Des hommes sujets à l'erreur.

« Ah! l'abbé Crozes ne croyait pas aux innocents condamnés !... Il
n'avait donc pas suivi les débats de l'affaire de la femme Doize ?... Il ne
savait donc pas que des mathématiciens illustres comme Laplace, Cournot,
Poisson, se sont livrés à cette effrayante mathématique, et ils sont arrivés à cette conclusion, qu'en France, il y a en moyenne un innocent sur
257 condamnés à mort, et un criminaliste distingué, Laget-Valdeson, a

pu écrire à ce sujet un livre dont le titre seul est d'une navrante éloquence : *Martyrologe des erreurs judiciaires*.

« De plus, toute peine doit se proportionner à la responsabilité du coupable.

« Or, pour un même crime, cette responsabilité varie d'un homme à un autre, car il ne s'agit pas d'apprécier le fait brut, mais le fait réel dans l'enchaînement de ses causes et de ses effets, dans le milieu moral et physique où il se produit.

« Comment dégager nettement la responsabilité personnelle d'un criminel?

« Il y a solidarité entre l'homme et le pays qu'il habite, la société où il vit, le milieu religieux où il a vécu, la famille dans laquelle il est né.

« Les lois de l'hérédité et de la solidarité l'enlacent de toutes parts.

« Je ne veux pas exagérer ces influences diverses. Mais elles sont réelles. Et il suffit qu'elles existent dans la moindre mesure pour qu'il y ait toujours atténuation dans la responsabilité individuelle et qu'une peine capitale soit toujours hors de proportion avec les conditions relatives de notre humanité.

« La peine de mort est un vieux débris du droit païen et mosaïque égaré dans notre civilisation chrétienne.

« Quelques passages isolés de la Bible ne peuvent prévaloir contre tout l'esprit de l'Évangile.

« Le temps est proche où l'échafaud ne se verra plus que dans les réceptables des instruments de supplice à jamais disparus. »

VIII

UNE STATISTIQUE

Enfin, à quelque temps de là, la presse entreprenait de rassurer l'opinion et de lui prouver que des crimes aussi monstrueux, aussi horribles que celui de Courbevoie étaient heureusement plus rares qu'on ne le croyait.

LE CRIME DE COURBEVOIE

Le parloir dans une maison centrale de femmes.

Et à ce sujet, l'*Eclair* publiait une très intéressante statistique officielle des assassinats commis à Paris.

Voici comment s'exprimait ce journal :

« On se livre, en ce moment, à de curieuses études sur le Paris dramatique.

« On a su que, l'autre jour, les commissaires de police avaient été consignés dans l'après-midi.

« On leur demandait de fournir dans un bref délai une statistique de toutes les affaires qui ressortissent de leur juridiction.

« Ces affaires sont variées et en général assez monotones.

« S'il vous était donné d'avoir sous les yeux le rapport quotidien que ces magistrats adressent au préfet, vous seriez surpris de leur peu d'intérêt.

« Tout y est consigné, depuis la trouvaille d'une pièce de cinquante centimes jusqu'au scandale d'un ivrogne titubant; depuis la fille insoumise trouvée racolant sur le trottoir jusqu'au règlement de compte trop laborieux entre client et cocher.

« Les rubriques sont peu effrayantes : Accident, — accroc de voiture, — rixe, — conduite au commissaire, — suspicion de vol, — suicide, — cheval emporté, — mendicité, — vagabondage.

« Rarement on y voit figurer la rubrique « meurtre »; plus rarement encore celle d' « assassinat ».

*
* *

« A entendre les cris d'effroi que nous arrache de temps en temps ce que nous nommons l'insécurité de Paris, on pourrait supposer que notre bellecapitale n'est pas éloignée d'être une sorte de coupe-gorge, et qu'il est dangereux, — cela s'imprime, — de s'aventurer seul sur la place de l'Opéra entre dix heures du soir et minuit.

« Nous lisons à ce propos des philippiques affolantes qui nous montrent cette malheureuse ville placée sous la domination d'une armée du crime évaluée au bas mot à 30,000 mercenaires.

« C'est à peu près le chiffre que l'on donne.

« Il n'est pas impossible qu'il soit exact, mais s'il est exact, il nous faut convenir que ces malfaiteurs, maintenus par la tradition, la crainte ou ce qu'il vous plaira, ont un fonds d'honnêteté relative, car s'il leur

arrive de s'approprier quelque peu du bien d'autrui, ils ne lui prennent
sa vie qu'à la dernière extrémité.

« Puisqu'aussi bien, en pareilles circonstances, la parole revient à la
statistique, il serait prudent de la lui donner.

« Il demeure acquis, n'est-ce pas, que Paris est une ville où l'insécurité est complète ?

« Voyons donc combien, en quatre ans, dans Paris et la banlieue, il
s'est commis d'attentats.

« Il s'en est commis, — le chiffre est *officiel*, — *soixante-treize*.

« Ce qui donne une moyenne de dix-neuf par an, de moins de deux
par mois.

« On écarte, cela va de soi, les rixes où l'on se poche plus ou moins
les yeux, les violences dans les discussions qui s'arment de bouteilles
brisées, les explications brutales entre maris et femmes, amants ou
maîtresses et qui se bornent à des égratignures.

« Ces soixante-seize affaires ne sont pas néanmoins, à proprement
parler, des assassinats.

« Elles se composent de meurtres : individus tués dans une rixe,
coups et blessures ayant occasionné la mort sans intention de la donner,
crimes passionnels et affaires de jalousie.

*
* *

« Le seul crime dont la fréquence nous effraie, c'est l'assassinat qui
a le vol pour mobile.

« Un amant tue son rival : nous n'en sentons aucune terreur, le coup
ne pouvait à aucun titre être dirigé contre nous. L'arme ne nous
menaçait point.

« Mais le coquillage dont les assassins de Courbevoie tuèrent la
veuve Dessaigne nous menaçait.

« Nous sommes tous la proie possible du malfaiteur qui, convoitant
notre bien, n'hésitera pas à nous retirer la vie pour s'en emparer plus à l'aise.

« La bonne femme qui tua sa voisine parce qu'elle était agacée de
l'entendre rouler son lit, ne répand point l'épouvante : c'est une folle.

« Mais nous dressons l'oreille aux exploits d'un Allorto plantant son
eustache dans le ventre d'un gardien de villa ou de drôles qui ligottent
et étranglent un vieillard.

« Ramenée aux seuls crimes qui nous menacent, qui menacent la
collectivité, qui nous font dire : « ce n'eût été celui-ci, que c'eût été
nous peut-être », la statistique ne donne plus qu'un chiffre extrêmement
bas.

« *La moyenne des assassinats ayant le vol pour mobile à Paris
même est de cinq ou six par an.*

« Ces chiffres sont relevés sur une statistique qui a été dressée ces
jours-ci par les soins de la police et du parquet.

*
* *

On y trouve, en tant qu'assassinats suivis de vols : ceux de Schumacher, de la bande Allorto, de la bande Berland, d'Eyraud, de Mathelin,
l'assassinat de Marie Gagnol, du brocanteur Gourioux, les crimes de
Géomay, de Kuehn, de Kops.

« Il y a un assassinat entre gens de goûts inavouables; il y a deux
assassinats de filles par leurs souteneurs; des brutes, Vodable et l'inconnu de la petite Neut, ont obéi à des instincts immondes.

« Ces crimes sont d'une nature spéciale et moins que les autres, sau
le dernier, alarmants pour la collectivité.

« Pour atteindre à la moyenne de sept assassinats par an, ayant un
mobile autre que la passion amoureuse, il faut compter ceux-ci.

« En somme, cette moyenne, pour une population de deux millions
d'habitants, où tant de Caïns jalousent Abel, est loin de présenter
l'image terrifiante qu'on se fait du crime lorsqu'on le voit à travers nos
enquêtes professionnelles, nos chroniques qui grossissent l'événement,
l'amplifient, le perpétuent, en emplissent des semaines et des mois.

« Nous ne savons à quel mobile ont obéi les magistrats de la police
en publiant cette statistique, mais ils auraient voulu rassurer Paris
qu'ils ne s'y fussent pas pris d'une autre façon.

« Voilà qui était bon à proclamer : notre vie n'est en danger, tous
les ans, que dans la proportion d'un trois millionième.

« Vraiment, les fiacres et les omnibus sont plus dangereux pour
notre peau que les assassins! »

IX

LES MAISONS CENTRALES DE FEMMES

La peine de mort prononcée contre la femme Berland ayant été commuée par M. le Président de la République en celle des travaux forcés à perpétuité, il ne s'agissait donc plus que de désigner la maison centrale dans laquelle la sinistre héroïne du drame sanglant de Courbevoie subirait sa peine.

La maison choisie fut celle de Clermont, où la vieille mégère allait retrouver deux autres criminelles aussi célèbres qu'elle : Gabrielle Fenayrou et Gabrielle Bompard.

Pour qu'on puisse se faire une idée de l'existence qui attendait désormais la principale complice de Doré, il nous faut donc jeter ici un coup d'œil sur les maisons centrales de femmes.

Nous ne parlerons pas, bien entendu, des prisons de courtes peines, qui sont celles auxquelles on s'intéresse le moins, mais des maisons de force et de correction, qu'on appelle couramment des maisons centrales.

Celles-ci reçoivent toutes les détenues condamnés à plus d'un an de prison, que cette peine soit celle de la prison proprement dite, de la réclusion ou des travaux forcés.

Les condamnées de ces diverses catégories sont soumises au même régime.

Mais la retenue sur le salaire du travail varie avec le nombre et la gravité des condamnations encourues.

Les maisons centrales sont au nombre de quatre en France : Cadillac, Clermont, Montpellier et Rennes.

Ajoutons qu'il en existe une autre en Algérie : Le Lazaret.

La maison de Doullens figure encore dans les cadres et au budget de l'administration pénitentiaire comme maison centrale, mais elle a cessé de l'être en fait depuis l'année dernière.

Elle a été cédée alors au département de la Seine, qui l'a transformée en une prison de courtes peines en remplacement de Saint-Lazare.

En France, ce sont des religieuses qui sont préposées à la garde des détenues.

En Algérie, ce sont des laïques.

Pour la garde extérieure, il y a des gardiens hommes qui n'ont jamais aucun contact avec les prisonnières, à moins de mutineries ou de troubles graves.

Alors ils interviennent au même titre que la gendarmerie ou la troupe.

Mais, en temps normal, la surveillance appartient exclusivement aux gardiennes femmes.

Sur un effectif total moyen de 1,700 femmes, internées dans les quatre maisons de femmes (Clermont, Rennes, Cadillac et Montpellier), il y en a tout juste un mille qui ont passé par la cour d'assises.

De ces 1,000 condamnées, 600 environ ont encouru la peine des travaux forcés, à perpétuité ou à temps, réparties approximativement de la manière suivante, quant à la durée de la peine :

Condamnées à 5 ans 170
Condamnées à une peine variant de 5 à 10 ans 130
Condamnées à une peine variant de 10 à 15 ans. 100
Condamnées à une peine variant de 15 à 20 ans. 120
Condamnées à perpétuité. 80
					Total 600

Sur ce nombre, il n'y en a pas moins de 150, soit un quart du total, qui ont bénéficié, soit de la grâce entière, soit d'une commutation ou réduction de peine.

Aussi, 20 ont été graciées du restant de leur peine; 5, condamnées à perpétuité, ont vu leur peine commuée en celle des travaux forcés à temps, sans préjudice des réductions nouvelles qui pourront intervenir en leur faveur.

La condamnation aux travaux forcés de 20 autres a été commuée en réclusion ou emprisonnement, et enfin 105 autres ont obtenu des réductions de la durée de leur captivité variant de 1 à 5 ans.

La plupart des réductions accordées sont de 2 ou 3 ans, mais il faut remarquer que la première réduction, si la bonne conduite continue, est presque toujours suivie d'une nouvelle diminution de peine ou de la remise à la prisonnière du temps qui lui reste à faire.

Nous avons nous-même vu telle détenue condamnée aux travaux forcés à perpétuité pour infanticide et internée à Rennes. Grâce à sa bonne conduite exceptionnelle, cette malheureuse obtint tout d'abord une commutation de sa peine en 20 années seulement de maison centrale ; puis on la chargea d'un emploi de confiance ; enfin, elle obtint une nouvelle réduction de 2 ans, et tout porte à croire qu'elle sera mise en liberté au 14 juillet prochain, ayant été enfermée pendant 15 ans seulement.

Maintenant sait-on à quoi s'emploient les pensionnaires du sexe féminin que l'État entretient dans nos maisons centrales et ce que rapporte leur travail?

Le voici, résumé dans les quelques lignes suivantes :

Nos quatre maisons de femmes renferment en moyenne 1,700 détenues : 1,500 travaillent, et les 200 autres sont ou malades ou punies de « cellule sans travail ».

Les deux maisons de Cadillac et de Rennes comprennent un personnel de travailleuses de 780 détenues ; celles de Clermont et de Montpellier de 720 seulement.

Sur ce nombre, à Cadillac et à Rennes, où l'on fait uniquement de la confection, de la lingerie, les entrepreneurs emploient au total 530 détenues à la couture, principalement mécanique, et 130 au lavage, repassage et mise en boîte des faux-cols, poignets et devants de chemises sortis des mains des autres ouvrières.

A Clermont et à Montpellier, on fabrique surtout des corsets : 570 détenues sont occupées à ces travaux.

A Clermont, toutefois, une cinquantaine d'autres font de la chaussure clouée et préparent des cheveux.

Le surplus des travailleuses est occupé au « service intérieur » (cuisine, manutention, balayage).

Par journée de travail, les ouvrières de Rennes et de Cadillac gagnent en moyenne 1 franc par jour ; les ouvrières en cheveux gagnent 0 fr. 75 ; les faiseuses de chaussons 1 fr. 20 ; les corsetières, 1 fr. 10.

Quant aux travaux intérieurs, ils rapportent environ 1 franc par jour aux ménagères de Clermont et de Montpellier, tandis qu'à Rennes et Cadillac, elles ne gagnent guère plus de 0 fr. 65.

Enfin, la valeur totale des travaux industriels produits est la suivante :

En lingerie, à Rennes et Cadillac, 205,000 francs.

En cordonnerie, 5,000 francs.

En cheveux préparés, 8,000 francs.

En corsets, 190,000 francs.

Soit en tout, 408,000 francs.

.˙.

Le régime des réfectoires, des dortoirs et des ateliers, est le même que celui des maisons centrales pour hommes.

Ici, une question se pose et elle a été traitée avec autant de talent que d'éclat dans un roman redevenu une actualité par une pièce récente interdite par la censure.

Les détenues sont-elles condamnées à un silence absolu, implacable, sans tempérament aucun?

Ne peuvent-elles jamais se parler entre elles?

Ne peuvent-elles faire entendre leurs voix qu'au personnel de la prison, dont naturellement elles se méfient?

Pour tout être humain, pour la femme surtout, n'est-ce pas un supplice, une torture?

En règle générale, en principe, le silence le plus rigoureux est exigé.

C'est tout d'abord, nous a-t-on dit, une question de discipline et d'ordre intérieur indispensable.

Permettre, de par les règlements, de parler, ce serait rendre le travail impossible.

Combien seraient-elles, parmi les détenues, qui garderaient la juste mesure?

Comment les y ramener et leur démontrer que la limite est dépassée?

Mais il y a plus.

Si l'on signale tous les jours les suites funestes de la promiscuité dans les prisons, combien ces suites seraient plus déplorables encore si l'on permettait aux détenues de communiquer entre elles?

Que d'exploits futurs, sur la nature desquels nous ne pouvons que glisser sans appuyer, seraient préparés ainsi sous l'œil paternel et bien-veillant de l'administration!

Mais, malgré ces rigueurs dans la forme, les détenues n'en con-versent pas moins entre elles, et on en trouverait difficilement une seule

 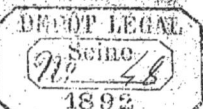
LE CRIME DE COURBEVOIE

L'ancienne guillotine.

à laquelle pût s'appliquer avec vérité la parole du roman cité : « Les sous-préfets ne rendent pas la parole aux morts. »

Les surveillantes laissent faire aussi longtemps que la parole est discrète, tout en permettant de saisir suffisamment l'objet de l'entretien.

Si les détenues ne se parlaient jamais, on ne comprendrait pas trop comment a pu se produire le fait suivant, qui nous a été raconté par un aumônier.

Deux prisonnières travaillaient depuis plusieurs mois dans le même atelier.

Elles se reconnurent, à leur accent, pour être de la même ville.

Cela les rapprocha.

Elles se racontèrent leurs souvenirs d'enfance, puis de jeunesse, jusqu'à ce qu'elles arrivassent au jour de leur condamnation.

Ici, l'une et l'autre hésitèrent.

Elles finirent cependant par s'avouer, l'une qu'elle était là pour escroquerie, l'autre, pour tentative de meurtre.

De la sentence et de son objet, on passa aux détails de l'affaire, lorsque, tout à coup, une crise de nerfs s'empara de toutes deux.

L'une venait de reconnaître dans l'autre celle pour laquelle elle avait été abandonnée par son amant, c'est-à-dire la cause directe ou indirecte de son crime et de sa condamnation.

Les détenues n'ont donc pas toujours bouche close et, pour que la liberté de parler leur soit rendue, il n'est pas nécessaire qu'elles soient sur leur lit de mort.

*
* *

Nous avons dit que les quelques gardiens hommes attachés à chaque maison centrale pour femmes, n'ont aucun contact avec celles-ci.

Mais le directeur en a naturellement, soit qu'il ait à écouter, dans son cabinet, leurs doléances, soit qu'aux heures du règlement il visite tous les deux jours celles qui sont punies de cellule.

Eh bien! dans ces deux cas comme dans tous autres, jamais le directeur ne se trouve seul avec une détenue. Toujours celle-ci est accompagnée de la supérieure ou de la surveillante en chef, lesquelles se font encore généralement accompagner elles-mêmes d'une ou deux religieuses ou d'une ou deux surveillantes.

En outre du directeur et des gardiens, les seuls hommes qui pénètrent dans les maisons centrales pour femmes, ce sont les aumôniers, — que nous n'avons pas à défendre ici et qui d'ailleurs non plus ne se trouvent jamais seuls avec les détenues, — et les inspecteurs départementaux.

Mais ceux-ci n'ont affaire qu'au directeur et au comptable et ne s'occupent que des questions administratives.

Quant aux questions qui intéressent directement les détenues, — questions d'hygiène, de maladie, de famille, et qui ne peuvent être confiées par une femme qu'à une autre femme, — elles sont du ressort de l'inspectrice générale, assistée de deux inspectrices adjointes.

Elles, seulement, ont la faculté de pénétrer dans l'intimité des prisonnières.

Ces précautions peuvent paraître excessives ; en réalité elles ne le sont pas trop et ne peuvent pas l'être.

Un directeur, aujourd'hui en retraite, nous disait : « On ne mettra jamais trop de barrières entre nous et la malignité de nos pensionnaires, beaucoup plus redoutable que celle du public. »

X

AUTRE PRISON

Mais les renseignements que nous venons de donner dans le chapitre précédent resteraient encore incomplets, si nous ne disions aussi quelques mots d'une autre prison qui reçoit également des femmes.

Nous voulons parler de la maison de Nanterre, où la mère Berland avait autrefois séjourné.

Cet établissement, improprement appelé prison, est affecté à trois catégories d'individus des deux sexes :

1º Des condamnés correctionnels à moins d'un an de prison par les tribunaux de Paris.

On en compte 350 environ, dont 185 hommes et 165 femmes.

2º Des mendiants et mendiantes, condamnés pour vagabondage,

ayant achevé leur peine, mais détenus pour quelque temps encore par mesure administrative.

3° Des vagabonds libres qui, n'ayant ni feu ni lieu, viennent se présenter là en hiver et, vu la rigueur de la saison, sont reçus, à bureau ouvert, et restent là tant qu'ils le désirent, à la seule condition de travailler, quand on peut leur procurer du travail, et sortent même parfois, pour une ou deux journées, en permission.

Ces deux dernières catégories forment, à l'heure actuelle, un total de 4,150 individus.

La porte d'entrée s'ouvre sur le chemin de Nanterre à Colombes, à peu près à moitié distance.

On traverse d'abord la cour d'honneur, sur laquelle donnent, à gauche, les cuisines; à droite, la lingerie.

Puis on se trouve en face du bâtiment de l'administration, parallèle à la route et destiné à l'habitation du directeur, de l'inspecteur et, en général, du personnel de la maison.

Dans le vestibule d'entrée, nous remarquons le tableau des communications téléphoniques qui relient toutes les parties de la maison avec le cabinet du directeur, M. Caplat.

Le vestibule traversé, nous voici dans la cour intérieure, vaste rectangle entouré d'une galerie en cloître et au centre duquel se trouve une chapelle ébauchée seulement, et transformée en ateliers pour les hommes.

A gauche, en entrant dans cette cour, nous trouvons d'abord deux bâtiments formant le quartier cellulaire des femmes.

Nous reviendrons tout à l'heure aux cellules.

Puis viennent deux bâtiments semblables, et un troisième un peu plus loin, affecté aux mendiantes libérées ou aux hospitalisées.

FEMMES

Au rez-de-chaussée, les ateliers.

Dans l'un, on confectionne la grossière lingerie nécessaire à la maison; dans un autre, on fabrique des fleurs artificielles; dans un autre enfin, on raccommode des sacs.

Tout ce monde travaille à peu près en silence, et chaque atelier ren-

ferme deux cent cinquante à trois cents femmes, surveillées par quelques contremaîtresses détenues, parfois fort jolies, et deux gardiennes,
toutes laïques.

Au-dessus, il n'y a qu'un seul étage, occupé par les dortoirs, bondés
de monde à l'heure actuelle et contenant jusqu'à deux cents lits chacun.

Nous ne saurions d'ailleurs donner une comparaison plus exacte
qu'en disant que Nanterre ressemble actuellement à une caserne envahie
par les réservistes, surtout pour le côté des hommes, où nous allons arriver.

Une remarque encore.

Ces malheureuses se trouvent fort bien là, à l'abri du froid, car le
calorifère qui chauffe toute la maison leur donne une température absolument constante de 15 à 17 degrés; partout on trouve des mioches en
bas âge, la plupart à la mamelle.

Il y en a un cent dans la maison, et la mère est autorisée à garder
son bébé, que l'on entretient en même temps qu'elle, en effets et le reste.

Nous allions oublier le costume.

Pour les détenues par mesure administrative comme pour les condamnées correctionnelles, jupe de laine grise, casaque pareille, bonnet
de linge blanc et fichu de même.

Pour les hospitalisées volontaires, le fichu blanc est remplacé par
un mouchoir violet à grands carreaux.

Le travail des femmes leur rapporte jusqu'à 1 fr. 20 par journée.

Elles en reçoivent la moitié ; le reste appartient à la masse, qui leur
est remise à leur sortie.

INFIRMERIE

En quittant le quartier des femmes bien portantes, nous traversons,
pour nous rendre chez les hommes, les bâtiments de l'infirmerie.

A gauche, toujours les femmes ; à droite, le sexe masculin.

Au rez-de-chaussée, une salle commune pour les petits rhumes et
autres indispositions sans gravité.

Au-dessus, trois étages de chambres à huit lits.

Ces chambres sont vraiment superbes, et, n'était l'odeur caractéris-
tique du lieu et aussi la tenue assez négligée de ces dames, on se croirait dans un salon bien ciré.

Le côté des hommes est absolument semblable à celui des femmes, sauf la propreté assez douteuse de certains réduits odorants.

L'infirmerie est comble, comme toutes les parties de la maison.

Il y a près de mille malades ou vieillards impotents que l'on y traite à l'heure actuelle.

Les infirmières, comme les gardiens, sont toutes laïques.

HOMMES

Enfin, nous voici chez les hommes.

Là, c'est un autre tableau.

Le pantalon gris-brun, le veston gris-brun, la casquette *idem* et les sabots sont peu élégants.

Entrons dans un dortoir, — cent quatre-vingts lits environ, — des lits militaires à sommier, s'il vous plaît. Mais quand l'hiver est rigoureux, de nouvelles recrues sont là, et plutôt que de laisser ces misérables dehors, on fait donner aux supplémentaires la paillasse ou le matelas d'un camarade de chambre à tour de rôle, avec deux draps et deux couvertures.

Et, avec cela, on couche par terre, mais cela a peu d'importance pour des gens habitués à dormir sous les ponts.

Dans les ateliers, semblables à tous les ateliers de prison, fabrique de chaussons, d'effets d'habillements, de chaînes de sûreté, de paniers, de rotins, etc.

Pour cent ouvriers occupés, on en découvre avec étonnement un nombre aussi grand mis « en chômage », faute d'avoir une occupation à leur donner.

Ils sont là, tristement serrés les uns contre les autres, assis aux tables servant pour les repas, causant à peine et paraissant en proie à un ennui profond.

De place en place, « un dégourdi » fait la lecture, monté sur un petit établi qui lui sert de tribune, mais sans parvenir à dérider les inoccupés.

La maison Hachette occupe là près de 700 ouvriers à fabriquer les cahiers d'écriture et les cahiers cartonnés, les petits carnets bon marché, les serviettes façon cuir.

Ces hommes gagnent à peine 60 centimes par jour, moitié pour eux, moitié pour l'État.

Peu ou point de détenus en cellule de punition.

Tout le monde se conduit bien et beaucoup, sortis depuis quelques jours, ne cherchent qu'une chose : se faire admettre à nouveau.

Nous avons vu maintenant la vie en commun.

Passons aux cellules.

Deux quartiers de même importance.

Celui des femmes doit remplacer Saint-Lazare pour les condamnées correctionnelles.

Chaque quartier contient deux bâtiments, séparés par une cour-promenoir.

Prenons un de ces bâtiments, qui comprend 250 cellules habitables.

Au rez-de-chaussée, les salles de bains, au nombre de trois ou quatre. Chaque mois, tout prisonnier prend un bain, l'hiver; l'été, deux.

Puis, quelques cellules, une ou deux chez les femmes, trois ou quatre chez les hommes, où l'on met les détenus en compagnie d'un ou deux gardiens, quand, par suite de l'influence morale du régime de l'isolement, on redoute une tentative de suicide.

Le parquet en est ciré, les murs blanchis très propres; c'est presque coquet.

Enfin, la cellule ordinaire, c'est-à-dire un carré long de 2 mètres en largeur, 4 en profondeur et 3^m,50 en hauteur.

Un lit mobile autour d'une charnière fixée au mur et que l'on replie dans la journée.

La porte est percée d'un judas dont on connaît l'usage.

En face la porte, une fenêtre percée à 2^m,50 du sol.

Au-dessous du lit, une planchette pour le reste de la literie; la serviette est pendue à un clou.

Sous la fenêtre, une tablette à charnière, également fixée au mur, et un escabeau, qu'une chaîne retient et empêche d'approcher du mur, sous la fenêtre, à laquelle on ne peut ainsi atteindre.

Enfin, une cuvette, un broc et un seau de propreté fermé, et vidé le matin et le midi par des détenus *ad hoc*.

Le promenoir, qui occupe l'intervalle entre deux bâtiments, est également cellulaire et comprend douze cases isolées les unes des autres ; les détenus y sont conduits un à un, de façon à ne pas se voir.

Ils s'y promènent chaque jour, en temps ordinaire, environ une demi-heure.

CHAMBRES SPÉCIALES

Mentionnons enfin quelques chambres spéciales destinés aux détenues politiques, comme Mlle de Sombreuil, si on veut, chambre dépendant de l'infirmerie et séparée du reste de la maison.

Mme Duc-Quercy en occupait récemment une.

X

CRIMINELS ET JURÉS

Enfin, en terminant le dramatique récit de la sanglante tragédie de Courbevoie, nous ne pourrions mieux faire que de placer sous les yeux de nos lecteurs deux articles à sensation récemment publiés par l'*Éclair*.

Dans l'un, un écrivain de beaucoup de talent, M. Louis de Gramont, s'étonne avec raison que les jurés, qui se montrent toujours si implacables pour les crimes d'intérêt (comme celui de Berland et de Doré), ne fassent pas preuve de la même sévérité pour les crime dits *passionnels*.

Dans l'autre, on nous initie à quelques-unes des ruses dont se servent messieurs les bandits fin de siècle pour tacher de se soustraire au châtiment qu'ils ont mérité.

Voici l'article de M. Louis de Gramont :

« Les crimes peuvent se diviser en deux grandes catégories, suivant les mobiles qui les déterminent.

« Il y a les crimes d'intérêt, inspirés par l'idée naturelle, sinon morale, de se procurer des ressources ou du bien-être, le nécessaire ou un peu de superflu.

« Il y a ensuite les crimes dits *passionnels*, que cette épithète définit suffisamment, les crimes dictés par la jalousie, et, plus souvent encore, par la vanité blessée, l'amour-propre exaspéré.

1. La cour de la Roquette. — 2. Le greffe où a lieu la toilette des condamnés à mort.

« Contre les fauteurs des premiers, le jury déploie toutes ses sévé-rités, rend des verdicts impitoyables.

« A ceux qui ont commis les crimes du second genre, au contraire, il réserve toutes ses indulgences, et, trouvant que ce ne serait pas encore assez de leur accorder des circonstances atténuantes, les déclare non coupables et les renvoie indemnes.

« Si la loi l'y autorisait, nul doute qu'il ne leur votât des félicitations.

« Sans être curieux, je ne serais pas fâché de savoir en vertu de quel raisonnement les jurés ont adopté ce système, qui me paraît, quant à moi, contraire à toute logique et à tout bon sens.

*
* *

« En effet, neuf fois sur dix, voire quatre-vingt-dix-neuf fois sur cent, les malfaiteurs de profession, pour peu sympathiques qu'ils soient, ont à invoquer des excuses sérieuses.

« L'homme qui assassine pour voler ou celui qui vole sans assassiner (ce dernier est préférable dans les rapports sociaux) appartient rarement à une famille honorable et bien posée.

« Généralement, il est né, — non pas même dans le ruisseau, — mais dans la boue, la boue fétide, gluante et sanglante des bas-fonds parisiens.

« Il a reçu une éducation déplorable.

« Il a fréquenté dans les milieux les moins *select*.

« Il a entendu les pires conseils, subi les pires entraînements.

« (N'était-ce pas, soit dit en passant, tout à fait le cas d'Adolphe Berland ?)

« Enfin il est besogneux, sans le sou, et ne sait pas d'autre *truc*, pour se procurer de l'argent, que d'en prendre dans les poches de ceux qui en ont.

« Donnez-moi des rentes et vous verrez si je mendie ! »

« C'est la réponse célèbre d'un loqueteux à un ventru qui lui reproche de tendre la main.

« Si je possédais de quoi vivre, pensez-vous que j'aurais risqué ma liberté — ou ma tête — pour vingt-cinq francs ? » est la déclaration simi-laire que pourraient faire les trois quarts des grinches ou des escarpes à qui un tribunal demande compte de leurs méfaits.

Je ne dis pas que ce soit là une raison pour leur décerner le prix Mon-

tyon et décider ensuite les représentants du peuple à leur voter une
récompense nationale.

« Mais il est certain que ce sont là des considérations qui, en certains
cas, atténuent, sinon le crime lui-même, tout au moins la responsabilité
du criminel.

« Par contre, j'ai beau me creuser la cervelle, je n'arrive pas à découvrir ce qui peut excuser les Othellos modernes, qui, — furieux d'apprendre
qu'ils sont ce que les maris de nos vieux fabliaux et du répertoire classi-
que étaient si joyeusement, — criblent de coups de couteau ou de balles
de revolver la chair fragile de leurs adultères moitiés.

*
* *

« Quand le divorce n'existait pas, le Sganarelle féroce qui avait tué
sa femme avait beau jeu pour venir dire :

« — Messieurs les jurés, j'étais uni, uni pour la vie, sans rémission,
sans espérance, à une créature dévergondée qui empanachait mon front
de ramures à faire envie à un dix-cors.

« J'étais devenu la fable de mon quartier.

« On me montrait au doigt, en ricanant, quand je passais.

« Je n'osais plus aller le soir dans le café où j'avais coutume de faire
ma partie de dominos, de peur des sourires ironiques et des allusions
blessantes des habitués.

« Une pareille situation était-elle tolérable?

« Non.

« Et elle était sans issue.

« La loi ne me fournissait aucun moyen de la dénouer.

« Quand on ne peut pas dénouer un nœud, qu'est-ce qu'on fait?

« On le coupe.

« Rappelez-vous Alexandre.

« Il s'est taillé une réputation rien qu'en procédant ainsi.

« J'ai imité son illustre exemple : j'ai tranché la difficulté, — en
tranchant les jours de mon épouse. »

« Cette argumentation, quoique réfutable, était admissible. Mais
aujourd'hui, à l'accusé qui tiendrait un pareil langage, il suffirait de
répliquer :

« — Cher monsieur, puisque madame votre femme vous trompait, ce qui se comprend assez lorsqu'on vous examine, vous n'aviez qu'à requérir un commissaire de police, faire constater l'adultère et demander le divorce.

« On vous l'eût accordé et vous redeveniez libres l'un et l'autre. Vous avez donc commis un meurtre absolument gratuit et injustifiable. En conséquence, permettez-nous de vous appliquer la peine réservée aux assassins. »

« Ah ! bien, oui !

« Le jury ne tient aucun compte du rétablissement du divorce et de l'actuelle facilité qu'un homme dûment trompé éprouve à faire rompre le lien conjugal ; et il continue d'acquitter avec enthousiasme et sans délibération, le cornard qui a cru devoir venger son honneur dans le sang de son infidèle compagne.

« Bien plus : il étend ce système extraordinaire d'indulgence aux personnes qui ne sont point mariées et acquitte souvent avec la même désinvolture l'amant qui a puni de mort une trahison.

.*.

« On me dira que les jurés sont, d'ordinaire, des propriétaires ou des capitalistes. Comme tels, ils ne badinent pas avec ceux qui attentent au sacré capital ou à la sainte propriété.

« Par contre, ils ont généralement une femme ou une maîtresse, quelquefois l'une et l'autre ; ils ne veulent point qu'elles les trompent ; et ils pensent leur inspirer une salutaire terreur en absolvant les jaloux qui ont occis une épouse ou une concubine légère.

« C'est possible.

« Peut-être aussi la conduite des juges, en ces sanglantes occurrences, est-elle moins raisonnée, plus instinctive.

« Nous sommes imbus, ataviquement, de vieux préjugés ; et les principes atroces du droit romain pèsent sur l'esprit des jurés, à leur insu.

« Dans ces douloureuses histoires d'enfants martyrisés, on s'étonne que les voisins, témoins des souffrances des petits êtres qu'on torture, demeurent des années, quelquefois, sans intervenir et sans prévenir la police.

« C'est qu'ils ont le respect de l'autorité paternelle et la conviction que les pères et mères ont le droit de cogner à tour de bras sur leur progéniture.

« De même, dans le genre d'affaires qui nous occupe, c'est le respect de l'autorité maritale, c'est cette idée barbare que le chef de famille, le mâle, a sur les siens droit de vie et de mort, qui influence le jury et le porte à flétrir les victimes et à innocenter les bourreaux.

« On ne saurait trop réagir contre ces fâcheuses tendances.

« Il est temps de renoncer à une morale autoritaire, qui n'a plus de valeur, du moment qu'on ne croit plus aux dogmes sur lesquels elle reposait.

« Notre morale, élargissons-la, dans le sens de la liberté.

« Admettons plus de liberté dans les rapports entre les sexes.

« Ce qui révolte en ces verdicts, c'est qu'ils semblent découler de cette croyance, vraiment monstrueuse, qu'une créature humaine, une créature de chair et d'os, peut être la propriété, le bien, la chose d'un individu ; et qu'un monsieur peut dire : « *ma* femme », comme il dit : « *mon* chapeau, *ma* canne, *ma* montre... »

« La sympathie et l'antipathie, l'amour et l'aversion ne dépendent point de la volonté.

« Un homme est aimé.

« Un beau jour il ne l'est plus.

« Tant pis pour lui.

« Cela lui donne-t-il le droit de tuer ?

« Assurément non.

« Les jurys, seuls, répondent oui.

« Ils ont tort, — et s'ils persistent dans ces errements déplorables, il n'y a pas de raison pour qu'un de ces jours, ils n'acquittent pas un restaurateur, accusé d'assassinat, et qui dira pour son excuse :

« — Il est très exact que j'ai passé une broche à travers le corps de M. X... Mais sachez que ce misérable qui, depuis cinq ans, venait déjeuner chez moi tous les matins, avait subitement donné sa pratique à un établissement rival, sous prétexte que ma cuisine ne lui plaisait plus.

« Après un outrage pareil, pouvais-je faire moins que de lui ôter la vie ? »

« En effet, il n'est pas plus absurde de vouloir contraindre une femme à aimer éternellement le même monsieur, que de prétendre forcer un consommateur à se repaître toujours dans le même restaurant.

*
* *

« Quant aux accusés de l'autre sexe, c'est autre chose, et pour elles je serai plus indulgent.

« Je proteste contre les acquittements des maris qui tuent leurs femmes ou des amants qui tuent leurs maîtresses; mais je continuerai d'applaudir aux acquittements des abandonnées qui, au lieu de se résigner, se révoltent et se vengent.

« Ce n'est point manque de logique. L'illogisme n'est qu'apparent.

« La question, en changeant de sexe, change de face.

« Ce contre quoi je m'insurge, c'est contre la tendresse du jury pour les assassins étiquetés passionnels et qui, les trois quarts du temps, ne sont que des assassins par vanité et par peur du *qu'en-dira-t-on?*

« Or, le plus souvent, la femme qui a tué ne l'a fait que par suite de la misère où la plonge l'abandon de l'homme, parce que la recherche de la paternité est interdite, parce que l'amant volage n'a aucune responsabilité vis-à-vis de celle qu'il lâche en laissant à sa charge les enfants dont il est le père.

« En ce cas, nous sommes en présence non plus d'un crime de passion, mais bien d'un crime d'intérêt, c'est-à-dire d'un de ceux qui nous paraissent excusables.

« LOUIS DE GRAMONT. »

XII

LES CRIMINELS QUI SIMULENT LA FOLIE

Voici le second article :

« On a pu ne pas lire sans surprise que les dangereux cambrioleurs, arrêtés dimanche, grâce à la présence d'esprit d'un quincaillier, avaient échappé autrefois au bagne à l'aide d'un truc grossier.

« L'un de ces individus, qu'on soupçonnait de n'être probablement pas étranger à l'assassinat de Neuilly, était arrêté en 1889.

« Tout à coup, dans le cabinet du juge, il se mit à commander l'exercice, à marcher avec des mouvements décomposés comme s'il était à la parade, sergent chef de peloton.

« Il fit tant d'excentricités que le juge le remit à des médecins pensant : cet homme est fou.

« Les médecins l'examinèrent et trouvèrent qu'en effet sa raison n'était pas très solide. Ils le soumirent au traitement de Sainte-Anne, qui lui fit du bien très vite. Guéri, on lui ouvrit les portes. Il en profita pour reprendre le cours de ses exploits. Et, comme il fut pris à nouveau, à nouveau il usa du stratagème qui lui avait si bien réussi : il simula encore la folie, fut envoyé dans un asile, d'où il sortit comme précédemment.

« Mais les meilleures plaisanteries ont une fin.

« M. Jeaume l'apercevait, l'autre jour, enfant prodigue, pour la septième fois de retour au bercail : « Portez armes ! lui cria-t-il de son ton gouailleur et bonasse ; présentez armes ! »

« Le terrible cambrioleur comprit, esquissa un sourire et de son air le plus familier : « Voyons, vous savez bien que ce n'est pas à vous que je voudrais la faire. »

« Est-ce donc si facile de simuler la folie et de s'ouvrir ainsi une porte sur l'évasion ?

« La sécurité publique est intéressée à le savoir.

LES PRÉVENUS SIMULATEURS

« Le cas est encore assez fréquent de malfaiteurs qui parviennent à se faire tenir pour fous.

« C'est le cas d'un nommé Simonot, arrêté en septembre dernier, pour fabrication et émission de fausse monnaie.

« Il avait été antérieurement condamné aux travaux forcés à perpétuité pour tentative d'assassinat sur la personne d'un Anglais avec qui il entretenait des relations honteuses.

« Pour éviter son transport à la Nouvelle, il simula la folie et parvint à se faire transférer à l'infirmerie d'une maison centrale.

« Au bout de six ans, on lui ouvrit les portes.

« Libéré, il revint à Paris et se fit souteneur.

« Il rencontra un de ses anciens codétenus, chef de bande, faux monnayeur, qui lui apprit le métier.

« On les arrêta.

« Férus, son compagnon, instruit par lui, simula l'épilepsie; il louchait et ne répondait aux questions posées que par des incohérences.

« Il poussait l'imitation du gâtisme jusqu'à aller sous lui.

« Il n'acceptait de prendre de la nourriture que sous la menace de la sonde. On le laissa jeûner longtemps. Du moins, on croyait qu'il jeûnait.

« En réalité, de son aveu, — nous n'osons dire « propre aveu », — une fois que ses gardiens avaient le dos tourné, il allait retirer du baquet le pain qu'il avait jeté et le mangeait avidement, tout souillé qu'il fût.

« On crut à sa folie et, après un court séjour à l'asile, on le relâcha.

« Raguinard (le terrible cambrioleur) a joué le même jeu pour éviter « de se mouiller les pieds », c'est-à-dire d'aller à la Nouvelle, mais cette fois, la mèche est éventée.

« Le compagnon de Raguinard est Dulat, dit Julot de la Bastille.

« Il a simulé la folie également.

« Il affectait un mutisme idiot, ou semblait plongé dans une absorbante contemplation.

« Le juge lui parlait, il répondait : « J'ai beaucoup étudié l'astronomie. J'ai des étoiles plein la tête. Je les vois briller. Je vois Jupiter et Saturne. Je vais vivre dans la lune et quitter cette misérable terre. »

« Comme pour Raguinard, le médecin aliéniste déclara Julot de la Bastille irresponsable et le fit interner à Ville-Évrard, d'où Raguinard s'était déjà échappé.

« L'habitant de la lune retomba très prosaïquement sur la terre, et, comme par le passé, s'y livra à des industries aussi irresponsables que variées.

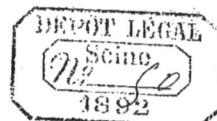

La tombe de Mme Dessaigne, au cimetière Montmartre.

DIAGNOSTICS INOUIÉTANTS

« Ce qu'il y a d'inquiétant dans ces diagnostics erronés, c'est qu'ils établissent chez l'aliéniste une tendance à voir des fous systématiquement chez tous les sujets qu'on lui présente.

« Les exemples abondent.

« Humbert, dit la Bouchère, était condamné aux travaux forcés ; il subit, comme fou, sa peine à Bicêtre, d'où, plusieurs fois, il s'échappa, et, chaque fois, on le retrouva volant ; mais on attribuait ses vols à sa manie.

« Il obtint pourtant, — ce qui est incroyable, — sa mise en liberté.

« En 1878, on l'arrêtait pour un vol nouveau, précédé de violence, — concierge étranglée.

« Ce fut lui également qui vola les bijoux dans l'appartement de l'ancien préfet, Henri Chevreau.

« Condamné aux travaux forcés, il s'évada de la Nouvelle-Calédonie.

« On ne sait ce qu'il est devenu.

« L'année d'avant, un nommé Morelli, dit Larcenac, était arrêté pour vol qualifié.

« Au poste, il simula la folie.

« Enfermé à Mazas, pour faire croire à des attaques d'épilepsie, il mâchait du savon dont la mousse lui venait aux lèvres.

« Il passa aux assises ; au cours de l'audience, il sauta par-dessus la balustrade et fit mine d'étrangler son avocat, M° Comby.

« Il ne réussit pas à se faire passer pour fou.

« Il fut condamné aux travaux forcés.

« Il n'atteignit pas la Nouvelle-Calédonie, il mourut sur le bateau, tué d'un coup de feu par une sentinelle qui le vit, cherchant à s'évader.

LA PERPLEXITÉ DE L'ALIÉNISTE

« Le moyen ne réussit pas toujours.

« Le docteur Émile Laurent, pendant son passage au service des prisons, a été témoin de ruses semblables déployées en pure perte.

« Un certain Auvergnat, néanmoins, donna du fil à retordre aux aliénistes qui émirent sur lui bien des avis contradictoires.

« Il jouait l'extase, se disait visité par un grand génie, parlait du téléphone qui le reliait à l'Élysée, et, dans ce rôle, ne s'oubliait jamais un instant.

« Il fut mis en observation à Sainte-Anne. Il voulut s'évader. Ce fut ce qui le perdit.

« Un autre simulait la folie dans des épîtres qui étaient des chefs-d'œuvre d'incohérence. Ainsi, on lisait dans une lettre au médecin :

« Je vous léguerai mon corps autopsicalement, chose qui n'est pas à
« dédaigner. Je préfère qu'il tombe entre vos mains, qu'il soit jeté aux
« gémonies, chose qui, à la rigueur, m'est tout à fait indifférente... »

« Et c'étaient des vingtaines de pages dans ce style. L'habileté de son délire n'adoucit point sa captivité.

« Et cependant, me confia l'un des médecins qui l'observait, il y avait des moments où nous disions : « Peut-être ! »

« Peut-être ! » est un crédit ouvert aux matois, mais, mauvais payeur, le dangereux cambrioleur Raguinard l'a tué plus sûrement qu'il n'a tué le père Charles. »

XIII

LA RETRAITE DU BOURREAU

Un dernier mot.

On se souvient peut-être qu'après l'exécution de Michel Eyraud, le complice de Gabrielle Bompard dans le meurtre de l'huissier Gouffé, le bruit avait couru avec persistance que M. Deibler, las d'exercer ses sinistres fonctions, était décidé à prendre sa retraite ?

Le *Petit Parisien* s'était, à cette époque, exprimé en ces termes :

« Une nouvelle inattendue.

« L'exécution d'Eyraud serait la dernière à laquelle participerait le bourreau actuel, M. Deibler, qui, âgé de soixante-dix ans, aurait exprimé le désir de prendre sa retraite.

« Il aurait, paraît-il, besoin de repos.

« Par suite du départ de monsieur de Paris, M. Berger, gendre de Roch, l'ancien bourreau et premier aide actuellement, va succéder à M. Deibler; le fils de ce dernier remplira les fonctions actuelles de M. Berger.

« Il deviendrait donc premier aide, en attendant de passer bourreau à son tour. »

Eh bien ! comme il fallait s'y attendre, après la double exécution de Berland et de Doré, le même bruit avait recommencé à courir.

Qu'y avait-il de vrai dans cette information?

Était-il exact que M. Deibler, fatigué de sa sanglante besogne, allait sérieusement se retirer cette fois et céder la place à un nouveau bourreau?

Un journal du soir voulut le savoir et publia alors sous ce titre : « La retraite de M. Deibler », les très intéressants renseignements suivants :

« Plusieurs de nos confrères, disait ce journal, annoncent que M. Deibler, l'exécuteur des hautes œuvres, se sentant vieillir et se trouvant dans l'incapacité de remplir ses fonctions, aurait exprimé le désir de prendre sa retraite et de laisser, par suite de son départ, sa succession, qui est de droit, à son premier aide, M. Berger.

« Cette nouvelle très vraisemblable, et à laquelle ont pu croire toutes les personnes ayant vu, dans l'exercice de ses fonctions, M. Deibler, est inexacte.

« L'exécuteur des hautes œuvres, malgré ses soixante-dix ans, étant né en 1821, et une fortune qui peut être évaluée à quatre ou cinq cent mille francs, n'a nullement l'intention de se démettre du poste important qu'il occupe depuis douze ans et pour lequel il croit avoir toutes les aptitudes.

« — Mon mari; nous a dit ce matin avec beaucoup d'amabilité Mme Deibler, (car l'exécuteur des hautes œuvres est toujours invisible dans sa demeure, 3, rue Vicq-d'Azyr, pour les journalistes, qui le font trembler partout), mon mari ne veut nullement se retirer.

« Ah ! mais non, il est toujours solide et robuste et peut remplir ses fonctions avec autant d'intelligence et de vigueur que n'importe qui; il ne craint personne dans son travail, malgré ses soixante-deux ans (la brave dame nous a rajeuni son mari de huit ans).

« Oh! non, qu'il n'a pas l'intention de prendre sa retraite.

« Il remplira ses fonctions encore de nombreuses années, je l'espère, car il faudrait qu'il fût bien malade ou bien infirme pour *se retirer des affaires!* »

« Ainsi, il faut s'attendre à voir encore, pendant de nombreuses années, l'éminent exécuteur des hautes œuvres procéder aux exécutions capitales avec l'émotion qu'il n'a jamais pu maîtriser depuis qu'il est dans le métier, c'est-à-dire depuis plus de cinquante ans, car Deibler, avant de venir à Paris, comme aide d'Heindreich et de Roch, avait été exécuteur en province et, à dix-huit ans, comme fils de bourreau, il débutait dans le métier comme troisième aide, et son avancement a été obtenu, ainsi qu'on le voit et qu'on peut s'en rendre compte, beaucoup plus par l'ancienneté que par le mérite.

« Peu d'exécuteurs des hautes œuvres ont été dans une situation de fortune plus brillante que celle du bourreau actuel.

« Heindreich était riche; il a laissé deux cent mille francs à sa mort.

« Roch, son successeur, n'avait que ses appointements pour vivre.

« Mais Deibler, lui, paraît-il, est demi-millionnaire.

« On lui attribue dans son quartier, quoique vivant très modestement, *vingt-cinq mille livres de rente.*

« On voit que ce n'est pas par nécessité qu'il continue sa profession de bourreau, mais bien par plaisir, par amour de l'art, car on ne le dit pas avare, et il n'est pas possible d'admettre que ce soit pour douze mille francs par an, étant demi-millionnaire, qu'il fait le métier cruel et pénible de coupeur de têtes. »

Sur le même sujet, un autre journal disait :

« On annonçait hier matin que M. Deibler allait résigner ses fonctions d'exécuteur des hautes œuvres et que, pour la dernière fois, avec Berland et Doré, il avait fait jouer le déclic.

« Cette nouvelle est absolument inexacte.

« Mme Deibler, que nous avons vue hier, nous a formellement affirmé que son mari n'avait pas le moins du monde l'intention de donner sa démission.

« — Ce n'est pas au moment où notre fils vient de débuter à Paris, nous a-t-elle dit, où il a encore besoin de conseils, que son père va abandonner ses fonctions.

« Il est possible que dans quelque temps, après cinq ou six « actes de justice », — vous comprenez que l'époque est difficile à fixer, les exécutions sont si fréquente en ce moment! — M. Deibler démissionne, mais pour l'instant il n'y songe pas du tout.

« Il y pense d'autant moins qu'il désirerait vivement que son fils lui succédât.

« C'est l'habitude...

« — Mais M. Berger a bien quelques droits à cette... succession, faisons-nous observer timidement.

« — C'est vrai, reprend Mme Deibler, mais c'est l'habitude... Mon fils, je le crois, succédera à son père. Il y a d'ailleurs plusieurs années que, pour cela, il « exerce » à Alger.

« Quoique mon mari ait près de soixante-dix ans, il est encore solide, alerte et vigoureux. Je vous assure qu'il demeurera à son poste au moins encore deux ans.

« Mais que c'est donc curieux, fait Mme Deibler, au moment où nous prenons congé d'elle, mais que c'est donc curieux que les journaux toujours s'occupent de mon mari, lui qui ne demande qu'à vivre dans l'oubli, et toujours ils s'en occupent pour raconter des choses inexactes, des faussetés, monsieur, des mensonges... »

« Et nous quittons un peu confus, embarrassé, Mme Deibler, une dame d'une cinquantaine d'années, aux cheveux à peine grisonnants, aimable et souriante, qui machinalement, par tic, tortille continuellement une chaîne d'or coupée de distance en distance par une perle fine qui, après avoir fait deux fois le tour du cou, vient attacher une montre placée dans une petite poche du corsage, au-dessous du sein gauche.

« En sortant, nous recueillons un renseignement intéressant.

« Il paraît que l'exécuteur est riche, très riche; il posséderait une fortune qu'on évalue à quatre ou cinq cent mille francs.

« Un bourreau demi-millionnaire !

« Mais alors c'est donc par amour de l'art que M. Deibler est coupeur de têtes? »

Enfin l'*Echo de Paris* écrivait :

« On annonce la démission du bourreau.

« L'exécution de Berland et de Doré serait le couronnement de la belle carrière de M. Deibler,—quelque chose comme sa représentation d'adieux.

« C'est son gendre qui prendrait la succession.

« Ce gendre, — qui répond à ce nom bucolique de Berger, — était prédestiné à jouer les grands premiers rôles dans le drame lugubre de la guillotine ; il est, en effet, le premier aide de M. Deibler.

« Et, pour que tout se passe en famille, c'est le frère de M. Berger qui le remplacerait dans les fonctions de coadjuteur rouge.

« Le népotisme, — en semblable occurrence, — est, du reste, de tradition : chacun sait que les Samsons formèrent une dynastie.

« Quant au bourreau prétendu démissionnaire, c'est une physionomie bien curieuse.

« Il n'est pas joli, joli, et avec cela boiteux et grincheux.

« J'ai eu jadis avec lui une altercation bien curieuse.

« C'est lors de l'exécution de Pranzini.

« On était à cette heure de la nuit où l'aube, hésitante, commence à poindre, et où une buée rousse descend doucement, enveloppant les objets d'un voile épais.

« On venait d'éteindre la lumière pâlote des becs de gaz, si bien que la guillotine et tout ce qui l'entourait s'estompait confusément dans la brume.

« Je voulus franchir l'espace béant qui se trouve bordé par la haie des gardiens de la paix et des curieux, — le chemin, en un mot, que le patient parcourt dans toute sa longueur.

« Je courus...

« Dans ma précipitation, je heurtai... quoi ? Sur le moment j'eusse bien été empêché de le dire.

« Mais un bruit métallique assez violent se fit entendre, je tombai et je n'avais pas eu le temps de me relever qu'une voix furieuse gueulait à côté de moi :

« — Faites donc attention ! Vous ne voyez donc pas que vous marchez dans *mes accessoires*.

« Mes accessoires !

« Ce mot de théâtre n'est-il pas significatif ? Et ne correspond-il pas exactement à l'impression qu'on ressent à la première exécution qu'on voit ?

« Pour ma part, en effet, j'ai cru assister, des coulisses, à la mise en scène, mal réglée, d'une pièce pour l'Ambigu.

« Pourtant, l'acteur principal, tout au moins, y allait tout de bon !

« Maintenant, si vous désirez savoir dans quels accessoires je m'étais heurté et, finalement, fait la culbute, c'était la boîte en zinc où tombe la tête du condamné.

« Horrible, n'est-il pas vrai ? »

CONCLUSION

Et maintenant, que sont devenus les différents personnages dont nous avons été amené à nous occuper dans notre récit?

Mme Desjardins, dont la santé, dans ces dernières années, était devenue de plus en plus précaire, de plus en plus chancelante, est morte il n'y a que quelques mois, suivant du reste de très près sa vieille bonne ou plutôt sa vieille amie, la vieille Catherine, qui lui avait toujours été si fidèle et si dévouée.

Mais toutes les deux avaient connu l'atroce crime de Courbevoie et en étaient restées frappées de terreur.

Berthe est enfin l'heureuse épouse de celui qu'elle aimait, du jeune et brillant officier qui avait été son ami d'enfance.

Quant au Rouquin, au Forain et aux autres copains d'Adolphe Berland, il y a beau temps qu'on ne les a plus revus à Asnières.

Deville et Chotin les retrouveront très certainement là-bas, parmi les forçats de Nouvelle-Calédonie.

FIN DU CRIME DE COURBEVOIE

Sceaux. — Imprimerie Charaire et Cie.